mtb

Tammy Robinson

Für immer ist ein Augenblick

Roman

Aus dem Englischen von
Tess Martin

mtb

MIRA® TASCHENBUCH

FSC
MIX
Papier
FSC® C014496

1. Auflage: Dezember 2019

Deutsche Erstausgabe

Originaltitel: »Photos of You«
Erschienen bei: Piatkus,
an imprint of Little, Brown Book Group, London

Umschlaggestaltung: Sabine Kwauka, Gröbenzell
Umschlagabbildung: Max Lashcheuski, ZhAnStudio / shutterstock
Lektorat: Stefanie Kruschandl
Satz: GGP Media GmbH, Pößneck
Printed in Germany
Dieses Buch wurde auf FSC®-zertifiziertem Papier gedruckt.
ISBN 978-3-7457-0046-6

www.mira-taschenbuch.de

Für Holly, Willow und Leo,
die mir jeden Tag Freude bereiten.

Und für die Liebe und den Mut,
dem eigenen Herz zu folgen.

Prolog

Das Ende, es beginnt

In meinen Träumen kann ich überall hingehen – bis an die Grenzen meiner Vorstellungskraft. Und die ist, wie meine Englischlehrerin schon in der siebten Klasse anmerkte, überaus lebhaft. *Originell und dramatisch*, meinte sie; und zwar mit Stolz, ganz so, als wäre das einzig und allein ihren Lehrmethoden zu verdanken und nicht etwa den Genen, die ich zufällig abbekommen habe. Was sie wohl sagen würde, wenn sie mich jetzt so sehen könnte?

Eine Schande, was für eine Verschwendung.

Sie hätte recht.

In meinen Träumen reise ich an Orte, an denen ich nie war, die ich aber immer besuchen wollte. Einerseits ist es auf diese Weise natürlich bequemer. Es gibt keine Warteschlangen, keine Taschendiebe, und eine Tetanusimpfung ist auch nicht erforderlich. Auf der anderen Seite allerdings ist eben nichts davon real. Ich werde all diese Orte nie mit eigenen Augen sehen.

Die Tage fließen ineinander. Die Zeit vergeht mal schneller, mal langsamer, was von der Verabreichung der Schmerzmittel abhängt. Ich kann mich nicht erinnern, wann ich dieses Bett zuletzt verlassen habe oder dieses Zimmer. Wenigstens liege ich nah beim Fenster. Ich beobachte die Wolken, wie sie vorbeiziehen, und dann …

Blinzeln.

… sind Sterne an ihre Stelle getreten.

Ich höre sie. Die Stimmen. Gedämpft, tränenerstickt, erschöpft. Schrecklich, was sie alles meinetwegen durchmachen mussten. Und noch immer durchmachen müssen. Ist es meine Schuld? Dass ich noch hier bin? Klammere ich mich ans Leben, obwohl ich längst hätte loslassen sollen? Bekomme ich ausgerechnet das nicht hin, was wir alle irgendwann tun müssen?

Blinzeln.

Ich träume von ihm. Wasser auf seiner Haut und das Abendlicht in seinen Augen. Es war der falsche Zeitpunkt. Und zugleich war es der perfekte Zeitpunkt. Ich frage mich, wo er ist und was er tut.

Blinzeln.

Auf Zehenspitzen gehe ich zwischen den Sternen umher, die Milchstraße entlang. Fahre per Anhalter mit einem Kometen, tanze mit dem Mann im Mond.

Ich bin Sternenstaub; pustet man mich zu fest an, löse ich mich auf.

1. Kapitel

Ich höre schon seit ein paar Minuten nicht mehr hin, ungefähr seit dem Moment, als er genau die drei Worte ausgesprochen hat, die ich keinesfalls hören wollte.

Tut mir leid.

Ich sehe, wie sein Mund sich bewegt. Einzelne Worte dringen zu mir durch, obwohl ich mich fühle wie unter Wasser.

sekundär

Knochen

final

eingeschränkte Möglichkeiten

Für sich betrachtet, müssen diese Worte nicht unbedingt etwas Schlimmes bedeuten. Aber nimmt man sie alle zusammen, ergeben sie ein brutales Bild. Der Krebs ist zurück. Und diesmal wird er nicht mehr weggehen. Benommenheit hüllt mich ein, ich fühle mich wie betäubt. Mein ganzer Körper verfällt in eine kalte Starre. Das darf nicht wahr sein.

Ich sollte ihm zuhören. Was er zu sagen hat, ist wichtiger als alles andere. Später werde ich eine Million Fragen beantworten müssen, auf die ich nun mal keine Antworten haben werde, wenn ich jetzt nicht aufpasse. Von einer einzigen Antwort abgesehen, falls jemand den Mut aufbringt, diese Frage zu stellen.

Musst du sterben?

Ja.

»Ava?«

Als mir klar wird, dass er meinen Namen gesagt hat, blinzle ich.

»Wie bitte?«

»Haben Sie irgendwelche Fragen?«

»Nein.«

Doch. Warum ich?

»Ich weiß, das ist jetzt sehr viel auf einmal, und Sie brauchen Zeit, alles zu verarbeiten.«

Er steht auf, geht um seinen Schreibtisch herum, setzt sich auf die Tischkante und betrachtet mich mitfühlend.

Seit wann tragen Ärzte keine weißen Kittel mehr? Sie sehen nicht mehr wie richtige Ärzte aus. Die meisten wirken wie frisch aus der Highschool. Dieser Typ, Dr. Harrison, gehört auch dazu. Unter anderen Umständen würde ich mit ihm flirten. Er ist wirklich attraktiv, auf diese kultivierte Art. Ich könnte wetten, dass sich ihm sämtliche Krankenschwestern an den Hals werfen.

»Gibt es jemanden, den ich anrufen soll? Der Sie abholen kann?«

Ich blinzle erneut, weil mir klar wird, dass ich auf seine Lippen starre. Und mich frage, wie es sich anfühlen würde, sie zu küssen. Unangemessen; doch wenn ich eines gelernt habe, dann das: In einer solchen Situation sind passende Reaktionen und das, was tatsächlich geschieht, zwei sehr unterschiedliche Dinge.

»Nein, danke«, antworte ich. »Mir geht's gut.«

Nur stimmt das nicht.

»Schön. Nehmen Sie sich ein paar Tage Zeit zum Nachdenken, und dann besprechen wir die Optionen.«

Abfällig schnaube ich. Es erscheint mir sinnlos, über Optionen zu reden, wenn das Ende ja doch unausweichlich ist. Aber das sage ich nicht. Seltsamerweise will ich ihn nicht kränken.

Die Herbstluft vor den Krankenhaustüren ist frisch, und ich atme durch die Nase tief in die Lunge, spüre, wie mein Bauch sich füllt wie ein Ballon, also genau so, wie es mir die Meditations-App auf meinem Handy beigebracht hat. Ich halte die Luft genau sechs Sekunden an, bevor ich sie langsam durch den Mund entweichen lasse. Der Ballon fällt in sich zusammen.

Doch das ändert nichts an der Panik, die mich ergreift.

Es gibt eine Bank in dem kleinen Park links neben dem Krankenhausparkplatz. Dort habe ich bereits unzählige Male gesessen, auch wenn das letzte Mal schon etwas länger her ist. Ich saß dort in allen vier Jahreszeiten wie ein wachsamer Vogel. Als die Bank kalt und der Boden hart gefroren war. Ich saß dort, als die riesigen Bäume kahl waren und die Luft diesig vom Rauch tausender Kamine. Als der Boden im Frühling auftaute und die Luft erfüllt von Erwartungen und neuem Leben war.

Heute sitze ich hier und sehe einen bunten Teppich aus gelben, orangefarbenen und roten Blättern, die auf dem Boden verstreut liegen. Ab und zu wirbelt ein verspielter Wind sie auf, und sie tanzen davon, ungezügelt wie Kinder.

Ich werde nie Kinder haben.

Ich werde nie heiraten.

Von Ersterem bin ich immer ausgegangen. Und von Letzterem habe ich mein Leben lang geträumt. Ich spüre einen scharfen Schmerz in der Magengegend und krümme mich nach vorn, halte mir den Bauch und kneife die Augen fest zu, um die Welt auszusperren.

»Geht es Ihnen gut?«

Die Stimme klingt neugierig, besorgt. Eine Frauenstimme, aber heiser und zittrig vom Alter. Ich weigere mich aufzuschauen. Wer immer das auch sein mag, muss doch merken, dass er stört.

»Machen Sie mal Platz, bitte«, sagt die Frau fast ein wenig nölend.

Verstimmt rutsche ich zur Seite, noch immer ohne aufzusehen. Ich spüre, wie die Luft sich verändert, als die Frau sich neben mich setzt.

»Stört es Sie, wenn ich rauche?«, fragt sie, während sie schon mit dem Daumen am Rad des Feuerzeugs reibt. Offensichtlich ist ihre heisere Stimme nicht allein dem Alter geschuldet. Mir wird klar, dass ich mir schon eine Meinung über die Frau gebildet habe, obwohl ich nicht gerne über Menschen urteile, vor allem, wenn ich sie nicht kenne. Beim dritten Mal funktioniert das Feuerzeug, und einen Moment lang ist nichts mehr zu hören, abgesehen vom Ziehen an der Zigarette. Dann fängt die Frau zu husten an, und endlich sehe ich auf. Sie trägt Bademantel und Pantoffeln, also handelt es sich bei ihr zweifellos um eine Patientin, die geflüchtet ist, um ihrer Sucht zu frönen. Ihr graues Haar ist zerzaust und dünn, hinten plattgedrückt. So heftig wie sie hustet und röchelt, würde es mich nicht wundern, wenn jeden Moment eine Lunge auf den Weg vor ihren Füßen plumpsen würde.

»Geht es Ihnen gut?«, frage ich, unschlüssig, ob ich Hilfe holen soll.

Sie hebt einen Finger, um mir zu signalisieren, dass sie einen Moment Zeit braucht. Als sie sich erholt hat, zieht sie noch einmal an ihrer Zigarette. Dieses Mal gelingt es ihr, ohne dramatische Darbietung auszuatmen.

»O ja, so ist es besser.« Sie nickt. »Der erste Zug richtet immer ein gewisses Chaos an.«

Neugierig betrachtet sie mich, und jetzt wird mir klar, dass ich noch immer tränennasse Wangen habe. Hastig sehe ich wieder auf meine Füße und wische die Tränen weg.

»Schlechte Nachrichten?«

Ich nicke.

»Ein Verwandter?«

Ich schüttle den Kopf.

»Ah.« *Zug an der Zigarette.* »Sie selbst?«

Nicken.

Sie zieht ein paar Mal. »Wie schlimm?«

»Schlimmer geht es nicht.«

»Krebs?«

Überrascht schaue ich sie an. »Woher wissen Sie das?«

Sie schneidet eine Grimasse. »Ich bin keine Hellseherin, falls Sie das meinen. Diese verdammte Krankheit ist einfach überall.«

Mir fällt die kränkliche Blässe ihrer Haut auf und die Tatsache, dass die Handgelenke unter ihrem Bademantel dünn und knochig sind. Zu dünn. Das Patientenarmband baumelt locker an ihrem linken Arm.

»Sie auch?«

Sie seufzt. »Ja. In meinen Lungen ging es los. Jetzt ist er in meinen Knochen und so ziemlich überall.«

Erneut schaue ich auf die Schuhe. »Mir wurde auch gerade gesagt, dass er in meinen Knochen ist.«

»Tut mir leid zu hören. Sind ziemlich heftige Schmerzen, oder?«

»Nein. Nun, noch nicht. Von ein paar kleineren Unpässlichkeiten abgesehen.«

»Oh. Dann ist es nicht so schlimm. Auf jeden Fall erträglich.«

Ich weiß ihren Versuch, mich zu trösten, wirklich zu schätzen, obwohl uns beiden klar ist, dass sie lügt.

Zug an der Zigarette.

Ich sehe, wie sie den Rauch tief in die Lungen inhaliert, so tief sie nur kann, bevor sie ihn zögernd wieder zwischen den geschürzten Lippen entweichen lässt. Dabei bläst sie nach rechts, nicht nach links, wo ich sitze. Spielt allerdings keine Rolle; der Wind bläst den Rauch wieder zu mir zurück. Es stinkt entsetzlich, erdig, aber bitter, stark und aufdringlich. Ich kann den Reiz daran wirklich nicht verstehen.

Sie bemerkt, dass ich sie beobachte.

»Möchten Sie eine?« Sie hält mir die Packung hin.

Ich schüttle den Kopf. »Nein. Danke.«

»Braves Mädchen.«

Ziehen an der Zigarette.

»Na los«, meint sie.

»Wie bitte?«

»Sie können mich fragen. Sie sind nicht die Erste und werden nicht die Letzte sein. Doch ich werde Ihnen dieselbe Antwort geben.«

Das klingt wie ein Rätsel. Und ich war nie besonders gut im Rätsellösen.

»Was für eine Frage?«

Sie hält mir das, was von ihrer Zigarette noch übrig ist, unter die Nase; den Filter, zwischen zwei Fingern zu einem ungleichmäßigen Oval zusammengedrückt. Asche fällt von der Spitze und landet auf meiner Jeans. Ich wische sie weg.

»Sie fragen sich, warum ich immer noch rauche«, sagt sie.

»Nein.«

»Wirklich nicht?«

»Nein.«

»Ah, richtig. Sie haben größere Probleme. Achten Sie gar nicht auf mich. Ich rauche zu Ende und lasse Sie dann in Ruhe.«

Ich versuche, sie auszublenden. Sitze da, mit den Händen unter den Oberschenkeln, und male mit den Stiefelspitzen Kreise in den Staub. Dabei blicke ich nach Osten, über die Berge hinweg, die unsere Stadt umgeben. Manche Menschen beobachten gern andere Leute. Ich beobachte lieber Wolken und suche nach Tiergestalten oder Gesichtern in ihnen. Dafür ist heute ein guter Tag. Eine Wolkenbank spannt sich über die Berge und bietet jede Menge Auswahl. Flauschige Wolken, weiß wie Vanilleeis, graue Wolken, zigarrenförmig mit ausgefransten Rändern. Dazwischen ab und zu eine dicke und wie ein Zeppelin geformte Wolke, schwer vor Regen.

Normalerweise freue ich mich bei ihrem Anblick. Doch heute kann ich nur daran denken, dass ich sie bald zum *letzten* Mal sehen werde, und das war's dann. Und ich frage mich, ob ich es *wissen* werde. Dass dies mein letztes Mal ist. Werde ich sehen, wie die Wolken eines Abends in der Dunkelheit verschwinden, und wissen, dass ich meinen letzten Atemzug getan haben werde, noch bevor das Morgengrauen eine frische Wolkenladung hervorbringt? Oder werde ich überhaupt nichts mitbekommen? Den Anblick nicht genießen können, weil ich im Delirium liege, herbeigeführt durch diesen Cocktail aus Medikamenten und Krankheit? Erneut packt mich die Panik, überwältigt mich fast, und ich drehe mich zu der Frau, um an etwas anderes – egal was – zu denken.

»Warum tun Sie's?«, stoße ich aus. Meine Stimme zittert.

»Rauchen?«

»Ja.«

Sie zuckt die Achseln. »Weil ich süchtig bin.«

»Oh.«

»Sie haben eine bessere Antwort erwartet.«

»Ich habe keinen Schimmer, was ich erwartet habe.«

»Ich kenne alle Gründe, warum ich aufhören sollte, glauben Sie mir. Der wichtigste Grund ist natürlich der verdammte Lungenkrebs. Aber ich kann einfach nicht.« Sie betrachtet die Zigarette reumütig. Nur noch der gelb gefleckte Filter ist übrig. »Ich weiß, dass man das üblicherweise nicht zugibt«, sagt sie, »doch ich mag es. Ja, ich genieße es sogar. Ich rauche jetzt so lange, dass ich mir ein Leben ohne Zigaretten nicht mehr vorstellen kann.«

Sie wirft die Kippe zu Boden und zermalmt sie unter ihrem Pantoffel. Mir fällt auf, dass ihre Hausschuhe aus Schafsfell ausgebleicht und abgenutzt sind, der Nagel ihres rechten großen Zehs drängt nach Freiheit und lugt fast ganz heraus.

Ich frage mich, ob ihr klar ist, wie lächerlich das klingt.

»Ich weiß, das klingt lächerlich«, erklärt sie. »Aber ich bin alt, und ich bin müde. Ich werde nicht auf das Einzige verzichten, was mir noch Genuss verschafft.«

Mit einiger Anstrengung steht sie auf, legt den Kopf zurück und schließt die Augen. »Absurd, oder«, entgegnet sie nach einem Moment, »dass mir die Luft nach einer Zigarette immer besser erscheint.«

Ich antworte nicht. Ich habe wirklich keine Ahnung, was ich sagen soll. Sie öffnet die Augen und schaut mich mitfühlend an. »Es ist verdammtes Pech, es in Ihrem Alter zu bekommen. Manchmal macht mich die Ungerechtigkeit der Welt wirklich stinksauer, und falls es da oben einen alten Kerl in weißer Robe und mit Jesuslatschen gibt, dann werde ich ihm den Marsch blasen, das können Sie mir glauben. Ich habe da ein paar Fragen, die er mir beantworten muss.«

Sie hält inne, um ein paar Mal zu husten, und mir fällt auf, dass ihre Hände und Finger gekrümmt sind. Vermutlich hat sie Arthrose.

»Hören Sie, machen Sie nicht denselben Fehler wie so viele in unserer Lage«, sagt sie, als sie fertig gehustet hat. »Das habe ich viel zu oft erlebt. Die Leute geben einfach auf, wenn sie die Diagnose kriegen. Als ob ihre Zeit bereits abgelaufen wäre.« Sie betrachtet mich nachdenklich von Kopf bis Fuß. »Sie sind jung, und wie es aussieht, körperlich noch fit. Verbringen Sie Ihre letzten Tage hier auf der Erde nicht mit Sterben. Wenn es etwas gibt, das Sie tun wollen, dann tun Sie es. Haben Sie verstanden?«

Ich nicke.

»Gut.« Sie richtet sich so weit auf, wie ihr Rücken es zulässt, und schlurft davon.

Sie blickt nicht zurück.

Ich schaue wieder in den Himmel. Der Wind hat sich gedreht, er kommt jetzt aus Richtung Osten und schiebt die Wolken über die Berge wie rollende Wellen. Doch eine ist widerspenstig, größer als die anderen. Sie reckt sich in die Höhe, prächtig weiß vor dem Himmel, geformt wie ein Baiser.

Wenn es etwas gibt, das Sie tun wollen, dann tun Sie es.

Die Worte der Frau gehen mir nicht aus dem Kopf, während ich diese Wolke beobachte. Ich habe nie an so etwas wie Zeichen geglaubt. Meiner Ansicht nach kann man einen Grund für alles finden, wenn man nur genau genug hinsieht. Aber am heutigen Tag, an dem ich die schlimmstmögliche Nachricht bekommen habe, kann ich wohl alle Vernunft in den Wind schlagen. Diese Wolke, die wie ein Baiser aussieht … oder wie ein weißes Kleid … sie ist ein Zeichen.

Tun Sie das, was Sie tun wollen.

Ich will heiraten.

2. Kapitel

»Überraschung!«

Ich tue erschrocken, als das Licht angeht und Verwandte und Freunde hinter Türrahmen und Sofas auftauchen.

»Was ist das? Was ist hier los?« Eine Hand theatralisch ans Herz gedrückt runzle ich fragend die Stirn.

Meine Mutter tritt auf mich zu und verdreht dabei die Augen.

»Du brauchst uns nichts vorzuspielen«, erwidert sie. »Wir wissen, dass du es wusstest.«

»Wie bitte? Ich … Was? Na schön. Was hat mich verraten?«

»Dein Vater hat gestanden, dass er dich angerufen hat, um zu fragen, um wie viel Uhr du nach Hause kommst. Weil er vergessen hat, dass es eine Überraschung werden sollte.« Sie dreht sich um und wirft meinem bedröppelt wirkenden Vater einen bösen Blick zu.

»Tut mir leid«, murmelt er. »Aber zu meiner Verteidigung sei gesagt, dass mir dieses Geheimnis niemals hätte anvertraut werden dürfen. Ihr wisst doch, dass ich kein Geheimnis für mich behalten kann.«

»Ist schon gut, Dad.« Ich stelle mich auf die Zehenspitzen, um diese eine kleine Stelle auf seiner Wange zu küssen, die nicht von dem grauen Bart überwuchert ist. »Ich stehe sowieso nicht besonders auf Überraschungen«, flüstere ich. »Ich bin froh, dass du mich vorgewarnt hast.«

»Puh.« Er lächelt.

Beim Anblick meines Dads breche ich beinahe zusammen. Mein wunderbarer, zuverlässiger, liebenswerter Dad. Er trägt seine ausgewaschene Jeans mit dem Loch am Knie, das meine Mutter fast um den Verstand bringt (»Sie sind so bequem!«, protestiert er, wenn sie ihn auffordert, sie endlich wegzuwerfen. »Wozu die Mühe, ein neues Paar einzutragen?«). Ich möchte die Arme um seinen großen Bauch legen und mich an ihm festklammern. Doch das kann ich nicht tun. Er wüsste sofort, dass etwas nicht stimmt, und ich habe beschlossen, nichts zu sagen, zumindest nicht heute. Warum auch noch allen anderen diesen Tag verderben?

»Wie ich sehe, hast du deinen Rasierer immer noch nicht gefunden«, sage ich und zerzause seinen Bart.

»Nein, und das habe ich auch nicht vor. Der Bart hält mein Gesicht warm.«

»Aber ohne siehst du so viel jünger aus.«

»Wozu soll ich jung aussehen? Ich habe schließlich nicht vor, eine neue Frau zu finden. Deine Mutter genügt völlig.«

Er blickt zärtlich zu meiner Mutter, die ganz in der Rolle der Gastgeberin aufgeht und gerade einen Teller mit Kräckern, Camembert und anderem Käse, für den sie zweifellos ein Vermögen ausgegeben hat, herumreicht. Meine Eltern lieben einander heute noch genauso wie an ihrem Hochzeitstag vor neunundzwanzig Jahren. Meine Freunde fanden sie früher immer niedlich. Ich fand sie unfassbar peinlich, vor allem, wenn sie in aller Öffentlichkeit rumknutschten. Jetzt bin ich froh, dass sie einander haben. Sie werden sich brauchen, wenn ich weg bin.

»Ach ja, alles Gute zum Geburtstag«, gratuliert mir mein Vater. »Deine Mutter hat das Geschenk für dich in die Küche gestellt.«

»Kein Stripper, oder?«

Er verschluckt sich an seinem Bier. »Nein«, stößt er schließlich hervor. »Nein, ich schätze, da besteht keine Gefahr.«

Meine Mutter hat eine recht unorthodoxe Art, Geschenke zu machen. Während all meine Freundinnen zu ihrem sechzehnten Geburtstag Schmuckstücke mit ihren Initialen auf der Rückseite bekamen, überreichte mir meine Mutter einen Geschenkgutschein für eine Tätowierung und ein Päckchen Kondome.

»Leg los, und viel Spaß«, sagte sie stolz, als ich sie ausgepackt hatte. Ich muss gestehen, dass die Kondome irgendwann nützlich waren, den Geschenkgutschein ließ ich allerdings verfallen.

Die nächste Stunde verbringe ich damit, meine Runde durch den Raum zu drehen und mich mit den Leuten zu unterhalten, die gekommen sind, um meinen achtundzwanzigsten Geburtstag zu feiern. Das Wohnzimmer ist geschmackvoll mit Kerzen in Gläsern und bunten Laternen dekoriert. In der Küche gibt es ein so üppiges Buffet, das sich der Tisch beinahe unter all den wunderbaren Gerichten biegt, die Mum gezaubert hat. Was die Gästeliste betrifft, hat sie sich selbst übertroffen: Da sind Leute, die ich Ewigkeiten nicht mehr gesehen habe, sogar – sehr merkwürdig – mein Erdkundelehrer aus der siebten Klasse.

»Ich habe ihn zufällig im Supermarkt getroffen«, erläutert Mum. »Er schien einsam zu sein und fragte mich, wie es dir geht.«

Ich kann die Liebe spüren; von meinen Eltern, meinen Freunden, von den Menschen, die mich ein Leben lang kennen. Man kann sie in jedem liebevoll überlegten Detail entdecken. Was sonst ein Trost wäre, gibt mir jetzt das Gefühl zu ersticken. Zu viel Druck. Ich habe sie alle im Stich gelassen.

»Getränk gefällig?«

Meine beste Freundin Kate steht mit zwei Gläsern Sekt vor mir. Dankbar nicke ich, nehme ihr ein Glas ab und schütte den Alkohol schnell hinunter. Dann gebe ich es ihr zurück und greife nach dem anderen. Sie macht große Augen.

»So schlimm ist es doch hoffentlich nicht, oder?«, fragt sie.

»Was genau?«

Ob sie weiß, dass ich etwas verberge?

Sie zeigt mit dem leeren Glas in den Raum. »Die Party.«

»Oh. Nein, die Party ist toll.«

»Warum bist du dann so blass? Geht es dir gut?« Sie hat ihr besorgtes Ärztinnengesicht aufgesetzt. Kate ist Allgemeinmedizinerin im hiesigen Krankenhaus, und es fällt ihr schwer, nach der Arbeit abzuschalten. Vor allem, wenn es ihre eigene Familie oder ihre Freunde betrifft.

»Doch, mir geht's gut. Ich bin nur ein bisschen überwältigt.«

»Ich dachte, du wusstest von der Party?«

»Stimmt.«

»Manchmal verwirrst du mich, Ava.«

»Das ist auch nicht schwer«, ziehe ich sie auf, so wie ich es unter normalen Umständen getan hätte.

»Hey.« Sie drückt meinen Arm.

»Noch was zu trinken für das Geburtstagskind?« Hoffnungsvoll hebe ich das leere Glas in die Höhe.

»Aber nur, weil dein Geburtstag ist.« Ich sehe ihr hinterher, während sie sich durch die Gäste zu dem Tisch mit den Getränken hindurchschlängelt. Sie dreht sich mit einer Flasche Malibu-Likör zu mir um und schneidet eine Grimasse.

»O mein Gott, kannst du dich noch an die Nacht erinnern, als wir den ganzen Malibu deiner Eltern ausgetrunken haben?«, fragt sie, als sie wieder neben mir steht.

Bei dem Gedanken daran verziehe ich das Gesicht.

»Mir war noch nie so schlecht«, fährt sie fort, streckt die

Zunge raus, als müsste sie sich übergeben, und erschaudert. »Ich bin deinen Eltern noch immer dankbar dafür, dass sie meinen nichts erzählt haben.«

»Wovon sprecht ihr?«

Amanda, die Dritte in unserem Bund, kommt zu uns. Sie hat einen Pappteller in der Hand und schaufelt sich mit verzücktem Gesicht Butterhühnchen in den Mund.

Bei ihrem Anblick kreische ich auf. Dann werfe ich ihr die Arme um den Hals und schlage ihr dabei beinahe den Pappteller aus der Hand.

»Hey«, sagt sie. »Langsam.«

»Wann bist du angekommen?«

Sie zuckt mit den Schultern. »Gestern Abend.«

»Und wie lange bleibst du?«

Sie schiebt sich noch mehr Essen in den Mund und stößt ein lang gezogenes »Mmmm« aus. »Weiß nicht. Wir sind gerade zwischen zwei Tourneen und werden bald ins Studio gehen, aber noch gibt es kein konkretes Datum.«

Ich bin verdammt froh, sie zu sehen. Dass sie eines Tages ein Star werden würde, wusste ich schon immer. Amanda singt, seit sie sprechen kann, zumindest, wenn man ihrer Mutter glauben darf, jedenfalls ist Singen für sie so selbstverständlich wie Atmen. Sie verfügt über ein wunderschönes Timbre, ihre Stimme klingt etwas heiser, aber dennoch engelsgleich. Zwar ist sie noch kein internationaler Star, aber ihr Durchbruch steht kurz bevor.

»Schön, dass du nicht die Leute vergisst, die dich kannten, bevor du berühmt wurdest«, witzelt Kate.

»Berühmt würde ich das nicht unbedingt nennen«, erwidert Amanda schnaubend. »Eine Kneipentour durch Neuseeland ist ungefähr so glamourös, wie es klingt.«

»Ich bin auf jeden Fall froh, dass du kommen konntest.« Bei ihrem Anblick werde ich ganz rührselig.

Sie hört gerade lange genug auf zu essen, um mir einen liebevollen Blick zuzuwerfen. »Als ob ich deine Geburtstagsparty verpassen würde.«

»Du hast meinen einundzwanzigsten Geburtstag verpasst.« Ich tue so, als würde ich noch immer schmollen.

»Mein Gott, da war ich nicht im Land.«

»Jaja, Ausreden.«

»Du solltest langsam darüber hinwegkommen. Wie auch immer, worüber habt ihr gerade gesprochen?«

»Von der Nacht, in der wir den ganzen Malibu getrunken haben«, sagt Kate. »Ernsthaft, Amanda, du musst zwischendurch auch mal atmen. Sonst bekommst du noch Verdauungsstörungen.«

»Geht nicht. Zu lecker. Und ich erinnere mich gut an diese Nacht«, entgegnet Amanda mit vollem Mund. »Seitdem kann ich das Zeugs nicht mehr riechen.«

Ich fröstle. »Ich auch nicht.«

Ich beobachte die beiden, wie sie sich unterhalten, und werde von einer Welle der Zärtlichkeit erfasst. Diese Frauen haben mich fast mein ganzes bisheriges Leben begleitet. Sie waren immer an meiner Seite. Bei Beziehungen, Liebeskummer, Jobs, Urlauben und, natürlich, bei meinem Krebs. Als ich das erste Mal krank wurde, waren sie einfach unglaublich. Sie saßen während der Therapien bei mir. Brachten, wenn ich an einem Tiefpunkt angelangt war, Blumen und kleine Geschenke. Sie badeten mich, als ich allein nicht dazu in der Lage war, und strichen über meine Schultern, wenn ich mich in der Toilette übergab. Auf keinen Fall kann ich ihnen jetzt sagen, dass ich ihnen das alles noch einmal zumuten muss. In der schlimmeren Variante; denn diesmal gibt es keine Hoffnung.

3. Kapitel

Jemand schlägt mit einer Gabel an ein Weinglas.

»Entschuldigung? Darf ich kurz um eure Aufmerksamkeit bitten?«, ruft Mum. »Hi«, fährt sie fort, als alle Blicke auf sie gerichtet sind. »Ich glaube, die meisten von euch wissen, wer ich bin. Aber für die, die mich nicht kennen: Ich bin Gabby, Avas Mum.« Sie legt eine Hand über ihr Herz und hält inne, als warte sie darauf, wie eine Lehrerin von ihren Schülern begrüßt zu werden – *Guten Mooooooorgen, Mrs. Greeeeeen* –, und als sie lediglich Schweigen und Räuspern erntet, wirkt sie enttäuscht.

»Jedenfalls möchten wir – also Avas Dad Ben und ich – euch danken, dass ihr alle gekommen seid, um den Geburtstag unserer wunderschönen Tochter zu feiern.«

Jetzt sind alle Blicke auf mich gerichtet, und ich winke etwas nervös.

»Ihr alle versteht bestimmt, dass dieser Tag für uns noch bedeutungsvoller ist als ein normaler Geburtstag. Ava, komm doch mal bitte zu mir.«

»Nein, ist schon gut«, sage ich, doch Kate schiebt mich nach vorn.

»Mach ihr die Freude«, murmelt sie.

Als ich mich neben meine Mutter stelle, komme ich mir

wie eine Betrügerin vor. Diese Leute sind meinetwegen hier, um den Tag zu feiern, an dem ich zur Welt kam. Jetzt allerdings ist es auch der Tag, an dem ich erfahren habe, dass mein Leben bald enden wird. Was eine verdammt kranke Wendung ist, wenn man mich fragt.

»Muss das sein?«, zische ich mit zusammengebissenen Zähnen, während ich lächle, als wäre mein Gesicht eingefroren.

»Ja, muss es«, sagt sie. »Und jetzt lächle bitte richtig. Du siehst aus, als hättest du gerade deinen Hamster totgefahren.«

»Ich habe keinen Hamster.«

»Das sagt man so.«

»Sagt man nicht, um genau zu …«

Sie ignoriert mich und dreht sich wieder den Gästen zu. Überall lächelnde Gesichter, und ich muss schwer schlucken. Bloß nicht die Nerven verlieren, nicht jetzt, nicht vor all den Leuten.

»Vor achtundzwanzig Jahren«, verkündet Mum dramatisch, »um drei Uhr fünfundzwanzig morgens lag ich im Krankenhaus und starrte hinauf in grelles Licht, hilflos, die Beine weit …«

»Mum!«

»Was?«

»Zu viele Informationen. Viel zu viele Informationen.«

»Ich hatte sicher nicht vor, sämtliche Details zu schildern«, entgegnet sie gekränkt. »Nur die wesentlichen.«

»Ich glaube, sie haben schon verstanden.«

»Okay. Also gut.« Sie nimmt meine Hand. »Was ich eigentlich sagen möchte, ist, dass dein Vater und ich sehr stolz auf dich sind. Es gab eine Zeit, in der wir dachten, wir können keine Kinder bekommen. Und dann wurden wir mit einer so wundervollen Tochter gesegnet, so liebevoll und fürsorglich und witzig und süß und talentiert, und wirklich, ich könnte endlos weitermachen, aber ich will mich möglichst kurz halten, damit unsere Gäste in Ruhe essen und trinken können.« Sie hält inne, um unsere Freunde und Verwandten eindringlich zu betrachten. »Ich will nicht, dass etwas übrigbleibt.«

Die Gäste lachen, weil die Menge an Essen einfach irrwitzig ist und es natürlich Reste geben wird. Das ist ein alter Witz; meine Mutter ist dafür bekannt, immer zu viel aufzutischen.

Jetzt richtet sie ihre Aufmerksamkeit wieder auf mich. »Wir lieben dich, und uns ist klar, dass du es nicht immer leicht hattest. Wir sind stolz darauf, wie du diesen Kampf auf deine ganz eigene Weise geführt hast, mit so viel Mut, Entschlossenheit und so unglaublich viel positiver Energie. Und wie du dann die letzten Jahre alles ausgekostet hast, was das Leben zu bieten hat, nun, in anderen Worten, wir finden dich einfach umwerfend.«

Das ist der Moment, in dem mir Tränen in die Augen schießen und gegen meinen Willen über meine Wangen laufen. Ihre Worte klingen einfach zu sehr wie eine Grabrede. Hastig wische ich die Tränen weg, in der Hoffnung, dass die Gäste sie meiner Rührung zuschreiben werden.

»Ach Ava.« Mum schnieft, in ihren Augen glitzern jetzt ebenfalls Tränen. »Ich wollte dich nicht zum Weinen bringen.«

»Ich weiß.«

»Ben«, ruft sie dann, was mich zusammenzucken lässt.

Mein Dad schiebt den Kopf durch die Küchentür.

»Jetzt?«, fragt er.

Mum hebt einen Finger. »Eine Sekunde noch. Ava, wir wissen, dass du die letzten Jahre auf deine große Auslandsreise gespart hast. Auch wenn es mich vermutlich umbringen wird, dich für ein Jahr oder so nicht zu sehen, haben dein

Vater und ich uns etwas ausgedacht, das deine Reise ein wenig …«, sie neigt den Kopf auf der Suche nach dem richtigen Wort, »… bequemer macht.« Sie deutet auf meinen Vater.

»Jetzt?«

Mum verdreht die Augen. »Ja, jetzt.«

Mein Vater tritt mit einem großen dunkelblauen Rucksack aus der Küche. Einer von denen, die Hunderte Dollar kosten und ein Fach für alles haben, was man sich nur irgendwie vorstellen kann. Ich schlage eine Hand vor den Mund. Diesen Rucksack wünsche ich mir schon seit Jahren. Woher wusste sie das?

»Könnte sein, dass Kate so was erwähnt hat«, erklärt Mum, die meine Gedanken offenbar gelesen hat.

»Gern geschehen«, höre ich Kate rufen. »Obwohl ich immer noch total sauer bin, dass du abhauen willst.«

»Das ist noch nicht alles«, sagt Dad, der seine Aufregung kaum verbergen kann. »Da ist auch etwas drin. Mach ihn auf. Los. Mach ihn schon auf.«

»Da ist aber nichts drin, was mich beim Grenzschutz in Schwierigkeiten bringen könnte, oder?«, frage ich, um etwas Zeit zu gewinnen.

»Nein, nichts Illegales.« Mum seufzt. »Leider.«

Der Anblick des Rucksacks, einer so harmlosen Sache, ist mein Untergang. Er repräsentiert alles, was ich zu hoffen und erträumen wagte, als ich vor ein paar so kurzen Jahren die magischen Worte hörte:

Ihr Krebs bildet sich zurück.

Sofort überkam mich damals das überwältigende Gefühl, aus gutem Grund eine zweite Chance bekommen zu haben und dass ich ab sofort mehr mit meiner Zeit anfangen sollte, als in einem Büro herumzusitzen, die Stunden zu zählen und von einem Gehaltscheck zum nächsten zu leben. Das Erste, was mir einfiel, war, die Welt zu entdecken. Das schien mir ein gutes Ziel zu sein. Also beschloss ich, Geld zu sparen und die Welt zu bereisen, ohne Zeitlimit oder konkrete Pläne, nur ich und mein Rucksack. Doch jetzt geht dieser Traum, der mein Leben ist, einfach den Bach hinunter.

Mit zitternden Fingern hantiere ich an den Verschlüssen des Rucksacks herum, bis meine nicht besonders geduldige Mutter mich zur Seite schiebt.

»Lass mich mal«, sagt sie. »Sonst dauert das ja noch den ganzen Abend.«

Sie öffnet den Rucksack und kippt ihn so, dass ich hineinsehen kann. Zuerst erscheint er mir leer, aber dann entdecke ich etwas Weißes darin. Es ist ein Umschlag, und in dem Umschlag befindet sich eine Karte.

»Lies vor«, drängt Mum.

Ich schüttle den Kopf. »Ich glaube, das kann ich nicht.«

»Schön, dann mach ich es.«

Sie nimmt mir die Karte aus der Hand, räuspert sich und beginnt dann, auf eine Weise vorzutragen, die sie in ihrer Laienschauspielgruppe gelernt hat. Mit einer Stimme, die »kraftvoll« und »gebieterisch« klingen soll.

Liebe Ava, alles Gute zum Geburtstag! Danke, dass du so eine wundervolle Tochter bist und uns stolzer machst, als wir es je für möglich gehalten hätten. Unser Geschenk ist ein Flugticket nach Rio de Janeiro in Brasilien! Das Rückflugdatum ist natürlich offen, damit du nach Hause kommen kannst, wann immer du willst (falls das Reisen doch nichts für dich sein sollte und du schnell zurückkommen willst, wird dir das niemand übelnehmen). So schwer es uns fallen wird, dir (vorläufig!) auf Wiedersehen zu sagen, wünschen wir dir eine Zeit voller großer Abenteuer. Während du da draußen bist, tust, was du tun musst, und wundervolle Erinnerungen sammelst, vergiss bitte nie, dass wir hier sind und dich lieben und dass wir die Ersten am Flughafensteig sein werden, wenn du zurückkommst. Wir lieben dich, Mum und Dad.

Sie sieht mich mit Augen voller Tränen erwartungsvoll an. Die Gäste murmeln, zweifellos überwältigt von der Großzügigkeit meiner Eltern.

»Ich weiß nicht, was ich sagen soll.« Ich habe das Gefühl, jeden Moment einen Nervenzusammenbruch zu bekommen. »Danke. Das ist unglaublich und sehr überraschend.«

»Tja nun, zum Glück konnte dein Vater ausnahmsweise mal ein Geheimnis für sich behalten. Und gern geschehen.«

Sie nimmt mich in den Arm und winkt meinen Vater herbei, damit er sich anschließt. Einen Moment lang erlaube ich es mir, mich zu entspannen und einfach das Gefühl ihrer Umarmung zu genießen, so tröstlich und beruhigend. Ich atme den vertrauten Geruch ein, den ich seit meinem ersten Atemzug kenne. Wieder steigt Panik in mir auf. Wie nur soll ich es ihnen sagen?

»Ich muss aufs Klo«, murmle ich und ducke mich unter ihren Armen hindurch.

»Geht es dir gut?«, ruft Mum mir hinterher.

Doch ich kann nicht antworten.

Statt am Ende des Flurs nach rechts ins Badezimmer zu gehen, biege ich nach links in mein altes Kinderzimmer ab. Dort schließe ich die Tür hinter mir, lehne mich dagegen und presse die Augen zu, atme ein und aus, bis mein Puls sich beruhigt hat und die Panikattacke nachlässt. Dann strecke ich die Hand aus, um die Lampe auf dem Nachttisch anzuschalten. Sofort ist der Raum in ein warmes, einladendes Licht getaucht. Erst hier in der Stille, weit weg von dem Stimmengewirr der Party, bemerke ich, dass es zu regnen begonnen hat. Laut prasseln die Tropfen auf das Blechdach.

Mein Zimmer sieht noch genauso aus wie an dem Tag, an dem ich ausgezogen bin. Nein, das stimmt nicht ganz. Als ich vor sieben Jahren ging, konnte ich es kaum erwarten, endlich unabhängig und frei zu sein, deswegen schleuderte ich hastig alles, was ich zu brauchen glaubte, in eine Mülltüte. Den Rest ließ ich einfach liegen, wie Schutt nach einem Wirbelsturm. Meine Mutter räumte hinter mir auf und warf bei der Gelegenheit sicher ein paar Dinge weg.

Langsam lasse ich mich auf die Bettkante sinken und sehe mich mit gemischten Gefühlen um. In diesem Zimmer bin ich aufgewachsen. Meine Eltern haben das Haus vor meiner Geburt gekauft, und obwohl ich in den letzten Jahren in verschiedenen Wohnungen gelebt habe, fühle ich mich nur hier so richtig zu Hause.

Ich streiche über die glatte Holzwand hinter dem Bett. Ich weiß genau, wie viele Astlöcher es in meinem Zimmer gibt (487) und welche Bretter in der Hitze der Nachmittagssonne knarren und welche sich lautstark protestierend zusammenziehen, wenn es im Winter kalt wird. Da ist noch immer der Fleck auf dem Teppich, von dem rosa Nagellack, den ich mit zwölf verschüttet habe, als ich mich für meinen ersten Discoabend fertig machte. In der einen Ecke des Fensterrahmens ist ein winziger Riss zu sehen, weil ich mit sechzehn frustriert einen Schuh dagegen geschleudert habe. Ich hatte Hausarrest bekommen, aus gutem Grund, doch war ich damals anderer Ansicht und überzeugt, niemals über diese Ungerechtigkeit hinwegzukommen, die jetzt nicht mehr als eine verschwommene Erinnerung ist.

Es fühlt sich an, als kämen die Wände auf mich zu, aus meiner Lunge dringen seltsame erstickte Geräusche. Und da sind auch wieder die Tränen. Ich schalte das Licht aus, falle rücklings aufs Bett und lasse die Tränen laufen. Geräuschlos, aber deshalb nicht weniger heftig, beginne ich innerlich gegen diese Ungerechtigkeit zu wüten. Warum ich? Warum erneut? War es nicht genug, schon einmal mit dieser Todesangst leben zu müssen? Aufgeschnitten zu werden und Körperteile herausgeschnitten zu bekommen, die sich gegen mich gewendet hatten wie meuternde Matrosen. Körperteile, die dann in ein Labor gebracht, untersucht und schließlich verbrannt wurden – was mir wie ein grausamer Testlauf vorkam, bevor dasselbe mit dem Rest von mir gemacht werden würde. So mit Medikamenten vollgepumpt zu sein, dass ich kaum mehr mein eigenes Spiegelbild erkannte, weil es eine aufgedunsene, glatzköpfige Frau zeigte, die mehr Ähnlichkeit mit einer Leiche in einem B-Movie hatte als mit mir.

Es war gerade erst genug Zeit vergangen, dass ich es gewagt hatte, ein wenig zu entspannen und nach und nach die Angst abzulegen, die mir überallhin folgte. Ich hatte geglaubt, endlich aus dem Schneider zu sein und das Leben wieder genießen zu können. Aber hier bin ich jetzt, erneut mit meiner eigenen Sterblichkeit konfrontiert. In meinem Stundenglas befindet sich nur noch wenig Sand, und der rieselt schnell davon.

Ich weiß nicht, wie lange ich in Embryostellung zusammengerollt daliege und einer einfacheren Zeit nachtrauere genauso wie der unschuldigen Person, die ich einmal war. Irgendwann fällt mir dann aber wieder ein, dass die Leute da draußen nur meinetwegen gekommen sind. Sie wissen nicht, warum ich mich aus dem Staub gemacht habe. In ihren Augen bin ich wahrscheinlich einfach nur unhöflich. Also knipse ich das Licht wieder an und richte mich auf. Gestern hätte ich das Kneifen in meinem Rücken und meinen Beinen kaum bemerkt. Heute weiß ich, dass sie ein Symptom meines herannahenden Endes sind.

Mein Spiegelbild sieht nicht gerade berauschend aus, aber es muss irgendwie gehen. Ich gehöre nicht zu den Frauen, die ein Täschchen mit sich herumtragen, um ihr Make-up aufzufrischen. Hastig wische ich die Tränen von den Wangen und trockne die Hände an meinem Kleid ab. Über dieses Kleid habe ich mir gestern viele Gedanken gemacht. Passt es zu der Party? Ist es elegant genug? Aber nicht *so* elegant, als wollte ich hinterher noch auf eine Cocktailparty gehen? Jetzt erscheint mir das eine unsinnige Verschwendung von Gedanken zu sein. Ich hätte die Zeit damit verbringen können, Wolken zu betrachten oder ein gutes Buch zu lesen oder an die Brieffreundin zu schreiben, der ich seit über zehn Jahren nicht mehr geschrieben habe. Vorausgesetzt, ihre Adresse hat sich nicht geändert. Ich will nur sagen, dass ich mehr Zeit mit etwas *Sinnvollem* hätte verbringen sollen, statt mir darüber Gedanken zu machen, ob mein Outfit passt oder nicht. Das habe ich schon beim ersten Mal gelernt, aber irgendwann im Laufe der letzten Jahren bin ich wieder in alte Gewohnheiten verfallen. Es ist leicht, diese Schlagworte von sich zu geben – »Das Leben ist kurz« – »Lebe jeden Moment, als wäre er dein letzter« –, aber das wirklich ein Leben lang durchzuhalten, ist *anstrengend*.

Gerade als ich mich zur Tür wende, fällt mir etwas Weißes auf. Ein Bild, das ich an mein Vision Board gehängt habe. Noch etwas, was ich vergaß, als ich das Nest nicht schnell genug verlassen konnte, um mein Erwachsenenleben zu beginnen.

Der Regen fällt heftiger, der Lärm ist fast ohrenbetäubend und ein passender Ausdruck meiner Gefühle. Ich gehe zum Vision Board und betrachte die Bilder, die ich vor so langer Zeit sorgfältig aus Zeitschriften ausgeschnitten und daran gepinnt habe. Sie sind mir so vertraut wie mein eigenes Gesicht. Sanft fahre ich mit einem Finger darüber. Früher habe ich viel Zeit damit verbracht, sie träumerisch anzusehen und mir meine Zukunft auszumalen.

Es sind keine Bilder von exotischen Orten. Keine Bilder von Paris, den Pyramiden in Ägypten oder Disney World. Nichts in dieser Art.

Es sind Bilder von Brautschuhen, Schmuck, Blumenarrangements. Kuchen und mit Blütenblättern verzierte Altäre. Bräute in herrlichen Kleidern mit tadellosen Frisuren und Make-up und glücklichen Gesichtern.

Als es klopft, blicke ich zur Tür. Der Knauf dreht sich und meine Mutter streckt den Kopf herein.

»Hier bist du«, sagt sie. »Ist alles in Ordnung?«

Ich nicke.

»Gut, dann komm jetzt wieder raus und misch dich unter deine Gäste. Die denken schon, du hättest sie sitzenlassen.«

Nach einem letzten, langen Blick auf die Bilder folge ich ihr durch den Flur zurück ins Wohnzimmer.

»Ich habe sie gefunden«, verkündet meine Mutter strahlend und an niemand Bestimmten gerichtet. Und doch drehen sich die meisten lächelnd um. Amanda hat sich ein Getränk aus der Küche geholt und betrachtet mich skeptisch.

»Alles okay?«

Ich lege ihr die Arme um den Hals und drücke meine Stirn an ihre. Aus dieser Nähe kann ich die Sommersprossen auf ihrer Nase sehen, die sie als Teenager immer unter viel Make-up zu verbergen versuchte.

»Nein«, sage ich. »Aber danke, dass du fragst.«

Sie runzelt verwirrt die Stirn.

»Wie wäre es mit einer Rede des Geburtstagskindes?«, ruft jemand, und es wird still im Raum, nur noch der Regen ist zu hören, der noch heftiger trommelt als zuvor. Alle sehen mich erwartungsvoll an. Ich löse mich von Amanda, lasse allerdings einen Arm auf ihrer Schulter ruhen, und mustere die Gesichter, die mich erwartungsvoll ansehen, alle vertraut und zugleich so fremd in diesem Moment. Diese Menschen haben noch ihr ganzes Leben vor sich. Sie werden um mich trauern, natürlich, anfangs. Doch wie lange wird das anhalten? Bis der Alltag sie wieder im Griff hat und die Gedanken an mich immer seltener werden? Es mag egoistisch sein, doch die Vorstellung, dass meine Familie und meine Freunde ohne mich weiterleben werden, finde ich nicht tröstlich. Sondern beängstigend.

Das Leben ist auf einmal so wichtig geworden.

Wenn es etwas gibt, das Sie tun wollen, dann tun Sie es. Tun Sie es jetzt.

Wieder höre ich die Worte der alten Frau.

»Ich werde heiraten«, sage ich leise.

Meine Mutter verzieht fragend das Gesicht, während sie versucht, meine Worte zu verstehen.

»Wie bitte?«

»Was hast du gesagt?«, fragt Amanda.

»Ich werde heiraten«, wiederhole ich, lauter. »ICH WERDE HEIRATEN.«

Es hört auf zu regnen.

Meine Mutter blickt von mir zu Amanda.

»Sie?«, fragt sie.

4. Kapitel

»Aber man muss doch *irgendetwas* tun können? Ein neues Medikament erproben? Hast du ihn das gefragt?«

Nur meine Eltern, Kate und Amanda und ich sind noch hier. Meine Mutter hat kurz nach meiner Ankündigung, heiraten zu wollen, die Gäste nach Hause geschickt, obwohl die Teller noch voller Essen waren. Sie wusste, dass etwas nicht stimmte, zumal ich zu weinen begann und nicht mehr damit aufhören konnte. Ich saß am Esstisch, Tränen liefen mir in die Nase, den Mund, ins Haar, bis ich nur noch ein durchweichtes Etwas war. Sobald mich jemand fragte, wie es mir ging, begann ich, nach Luft zu schnappen wie ein Goldfisch, unfähig, zu sprechen.

Am Ende flößte mir meine Mutter einen Whiskey ein, und ich hörte lange genug auf zu weinen, um es ihnen zu erzählen.

Mein Vater hat seitdem keinen Ton gesagt. Er starrt an die Wand, als ob er durch sie hindurchsehen könnte, bis zu einem anderen Ort, einer anderen Dimension, in der seine einzige Tochter ihm nicht gerade mitgeteilt hat, dass er sie innerhalb eines Jahres begraben wird.

Kate und Amanda weinen. Leise, unaufdringlich. Dezentes Schniefen und schmerzerfülltes Atmen. Meine Mutter hat ihnen ebenfalls Whiskey gegen den Schock gegeben. Amanda ist bereits beim dritten Glas angekommen; ihre Bewältigungsstrategie war schon immer, sich die Kante zu geben. Ich habe große Lust, dasselbe zu tun. Alles zu tun, um dieses Gefühl meines kurz bevorstehenden Untergangs zu dämpfen, genauso wie dieses erstickende Schuldgefühl, meinen Eltern so etwas anzutun.

Meine Mutter nimmt die Nachricht nicht einfach so hin. Obwohl ich ihr alles erzählt habe, was der Arzt sagte, besteht sie darauf, dass ich mich irren muss. Ich hätte bestimmt irgendetwas missverstanden und durch den Schock einen wesentlichen Teil des Gesprächs verpasst. Sie ist sauer, dass ich ohne sie hingegangen bin, gerade so, als hätte durch sie das Ergebnis anders ausgesehen.

Ich schüttle den Kopf. »Nein, danach habe ich ihn nicht gefragt.«

»Siehst du. Wir gehen morgen zusammen zu ihm. Du bist viel zu erschüttert, um die Fragen zu stellen, die gestellt werden müssen.«

Ich trinke noch einen großen Schluck Whiskey. »Gut.«

»Wir geben uns nicht einfach damit ab«, ermahnt mich meine Mutter. »Du musst kämpfen, genau wie letztes Mal.«

Die Vorstellung, alles noch einmal durchmachen zu müssen, ist unerträglich. Doch welche Wahl bleibt mir? Ich nicke.

Mein Dad rührt sich zum ersten Mal und sieht mich an. »Darfst du überhaupt trinken? In deinem Zustand?«

»Sie ist verdammt noch mal nicht schwanger«, fährt Mum ihn an, und er senkt den Kopf.

Ich lege eine Hand auf seinen Arm. »Ist schon gut, Dad, schlimmer kann es sowieso nicht werden.«

Er nickt und tätschelt meine Hand. Sein Gesicht hat die blassgelbe Farbe von frühen Osterglocken angenommen, nur dass diese Farbe auf Haut nicht annähernd so hübsch ist.

5. Kapitel

»Wie lange hat sie noch?«

Dr. Harrison wirft meiner Mutter einen Blick zu, den er ganz sicher speziell für Mütter wie sie eingeübt hat.

Sie ist in sein Büro gestürmt, um dafür zu sorgen, dass er es sich noch einmal anders überlegt, gerade so, als wäre meine tödliche Diagnose lediglich eine unausgegorene Theorie.

»Sie müssen einen Fehler gemacht haben«, sagte sie.

Hatte er nicht.

»Aber ganz sicher gibt es eine Heilungsmöglichkeit?«

Gab es nicht.

»Wollen Sie mir vielleicht sagen, dass all ihr Ärzte mit eurer kollektiven Weisheit keinen Weg wisst, meine Tochter zu retten?«

Ja, wollte er.

Schließlich, nachdem sie all ihre Fragen gestellt hatte und einfach keine andere Antwort bekam, musste sie es widerwillig akzeptieren – soweit eine Mutter es akzeptieren kann, dass ihre einzige Tochter nicht mehr lange leben wird. Daraufhin stellte sie ihm diese Frage, die ich ihm auch stellen wollte, vor der ich aber zu große Angst gehabt hatte.

»Das ist schwer zu sagen«, antwortet er vorsichtig.

»Los, Sie haben doch bestimmt eine grobe Schätzung.«

»Wir wollen niemandem falsche Hoffnungen machen.«

»Und wenn wir versprechen, es nie gegen Sie zu verwenden?«, fragt sie genervt. »Geben Sie uns irgendeine ungefähre Vorstellung, bitte.«

»Ich kann es wirklich nicht riskieren …«

»Haben Sie Kinder, Dr. Harrison?«, unterbricht ihn meine Mutter.

»Nein.«

»Nun, könnten Sie nur einen Augenblick lang so tun, als ob sie welche hätten? Versetzen Sie sich in unsere Lage. Wie? Lang?« Meine Mutter hat die Zähne zusammengebissen, ihr Gesicht wirkt hart wie Stahl.

»Ein Jahr, vielleicht achtzehn Monate. Könnte weniger sein oder mehr.«

»Bei allem Respekt, Herr Doktor.« Ich beuge mich vor, um zum ersten Mal auch etwas zu sagen. »Es ist ein großer Unterschied, ob wir von zwölf oder von achtzehn Monaten sprechen. Ganze sechs Monate, um genau zu sein. Mit dieser Zeit könnte ich eine Menge anfangen. In sechs Monaten könnte ich eine Kreuzfahrt um die Welt machen.«

Meine Mutter fährt herum, um mich anzusehen. »Ist das dein Plan?«

Ich zucke die Achseln. »Keine Ahnung. Eher nicht. Aber ich wüsste gern, welche Optionen ich habe. Ich werde keine Reise buchen, wenn ich gar nicht mehr hier sein werde, um sie zu machen.«

Dr. Harrison dreht seinen Stift zwischen linkem Daumen und Zeigefinger, eine nervöse Angewohnheit, von der er selbst wahrscheinlich gar nichts weiß. Er blickt hilfesuchend auf seinen Computerbildschirm, doch das rücksichtslose Teil hat in den Ruhemodus geschaltet.

»Ich wünschte, ich könnte Ihnen Genaueres sagen«, meint er endlich. »Wirklich. Und ich verstehe Ihren Wunsch nach einem Zeitrahmen. In Ihrer Lage würde ich das auch wissen wollen. Aber die Dinge können sich je nach Umständen ändern. Allgemeiner Gesundheitszustand, die Behandlungsmethoden, die Sie wählen. Wir können es einfach nicht präzise bestimmen.«

Ich setze mich zurück und atme aus. »Schon gut, ich verstehe.«

Meine Mutter betrachtet mich gleichermaßen verblüfft wie hilflos. »Das kann doch nicht alles sein, hier ist das letzte Wort noch nicht gesprochen. Wir werden eine zweite Meinung einholen.«

»Selbstverständlich. Das können Sie natürlich gern tun, wenn Sie wollen«, sagt Dr. Harrison und dreht den Stift. »Ich kann Ihnen jemanden empfehlen, wenn Sie möchten?«

»Nein«, sage ich.

»Ava ...«

»Nein, Mum. Dr. Harrison weiß, was er tut. Ich vertraue ihm.«

»Hier geht es nicht um *Vertrauen*. Hier geht es um dein Leben.«

Unter anderen Umständen hätte ich ihr darauf eine ziemlich scharfe Antwort gegeben. Aber ich weiß, dass sie es nicht so meint. Sie leidet auch.

»Dessen bin ich mir bewusst«, sage ich tonlos.

Ihre Schultern sinken nach vorn, als ob jemand ihre Lungen punktiert hätte. Meine sonst so jugendliche Mutter sieht auf einmal so alt aus, wie sie ist. »Natürlich. Tut mir leid.«

»Schon gut.«

»Nein, ist es nicht. Nichts hier ist gut.«

»Das könnte die Untertreibung des Jahres sein.« Ich lächle, um sie etwas aufzuheitern. Nicht weil die Situation nicht ernst ist, denn das ist sie natürlich. Doch wenn mir nur noch wenige Monate bleiben, dann werde ich sie verdammt noch mal nicht damit verbringen, die ganze Zeit schlecht drauf zu sein. Selbstmitleid ist erlaubt, sogar angebracht, aber ich werde mich nicht ewig darin suhlen. Mum wirft mir ein kleines verzweifeltes Lächeln zu. Das ist auch ihr gegenüber nicht fair.

»Wann möchten Sie mit der Behandlung beginnen, Ava?« Dr. Harrison klickt mit der Maus auf den Kalender, erleichtert, sich wieder auf vertrautem Terrain zu befinden.

»So schnell wie möglich«, antwortet Mum. Dann sieht sie mich an. »Richtig?«

Ich blicke aus dem Fenster in den Himmel. Heute ist er knallblau und fast leer, abgesehen von ein paar kleinen Wolkenfetzen, die an den Bergen kleben. Ich habe das Gefühl, dass meine Sinne von der Diagnose geschärft wurden. Mir ist schmerzhaft bewusst, dass dort draußen alles lebendig ist. Ich höre den Verkehr, Stimmen, Vögel und das ferne Brummen eines Flugzeugs zehntausend Meter über meinem Kopf. Da draußen wird neues Leben geschaffen, Menschen tun ihren ersten Atemzug und andere ihren letzten.

»Nur um das noch einmal klarzustellen.« Ich sehe Dr. Harrison fest in die Augen. »Sie können mich nicht heilen, ist das richtig?«

Er nickt. »Ja.«

»Und diese Behandlungen, Chemo und Ähnliches, würden das Unvermeidliche lediglich hinauszögern?«

»Hinauszögern würde ich nicht sagen, nein. Im besten Fall würden Sie etwas Zeit gewinnen.«

»Aber sicher ist das nicht.«

»Nein.«

»Wozu das Ganze dann überhaupt?«

Mum versteift sich. Sie ahnt, worauf ich hinauswill.

Dr. Harrison kratzt sich am Kopf. »Durch eine Behandlung könnten wir einige Komplikationen verhindern, die vielleicht auftreten. Zudem hoffen wir, Ihre Lebensqualität zu verbessern und natürlich Ihre Schmerzen in den Griff zu bekommen.«

»Im Grunde wollen Sie also abends, bevor Sie ins Bett gehen, in den Spiegel sehen und sagen können, dass Sie alles in Ihrer Macht Stehende getan haben.«

Er wirft mir einen Blick zu, wie um zu sagen, dass ich nicht fair bin. »Wir tun, was wir können, für alle unsere Patienten, Ava.«

»Das glaube ich Ihnen. Aber, Dr. Harrison …« Ich rutsche auf meinem Stuhl ganz nach vorn, die Ellbogen auf seinen Tisch gestützt. »Ich muss sicher sein können, dass Sie mich nicht verarschen, okay?«

Mum schluchzt auf und bedeckt ihr Gesicht mit den Händen. Sie ist an meine unverblümte Art gewöhnt. Normalerweise würde sie mich unterbrechen, doch sie scheint instinktiv zu verstehen, dass dies ein Moment ist, in dem sie mich auf meine eigene Weise erwachsen sein lassen muss.

Dr. Harrison wirkt zugleich amüsiert und misstrauisch. »Ich verarsche Sie nicht, Ava.«

»Gut. Also, die Chemo, die Sie vorschlagen, ist sehr aggressiv, richtig?«

Er nickt.

»In etwa so wie letztes Mal? Ich werde mich so hundeelend und kaputt fühlen, dass ich tatsächlich am liebsten *sterben* würde?«

Er schluckt, sagt aber nichts.

»Ich weiß es zu schätzen, dass Sie mir verschiedene Optionen anbieten«, fahre ich fort. »Aber ich möchte nicht eine Minute damit verschwenden, mir falsche Hoffnungen zu machen. Und ich möchte das bisschen Zeit, das mir noch bleibt, nicht mit Röntgenaufnahmen und Ultraschallbildern und Blutabnahmen verbringen. Nicht damit, mir die Seele aus dem Leib zu kotzen und jegliche Kontrolle über meinen Körper und meine Würde zu verlieren. Und *auf keinen Fall* möchte ich diesen Zugang in der Brust haben, durch den Sie Medikamente in mich hineinpumpen, die genauso viel Schaden anrichten, wie sie *vielleicht* nützen.«

»Es ist Ihre Entscheidung«, sagt er schließlich. »Selbstverständlich. Und ob Sie es glauben oder nicht, ich verstehe Sie.«

»Das bezweifle ich.«

»Nur um sicher zu sein.« Jetzt lehnt er sich vor. »Sie entscheiden also, wie es Ihr gutes Recht ist, auf eine Behandlung zu verzichten.«

»Ich entscheide, mit dem Schlimmsten zu rechnen und das Beste zu hoffen. Ich entscheide, meine letzten Tage nicht hier zu verbringen, mit dem sinnlosen Versuch, etwas Zeit zu gewinnen. Zeit, in der ich sowieso mehr tot als lebendig wäre. Ich entscheide aber auch, mir die Optionen offenzuhalten, denn vielleicht werde ich in einer Woche meine Meinung ändern und Sie anflehen, mir zu helfen.«

Er wirft mir ein kleines Lächeln zu. »Ich werde da sein.«

6. Kapitel

Nach dem Arzttermin bleibe ich einige Tage zu Hause in meiner Wohnung, suhle mich in Selbstmitleid, gucke blöde Fernsehshows und esse alles, worauf ich Lust habe. Ist ja sowieso sinnlos, jetzt noch auf meine Figur zu achten oder gar meinen Körper durch gesunde Ernährung heilen zu wollen.

Aber ich bin nicht der Typ, der sofort aufgibt. Und selbst wenn ich es wäre, würde meine Mutter es nicht zulassen. Sie kommt vorbei, um mich mittels einer wirksamen Mischung aus Quengeln und Schuldgefühlen zu zwingen, einer Therapie doch noch zuzustimmen. Ich liege gerade – wie schon die letzten drei Tage – auf dem Sofa. Auch meine Klamotten sind seit drei Tagen dieselben: Trainingshose und ein weites Oberteil, was man praktischerweise genauso tagsüber wie nachts tragen kann und mir erlaubt, mühelos von einem Zustand in den anderen zu gleiten.

»Ich will einfach nur allein sein«, sage ich, als ich ihr die Tür öffne und mein traurigstes Gesicht aufgesetzt habe.

»Pech«, antwortet sie und drückt sich an mir vorbei.

Ich beobachte sie dabei, wie sie sich einen Weg durch die Trümmer meines Lebens bahnt und mit spitzen Fingern schmutziges Geschirr und Verpackungen vom Boden aufhebt, ohne einen Hehl daraus zu machen, wie sehr ihr das missfällt.

»Du musst es *versuchen*, Ava. Einfach versuchen. Wunder gibt es jeden Tag, wieso nicht in deinem Fall?«

»Nein, gibt es nicht.«

»Doch, gibt es.«

»Nenn mir nur ein einziges Wunder. Und nichts Religiöses«, sage ich, nicht bereit, ihr irgendwie zu helfen.

»Was ist mit dem Jungen, der vollkommen blind zur Welt kam, aber wieder sehen konnte, nachdem er ein Bad in ...«

»Klingt religiös.«

»Na schön. Was ist mit der Frau, die Drillinge bekam, nachdem die Ärzte sagten, sie könnte niemals ein Kind austragen, weil ihr Uterus die Form eines umgedrehten Seepferdchens hat?«

»Nichts Religiöses *und* nichts aus der Klatschpresse.«

Sie blinzelt, während sie nachdenkt. Schließlich seufzt sie. »Mir fällt nichts ein, vor allem nicht so spontan. Aber das bedeutet nicht, dass es keine Wunder gibt. Man muss nur daran glauben.«

»Meine Güte, hätten doch nur alle Krebskranke der Welt dich als Coach«, entgegne ich sarkastisch.

Sie hebt eine Augenbraue. »Ich erlaube dir ausnahmsweise, so mit mir zu sprechen, weil gerade so viel passiert. Aber noch ein Mal, und du kannst was erleben.«

»Tut mir leid.«

Sie hebt einen besonders schmutzigen Teller auf und mustert ihn. »Was in aller Welt war das?«

»Chinesisch, glaube ich. Oder Pizza.«

Sie erschauert. »Gut, geh unter die Dusche und zieh dich an. Ich habe einen Termin bei deinem Onkologen gemacht, und ich will nicht, dass wir zu spät kommen.«

»Himmel, Mum, ich bin nicht mehr fünf. Du brauchst für mich keine Arzttermine zu vereinbaren.«

»Nun, irgendjemand muss es ja tun.« Sie setzt sich neben

mich und nimmt meine Hand. »Ich weiß, dass du Angst hast. Aber du musst ihnen die Chance geben, das zu bekämpfen, Ava. Du musst alles ausprobieren, was sie dir anbieten können.«

»Ich habe keine Angst. Ich habe Todespanik.«

»Ach, mein kleines Mädchen.« Sie zieht mich in die Arme. »Ich weiß. Und wenn ich mit dir tauschen könnte, würde ich keine Sekunde zögern. Aber wir müssen jetzt das tun, was wir immer tun, okay? Wir müssen einen Fuß vor den anderen setzen und weitermachen, wir dürfen niemals aufgeben. Wir müssen alles versuchen, um diesen Ärzten zu beweisen, dass sie sich irren, und um Zeit zu gewinnen. Jeden Tag werden schließlich neue Medikamente entdeckt.«

»Ich bin einfach nicht sicher, ob ich das alles noch einmal durchstehen kann, Mum. Es war schon beim ersten Mal schwer genug.«

»Ich weiß. Das weiß ich. Aber du bist nicht allein. Wir alle sind für dich da. Deine Freunde und deine Familie. Und wenn du es nicht für dich selbst tun willst, dann tu es für uns. Wir brauchen dich hier. Dein Vater hat seit deiner Geburtstagsfeier kaum etwas gegessen. Wir mussten die ganzen Reste wegwerfen.« Sie blickt sich wieder im Zimmer um und runzelt die Stirn. »Ich habe mir überlegt, dass du am besten wieder bei deinem Vater und mir wohnst, damit wir uns um dich kümmern können.«

»Ich soll meine Wohnung aufgeben?«

Sie schnaubt. »Blitzmeldung, das hier ist nicht gerade der Taj Mahal.«

»Ich mag meine kleine Wohnung«, protestiere ich.

»Ach Schatz. Sie ist ganz schön runtergekommen, gib es zu. Selbst Kakerlaken schauen sich nur kurz um und hauen dann wieder ab. Ich finde die Vorstellung, dass du hier ganz allein bist, einfach grässlich. Komm nach Hause. Ich verspreche auch, dich nicht zu nerven.«

Ich neige den Kopf zur Seite und werfe ihr einen *Blick* zu.

»Na gut. Wahrscheinlich werde ich dich nerven, ich kann nicht anders. Das tun Mütter einfach. Aber ich werde versuchen, es nicht zu übertreiben.«

»Ich denke darüber nach«, behaupte ich, um sie zu beruhigen.

»Okay, ich will dich nicht unter Druck setzen. Nun, jedenfalls nicht zu sehr. Und du kommst mit mir zum Arzt?«

»Ja. Ich werde mir anhören, was er zu sagen hat.«

»Danke«, sagt sie. »Und jetzt ab unter die Dusche, ernsthaft. Du stinkst.«

Unter der Dusche kommt mir ein Gedanke.

»Mum«, brülle ich.

Sie öffnet die Tür und streckt den Kopf herein. »Was ist?«

»Haben Seepferdchen nicht dieselbe Form, egal wie rum?«

Sie sieht überrascht aus und malt mit dem Finger eine S-Form in die Luft. »Ich glaube, du hast recht.«

»Ich sag doch, dass in diesen Zeitschriften nur Scheiß steht.«

Sie schnappt nach Luft. »Blasphemie.«

»Nein, wirklich nicht.«

Wir gehen also wieder zu Dr. Harrison – ich mit eingezogenem Schwanz – und bitten ihn, mir zu helfen. Er schlägt mir einen Therapieplan vor, dem wir beide zustimmen können. Ich weigere mich, dieselbe Chemotherapie wie beim letzten Mal zu machen, die ja verdammt wenig bewirkt hat, wie sich herausstellte. Allerdings bin ich bereit, eine Chemotherapie in Tablettenform zu versuchen.

Zur Freude meiner Mutter höre ich auf ihren Rat und kündige meine Wohnung. Zu ihrem Ärger ziehe ich allerdings bei Kate ein, statt nach Hause zu gehen und mich unter dem Rock meiner Mutter zu verkriechen. Ich liebe meine Eltern mehr als alles auf der Welt, aber ich kann einfach nicht zurück. Nicht jetzt. Ich muss nach vorne sehen. Als Kate also vorschlägt, dass ich bei ihr einziehe, packe ich die Gelegenheit beim Schopfe. Wer würde nicht gern direkt am Strand wohnen? Zuvor habe ich mich vergewissert, dass sie weiß, worauf sie sich einlässt. Dass das ganz sicher keine Party wird und dass es wahrscheinlich genauso viele schlechte wie gute Tage geben wird. Sie musste mir versprechen, es sofort zu sagen, wenn es ihr zu viel wird.

Ich zwinge mich, nicht darüber nachzudenken, dass dies wahrscheinlich mein letzter Zwischenstopp vor dem Hospiz sein wird. Es fühlt sich einfach nicht real an.

7. Kapitel

Die majestätischen Herbstfarben verblassen in der kahlen Unwirtlichkeit des Winters. Nur die widerstandsfähigsten Pflanzen überleben, alle anderen verwelken und sterben. In eine Art Winterschlaf verfallen sehe ich durch das Fenster dabei zu. Das Haus verlasse ich nur, wenn ich Termine im Krankenhaus habe oder meine Mutter mich in den Supermarkt schleppt, um frisches Obst und Gemüse zu kaufen. Das dann im Kühlschrank ebenfalls vertrocknet und stirbt. Ich habe keinen Appetit und auch nicht die Energie, zu essen, geschweige denn zu kochen. Ich bin verbittert und kann das einfach nicht abschütteln.

Warum ich?

Warum noch einmal?

Es ist einfach zu grausam und nicht zu verstehen, obwohl ich es stundenlang versuche. Außerdem quäle ich mich mit all den Dingen, die ich in meinem Leben nicht getan habe. Dinge, die ich nicht einmal wirklich wollte bis zu dem Moment, wo ich sie nicht mehr haben konnte.

Über den Atlantik segeln
Den Kilimandscharo besteigen
Auf einem Kamel durch die Sahara reiten
Über den Nil schippern

Im Heißluftballon über die Tasmanische See fahren
Allein im Kajak durch den Grand Canyon paddeln
Den Appalachen-Weg wandern

Ich hätte Forscherin werden können. Erfinderin. Und in einem Paralleluniversum gibt es einen Nobelpreis für Literatur mit meinem Namen darauf.

In einem anderen habe ich Krebs geheilt.

Stundenlang durchsuche ich das Internet und stelle eine lange Löffelliste auf. Also eine Liste von Dingen, die ich unbedingt tun möchte, bevor ich den Löffel abgeben muss. Doch sobald ich die Liste erstellt habe, zerreiße ich sie prompt in tausend winzige Schnipsel. Die Schnipsel lasse ich aus dem Küchenfenster rieseln, und der Wind trägt sie davon wie Schneeflocken.

Es hätte mir auch gereicht, einfach nur geliebt zu werden.

Die Chemotherapie in Tablettenform tut genau das, was auf der Packungsbeilage steht: Sie stößt mich in neue Tiefen der Erschöpfung und Lethargie. Meinetwegen könnte sie mich auch an den Rand des Todes führen, solange sie nur die Krebszellen mitnimmt. Meine Haut wird trocken wie die einer Eidechse, schuppig und spröde. Dass ich sie dick mit Feuchtigkeitscreme einschmiere, ändert daran leider auch nichts. Ich fühle mich alt und verwelkt. Zweimal lande ich im Krankenhaus. Einmal, weil ich durch das Erbrechen und den Durchfall gefährlich dehydriert bin, und ein zweites Mal, als die Routineuntersuchung zeigt, dass ich zu wenig rote Blutkörperchen habe und eine Bluttransfusion brauche. Der Infusionsschlauch lässt meine Vene platzen und beschert mir eine geschwollene Hand voller Blutergüsse. Ich werfe der Schwester vor, eine Sadistin zu sein. Sie sieht mich traurig an, sagt aber nichts, woraufhin ich mich noch schlechter fühle. Allerdings nicht schlecht genug, um mich zu entschuldigen.

Ich habe die Nase voll von Nadeln. Meine Haut ist von all den Nadeln, die schon zuvor kamen, mit blassen Narben übersät. So langsam sehe ich wie ein Junkie aus, befürchte ich. Die Kassiererin eines Supermarkts hat mich mal voller Ekel betrachtet, und erst als ich zu Hause in den Spiegel schaute, wurde mir klar, dass meine bleiche Haut, die Schatten unter den Augen und die blau verfärbten Arme durchaus zu Missverständnissen führen können.

Ich schaue mir meinen Lieblingsfilm *Tatsächlich ... Liebe* sechs Mal hintereinander an, obwohl nicht Weihnachten ist, weil ich befürchte, an Weihnachten, wenn er im Fernsehen läuft, nicht mehr hier zu sein. Es sind einhundertzweiundvierzig Tage, neun Stunden, sechsundfünfzig Minuten und dreiundzwanzig Sekunden bis Weihnachten. Ich habe einen Countdown im Internet gefunden und ihn zu meinem neuen Bildschirmschoner gemacht. Makaber, keine Frage. Aber zumindest habe ich so ein Ziel.

Widerstrebend beginne ich, mir wieder Gedanken über die bevorstehende Hochzeit zu machen. Meine Mutter ist überzeugt davon, dass ich durch die Therapie Zeit gewinnen werde, und ich lasse mich ein klein wenig von ihrem Optimismus anstecken.

8. Kapitel

Leise und unauffällig kündigt sich der Frühling an. Neues Grün durchbricht den Boden. Tiere bereiten sich darauf vor zu gebären. Der Kreislauf des Lebens. Voller Hoffnung gehe ich zu meinem Termin, nicht ohne mir zugleich vorzuwerfen, wie bescheuert ich bin.

Der Scan zeigt, dass die letzte Therapie keine Auswirkung auf den Krebs hatte. Im Gegenteil, er hat sich ausgebreitet wie hartnäckiges Unkraut und neue Ableger gebildet, die mich von innen erwürgen. Diesmal ist der Arzt etwas besser vorbereitet und lässt sich von meiner Mutter nicht überreden, irgendwelche zeitlichen Aussagen zu machen.

»Tut mir leid, Ava«, sagt er. »Bitte glauben Sie nicht, dass wir Sie jetzt damit allein lassen. Es gibt noch immer Behandlungen, die wir Ihnen anbieten können.«

Ich sage nichts. Ich stehe einfach nur auf und gehe hinaus. Oder besser gesagt: Ich schlurfe hinaus, da ich die Plastikslipper trage, die ich ausschließlich für die Scan-Tage reserviert habe, weil man die so mühelos an- und ausziehen kann. Ich schlurfe an Schildern vorbei, die ich schon hundert Mal zuvor gelesen habe: *Geburtsstation, Radiologie, Tageschirurgie, Cafeteria.*

»Ava?« Meine Mutter holt mich ein und geht neben mir her. »Liebling?«

Ich schlurfe an Männern, Frauen und Kindern vorbei. In allen Altersklassen und unterschiedlich aufgelösten Zuständen.

»Du willst nicht reden, das verstehe ich«, sagt meine Mutter etwas atemlos. »Lass uns irgendwo einen Kaffee trinken gehen, hm?«

Als ich die großen gläsernen Schiebetüren sehe, die nach draußen führen, schlurfe ich schneller, als ob ich die Freiheit auf der anderen Seite riechen könnte.

Draußen muss ich blinzeln. Die Sonne scheint heller als vorhin bei unserer Ankunft, und ich habe keine Ahnung, wie viel Zeit vergangen ist, während ich drinnen war. Wie viele Minuten ich gerade verschwendet habe.

»Ava?«

Aber *eines* weiß ich; nachdem ich erst einmal draußen bin, habe ich nicht vor, jemals wieder hineinzugehen.

9. Kapitel

Die Terrassentür klemmt wie immer, ich muss mich mit meinem ganzen Gewicht dagegen werfen, damit sie sich mit einem widerwilligen »Plopp« öffnet. Dabei lasse ich fast meinen grünen Tee fallen, aber es gelingt mir irgendwie, die Tasse in der Hand zu behalten. Der Morgenhimmel hat wie hübsches italienisches Fruchteis die Farbe von Aprikosen und Zitronen. Ein perfekter stiller Moment, kurz bevor die Welt erwacht und das Tempo hektisch wird und die Leute vergessen, innezuhalten und einfach zu atmen. Das weiß ich, weil ich auch einmal so war.

»Morgen.« Kate gesellt sich mit ihrem frisch gebrühten, aus Brasilien importierten Kaffee zu mir. Ich mag den Duft, den Geschmack allerdings nicht so sehr. Sie betrachtet die Küstenlinie zufrieden lächelnd, kein Wunder. Wenn ich jeden Tag bis ans Ende meines Lebens beim Aufwachen diesen Ausblick hätte, ginge es mir genauso.

»Irgendwelche Pläne für den Tag?« Sie bläst behutsam auf ihren Kaffee, um ihn abzukühlen.

»Hochzeitsplanung.«

Sie hebt die Augenbrauen. »Du meinst diese ganze Sache mit der Hochzeit also ernst?«

Gestern Abend, als wir uns ein paar Drinks genehmigten,

sprach ich das Thema wieder an. Die Therapie hat nicht verhindert, dass der Krebs streut, und ich bin entschlossener denn je, die mir verbleibende Zeit nicht zu verschwenden. Deswegen Volldampf voraus, was die Hochzeit betrifft.

»Ja. Mehr denn je. Ich weiß, das ist für euch nicht leicht zu verstehen, aber das ist es, was ich will.«

»Hey, ich habe damit kein Problem. Allerdings befürchte ich, dass deine Mutter glaubt, der Krebs hätte jetzt auch dein Hirn befallen.«

Ich zucke zusammen. Das ist das Problem mit Kate. Ihr Beruf als Allgemeinmedizinerin hat sie unempfindlich gemacht, und manchmal sagt sie solche Dinge, ohne darüber nachzudenken, wie sie für andere klingen.

»Heftig, Kate.« Amanda, die auf die Terrasse kommt, blinzelt im Tageslicht, als ob sie neun Jahre lang in einem Keller eingesperrt gewesen wäre.

»Was, das Sonnenlicht?«

»Nein, du und dein Hirntumor-Kommentar.«

»Oh, richtig.« Kate sieht mich schuldbewusst an. »Entschuldige, Ava.«

»Scheiße, das ist ja mal ein Ausblick.« Amanda lässt sich auf einen Liegestuhl fallen und sieht sich um. Dann legt sie die Füße auf den kleinen Glastisch und lehnt sich nachdenklich zurück. »Im Ernst, ich würde nie aus dem Haus gehen, wenn ich jeden Tag so einen Ausblick hätte.«

»Ich *muss* das Haus verlassen, damit ich genug Geld verdiene, um für diesen Ausblick zu *bezahlen*«, stellt Kate klar.

Kate verdient aufgrund des landesweiten Mangels an Allgemeinmedizinern viel Geld. Nach dem Studium nahm sie eine Stelle in unserer Heimatstadt an und gab gleich als Erstes ein Angebot für dieses Haus ab. Es liegt fast an der Spitze der kleinen Halbinsel, die unsere kleine Stadt vor dem offenen Meer schützt. Die Häuser entlang der kurzen Landstrecke variieren in Stil und Preis, da einige schon seit Jahrzehnten hier stehen und andere neu gebaut wurden. Immer mehr von den alten Strandhäusern werden abgerissen, um für Ferienwohnungen Platz zu schaffen. Die neuen Gebäude scheinen einander übertreffen zu wollen mit ihren schicken Formen und ökologischen Materialien und bahnbrechenden architektonischen Designs.

Wir sind nur eine halbe Stunde und einen großen, windumtosten Hügel von der drittgrößten Stadt des Landes entfernt. Eine halbe Stunde von einer pulsierenden Metropole aus Glas und Beton, in der die Menschen so schnell gehen, dass es – wie meine Mutter immer sagt – ein Wunder ist, dass ihre Knöchel kein Feuer fangen. Hier bei uns ist alles viel langsamer, Knöchel bleiben mitten auf der Straße stehen, um sich mit Nachbarn und Freunden zu unterhalten. Fristen sind immer etwas länger und Terminabsprachen ungenauer.

Kates ganzer Stolz ist ein schickes 50er-Jahre-Strandhaus. Ein quadratisches Holzhaus, das sie in einem undefinierbaren Grau gestrichen hat, mit cremefarbenen Fensterrahmen. Es liegt auf einem steilen Hügel und hat einen Pfad, der vom Haus hinunter über Rasen und durch einheimische Büsche zu dem relativ einsamen Strand führt.

»Wieso bist du so früh schon wach?«, fragt Kate Amanda, nachdem sie den letzten Schluck Kaffee getrunken hat. »Sonst sieht man dich doch nie vor Mittag.«

»Konnte nicht schlafen. So ein verdammter Tui hat nicht aufgehört, vor meinem Fenster zu zwitschern.«

»Wellensittiche zwitschern«, erkläre ich ihr. »Tuis singen. Und zwar wunderschön. Du solltest dankbar sein.«

»Ja, so dankbar, dass ich einen Schuh nach ihm werfe, wenn er mich morgen wieder weckt. Ich brauche Kaffee«, bringt sie stöhnend hervor.

»Du hast zwei Beine.«

»Die streiken.«

»Ich hole dir einen.« Kate stupst Amanda lachend mit dem Fuß an, als sie an ihr vorbei ins Haus geht. »Schließlich bist du mein Gast.«

Amanda lebt seit Jahren in der Stadt. Dort hat sie ihre Musikkarriere gestartet und danach nie mehr zurückgeblickt. Nach Hause kommt sie nur zu besonderen Anlässen. Normalerweise wohnt sie dann bei ihren Eltern, doch als sie hörte, dass ich hier bin, bestand sie darauf, ebenfalls einzuziehen.

»Die drei Amigas wieder vereint«, verkündet sie und ignoriert dabei die Tatsache, dass jetzt alles anders ist.

Ich lehne mich an das Balkongeländer und genieße, wie die Meeresbrise über meinen Hals streicht. Mein Haar habe ich zu einem losen Knoten zusammengebunden, und ich trage noch immer Pyjama. An solchen Tagen kann ich manchmal nicht glauben, dass ich krank bin. Ich fühle mich nicht krank. Und ich sehe definitiv nicht krank aus.

»Werden mir wieder die Haare ausfallen?«

Das war eine der ersten Fragen, die ich dem Onkologen an dem Tag stellte, als meine Mutter mich zu ihm zerrte und wir uns für eine weitere Therapie entschieden.

Nicht: *»Wird mir schlecht werden?«* Oder: *»Wird es funktionieren?«*

Vielleicht bin ich eitel, aber mein Aussehen beim ersten Mal fand ich schrecklich. Ich habe keine motivierende Kopfrasur-Party veranstaltet, sondern mich so lange wie irgend möglich an mein Haar geklammert. Das ging gut bis zu dem Moment, als ich ganze Büschel davon in der Hand hatte und nicht mehr genug da war, um es so zu kämmen, dass es niemandem auffiel. Obwohl ich das erwartet hatte, war es schwer, mich damit abzufinden. Mein Haar und meine Brüste sind für mich Ausdruck meiner Weiblichkeit. Als das eine weg und die anderen defekt und von Krankheit gezeichnet waren, fühlte ich mich geschlechtslos. Unattraktiv. Das hat mich bis ins Mark erschüttert. Womit ich *nicht* gerechnet hatte, war, dass auch alle anderen Haare ausfallen würden. Meine Augenbrauen, weg. Die Wimpern folgten bis auf eine einzige dickköpfige in der Mitte meines rechten Augenlids. Ich wartete und wartete, dass sie sich geschlagen geben und ausfallen würde wie alle anderen, aber das geschah nie. Am Ende konnte ich den Anblick von dieser einen hartnäckigen Wimper nicht mehr ertragen, die mich jedes Mal verspottete, wenn ich in den Spiegel sah. Also riss ich sie mir aus.

Damals ging ich mit Kate und Mum eine Perücke kaufen. Wir versuchten, es mit Humor zu nehmen, indem wir herumalberten und verschiedene Frisuren und Haarfarben ausprobierten, die nichts mit meinem Aussehen vor dem Krebs zu tun hatten. Ich könnte mich völlig verändern, sagte Kate. Wie eine Spionin. Ja klar. Eine Spionin. Tatsächlich konnte ich mich nicht einmal richtig auf den Beinen halten, invalide wie ich war. Stattdessen musste ich mich vor den Spiegel setzen und mir von meinen Freundinnen, die sich bemühten, nicht allzu mitleidig dreinzublicken, Perücken bringen lassen. Am Ende kaufte ich eine, bei der die Haarfarbe meiner eigenen ähnelte. Die Haare waren allerdings viel kürzer – weniger Arbeit, meinte meine Mutter.

Ich habe sie nie getragen. Als ich sie aufsetzte fühlte ich mich wie Julia Roberts in *Pretty Woman*, als sie in ihrem Prostituierten-Outfit von allen wie ein Freak angestarrt wird. Ich *fühlte* mich wie ein Freak. Also trug ich lieber Kopftücher, wenn ich hinausging. Zumindest war dann offensichtlich, dass ich aus gutem Grund keine Haare hatte und nicht einfach jemand war, der eine schlecht gemachte Perücke trug.

Nach der Chemo war mein eigenes Haar dicker und lockiger als zuvor.

»Wegen dieser Hochzeit.« Kate ist wieder auf die Terrasse gekommen und reicht Amanda einen Kaffee.

Ich stütze mich auf das Geländer, darauf gefasst, dass sie nun versuchen wird, mir die ganze Sache auszureden. »Was ist damit?«

»Ich will dir helfen.«

»Ich auch«, sagt Amanda.

Ich blicke von einer zur anderen. »Im Ernst?«

»Natürlich. Wenn es das ist, was du dir wünschst, dann werden wir dir helfen, es zu bekommen.«

»Oh, wow. Ihr seid die Besten.« Ich bin den Tränen nahe.

»Es ist nur so«, meint Amanda vorsichtig, »dass du dabei was Wichtiges vergessen hast.«

»Du meinst den Bräutigam?«

»Ja.«

An diesem Punkt scheiterte ich, als ich es meiner Mutter erklären wollte, ebenfalls. Und natürlich kann ich ihnen ihre Einwände nicht verdenken. Wenn man an eine Hochzeit denkt, stellt man sich ein glückliches Paar vor. Der Mann im Smoking und die Frau im weißen Kleid. Das Plastikpaar oben auf der Hochzeitstorte. Den Austausch von Ringen und diesen »Werden sie oder nicht«-Moment, wenn die beiden den Kuchen anschneiden und kurz so tun, als wollten sie sich ihn gegenseitig ins Gesicht schmieren. Diese Hochzeitssache ist eine Art Mannschaftssport. Mit einer Zweiermannschaft.

»Das wäre natürlich die optimale Lösung«, sage ich. »Oder vielleicht auch nicht, wenn man bedenkt, dass der Mann, den ich heiraten würde, unmittelbar danach Witwer wird.«

»Da ist was dran.«

»Aber darum geht es mir nicht. Nicht mehr. Mir geht es nicht um den ganzen Kram nach der Hochzeit. Ich will einfach nur diesen Tag erleben. Ich will die Chance bekommen, das Kleid zu tragen und mich wie ein Filmstar von einem Profi schminken zu lassen. Denn wenn wir ehrlich sind, bin ich, wenn es ums Schminken geht, nicht sonderlich geschickt.«

Zustimmendes Murmeln.

»Aber das alles können wir doch auch ohne Hochzeit tun«, sagt Kate. »Wir können ein Kleid kaufen, einen Saal mieten und richtig gute Fotos machen lassen. Eine Party feiern, zu der wir alle einladen. Warum das Ganze denn Hochzeit nennen? Ich meine, du willst ja nicht wirklich den Gang zum Altar machen, oder? Wozu?«

Ich hole tief Luft. »Als meine Beerdigung. Sozusagen. Aber während ich noch lebe.«

»Das musst du mir genauer erklären«, sagt Amanda. »Ich kapiere es nicht. Es ist noch viel zu früh, und ich habe noch nicht genug Kaffee getrunken.«

»Ich will keine normale Beerdigung. Ich will nicht, dass alle Schwarz tragen, über mein Leben reden und dabei kleine Kuchen essen und wässrigen Tee trinken, während ich daneben in einer Kiste liege und nicht mitmachen kann. Wozu sollte das gut sein?«

»Um auf Wiedersehen zu sagen? Und dein Leben mit einem anständigen Abschied zu feiern?«

»*Genau.* Mein *Leben* zu feiern. Warum also warten, bis ich tot bin? Warum nicht feiern, solange ich die ganze Party noch genießen kann?«

»Okay«, meint Kate. »Du willst also sagen, dass du *anstelle* einer Beerdigung eine Hochzeit feiern möchtest?«

»Ja.« Ich schnippe mit den Fingern in ihre Richtung, froh, dass sie es verstanden hat. »Ich möchte *meinen* großen Tag haben, *mein* Leben feiern und mich persönlich verabschieden.«

»Weißt du«, meint Amanda nachdenklich, »das ergibt irgendwie Sinn, wenn auch auf eine komische, verdrehte Art und Weise.«

»Mir war klar: Wenn das überhaupt jemand verstehen kann, dann ihr.« Ich lächle dankbar. »Und als Erstes müsst ihr mir jetzt helfen, meine Mutter davon zu überzeugen.«

10. Kapitel

»Auf gar keinen Fall.«

»Bitte!«

»Nein. M-m. Keinesfalls. Niemals.«

»Warum nicht?«

»Weil …«, meine Mutter schüttelt energisch den Kopf, »… meine Tochter nicht im örtlichen Surfclub heiraten wird.«

»Ah.« Ich strecke einen Finger in die Höhe. »Aber ich heirate schließlich nicht wirklich.«

»Du bist diejenige, die darauf besteht, es Hochzeit zu nennen. Aber egal, was wir feiern: Du hast Besseres verdient als ein paar Luftschlangen und Ballons und Beistelltische.« Sie erschauert bei der Vorstellung.

»Für Bill und Barbaras goldene Hochzeit letztes Jahr war es gut genug«, merkt Dad an. »Weißt du noch, wir haben uns gut amüsiert.«

»Ja, dafür war es genau richtig. Aber nicht für *das* hier.«

»Seit wann bist du ein Snob?«

»Es ist doch nicht snobistisch, das Beste für …«, sie hält inne und schluckt, »… den großen Tag meiner Tochter zu wollen.«

Obwohl sie strahlend lächelt, kann ich sehen, dass sie sich zusammenreißen muss, um nicht loszuheulen. Sie hat wirklich schwer zu kämpfen. Die Beerdigung des einzigen Kindes zu planen, ist schon viel verlangt. Und hier geht es nicht einmal um eine normale Beerdigung. Meiner Mutter fällt es schwer, so zu tun, als würde es ihr leichtfallen, meinen Tod zu feiern. Doch sie gibt ihr Bestes.

»Wo dann? Hier gibt es nicht gerade Unmengen von eleganten Veranstaltungsorten«, erwidert Dad. »Der Surfclub oder das chinesische Restaurant, das sind die einzigen Räumlichkeiten, die vielleicht groß genug sind.«

»Ich habe noch keine gute Lösung«, räumt meine Mutter ein. »Aber wir werden etwas Passenderes finden.«

»Mir macht der Surfclub wirklich nichts aus«, werfe ich vorsichtig ein.

»Ich habe Nein gesagt. Und das ist mein letztes Wort.«

Dad und ich werfen uns einen wissenden Blick zu. Wenn meine Mutter eine Entscheidung getroffen hat, hat es keinen Sinn, sie davon abbringen zu wollen.

»Ich hatte ganz vergessen, wie Angst einflößend Sie sein können, Mrs. G.«, sagt Amanda.

»Pfft.« Dad lacht. »Sie ist doch nicht Angst einflößend.«

Mum wirbelt herum, um ihm einen *Blick* zuzuwerfen.

»Ich koche dann mal Kaffee, ja?« Er verzieht sich.

Wir sitzen an dem runden Esstisch meiner Eltern und haben Zeitschriften und Broschüren vor uns ausgebreitet. Am Ende war es doch nicht so schwer gewesen, meine Mutter von der Hochzeitsidee zu überzeugen. Sie sah, wie sehr ich es mir wünsche, und konnte es mir nicht abschlagen, jetzt nicht mehr.

»Wie ist unser Budget?«, fragt Kate, die Lesebrille tief auf die Nase geschoben. Ihre Hand schwebt mit einem Stift zwischen den Fingern über einem funkelnagelneuen Spiralblock. Sie ist offensichtlich voll in ihrem Element.

»Ich habe etwas Geld gespart«, sage ich. »Allerdings nicht viel.«

»Wie viel?«

»Fünftausend, oder vielleicht fünfeinhalbtausend.«

Amanda zischt leise. »Ob das für eine große Abschiedsparty reicht?«

»Wahrscheinlich nicht«, sage ich.

»Ich habe heute Morgen mit der Fluglinie telefoniert«, mischt sich Mum ein. »Die Dame war sehr nett und sagte, dass sie unter diesen Umständen eine Ausnahme machen würden. Das Geld können wir also dazuzählen. Außerdem können dein Vater und ich noch ein bisschen mehr auftreiben.«

Dankbar lege ich eine Hand auf ihren Arm. »Nein, Mum, das Geld für das Flugticket reicht.«

»Wir werden sehen.«

»Also plus minus siebentausend?«, fragt Kate.

Ich nicke kläglich.

Sie kritzelt die Zahl auf ihren Block. »Okay.« Sie nickt. »Das ist schon mal ein guter Anfang. Ich ernenne mich selbst zum Kassenwart, also müssen jegliche – im Sinne von: *jegliche* – Ausgaben vorher von mir abgesegnet werden. Egal wie unwichtig sie eurer Meinung nach sind, okay? Alles summiert sich, und ich werde nicht zulassen, dass wir das Budget überschreiten, solange ich dafür die Verantwortung habe. Ich will Belege für absolut alles. Verstanden?«

Meine Mutter, Amanda und ich sehen einander an und brechen dann in Gelächter aus.

»Habe ich zu dick aufgetragen?«, fragt Kate leise.

»Ja, du könntest vielleicht versuchen, ein bisschen weniger irre rüberzukommen«, entgegnet Amanda.

»Wie auch immer.« Kate betrachtet den vor ihr liegenden Block. »Ich halte es für das Beste – es sei denn, jemand hat eine bessere Idee –, Listen zu machen und dann die Aufgaben zu verteilen. Ich habe mir erlaubt, schon mal etwas vorzubereiten.« Sie greift nach einem Filofaxordner, dessen Verschluss sie mit kaum verhohlener Freude öffnet. Dann nimmt sie verschiedenfarbige Hefter heraus und legt sie auf den Tisch. Jeder Hefter ist mit einem Aufkleber versehen, auf dem die Aufgabe geschrieben steht.

Kleid
Location
Essen/Trinken
Fotograf
Musik
Blumen/Deko

Es gibt noch weitere Hefter, doch deren Beschriftung kann ich von meinem Platz aus nicht lesen. Bei ihrem Anblick wird mir plötzlich das Ausmaß der Planung klar, die notwendig sein wird, und ich lehne mich zurück und atme aus, weil ich mich plötzlich sehr müde fühle.

»Was ist los, was hast du? Hast du Schmerzen?« Sofort stürzt sich meine Mutter auf mich, das Gesicht sorgenvoll verzogen. Sie legt eine Hand auf meine Stirn, um zu überprüfen, ob ich Fieber habe, genauso wie sie es immer getan hat, wenn ich als Kind etwas ausbrütete.

»Die Hand einer Mutter ist exakter als jedes Thermometer«, sagte sie immer, zog mich dann an sich und gab mir einen zärtlichen Kuss auf den Kopf. Ich weiß noch, wie tröstlich es war, ihren Herzschlag zu hören.

»Du bist ein bisschen heiß«, verkündet sie jetzt. »Vielleicht sollten wir dich ins Krankenhaus bringen.«

»Es geht mir gut.«

»Du hast *tatsächlich* rote Wangen«, fügt Kate hinzu.

»Soll ich schon mal den Wagen starten?« Amanda springt auf.

»Leute, es geht mir gut«, versichere ich ihnen. »Wirklich. Hört mit dem Theater auf. Können wir uns bitte wieder mit der Hochzeit befassen?«

»Ich kümmere mich um Essen/Getränke und Musik«, sagt Amanda und greift nach dem entsprechenden Ordner.

»War ja klar.«

»Ich sehe mir ein paar Locations an«, sagt Mum.

Ich öffne den Mund, um etwas zu sagen.

»Und nein, *nicht* die Surfclubräume«, fügt sie hinzu. Sie wählt noch einen Ordner aus. »Außerdem werde ich Christine fragen, wer sich um die Blumen für die Hochzeit ihrer Tochter Maxine gekümmert hat. Die waren hübsch. Erinnerst du dich?«

»Nein.«

»Wirklich nicht? Sie waren wunderschön. Rosen, glaube ich. Und diese kleinen blauen Dinger. Keine Ahnung, wie sie heißen. Weißt du nicht mehr, sie hatte diese lustigen Äste auf den Tischen mit den Kerzen?«

»Ich war nicht dort, Mum.«

»Bist du sicher?«

»Absolut.«

»Na schön, wie auch immer«, fährt Mum fort. »Ich werde ein paar Recherchen im Internet anstellen. Herausfinden, was momentan in ist und was nicht. Überlass das ruhig mir.«

»Das Kleid ist natürlich deine Abteilung«, sagt Amanda zu mir. »Auch wenn wir alle beim Aussuchen helfen werden, wenn du uns lässt.«

Weil ich meiner Stimme nicht traue, nicke ich nur. Ich wünschte, es wäre anders, aber es verschlägt mir immer wieder die Sprache. Zu gern würde ich so tun, als wäre es eine normale Hochzeit, die wir hier planen, sodass ich mich vollkommen in den Details verlieren und von der ganzen Leichtigkeit mitreißen lassen kann.

»Großartig.« Kate sammelt ihre Unterlagen ein. »Das nächste Treffen findet am Samstag statt, damit hat wohl jeder genug Zeit, erste Angebote und so weiter einzuholen.«

»Bist du dir absolut sicher, dass du das willst?«, fragt mich Mum.

Ich nicke erneut.

»Gut.« Sie lächelt. »Dann organisieren wir dir also eine Hochzeit.«

11. Kapitel

»Wach auf. Schau mal.«

Die Stimme ist zwar leise, aber hartnäckig.

»Ava, wach auf«, wiederholt sie. Dann beginnt jemand, auf meinem Bett auf und ab zu wippen und leicht auf meine Füße zu schlagen. Ich vergrabe den Kopf tiefer in die Kissen. Heute Nacht hat es ewig gedauert, bis ich einschlafen konnte, und die meisten Nächte davor ebenfalls. So eine Krebserkrankung führt dazu, dass man alles infrage stellt und einfach nicht aufhören kann nachzudenken.

Werde ich lange genug leben, um das Buch, das ich gerade beginne, zu Ende zu lesen?

Um die letzte Episode dieser Serie zu sehen?

Um die Tube Handcreme aufzubrauchen, die ich gerade gekauft habe?

Wenn wir alle aus einem bestimmten Grund hier sind, welcher ist es dann bei mir? Wurde ich geboren, um ein komplett unspektakuläres Leben zu führen, im reifen Alter von achtundzwanzig Jahren den Löffel abzugeben und nur eine Handvoll Leute zurückzulassen, die meinen Verlust betrauern werden? Ein Mensch, der kein Vermächtnis hinterlässt, nicht so wie Shakespeare, oder wer auch immer es war, der das Rad erfunden hat.

Ich habe nicht einmal die Liebe gefunden. Also nicht die richtige, die wirklich gute. Die eine, von der man immer liest.

»Was ist hier los? Geht es ihr gut?« Jetzt gesellt sich auch Kates Stimme dazu, die einzelnen Silben vom Schlaf verwaschen. Ich kann Angst heraushören, und das veranlasst mich, mich umzudrehen und die Augen zu öffnen.

»Alles in Ordnung«, sage ich. »Wobei sie sich fragt, was zum Henker hier los ist.«

»Halt einfach die Klappe und schau dir das an.« Amanda schiebt ihr Handy vor mein Gesicht. Meine Augen brauchen einen Moment, um den Blick scharf zu stellen.

»Was sehe ich mir da an?«

»Was wohl, mein Telefon. Guck doch mal.«

Ich stöhne auf. »Im Ernst? Es ist zu früh am Morgen, um Fotos von dem Typen zu bewundern, den du letzte Nacht abgeschleppt hast, Amanda. Außerdem: Wenn du gerade erst aus seinem Bett gekrochen bist, dann ist es echt zu früh, ihn schon auf Facebook zu stalken. Geh weg.«

»Ich habe letzte Nacht niemanden abgeschleppt«, entgegnet sie. »Ich war nämlich damit beschäftigt, dir beim Poker kräftig in den Hintern zu treten, schon vergessen? Und jetzt schau.«

Ich setze mich also auf, reibe mir den Schlaf aus den Augen und gewöhne mich erst mal an das Licht im Raum. Dann nehme ich ihr das Handy aus der Hand und betrachte den Bildschirm.

HELFT UNS, DASS AVAS HOCHZEIT EINE UNVERGESSLICHE PARTY WIRD!!

Ein Foto von mir ziert den oberen Teil. Nicht gerade das Bild, das ich ausgesucht hätte, aber Amanda musste wohl auf ein Handy-Foto zurückgreifen. Sie hat sich für einen Schnappschuss von uns dreien auf meiner Geburtstagsparty entschieden und dann sich selbst und Kate abgeschnitten. Deshalb blicke ich darauf mit einem herangezoomten und leicht manischen Lächeln in die Kamera. Zwischen meinen Zähnen steckt etwas Essen.

»Scheiße, Amanda, was zur Hölle soll das sein?«

»Ja, okay, es ist vielleicht nicht das beste Foto von dir, aber das können wir jederzeit ändern.« Sie nimmt mir das Handy wieder ab, scrollt nach unten und klickt auf den Infopunkt. »Hier, lies das.«

Bei Ava Green, meiner besten Freundin, wurde vor kurzem Krebs im Endstadium diagnostiziert. Sie ist eine Spitzen-Frau, sie ist einfach die Beste, und es ist echt beschissen, dass sie das durchmachen muss, weil es nicht fair ist. Ihr letzter Wunsch ist es, sich mit einer großen Hochzeitsfeier zu verabschieden. Allerdings ist sie pleite, genauso wie ich, also richte ich mich an euch da draußen, die guten Leute im Facebook-Universum: Bitte HELFT! Wenn ihr – egal in welcher Form – etwas spenden könnt, wären wir euch so dankbar! Schreibt einen Kommentar oder eine PN, wenn ihr es vorzieht, anonym zu bleiben. Und bitte teilt diese Seite mit Freunden und Familien, damit sie sich weit verbreitet. Danke! Peace!

Stöhnend reiche ich das Telefon an Kate weiter. »Wusstest du davon?«

»Wovon?«

Sie setzt sich ans Bettende und liest, was ich gerade gelesen habe. Dann schnalzt sie mit der Zunge. »Himmel, Amanda, du hättest uns das vorher sagen müssen. Dann hätte ich es zumindest gegenlesen können, und das Ganze würde eleganter und nicht so grob klingen.«

»Nun, tut mir leid, dass ich deine poetische Ader nicht habe.« Amanda verdreht die Augen, als sie Kate das Handy wegnimmt.

»Sagt die Songwriterin.«

»Eben. Wenn du jemals eines meiner Lieder gehört hast, weißt du, dass ich genau das sage, was ich fühle. Ich rede nichts schön.«

»Ich kenne dich, seit wir vier sind. Ich brauche mir deine Songs nicht anzuhören, um zu wissen, dass du brutale Ehrlichkeit und Taktgefühl für ein und dasselbe hältst …«

»Jedenfalls«, unterbreche ich sie, »zurück zu dieser Sache. Was hast du dir nur dabei gedacht? Das ist total peinlich. Lösch es, schnell, bevor es irgendjemand sieht.«

Amanda wirkt ziemlich zufrieden mit sich. »Zu spät.«

»Was?«

Sie kichert. Was überhaupt nicht zu ihr passt. »Diese Seite ist erst kurz online, aber sie ist schon viral gegangen. Sie ist in vier Ländern von …«, sie schielt auf ihr Handy, »dreitausendvierhundertneunundzwanzig Leuten geteilt worden. Es gibt über fünfhundert Kommentare und einige Nachrichten. Ich habe sie noch nicht alle gelesen.«

Ich starre sie an. »Wie bitte?«

»Welchen Teil hast du nicht verstanden?«

»Gar keinen?«

»Okay. Weißt du noch, wie wir im Haus deiner Eltern über das Budget gesprochen haben?«

»Ja.«

»Nun, ich habe mir überlegt, wie wir an Geld kommen könnten, um eine anständige Party für dich zu schmeißen. Ich meine, alles, was wichtig ist, postet man heutzutage auf Facebook. Auf diese Weise verbindet man sich mit der Welt.«

»Nun, dann *trenne* diese Verbindung bitte wieder. Ich will nicht, dass die Leute mich bemitleiden.«

»Ach bitte. Wenn du nicht mal als Sterbende Almosen annehmen kannst, wann denn dann?«

»Ich brauche keine Almosen.«

»Falsches Wort«, räumt sie beschwichtigend ein. »Es sind keine Almosen, Ava, wenn die Leute dir helfen wollen.«

»Doch, denn sie kennen mich nicht und wollen mir nur helfen, weil ich krank bin.«

»Du bist so was von dickköpfig.«

»Bin ich nicht. Und wie konnten all diese Leute die Seite überhaupt finden, wenn du sie gerade erst gemacht hast?«

Sie lächelt bescheiden. »Ich habe sie auf der Homepage meiner Band verlinkt. Vielleicht sind wir noch nicht besonders berühmt, aber wir haben eine Menge engagierte Fans. Die alle haben es geteilt und, na ja, dann ist das Ganze etwas aus dem Ruder gelaufen.«

»Ich kann nicht fassen, dass du mich vorher nicht mal gefragt hast.«

»Na schön.« Sie hält mir erneut das Handy hin. »Ich werde es löschen, wenn du das wirklich willst. Aber bevor ich das tue, lies dir ein paar der Kommentare durch, okay? Eine Menge Leute denken an dich und schicken dir positive, heilende Gedanken.«

»Da fällt mir ein«, sagt Kate trocken, während sie mit den Fingern schnippst. »Ich wollte gestern eigentlich im OP eine Bestellung für heilende Gedanken aufgeben. Wir haben gerade keine mehr auf Lager.«

»Oh, haha«, sagt Amanda. »Du bist so was von witzig. Positives Denken ist nicht falsch.«

»Nur, dass es Krebs nicht heilen kann.«

»Nein, es kann Krebs nicht heilen. Offensichtlich. Halt einfach die Klappe, okay? Das ist für Ava.« Sie steht auf. »Während du das liest, mache ich dir eine Tasse von dem grünen Scheiß, den du immer trinkst.«

Nachdem sie das Zimmer verlassen haben, setze ich mich auf, lehne mich an ein großes Kissen und beginne mit einiger Bestürzung, die Facebookseite hinunterzuscrollen. Sie hat recht; da sind eine Menge Nachrichten. Ich erkenne sogar ein paar aus meiner Vergangenheit – eine alte Schulfreundin, ein ehemaliger Kollege. Aber meist handelt es sich um Fremde.

> Tut mir leid, dass du krank bist! Kia Kaha, die an dich denkt XX

> Meine Mum ist an Krebs gestorben. Natürlich war sie viel älter als du. Das ist eine schreckliche Krankheit, und es tut mir wirklich leid, dass du sie hast. Ich würde gern etwas für deine Hochzeitsfeier spenden, gibt es eine Spendenseite? Oder eine Kontonummer, auf die ich überweisen kann?

> Es tut mir so leid, von deiner Krankheit zu lesen. Ich finde, was du vorhast, ist eine tolle Idee. Verabschiede dich mit einem lauten Knall! Ich habe leider kein Geld übrig, aber ich habe noch mein altes Hochzeitskleid im Schrank. Größe 44, ich hänge mal ein Foto ran. Wenn du es tragen möchtest, melde dich!

So beschäftigt wie ich damit bin, die Nachrichten durchzuforsten, bemerke ich zunächst nicht, dass Amanda hereingekommen ist und eine Tasse grünen Tee auf meinen Nachttisch gestellt hat. Das fällt mir erst auf, als der Tee bereits kalt ist. Ich lese die ganze Zeit, und ständig kommen neue Nachrichten dazu. Die meisten schicken mir ihr Mitgefühl. Aber immer mehr bieten auch Geld, Zubehör und Dienstleistungen für die Hochzeit an. Vier DJs und verschiedene Kosmetikerinnen. Sogar Veranstaltungsorte bekomme ich präsentiert.

Hey, hallo aus dem herrlichen Marlborough Sounds. Krebs ist scheiße, letztes Jahr ist meine Schwester daran gestorben. Sie war erst 36 und Mutter von zwei kleinen Jungs. Es war schrecklich zu erleben, was sie durchmachen musste, das wünscht man niemandem. Mein Mann und ich besitzen ein Weingut, ein kleines Familienunternehmen in einer atemberaubend schönen Landschaft. Wenn du deine Hochzeit hier feiern willst, ruf mich an, wir werden uns sicher einig.

»Siehst du?«

Amanda streckt den Kopf herein. Nachdem ich sie weder anbrülle noch das Handy nach ihr werfe, traut sie sich hereinzukommen und hockt sich wieder auf mein Bett.

»Ich bin noch immer nicht besonders begeistert darüber, dass du das gemacht hast«, sage ich. »Aber ich weiß, dass du es nur gut meinst.«

»Ganz genau. Und schau doch, wie viele Angebote wir schon haben.«

Ich schüttle den Kopf. »Aber ich kann nichts davon annehmen. Die sind viel zu großzügig. Es gibt unzählige Leute, die so was mehr verdient hätten als ich.«

Seufzend nimmt sie meine Hand. »Ava, Schätzchen, ich liebe dich, aber manchmal bist du echt eine schreckliche Nervensäge.«

»Hey«, protestiere ich.

»Tut mir leid, aber es stimmt. Diese Leute wollen etwas für dich tun.«

»Nur weil ich krank bin.«

»Ja, nur weil du krank bist. Was ist falsch daran?«

Ich zucke mit den Schultern. »Fühlt sich einfach komisch an.«

»Betrachte es doch mal so. Eigentlich tust du ihnen einen Gefallen.«

»Ach wirklich, und wie kommst du darauf?«

»Ist doch ganz einfach. Die Leute wollen jemandem helfen. Das gibt ihnen ein gutes Gefühl. Sie mögen es, wenn sie im Leben eines anderen eine positive Veränderung bewirken können. Das nennt sich *being kind* und ist inzwischen sogar eine weltweite Bewegung.«

Ich betrachte sie zweifelnd.

»Im Ernst. Das kannst du nachlesen, wenn du mir nicht glaubst. Bei so viel Schrecken in der Welt wollen die Menschen ihre Güte gegenüber Fremden zeigen. Warum solltest du nicht einen Teil davon abbekommen? Hm?«

Sie kann offenbar spüren, wie ich langsam weich werde.

»Und«, fährt sie fort, »überleg doch mal, wie fantastisch diese Hochzeit werden könnte, wenn wir uns von all diesen Leuten helfen lassen.« Sie nimmt ihr Handy vom Bett und tippt mit dem Finger auf den Bildschirm.

»Angebote von Hochzeitskleidern, kostenlose Hilfe mit der Frisur an deinem großen Tag. Schau mal, dieser alte Typ bietet sogar sein Strandhaus für die Hochzeitsnacht an. Warte.« Mit gerunzelter Stirn liest sie weiter. »Okay, vergiss dieses Angebot. Ich glaube, der hat da was missverstanden. Aber Ava, bitte. Lass diese Leute das für dich tun. Bitte! Du bist meine beste Freundin …«

»Ähem.«

Kate kommt ins Zimmer geschlurft, und mir wird klar, dass sie an der Tür gelauscht hat. Ihre Stimme klingt irgendwie erstickt, als ob sie geweint hätte.

»Okay, eine meiner besten Freundinnen«, verbessert Amanda sich und nimmt Kates Hand.

»Ich will, dass dieser Tag so wird, wie du es dir erträumst, und noch viel schöner«, sagt sie. »Ich will, dass es fantastisch wird. So fantastisch, wie du bist.«

Ich sehe Kate an. Sie lächelt mit Tränen in den Augen. »Es

kann doch nicht schaden. Wie sie sagte, die Menschen helfen gern.«

»Okay.« Ich nicke. »Solange ich entscheiden kann, was wir annehmen und was nicht. Kein Geld. Nur Dinge, die bei der Hochzeit helfen könnten.«

»Abgemacht.« Amanda federt quietschend auf dem Bett auf und ab.

Das Klingeln einer neuen Nachricht ertönt, und Amanda greift nach ihrem Handy, um sie zu lesen. Mit erhobenen Augenbrauen sieht sie mich an.

»Was ist?«

»Eine der größten Zeitschriften des Landes hat gerade geschrieben. Sie haben die Seite gesehen und möchten einen Artikel über dich schreiben.«

»Nein.« Ich schüttle den Kopf. »Auf keinen Fall.«

12. Kapitel

Vor meiner ersten Diagnose, damals, als ich glückselig durchs Leben spazierte und überzeugt war, alles tun zu können und alle Zeit der Welt zu haben, musste ich mich jeden Morgen aus dem Bett kämpfen.

Ein plärrender Wecker sorgte dafür, dass ich aufstand und mich, lange bevor ich eigentlich dazu bereit war, dem Tag stellte. Ich hasste dieses Ding leidenschaftlich, betrachtete es aber als ein notwendiges Übel. Ich besaß keinen inneren Alarm, auf den ich mich verlassen konnte. Dazu schlief ich viel zu gern und genoss mein bequemes Bett viel zu sehr. Mein Kopfkissen war für mich wie der Ruf einer Sirene, und das lautstarke Plärren des Weckers sorgte immer für einen miesen Start in den Tag. Oft brauchte ich einige Stunden, mehrere Tassen Kaffee und einen mit Sahne gefüllten Doughnut – mit schlechtem Gewissen gekauft und umgehend bereut –, um so weit wach zu werden, dass ich mich den Menschen und der Welt überhaupt stellen konnte.

Jetzt trauere ich diesen Stunden nach. Inzwischen schlafe ich, weil mein Körper mir sagt, dass ich es brauche, aber meine Gedanken und Ängste wecken mich oft auf, während der Rest der Welt in friedlichem Schlummer liegt. Zumindest der Rest, der nicht dasselbe durchmacht wie ich.

Ich hatte keine Ahnung, wie bezaubernd die Welt vor der Morgendämmerung sein kann. Wie wunderbar es ist, vor allen anderen wach zu sein. Ich bleibe nicht mehr lange im Bett, denn in der Stille frage ich mich bei jedem Stich, jedem kleinsten Schmerz im Körper sofort – bedeutet das mehr? Und dann stellte ich mir bildlich vor, dass der Krebs wie eine kleine bösartige Armee von Soldaten, identisch in Kleidung und Aussehen, im Gleichschritt durch meine Knochen und mein Blut marschiert, um neue Gebiete zu erobern.

Nein, inzwischen stehe ich auf, sobald ich wach werde. Leise, um die anderen beiden nicht zu stören. Ich koche mir einen grünen Tee, und wenn es kalt ist, öffne ich die Vorhänge, mache es mir auf dem Sofa bequem und sehe zu, wie die Welt erwacht. Wenn es warm ist oder ich besonders große Angst habe und spüren will, dass ich *noch am Leben bin*, gehe ich hinaus auf die Terrasse, um mir von der Morgenbrise den Atem rauben zu lassen, zu spüren, wie der Wind wie auf Zehenspitzen über meine Haut trippelt und mir Gänsehaut verursacht.

Ich beobachte, wie die Sterne verblassen, während der Himmel heller wird, von Schwarz zu Dunkel- zu Hellblau, der Horizont verschwommen in den Farben einer neuen Dämmerung. Und ich lächle und atme und bin dankbar, weil ich eine weitere Nacht überstanden habe und mir ein weiterer Tag geschenkt wird. Denn das *ist* ein Geschenk. Das weiß ich jetzt.

Einige Leute, die ich über das Krebsnetzwerk – es breitet seine Tentakel weit aus – kennengelernt habe, bezeichnen die Krankheit selbst als Geschenk. Aus verschiedenen Gründen: Sie haben dadurch gelernt, ihre Lieben, ihren Job und überhaupt die Tatsache, am Leben zu sein, wirklich wertzuschätzen. Die Krankheit hat ihnen den nötigen Tritt in den Hintern verpasst, um das Buch zu Ende zu schreiben, das sie vor zehn Jahren begonnen haben / das Motorrad zu kaufen / aus einem Flugzeug zu springen / eine Beziehung ohne Zukunft zu beenden oder sich mit jemandem zu versöhnen. Die Krankheit hat ihre Perspektive verändert.

Der Ansicht bin ich nicht.

Mein Krebs ist kein Geschenk. Ja, er hat die Art und Weise verändert, wie ich bestimmte Situationen und Umstände betrachte oder beurteile. Er hat mich gezwungen, langsamer zu machen und mich darauf zu konzentrieren, was das Wichtigste für mich ist, Tag für Tag, manchmal sogar Stunde für Stunde. Aber wenn ich wählen könnte zwischen unheilbar krank sein und so leben wie zuvor, mit Scheuklappen, würde ich mich ohne Zögern für Letzteres entscheiden. Zweifellos.

Eine andere Perspektive ist ja schön und gut. Aber sie bringt einem nun mal gar nichts, wenn man unter der Erde liegt.

»Morgen.« Kate kommt mit einem Kaffeebecher in der Hand aus dem Haus. Sie blinzelt in das helle Licht.

»Ein weiterer unglaublicher Tag im Paradies«, sagt Amanda, die sich ebenfalls zu uns gesellt. Sie trägt Sonnenbrille, als wäre sie noch nicht bereit, sich dem Tageslicht zu stellen. Letzte Nacht hat sie dem Wirt unserer Stammkneipe einen Gefallen getan und ist dort mit ihrer Band aufgetreten. Er ist ein kleiner, molliger Typ namens Gary, der uns kennt, seit wir vierzehn sind und uns vor seiner Kneipe in den Büschen versteckten, um Reste aus Gläsern zu trinken und Zigarettenstummel aus Aschenbechern zu stibitzen.

»Argh«, stöhnt sie und lässt sich auf einen Liegestuhl plumpsen. »Je älter man wird, desto länger dauert es, sich nach einer durchgemachten Nacht wieder zu erholen, stimmt's? Ich will erst gar nicht wissen, wie das mit vierzig sein wird.«

Peinliche Stille breitet sich aus, während wir ihre Worte verdauen.

»Scheiße. Tut mir leid, Ava. Scheiße.«

Sie ist entsetzt über ihre eigene Gedankenlosigkeit, doch das will ich nicht. Ich erwarte nicht, dass alle ständig jedes einzelne Wort abwägen, bevor sie es aussprechen, nur weil es mich vielleicht kränken könnte.

»Wäre halt nur halb so schlimm, wenn du dich nicht bei jedem Auftritt so besaufen würdest«, merke ich an.

Sie zuckt mit den Schultern. »Du weißt, dass mir das hilft.«

Nur wenige ausgewählte Leute haben eine Ahnung, wie sehr Amanda mit Lampenfieber zu kämpfen hat.

»Ich schätze, ich sollte mal duschen«, sage ich zögernd.

»Wann kommen sie?«

»Um halb zehn.«

»Ist das nicht ein bisschen früh für Journalisten?«, fragt Kate.

»Der frühe Vogel fängt die Story oder so ähnlich.«

»Ich dachte den Wurm.«

»Für mich jedenfalls ist es viel zu früh«, brummt Amanda.

Als ich mir unter der Dusche von heißem Wasser den Körper massieren lasse, atme ich ein paar Mal tief durch, um der Nervosität Herr zu werden, die mich bei der Vorstellung packt, von einer der größten Frauenzeitschriften mit ungefähr einer halben Million Leserinnen interviewt zu werden. Fünfhundertvierundneunzigtausend, um genau zu sein. Das weiß ich, weil ich es dummerweise gestern Nacht gegoogelt habe, als ich nicht schlafen konnte. Jetzt habe ich Angst, etwas Idiotisches zu sagen, das all diese Frauen dann lesen werden.

Der einzige Grund, warum ich dem Interview doch noch zugestimmt habe, ist, dass ich auf diese Weise ein Problembewusstsein schaffen möchte. Nämlich dafür, dass auch eine junge Frau an Krebs erkranken kann. Kostenlose Mammografien werden bei uns nur Frauen über fünfundvierzig gewährt, und auch wenn ich die Statistiken gesehen habe und zugeben muss, dass mehr Frauen ab diesem Alter betroffen sind, gibt es auch den besorgniserregenden Trend, dass junge Frauen wie ich diese Diagnose bekommen. Noch schlimmer, oft ist unsere Diagnose falsch oder zu spät. Sie kommt erst dann, wenn der Krebs schon Metastasen gebildet hat und schwieriger oder – wie in meinem Fall – gar nicht geheilt werden kann.

Manche Ärzte – so war es bei mir – nehmen Knötchen, Beulen, Vertiefungen oder ähnliche Symptome bei jemandem unter fünfunddreißig nicht so ernst.

Und das muss sich ändern.

»Du hast die Chance, hier wirklich etwas zu bewirken«, sagte Amanda, als sie und Kate versuchten, mich zu überreden. Schlauerweise hatten sie zuvor auch meine Mutter für die Sache gewonnen. Ihre Begeisterung für Hochglanzzeitschriften ist ungebrochen, und der Gedanke, dass ihre einzige Tochter auf diesen Seiten zu sehen sein könnte, ließ sie tatsächlich *erzittern*.

»Überleg doch nur, Schätzchen«, sagte sie. »Die werden dich für das Fotoshooting absolut glamourös aussehen lassen. Weißt du, die bringen ihre eigene Garderobe und Visagisten mit. Und Hairstylisten. Du wirst einfach umwerfend aussehen.«

»*Und* du könntest im Leben einer anderen Frau etwas ausrichten. Indem du Aufmerksamkeit weckst«, sagte Amanda mit einem bedeutungsvollen Blick in Richtung meiner Mutter.

»O ja. Das auch«, sagte Mum.

Sie hat recht. Wenn ich nur eine einzige Frau vor meinem Schicksal bewahren kann, indem sie ihren eigenen Krebs rechtzeitig entdeckt, ist das alle Mühen wert.

Ich weiß nicht genau, was ich erwartet habe, auf jeden Fall

etwas anderes als die Journalistin, die kurz darauf erscheint. Sie fegt ins Haus wie der Südwind, lila Haar und wehender Kaftan, die Armreifen an ihrem Handgelenk klimpern wie ein Windspiel. Mitten im Wohnzimmer bleibt sie stehen, dreht sich um dreihundertsechzig Grad und nickt dann. »Ja, das geht schon.«

An mich gewandt fährt sie fort: »Sie müssen Ava sein.« Sie neigt den Kopf nach links und setzt denselben mitleidigen Gesichtsausdruck auf wie die meisten Leute, die von meiner Krankheit wissen.

»Was hat mich verraten? Die Todesblässe?«, witzle ich, aber sie glaubt, dass ich es ernst meine, und erstarrt wie ein Opossum im Scheinwerferlicht.

»Also, ähm …«

»Keine Sorge, das war nur ein Scherz.«

Sie wirft den Kopf zurück und lacht zu laut und zu lange.

»Ich bin Nadia«, sagt sie, als sie sich wieder eingekriegt hat, eine Hand auf die Brust gedrückt. »Und das sind Sophie und Kelly. Sie werden sich um Ihr Make-up, Ihre Frisur und Ihre Garderobe kümmern. Keine Angst, sie machen ihren Job sehr gut. Wenn sie mit Ihnen fertig sind, wird niemand auf die Idee kommen, dass Sie …«

»Bald sterben?«, helfe ich ihr großzügig aus. »Ich denke, darum geht es in der Geschichte letztlich, oder?«

»Wer möchte Kaffee?«, fragt Kate in die peinliche Stille hinein, die folgt. »Oder Tee? Ich habe Kräutertee.«

»Sind sie … schon … hier? Bin ich zu … spät?« Mums Stimme taucht zuerst auf, ihr Körper folgt. Sie stürzt herein und knallt atemlos gegen die Sofalehne. Als sie Nadia entdeckt, wird sie rot. »Ich kenne Sie.« Sie richtet sich auf und zeigt mit einem Finger auf die Frau. »Ich habe Ihr Foto in der Zeitschrift gesehen.«

Nadia lächelt milde.

»Sie sind meine Lieblingsjournalistin«, schwärmt Mum los. »Ich lese alle Ihre Homestorys, jede Woche. Das ist immer die erste Seite, die ich aufschlage. Nun, nach Klatsch und Tratsch natürlich. Diese Dominique Taylor spürt auch immer gute Geschichten auf. Ist sie noch mit dem Typ aus dem Fernsehen zusammen? Von dieser Tanz-Casting-Show?«

»Mum.«

»Was?«

Nadia macht einen Schritt vor und streckt eine Hand aus. Bei den vielen Ringen an den Fingern wundert es mich, dass sie die Hand überhaupt heben kann. »Nadia Hepburn. Es freut mich sehr, Sie kennenzulernen, Mrs. Green. Ich kann mir nicht annähernd vorstellen, was Sie durchmachen.«

»Oh, nicht ich mache das durch. Sondern Ava.«

»Tja, das weiß ich, ich meinte bloß ...« Nadia sieht mich hilflos an. Ich lächle zurück. Sie ist auf sich allein gestellt.

Ich wollte schon Nein sagen zu Sophies und Kellys talentierten Händen, doch als sie mit mir fertig sind und ich in den Spiegel sehe, bin ich froh, es nicht getan zu haben. Ich sehe nicht wie ich aus. Nun, irgendwie schon, aber wie eine bessere, hübschere Version von mir.

Mein blondes Haar, das seit der Chemo letztes Mal so lockig und schwer zu bändigen ist, haben sie an einer Seite mit einer hübschen Glitzerspange am Hinterkopf befestigt. Jetzt fließt es lieblich über meinen Kopf und auf der anderen Seite wieder in sanften Wellen herab, eine Hommage an Frisuren vergangener Epochen. Das Make-up ist dezent, aber wirkungsvoll, und Nadia hatte recht: Wer nicht weiß, dass ich krank bin, würde vermutlich nie darauf kommen. Ich habe jetzt Smokey Eyes und volle Lippen, doch die winzigen Sommersprossen auf den Wangen haben sie nicht abgedeckt. Feenschritte hat meine Mutter sie genannt, als ich klein war. Damals waren sie das größte Problem in meinem Leben.

Sophie holt eine Kleiderstange mit verschiedenen Kleidern aus dem Wagen, dann legt sie das Kinn in die Hand und betrachtet mich gut zwei Minuten lang scharf von Kopf bis Fuß, bevor sie meint, »genau das Richtige« für mich zu haben.

Das Richtige ist ein Kleid, das ich in einer Million Jahre nicht gekauft oder auch nur anprobiert hätte. Lang, fließend und korallenrot. »Bohemian Chic« nennt Sophie diesen Stil.

Als ich am Ende in den Spiegel sehe, keuche ich tatsächlich auf; meine Lippen formen ein erstauntes »Oh«. Mein Spiegelbild ist wunderschön. Ich bin wunderschön. Ich sehe jemanden, der in der Blüte seiner Jugend ist.

Ich sehe Leben.

Mum bricht bei meinem Anblick theatralisch in Tränen aus.

»Ach, mein Liebes«, bringt sie gepresst hervor. Ich habe den Eindruck, dass sie in ein Taschentuch schluchzen würde, wenn sie eines hätte. Hat man einmal Geschmack am Laientheater gefunden, kommt man offenbar nur schwer wieder davon los. »Du bist absolut atemberaubend.«

»Danke, Mum.«

»Ernsthaft«, sagt Amanda. »Du siehst wie ein Model oder so was aus. Ich glaube, du warst noch nie so schön. Habt ihr Farbe genommen oder so was?« Sie betrachtet meine stark konturierte rechte Wange.

Sophie schnaubt leise.

Kate verdreht die Augen. »Hört gar nicht auf sie.«

»Das Aussehen hat sie von mir, wissen Sie.« Mum stupst Nadia mit dem Ellbogen an. »Und ihre Intelligenz. *Und* ihr Temperament. Um ehrlich zu sein, weiß ich nicht so genau, was ihr Vater beigetragen hat. Nun, ich weiß natürlich, *was* er beigetragen hat, wenn Sie verstehen, was ich meine.« Sie stupst Nadia erneut an. »Sollten Sie das nicht alles aufschreiben?«

»Oh, heutzutage nehme ich die meisten Interviews auf«, sagt Nadia. »Das ist viel einfacher, und man verpasst nicht so viel. Später kann ich es dann in Ruhe abtippen.« Sie blickt auf ihre Uhr. »Wo in aller Welt steckt der Fotograf?«

Ich sehe, wie Kelly und Sophie einen Blick wechseln, denke mir aber nichts dabei, weil mir beim Gedanken daran, für Fotos posieren zu müssen, ganz flau im Magen wird.

»Ich glaube, ich kann das nicht.«

»Sie können jetzt keinen Rückzieher machen.« Nadias Ton ist ein wenig zu scharf. »Das ist unsere Titelstory für nächste Woche.«

»Ich mache keinen Rückzieher.« Amanda stellt sich beschützend neben mich. »Ich brauche nur etwas frische Luft.«

»Oh, natürlich.« Nadia nickt mitfühlend. »Gehen Sie ruhig. Ich muss sowieso auch mit Ihrer Mutter und Ihren Freundinnen sprechen. Um deren Seite der Geschichte zu erfahren.«

Mum folgt mir hinaus auf die Terrasse. »Ist auch wirklich alles in Ordnung? Hast du Schmerzen?«

»Mir geht es gut«, versichere ich. »Die Schmerzen sind okay, nichts, womit ich nicht umgehen kann. Ich brauche tatsächlich nur etwas Luft. Zu viele Leute in dem kleinen Zimmer. Ich bin gleich zurück.«

»Soll ich mitkommen?«

Ich sehe sie an, die Augenbrauen erhoben. »Machst du Witze? Statt dich von deiner zweitliebsten Journalistin interviewen lassen?«

Sie zuckt zusammen. »Das habe ich gesagt, oder? Da war ich total promigeblendet und hab nicht richtig nachgedacht.«

Nadia ruft: »Mrs. Green? Wenn es Ihnen nichts ausmacht, hätte ich da ein paar Fragen?«

Mum sieht mich forschend an.

»Geh schon«, sage ich. »Ich komme auch gleich.«

Sie küsst mich auf die Stirn und geht zurück ins Haus. Ich warte, bis sie weg ist, schleudere die flachen Schuhe von den Füßen und gehe leise die Treppe hinunter, die zu der Rasenfläche führt.

13. Kapitel

Das Gras unter meinen nackten Füßen ist noch feucht vom Morgen. Vor einem Monat lag es unter knirschendem Frost, und in einem oder zwei Monaten wird es von der Sommerhitze trocken und braun sein. Diesem Gedanken folgt umgehend ein anderer: Werde ich noch leben, um das zu sehen?

Ich hasse es, dass dies die Regel geworden ist. Zu hinterfragen, wie viele Jahreszeiten ich noch vor mir habe. Wie viele Tage, wie viele Stunden und Minuten. Manchmal, wenn ich allein bin, kann ich die Sekunden in meinem Kopf ticken hören. Laut und unerbittlich, eine Mahnung, dass die Zeit für niemanden stehenbleibt.

Unter den Bäumen ist die Luft feucht, aber es sind nur zwanzig Meter bis zu einer kleinen, etwa einen Meter hohen Düne. Und dann liegt der Strand vor mir, in seiner ganzen atemberaubenden Schönheit.

Ich schließe die Augen und atme tief die salzige Luft ein, und als ich wieder ausatme, entschlüpft mir ein leises, glückliches Lachen. Der Geruch ist köstlich. Es riecht nach meiner Kindheit, heiße Tage voller verschwitzter Abenteuer, Teenagerküsse mit pickligen Jungen in den Grasbüscheln der Sanddünen. Nach Flip-Flops, die von den Wellen weggeschwemmt werden, Treibholz, Sandburgen und Quallenbissen. Müßig auf dem Rücken im klaren Wasser treiben, wie ein Seestern, und dann fröhlich mit dem Bodybord, das der Weihnachtsmann brachte, auf den Wellen zurück ans Ufer reiten. In den Wasserlachen zwischen den Felsen mit einem Plastikeimer in der Hand nach Muscheln suchen. Die Stimme meiner Mutter, warme Schinkenbrote und Zitronenlimonade, Sand in den Haaren und Zinksalbe auf der Nase.

Erinnerungen, bunt und schnell wie eine Diashow, zugleich schmerzhaft und schön. Ich habe ein Leben gelebt. Ich habe ein Leben verloren. Aber es hat mir sowieso nie gehört. Es war nur eine vorübergehende Leihgabe, die jederzeit zurückgefordert werden kann.

Ich springe hinunter auf den Strand und gehe zum Wasser. Das Meer ist heute ruhig und von einem düsteren Türkis wie bei diesen Drei-Dollar-Ringen vom Jahrmarkt, die je nachdem, ob man glücklich oder traurig ist, die Farbe wechseln. Angeblich. Kate, die eher an Wissenschaft glaubt als an Okkultes, sagte immer, dass das von der Temperatur der Haut abhängt. Ich kann mich noch erinnern, wie stolz ich insgeheim war, wenn mein Ring sich schwarz färbte, als ob ich dadurch zu einer Art Rebellin würde. Eine missverstandene Seele.

Das Wasser ist kühl, aber nicht kalt. Es schlägt gegen meine Füße, und hastig hebe ich das Kleid hoch und stecke es seitlich in meinen Slip, damit es nur knapp bis über die Knie reicht. Winzige Fische huschen davon, als ich am Ufer entlanglaufe. Ich kann nicht weit gehen, denn sie werden bestimmt bald nach mir suchen. Aber ich brauche das hier.

Aufgewachsen in einer Kleinstadt direkt am Meer, habe ich den Strand immer für selbstverständlich gehalten. Er war einfach immer schon da und somit nichts Besonderes. Als würde er eher den Busladungen von Touristen gehören, die jeden Sommer kamen, ihn in Besitz nahmen und am Ende der Ferien wieder verschwanden und nichts zurückließen als Müll und gebrochene Herzen. Wenn etwas so leicht verfügbar ist, verliert es oft seinen Reiz, und genau das war der Fall, als meine Freundinnen und ich älter wurden. Es ist also schon eine Weile her, dass ich hier unten am Strand war, vor allem allein, und erst jetzt wird mir klar, wie sehr ich ihn vermisst habe.

Ich hebe ein paar Muscheln auf und versuche, sie über die Wasseroberfläche hüpfen zu lassen, wie wir es als Kinder getan haben. Aber ich bin eingerostet und aus der Übung, und sie versinken schon beim ersten Aufkommen. Als ich mich bücke, um nach weiteren Muscheln zu suchen, höre ich ein Geräusch, das nicht hierher passt, ein Klicken. Verwirrt blicke ich auf und sehe zunächst nichts Besonderes, doch dann ändert sich das Licht, und ich kann die Umrisse eines Mannes ausmachen, der im Schatten der Bäume am unteren Rand von Kates Grundstück steht. Er hat eine Kamera, und sie ist auf mich gerichtet.

Als er bemerkt, dass ich ihn gesehen habe, senkt er die Kamera und lächelt reumütig.

»Tut mir leid«, ruft er, tritt aus dem Schatten der Bäume, springt auf den Strand und kommt auf mich zu. Er hat so lange Beine, dass er in Nullkommanichts vor mir steht, eine Hand zur Begrüßung ausgestreckt. Seine Finger sind lang.

»James«, sagt er. »Ich bin der Fotograf und nicht irgendein Stalker.«

Sein Lächeln ist breit und wirkt aufrichtig. Ich ertappe mich dabei, wie ich seine Lippen anstarre. Sie haben die Farbe von Kirschen, was durch die hellblonden Stoppeln auf seinem Kinn noch betont wird. Ich bin normalerweise kein großer Fan von Gesichtsbehaarung, aber der Bart ist getrimmt und dezent und passt zu ihm. Seine Ausstrahlung ist umwerfend. Er erscheint fast überlebensgroß – zumindest füllt er mein ganzes Blickfeld aus, den Strand, meine Welt. Er ist groß und athletisch, trägt ein bequemes schwarzes T-Shirt und Jeans, die eine Nummer zu groß scheinen, so locker, wie sie auf seinen Hüften sitzen und einen Streifen gebräunte Haut enthüllen. Genau wie ich ist er barfuß; seine Jeans hat er bis zu den Waden aufgerollt. Aus der Nähe betrachtet sieht er älter aus, als zunächst gedacht, um die Augen und den Mund zeichnen sich feine Linien ab. Seine gebräunte Haut zeigt erste Anzeichen von Verwitterung und deutet darauf hin, dass er viel Zeit im Freien verbringt. Der Blick aus seinen klaren grünen Augen ist durchdringend, und sein Haar weist verschiedenste Blondtöne auf, etwas, wofür Kate jeden Monat ein Vermögen ausgibt. An den Seiten ist es kürzer geschnitten als oben, wo es grob auf die Seite gebürstet ist.

Natürlich war ich mit Männern zusammen, wenn auch nicht in letzter Zeit. Meine längste Beziehung führte ich zwischen neunzehn und zweiundzwanzig. Wir begannen gerade, vorsichtig über eine Verlobung nachzudenken, als etwas passierte oder auch nichts. Wir drifteten einfach auseinander wie zarte Wolken an einem Sommertag. Die Summe der Teilchen, die ein »uns« erschaffen, lösten sich so verstohlen und langsam auf, dass es nicht einmal wehtat. Wir sahen uns lediglich eines Morgens traurig über den Frühstückstisch hinweg an und erkennten, dass es vorbei war. Kein Theater, keine Tränen. Außer vielleicht gelegentlich eine, wenn ich eine besonders kitschige romantische Komödie sah oder mich in rührselige Stimmung trank. Wir verstehen uns noch immer gut, und ab und zu laufe ich ihm im Supermarkt über den Weg. Inzwischen ist er verheiratet und hat drei Kinder. Und obwohl er ein bisschen mitgenommen wirkt, wenn sie in Kreisen um den Einkaufswagen sausen und mit Essen um sich werfen, scheint er glücklich zu sein.

Danach habe ich ein paar Typen kennengelernt, die man allerdings an einer Hand abzählen kann. Die Geschichten dauerten zwischen einem (merkwürdigen) Tag und sechs

Monaten. Als ich die erste Krebsdiagnose bekam, war ich gerade frisch mit jemandem zusammen. Zu seiner Verteidigung sei gesagt, dass er versuchte, das Richtige zu tun. Er fuhr mich zu einigen meiner Termine und kaufte mir Blumen, als die Chemotherapie losging. Aber als der Scheiß dann richtig real und ich *richtig* krank wurde, hatte keiner von uns die Kraft, so zu tun, als ob wir an etwas wirklich Ernstem interessiert wären. In Anbetracht der Tatsache, dass wir noch immer ganz am Anfang standen und er noch nicht einmal eines meiner weniger hübschen Unterhöschen oder Haarstoppeln auf meinen Beinen zu sehen bekommen hatte, konnte ich es ihm wirklich nicht vorwerfen. Nichts nimmt einer frischen Beziehung schneller den Glanz, als wenn der Partner von der Chemotherapie eiternde Wunden im Mund bekommt.

Es ist also schon eine Weile her, dass ich mit einem Mann zusammen war, und obwohl ich bald sterbe, bin ich noch nicht tot. Ich habe dieselben Wünsche und Bedürfnisse wie jede andere Frau, und der Mann vor mir erweckt sie alle.

Mir wird klar, dass er mich ebenfalls prüfend betrachtet und auf eine Antwort wartet. Typischerweise bin ich in solchen Situationen nicht besonders forsch. Daher versuche ich, mir vorzustellen, was Amanda sagen würde.

»Nun.« Ich streiche mein Haar hinter ein Ohr, bemüht, lässig zu wirken. »Wenn ich mir jemanden aussuchen müsste, der mich stalkt, würde ich mich für dich entscheiden.« Dann schießt mir die Hitze in die Wangen, was er hoffentlich wegen des ganzen Make-ups nicht sehen kann.

»Ist das dein Ernst?«

»Tut mir leid.« Ich krümme mich. »Sorry. Ich weiß nicht, warum ich das gesagt habe. Normalerweise sage ich so was nicht.«

»Wirklich nicht?«

»Wirklich nicht.«

»Schwer zu glauben, so überzeugend wie es geklungen hat.« Sein Mundwinkel wandert nach oben, was darauf hindeutet, dass er mich aufzieht.

»Ja, klar.«

»Wenn du so was normalerweise nicht sagst, warum hast du es dann gesagt?«

Ich verziehe das Gesicht, weil mir die Sonne grell in die Augen scheint. »Ich weiß nicht genau. Ich dachte, ich versuche mal, einen Moment lang jemand anders zu sein. Jemand Unerschrockenes, der sich nicht um Anstand kümmert.«

»Und wie fühlt sich das an?«

»Schrecklich. Wie wäre es, wenn wir von vorn anfangen?« Ich strecke ihm die Hand hin und setze ein ernstes Gesicht auf. »Hallo, ich bin Ava. Und du musst James sein. Ich habe schon viel von dir gehört.«

In seinen Wangen bilden sich Grübchen. »Hast du?«

»Nein. Keinen Ton. Und wieder weiß ich nicht, warum ich das gesagt habe. Aus irgendeinem Grund machst du mich nervös. Aber ich schätze, diese Wirkung hast du auf viele Frauen.«

»Nicht dass ich wüsste.«

»Ernsthaft? Sieh dich doch an. Du bist so … du weißt schon.« Ich deute in seine Richtung und wedele dabei mit der Hand auf und ab.

»Groß?«

»Ja. Groß. Genau das wollte ich sagen.«

»Oder vielleicht wahnsinnig gut aussehend?«

Ich lache – leider leicht grunzend –, bevor ich wieder ein ernstes Gesicht mache. »Wie bitte? Gut aussehend? Tja, ich schätze mal, schon. Ich meine, mir persönlich ist das nicht aufgefallen, aber vermutlich würde *der eine oder die andere* sagen …«

Er lacht. Sein Lachen klingt laut und wild in dieser stillen Umgebung, aber es ist ein herrliches Geräusch. So lebendig.

»Was den ersten Eindruck angeht, schlage ich mich nicht besonders gut, oder?«

»Im Gegenteil, du hast mir gleich zwei Komplimente gemacht. Was mehr kann ein Mann verlangen?«

Jemand ruft meinen Namen. Es klingt gedämpft, durch die Bäume und die Entfernung, ist aber dennoch klar zu hören. Ich werde herbeizitiert. Bedauernd lächle ich James an.

»Ich schätze, ich werde gesucht.«

»Das schätze ich auch.«

»Sollen wir …?« Ich zeige zum Haus.

»Nach dir.«

Ich gehe zurück, und er passt sich meinem Tempo an.

»Bekomme ich jetzt Ärger mit Nadia, weil ich abgehauen bin?«

Er zuckt mit den Schultern. »Wen interessiert's.«

»Ich finde sie irgendwie einschüchternd«, gestehe ich.

»So wirken die meisten Journalisten. Der Trick ist, nie zu vergessen, dass man ihnen einen Gefallen tut. Ohne dich hätte sie keine Story.«

»Das stimmt wohl.«

»Außerdem ist Nadia immer so. Ich arbeite nicht oft für ihre Zeitschrift, aber jedes Mal hat sie gerade eine neue Assistentin.«

»Du bist also freiberuflich tätig? Das muss aufregend sein.«

Er nickt. »Ich arbeite überwiegend im Ausland. Das hier mache ich nur ab und zu, um jemandem im Verlag einen Gefallen zu tun.«

»Er ist dir bestimmt sehr dankbar.«

Er sieht mich komisch an. »Sie. Marilyn Southgate. Hast du noch nie von ihr gehört?«

»Ich lese eigentlich keine Zeitschriften. Ist nicht so mein Ding.«

Er hebt die Augenbrauen. »Vielleicht solltest du das in deinem Interview unerwähnt lassen.«

Wir haben die Bäume erreicht, und er bleibt stehen und deutet mit einer Handbewegung an, dass ich vorgehen soll. Ein Gentleman. Leider stelle ich fest, dass ich etwas flach atme. Keine Ahnung, ob es an der körperlichen Anstrengung oder an seiner Anwesenheit liegt. Aber so oder so möchte ich nicht vorausgehen und ihn sehen lassen, dass ich langsamer gehe, als es jemand in meinem Alter tun sollte. Andererseits will ich auch kein Theater machen, also beginne ich den Weg hinaufzusteigen. Ich höre, wie sein Atem schneller geht, und ich bin mir seiner Nähe übermäßig bewusst. Über uns rascheln die Blätter im Wind, und ein Tui beginnt einen Wettstreit mit einem Schmuckvogel. Das Meer sorgt für die Hintergrundmusik. Die Luft hinterlässt einen feuchten Film auf meiner Haut. Ich kann nur hoffen, dass das Kleid kein Problem mit ein bisschen Feuchtigkeit hat, denn ich habe wenig Lust, auf Sophies schwarze Liste zu kommen. Nach nur wenigen Schritten wird mir wegen der feuchten Hitze auf einmal schwindlig.

»Alles okay?«

Erst als James neben mir steht, wird mir klar, dass ich immer langsamer gegangen bin. Seine Stimme und sein Gesichtsausdruck deuten an, wie besorgt er ist. Sanft legt er eine Hand auf meinen Arm, und ich atme bei der Berührung scharf ein, obwohl sie nur kurz ist und er die Hand schnell wieder wegzieht. Wieso hat er eine solche Wirkung auf mich? Nie zuvor habe ich derart auf einen Mann reagiert. Da ich nicht genug Luft bekomme, um etwas zu sagen, lehne ich mich an einen kräftigen Baumstamm und nicke.

»Soll ich jemanden holen? Deine Mutter vielleicht?«

Ich schüttle heftig den Kopf. Das ist das Letzte, was ich jetzt brauchen kann; dass sie kommt und überreagiert.

»Alles gut«, stoße ich leise aus. »Ich muss mich nur eine Minute ausruhen.«

»In Ordnung.«

»Du kannst schon mal vorgehen, ich komme gleich nach.«

Er neigt den Kopf zur Seite. »Ich warte lieber, wenn es dir nichts ausmacht.«

Ich nicke.

Und konzentriere mich auch meine Atmung, zähle jeden Atemzug und halte die Luft an, bevor ich wieder ausatme. Es funktioniert, ich spüre, wie mein Puls sich beruhigt und ich den Kopf wieder frei bekomme.

»Besser?«, fragt er, als ich mich aufrichte. Er strahlt so viel Lebendigkeit und Gesundheit aus, ich will vor ihm nicht krank wirken oder schwach. Nur einen Tag lang will ich so tun, als ob alles anders wäre. Ich stelle mir vor, ein Model bei einem Fotoshooting an einem exotischen Ort zu sein. Ich bin seine Muse, seine Yoko Ono. Und er ist vollkommen in mich vernarrt.

»Ja, danke. Das muss an der Hitze liegen.«

»Hör zu, Ava.« Er zieht einen Fuß durch den Schmutz und die vermoderten Blätter. Ein Zweig zerbricht. Der Tui fliegt davon, seine Flügel schlagen machtvoll durch die Luft. Ich habe etwas Angst vor dem, was jetzt kommt. Dass mein Traum so schnell wie der Tui davonfliegt.

»Ich weiß nicht genau, was ich sagen soll über das, was du durchmachst«, fährt er mit sichtlichem Unbehagen fort. »Aber ich möchte auch nicht nichts sagen. Falls das irgendeinen Sinn ergibt.«

Der Krebs stellt sich machtvoll zwischen uns, weigert sich wie immer, im Hintergrund zu bleiben.

»Ist schon in Ordnung«, antworte ich. »Ich verstehe das. Ich wüsste im umgekehrten Fall wahrscheinlich auch nicht, was ich sagen soll.«

»Wenn du mich fragst, scheinst du ein wirklich netter Mensch zu sein.«

»Oh, das bin ich«, sage ich ohne eine Spur von Bescheidenheit, dafür mit umso mehr Bitterkeit. »Ich helfe alten Damen über die Straße, zahle pünktlich meine Steuern und versuche nach einem Gewitter, nicht auf Regenwürmer zu treten. Ich bin so nett, wie man nur sein kann. Und deswegen kommt mir das alles auch so ungerecht vor.«

»Das stimmt allerdings.«

»Es ist scheiße.«

»Ist es.« Sein Gesichtsausdruck ist schwer zu deuten, als er mich ansieht. »Du bist ganz anders, als ich erwartet habe.«

»Ach wirklich? Und was hast du erwartet?«

»Ich weiß nicht genau.«

Er lässt mich nicht aus den Augen, und es gefällt mir, dass er vor der harten Realität nicht davonläuft. Das Grausame an dieser Krankheit ist, wie sie versucht, einen von den Gesunden zu entfremden. Ob sie es gut meinen oder nicht, wenn man stirbt, tendieren manche Leute dazu, so zu tun, als wäre man bereits tot. Und ich verstehe das. Denn auf einmal ist alles anders. Es ist unangenehm. Ich erinnere mich an eine Familienfeier, ich glaube, eine Hochzeitsfeier, kurz nach meiner Diagnose. Während des Fests beschwerte ich mich bei meiner Mutter, dass ich genauso gut hätte zu Hause bleiben können, so wie mich alle ignorierten.

»Ich komme mir wie ein Zombie in einem Horrorfilm vor«, sagte ich. »Niemand schaut mir in die Augen oder spricht mit mir. Als ich zur Toilette bin, hat sich die Menge vor mir geteilt wie das verdammte Rote Meer. Wovor haben sie Angst? Dass ich sie anstecken könnte?«

»Sei nicht so hart mit ihnen, Ava«, entgegnete meine Mutter. »Sie wissen nicht, was sie sagen sollen.«

Und ich sah sie gequält an. »Können sie nicht einfach Hallo sagen?«

14. Kapitel

»Was meinst du mit viral? Wie Herpes?«

Amanda schnaubt.

»Himmel, Mum«, antworte ich seufzend. »Nein, kein Herpes.«

»Oh. Dann ist es ja gut. Einen Moment lang habe ich mir Sorgen gemacht.«

»Das ist so eine Social-Media-Sache, Mrs. G.«, erklärt Kate. »Manchmal gefallen den Leuten bestimmte Fotos oder Geschichten mehr als andere, warum auch immer. Und die werden dann wieder und immer wieder geteilt, bis sie sich praktisch auf der ganzen Welt verbreitet haben und Tausende Leute sie gesehen haben.«

Meine Mutter runzelt die Stirn, während sie versucht, zu verstehen. »Wenn du also sagst, Ava ist viral gegangen, meinst du ...?«

»Dass Leute überall auf der Welt ihre Geschichte verfolgen. Und ich meine überall auf der Welt. Allein der Artikel in der Zeitschrift wurde über zweihunderttausend Mal geteilt.«

»Zweihunderttau...? Meinst du das ernst?«

»Todernst.«

Mum zuckt zusammen und sieht mich an.

»Sorry, Ava«, sagt Kate. »Schlechte Wortwahl.«

»Mach dir keine Gedanken.«

»Hier, sehen Sie.« Kate gibt ihr Tablet an meine Mutter weiter und zeigt ihr, wo sie die Kommentare unter dem Online-Artikel finden kann. Mum durchforstet ihre Tasche nach der Brille, die sie normalerweise nicht in der Öffentlichkeit trägt, und beginnt zu lesen.

Es ist zwei Wochen her, dass das Magazin den Artikel veröffentlich hat. Seitdem wurde Amandas Facebook-Seite mit Angeboten überflutet. Es ist alles dabei, von Kleidern über Blumen bis hin zu Veranstaltungsorten und Geld. Eine Limousinenfirma will mich sogar chauffieren, egal, wo ich meine »Zeremonie« abhalten werde, solange ich ihnen gestatte, danach Fotos von mir für ihre Werbebroschüren zu benutzen. Ich habe höflich abgelehnt.

Als Krönung des Ganzen hat Kate gerade auf meinem Handy einen Anruf von Marilyn Southgate, der Verlegerin des Magazins, entgegengenommen. Die Leserinnen lieben mich anscheinend. Mich, die mutige junge Krebspatientin, deren einziger Traum es ist, eine große Hochzeit zu feiern, bevor sie über den Jordan geht.

Das waren natürlich nicht ihre genauen Worte, trifft aber das Wesentliche.

»Nein«, verkünde ich vorbeugend.

»Du weißt ja noch nicht einmal, was ich sagen wollte«, entgegnet Kate.

»Das muss ich auch nicht. Ich weiß, in welche Richtung es geht. Für manche Dinge habe ich einen sechsten Sinn.«

»Nein, hast du nicht.«

»Doch, habe ich.«

»Okay, was wollte Marilyn also?«

»Sie will eine weitere Story. Ein Exklusivbericht von der Hochzeit.«

»Ha, sagte ich doch.«

»Aber das ist nicht alles.«

»Mir ist egal, was sie will, die Antwort lautet Nein.«

Mum setzt sich auf das Bett und streift dabei fast mein Knie. Mir tut heute alles weh, aber das sage ich ihr nicht. Das muss sie nicht wissen.

»Liebling«, versucht sie es erneut. »Hast du ein paar von diesen Kommentaren gelesen?«

»Nein.«

»Das solltest du aber. Sie sind wirklich schön.«

Ich schmolle und tue mir selbst leid, weswegen ich nicht antworte.

»Marilyn will eine ganze Serie von Artikeln machen«, sagt Kate behutsam. »Ja, sie möchte über deinen großen Tag berichten, aber auch über die Vorbereitungen. Einen Artikel pro Woche, mit Fotos. Sie wollen die Leute jetzt nicht einfach in der Luft hängen lassen.«

Welche Leute?

»Nein.«

»Das ist noch nicht alles.« Sie holt tief Luft. »Sie fragen sich, ob du eine wöchentliche kleine Kolumne schreiben könntest, eine mit Ratschlägen, so was in der Art.«

»Ratschläge wofür? Ich bin für nichts Expertin. Die spinnt doch.«

»So was wie deine Gedanken ... über Dinge, die dir seit deiner Krankheit klargeworden sind ... Was im Leben wichtig ist und was nicht. Dass du dich nicht mehr so sehr für Materielles interessierst. So in der Art.«

»Nein.«

»Denk einfach mal darüber nach.«

»Das brauche ich nicht. Weil es nach einer unglaublichen Verschwendung der wenigen Zeit klingt, die mir noch bleibt. Und zwar die ganze Sache. Vergesst die Hochzeit. Ich weiß überhaupt nicht, was ich mir dabei gedacht habe.«

Mit einiger Anstrengung rolle ich auf den Bauch und vergrabe den Kopf in meinen Kissen, damit sie die Tränen nicht sehen können, die mir über den Nasenrücken laufen und feuchte Flecken auf den Kissen hinterlassen.

Amanda räuspert sich. »Vielleicht sollten wir Ava mal ein bisschen in Ruhe lassen.«

Eine Hand streicht sanft über mein Haar, ich weiß nicht, wem sie gehört, vermute aber, es ist Mums. Ja klar. »Ist es das, was du willst, Liebes?«, fragt sie. »Oder willst du, dass ich bleibe?«

Ich weiß, dass ich mich zickig verhalte und dass diese drei Frauen alles Menschenmögliche für mich tun würden. Sie verdienen es nicht, so behandelt zu werden. Aber ich weiß auch, dass sie, weil sie mich lieben, nicht beleidigt sein werden, egal, was ich ihnen entgegenschleudere.

»Es tut mir leid«, murmle ich in meine Kissen. »Ich habe schlecht geschlafen. Vielleicht würde ein Nickerchen helfen.«

»Okay.« Mum küsst mich auf den Kopf und ich spüre, wie sich ihr Gewicht von meinem Bett hebt. Bevor sie den Raum verlässt, bleibt sie noch einmal stehen. »Sollten wir mit Dr. Harrison darüber sprechen, die Dosierung deiner Schmerzmittel zu erhöhen? Hat dich das wach gehalten?«

»Nein«, lüge ich. »Die Schmerzen sind in Ordnung, Mum.«

Sie seufzt tief. »Du lügst, Ava Green. Ich kenne dich, schon vergessen? Aber das können wir später besprechen. Süße Träume, mein kleines Mädchen.«

Die Tür schließt sich.

Als ich aufwache, ist es dunkel im Zimmer, und mir wird klar, dass ich den Nachmittag verschlafen habe. Sofort überkommt mich Bedauern. Noch mehr Zeit verschwendet. Es fällt mir schwer, nicht eifersüchtig über die Tage zu wachen, wenn mir vielleicht nur noch wenige bleiben. Tage. Jahre jedenfalls nicht, so viel steht fest. Aber Wochen, Monate?

Im Haus ist es still. Zu still. Wahrscheinlich sind alle gegangen, sie haben mich allein gelassen, was mich überrascht.

Doch dann dringt leises Gemurmel durch die Balkontür und ich rieche etwas, das meinen Magen knurren lässt.

Der hintere Teil des Gartens ist von vielen Lichterketten beleuchtet. Sie sind von Baum zu Baum gespannt, über die Terrasse hinweg und sogar um die Wäscheleinen gewickelt. Der Grill ist angeworfen und der Geruch von Bratwürstchen liegt schwer in der Luft. Der Picknicktisch ist gedeckt, in der Mitte stehen Kerzen in Gläsern. Kate hat einige ihrer geliebten Rosen aus dem Vorgarten abgeschnitten und hübsch in einer Vase in der Mitte angeordnet. Es ist ein magischer Anblick, der mir den Atem raubt, und ich stoße ein leises »Oh!« aus, bei dem sich die versammelten Leute umdrehen. Ich entdecke mehr Figuren in den Schatten, als es eigentlich sein sollten. Wer ist noch hier, von dem ich nichts weiß?

»Ava«, sagt Mum und schaut nach oben. »Da bist du ja. Fühlst du dich besser?«

Ich nicke und gehe die Stufen hinunter, um mich im Garten zu ihnen zu gesellen. »Wozu das alles?«

Sie dreht sich um, um zu sehen, was ich meine. »Oh, die Lichter? Sie sind für dich. Wir wollten dich ein wenig aufheitern. Ich weiß, das ist unter diesen Umständen schwierig. Aber wir müssen es wenigstens versuchen.«

Sie wirft mir ein bekümmertes Lächeln zu, ihre Gesichtszüge verlieren den Halt und zeigen die Trauer direkt unter der Oberfläche.

Mein Vater, Kate und Amandas Eltern sind hier, außerdem Kates älterer Bruder Craig, seine Frau Stephanie und ihre vier Kinder. Früher war Craig wie ein großer Bruder für Amanda und mich, der sowohl auf uns aufpasste wie uns triezte.

Eine kleine Ansammlung also von Menschen, die ich als Familie betrachte. Und das ist genau das, was ich gerade brauche.

»Ihr seid die Besten.« Ich lächle.

»Das wissen wir«, meint Amanda, den Mund voll Bratwurst. »Was ist?«, fragt sie, als wir sie alle ansehen. »Das nennt man Qualitätskontrolle, ich muss sie erst einmal probieren.«

Wir sitzen zusammen am Tisch und essen – Würstchen, selbst gemachte Salate und Brötchen – und es wird ein schöner Abend. Ich rede nicht viel, sondern genieße es, zu beobachten und den vielen Geschichten und Gesprächen zu lauschen, die um mich herum erzählt werden. Die Kinder rennen durch den Garten, kreischen und spielen Fangen, und ich kann mich gut erinnern, wie wir als Kinder dasselbe taten. Barfuß im Gras, mit vollen Bäuchen, die Sterne über uns. Aus dem Haus dringt leise Musik von der Stereoanlage, und der Duft des Meeres ist heute besonders kräftig. Ich fühle mich eins mit der Natur, verbunden mit der Erde wie auch mit dem Himmel, was daran liegen mag, dass ich derzeit jeweils einen Fuß in beiden Lagern habe. Mein Vater sitzt neben mir und ich lehne mich an ihn. Er legt den Arm um mich. Meine Mutter holt eine Decke für meine Knie; nicht viel mehr als eine lieb gemeinte Geste, denn es ist nicht sonderlich kalt. Sie kümmert sich eben um ihre Tochter, so gut sie kann.

»Weißt du noch, woher du diese Narbe hast?«

Die sanfte Stimme meines Vaters holt mich aus meiner Träumerei.

Er schaut auf meine Hand, die auf dem Tisch liegt und in der ich das Weinglas halte. Ich betrachte die Narbe, von der er spricht, und mir wird klar, dass sie mir lange schon nicht mehr aufgefallen ist. Obwohl ich natürlich weiß, wie ich sie bekommen habe, sage ich nichts, weil ich hoffe, dass er die Geschichte erzählen wird. Und er enttäuscht mich nicht.

»Du warst so winzig«, sagt er. »Höchstens fünf oder sechs. Aber du hast darauf bestanden, mit mir angeln zu gehen. Niemand konnte dich davon abhalten. Deine Mutter sagte, wenn dir etwas zustößt, wird sie mich mit bloßen Händen erwürgen. Zum Glück meinte sie das nicht ernst, oder?«

»Ich wollte den Köder selbst am Haken anbringen«, sage ich.

»Ja, allerdings. Du warst nicht so zimperlich wie andere kleine Mädchen. Du hast deine Hand in den Eimer voller Fischgedärme gesteckt und das größte Stück ausgewählt. Dann hast du den Haken so fest hineingesteckt …«

»… dass er auf der anderen Seite herauskam und in meinen Daumen stach«, ergänze ich.

»Ich habe noch nie jemanden so laut schreien hören.« Er lacht. »Himmel, du hast mich vielleicht erschreckt. Bei dem vielen Blut dachte ich schon, du hättest ein ganzes Körperteil verloren. Also begann ich schnell, ein neues Leben an einem anderen Ort zu planen, wo deine Mutter mich nicht finden würde.«

Er greift hinüber, um zart über die lange weiße Narbe zu streicheln.

»Zwei Stiche«, sagt er. »Und du hast nicht gezuckt. Nicht ein einziges Mal. Du warst so tapfer.«

»Weil du meine Hand gehalten hast.« Ich lächle zu ihm hoch.

»Das werde ich immer tun.« Seine Stimme klingt auf einmal erstickt. Mein Dad spricht nicht viel über das, was gerade passiert. Aber man kann in seinen Augen sehen, wie sehr er leidet.

»Du bist immer noch so tapfer«, fährt er fort. »Ava, deine Mutter hat mir gezeigt, was die Leute nach dem Artikel geschrieben habe. Sehr schöne Dinge. Es gibt eine Menge Menschen, die an dich denken. Und vielleicht, wenn genug Menschen das tun …« Er verstummt.

Ich lehne mich zurück und runzle die Stirn. »Erzähl mir jetzt nicht, dass Mum dich überzeugen konnte, auch an Wunder zu glauben.«

»Natürlich nicht«, sagt er. »Obwohl es in ihrem Fall nicht so sehr um glauben, sondern eher um *hoffen* geht.«

»Aber das ist eine falsche Hoffnung. Und auf lange Sicht wird sie so nur noch mehr leiden.«

»Sie will nur, dass die Dinge sich ändern, und das kannst du ihr nicht verübeln.«

»Nein.« Er hat recht. Natürlich kann ich das nicht.

»Wie auch immer, ich habe nachgedacht. Diese Hochzeitsidee von dir. Am Anfang fand ich das etwas seltsam. Aber je mehr ich darüber nachdenke, desto mehr verstehe ich es. Und ich finde, die Zeitschrift sollte diese Reise dokumentieren. Es wird so etwas wie dein Vermächtnis sein.«

»Ja, aber ich weiß nicht, Dad. Ist das nicht ein wenig morbid? All diese Leute, die das lesen und darauf warten, dass ich sterbe?«

»Ich denke, das Gegenteil ist der Fall. Sie werden lesen, wie du deine letzten Tage verbringst, und zwar zu deinen Bedingungen. Letztendlich ist es natürlich deine Entscheidung. Aber die Menschen mögen dich. Natürlich tun sie das, denn du bist einfach wunderbar.«

Ich unterdrücke ein Lächeln. »Du könntest vielleicht etwas voreingenommen sein, Dad.«

»Und wenn schon. Ich meine, du hast dein Aussehen und deine spritzige …«, er schnippt mit den Fingern, »… Art von mir geerbt. Aber verrat das nicht deiner Mutter. Sie heimst gern die Lorbeeren für alles ein.«

Wir lächeln über den kleinen Insider-Witz.

»Denk einfach darüber nach«, sagt er, so wie Kate zuvor.

»Okay.« Ich nicke. »Das werde ich. Für dich.«

»Braves Mädchen. Jetzt komm her.« Er zieht mich fest an sich und küsst mich auf den Kopf, wie er es getan hat, als der Arzt meinen Finger nähte. Wenn das hier bloß auch so leicht wieder in Ordnung zu bringen wäre.

15. Kapitel

Hut ab vor Nadia, denn zu schreiben ist viel schwieriger, als ich dachte. Ich versuche meine erste »Ratschlag«-Kolumne aufzusetzen, obwohl das Wort mich erschaudern lässt. Denn mal ehrlich, wieso sollte ich irgendjemandem einen Rat erteilen können? Ich bin für nichts Expertin, außer vielleicht für die Serie *Friends*. Nach den Wiederholungen dieser speziellen Serie bin ich ein bisschen süchtig, und obwohl ich jede Episode mindestens schon dreimal gesehen habe, wird es mir trotzdem nie zu viel. Locker könnte ich die Charakterentwicklung jeder einzelnen Figur von Staffel eins bis zehn herunterrattern, aber leider ist es nicht das, was von mir erwartet wird. Eine Weile sitze ich nur da und starre auf den Laptop-Bildschirm und dann aus dem Fenster, um etwas anderes zu sehen und eine Inspiration zu bekommen. Sie kommt nicht. Schließlich rufe ich meine Mutter an, um ihr zu sagen, dass ich es nicht kann und dass alle das einfach akzeptieren werden müssen. Sie rät mir, über all das zu schreiben, was ich gern schon vor meiner Diagnose gewusst hätte. Oder über Beobachtungen, die ich seitdem mache. Was jetzt im Gegensatz zu früher für mich wichtig ist beispielsweise. Dieser Tipp macht es mir leichter, weil es wirklich nur eine einzige Sache gibt, die ich meinem alten Ich gern gesagt hätte. Und zwar folgende:

Kümmere dich mehr um deine Gesundheit.

Mit vierundzwanzig habe ich zum ersten Mal den Knoten ertastet. Ich suchte nicht aktiv danach, denn in diesem Alter war Brustkrebs das Letzte, woran ich dachte. Ich war jung, in der Blüte meines Lebens. Ich machte mir Gedanken darum, eine gute Balance zwischen meinem Monatsgehalt, den zu zahlenden Rechnungen und den Ausgaben für meine Freizeit hinzubekommen. Oder darum, ob meine Oberschenkel in den Jeans dick aussahen, oder ob es genug Make-up auf der Welt gab, um meine Pickel zu überschminken. Auf jeden Fall verschwendete ich keinen Gedanken ans Sterben.

Ich stand unter der Dusche und genoss den exotischen Duft meines neuen Kokos-Körperpeelings, als ich dachte, ich würde da etwas spüren. Nichts Großes, nur *etwas*. Ich drückte und rieb eine Zeit lang die Stelle an meiner rechten Brust knapp unter der Achselhöhle, bevor ich entschied, dass ich mir das nur einbildete, weil ich es manchmal fühlen konnte und dann wieder nicht. Und wenn ich es nur ab und zu spürte, war es bestimmt nichts Ernstes, dachte ich.

Also vergaß ich das Ganze wieder, bis ich es ein paar Wochen später erneut fühlen konnte. Ich wollte zu meinem Hausarzt, nur dass der nicht da war und ich genötigt wurde, zu einer Ärztin zu gehen, die mit einem Zopf bis zur Taille aussah wie eine Zwölfjährige, die eher Seilspringen sollte als Patienten behandeln.

»Das wird nichts Schlimmes sein. Wahrscheinlich eine Zyste«, sagte sie in einem Ton, den sie bestimmt beruhigend fand, der für mich allerdings ungeheuer herablassend klang.

»Und wenn nicht?«

»Dann gibt es eine Million andere Möglichkeiten. Es ist in Ihrem Alter höchst unwahrscheinlich, dass das bösartig ist.«

»Und sind Sie für eine solche Aussage auch, Sie wissen schon, *qualifiziert*?«

Sie lächelte, als hätte sie diese Frage heute schon hundert Mal gehört, und forderte mich auf, mich auf den Untersuchungstisch zu legen.

Sie konnte den Knoten nicht ertasten. Ich legte einen Finger darauf, und sie versuchte es erneut. Sie runzelte die Stirn.

»Wenn überhaupt, dann kommt mir das wie eine leichte Schwellung vor, nicht wie ein Knoten. Ich denke, das liegt an den Hormonen. Wo in Ihrem Zyklus befinden Sie sich?«

»Keine Ahnung, ungefähr in der Mitte?«

»Kommen Sie in einem Monat wieder, wenn Sie Ihre Periode hatten. Natürlich nur, wenn Sie ihn dann noch fühlen können.«

Einen Monat später konnte ich ihn noch fühlen. Mehr als das – er fühlte sich größer an. Härter.

Meine eigentliche Ärztin kam aus dem Urlaub zurück, strahlend, golden gebräunt und von der Meeresbrise aufgedreht. Nie werde ich vergessen, wie ihr Lächeln verblasste und sie die Augenbrauen fast bis zur Nase zog, als sie die Stirn runzelte.

»O ja, ich kann ihn spüren«, sagte sie. »Wir machen einen Termin für einen Ultraschall.«

Sie sah mein entsetztes Gesicht.

»Nur um ganz sicher zu gehen.« Sie lächelte. »Ich bin sicher, dass es sich nur um eine völlig harmlose Zyste handelt.«

Handelte es sich nicht.

Die Dame, die den Ultraschall machte, ließ sich nichts anmerken, sosehr ich in ihrem Gesicht auch nach einem Hinweis suchte. Ich fühlte mich immer noch ein bisschen wie eine Betrügerin, weil ich wahrscheinlich aus nichts ein Drama machte und einer anderen Frau mit echten Problemen den Termin wegnahm.

So viel Aufmerksamkeit wie in den nächsten Wochen war meiner Brust noch nie zuteilgeworden. Schnell gewöhnte ich mich daran, sie zu entblößen und auf Platten zu legen, woraufhin sie gequetscht und fotografiert und gescannt und herumgestoßen und langgezogen und von Nadeln durchbohrt wurde. All das, damit der Typ, der meine Lumpektomie durchführen sollte, wusste, wo genau er schneiden musste.

»In Ordnung«, sagte der Onkologe. »Wir haben es früh erkannt. Ich bin ziemlich zuversichtlich, dass ich alles entfernen kann.«

Nach der Operation erzählte sein Gesicht eine andere Geschichte. Es hätte keine klaren Tumorränder gegeben. Er müsste noch einmal operieren. Ich unterschrieb das Formular, dass er bei Bedarf eine komplette Brustamputation durchführen durfte, während ich insgeheim Gott, an den ich nicht glaubte, anflehte, das nicht zuzulassen.

Danach gab es gute Nachrichten. Bessere. Eine Amputation wäre nicht erforderlich gewesen, nur Gewebeentnahmen. Er hätte alles herausbekommen. Meine Lymphknoten wären in Ordnung, der Krebs hätte nicht gestreut.

Ich bekam Chemotherapie und Bestrahlungen. Die Haut meiner Brust wurde rot wie bei einem Sonnenbrand und war voller Blasen. Es tat weh. Es tat höllisch weh. Mir fielen Haare aus. Ich zog wieder bei meinen Eltern ein, nahm zwanzig Kilo zu und sah aus wie eine aufgedunsene Karikatur meiner selbst. Ständig war mir übel und ich übergab mich, bis meine Zähne schier verfaulten. Das Schlimmste war, dass ich im Spiegelbild den Krebs sah, nicht mich.

»Aber du bist doch viel zu jung«, sagten die Leute verwirrt. »Ist das nicht eine Krankheit für ältere Frauen?«

Aber Tatsache ist: Der Scheißkrebs macht da keinen Unterschied.

Ich begann mit der Einnahme von Tamoxifen, einem Medikament, das die Gefahr, sekundären Krebs zu entwickeln, vermindern sollte. Es war nicht leicht, denn dadurch kam ich verfrüht in die Wechseljahre, und die Hitzewallungen waren schrecklich. Doch jedes Mal, wenn ich eine weitere Pille nahm, sagte ich mir, dass ich dadurch weiterleben durfte. Dass alles gut gehen würde.

Bis es nicht mehr gut ging.

Avas Notizen

(Women's Weekly am 25. September)

Ihr seid die besten Verteidiger eurer Gesundheit.

Die Ärzte, die euch gegenübersitzen, sind auch nur Menschen. Und egal, wie gut sie es meinen – sie stehen unter Druck; überarbeitet und von einem überlasteten Gesundheitssystem überfordert. Medizin ist ein Geschäft wie jedes andere auch, es geht um Gewinne und um Vorgaben, die erreicht werden müssen.

Eure Ärzte haben vielleicht eine harte Nacht hinter sich, haben vielleicht zu wenig Schlaf bekommen, weil sie sich um ihr neugeborenes Kind kümmern mussten oder um ein demenzkrankes Elternteil.

Sie könnten abgelenkt sein, weil sie sich fragen, wann sie die letzten drei Patientenberichte schreiben können. Sie überlegen vielleicht, was es zum Essen geben soll oder warum Brenda, die Empfangsdame, allen Mitarbeitern eine Weihnachtskarte geschrieben hat, bloß ihnen nicht. Ob sie sie irgendwie verärgert haben?

Maximal fünfzehn Minuten. Mehr Zeit habt ihr nicht, um die Ärzte davon zu überzeugen, dass *irgendetwas mit euch womöglich nicht stimmt*. Das wisst ihr, weil ihr eure Körper kennt, und zwar mit Sicherheit viel besser als sie, die ihn ja gerade erst kennenlernen.

Meistens werden Ärzte mit ihren Diagnosen natürlich recht behalten. Das muss so sein, schließlich haben sie sieben Jahre und länger studiert. Aber manchmal, nur manchmal, eben nicht. Und sie irren sich nicht aus Bosheit. Sie wollen euch nicht absichtlich wehtun oder euch sterben lassen. Aber sie sind ganz normale Menschen, und Menschen machen Fehler. Krebssymptome kann man leicht mit anderen Krankheitssymptomen verwechseln. Schließlich sind viele von uns die ganze Zeit müde. Und wer von uns hat schon jeden Tag einen perfekten Stuhlgang?

Doch lasst euch nicht abspeisen, wenn ihr mit dem Ergebnis unzufrieden seid. Holt euch eine zweite Meinung ein, wenn nötig eine dritte. Wenn euer Arzt deswegen beleidigt ist, ist er sowieso nicht der richtige für euch. (Oder für überhaupt irgendjemanden.) Drängt auf einen Termin beim Spezialisten; zahlt selbst für die Untersuchungen, wenn es sein muss. Habt keine Angst davor, eure Meinung zu äußern. Nicht alle Menschen, die krank werden, gehören zu der üblichen Alters- oder Geschlechtsgruppe. Ihr seid nicht »zu jung« für Krebs. Das ist niemand.

Ihr werdet es niemals bereuen, für euch selbst einzustehen.

Aber es nicht zu tun, das werdet ihr bereuen.

16. Kapitel

»Was zur Hölle stinkt hier so?«

Amanda rümpft angeekelt die Nase, als sie von der Rückbank aus dem Auto meiner Mutter steigt. Obwohl ich auf dem etwas geräumigeren Beifahrersitz saß, habe ich Krämpfe in den Beinen, und während ich sie dehne, rede ich mir ein, dass das an der langen Fahrt liegt und nicht am Krebs.

Meine Mutter steigt aus und atmet tief ein.

»Ah«, sagt sie, »das, meine Liebe, ist Landluft. Eine Mischung aus Kuhscheiße und Heu.«

»Ekelhaft.« Amanda dreht sich zu mir. »Du kannst nicht ernsthaft darüber nachdenken, hier deine Hochzeit zu feiern. Nicht bei so einem Gestank.«

»Ich weiß nicht.« Ich sehe mich um. »Ich finde es irgendwie charmant. Wie auch immer, du wirst dich schon daran gewöhnen.«

»Da wäre ich nicht so sicher«, murmelt sie.

Reifen knirschen auf der Kiesauffahrt, ein Auto hält hinter unserem. Etwas zimperlich klettert Nadia von der Rückbank und hält sich mit einer Hand an der Tür fest, während sie sich umschaut, als hätte man sie in eine andere Dimension transportiert.

»Sind wir hier auch ganz bestimmt richtig?«, fragt sie.

Trotz der Tatsache, dass sie selbst ähnlich reagiert hat, verdreht Amanda die Augen. Sie mag Nadia nicht; das weiß ich, weil sie es mir nach unserem ersten Treffen in aller Deutlichkeit gesagt hat. Bei Amanda bekommt man nur eine einzige Chance. Wenn man es versaut, dann war's das.

»Sieht so aus.« Ich deute auf ein Schild am Holztor vor uns. *Marmeladenfarm.*

Sie schenkt uns ein steifes kleines Lächeln. »So schön altmodisch.«

Überrascht stelle ich fest, dass zwei weitere Autos auf den Parkplatz fahren. Ich schirme meine Augen vor der Sonne ab, um die Leute deutlicher sehen zu können. Eine Frau kenne ich, aber erst als sie ausgestiegen ist, fällt mir wieder ein, woher: Es ist Kelly, die bei meinem ersten Interview in Kates Haus dabei war.

»Hallo, Ava«, ruft Sophie mir fröhlich zu, als sie auf der Fahrerseite aussteigt.

»Hi«, entgegne ich überrascht. »Was macht ihr denn hier?«

Sie sieht Nadia an, die wiederum mich stirnrunzelnd betrachtet. »Wie meinst du das? Hast du vergessen, dass wir eine ganze Reihe von Artikeln über deine Suche nach der perfekten Location bringen wollen?«

»Nein, natürlich nicht«, antworte ich. »Ich wusste nur nicht, dass wir das noch einmal mit allem Drum und Dran durchziehen.« Ich deute auf Kelly und Sophie. Und dann kommt mir ein Gedanke. Wenn sie hier sind, um mich zu schminken, bedeutet das …

»Hi, Ava.«

Beim Klang seiner Stimme schließe ich einen Moment lang die Augen, bevor ich sie wieder öffne und mich umdrehe. »James, hi.« Er sieht sogar noch besser aus, als ich es in Erinnerung hatte.

»Ich dachte, das letzte Mal wäre eine einmalige Sache

gewesen?«, frage ich und versuche, mir nicht anmerken zu lassen, wie froh ich bin, ihn zu sehen.

»Das war auch so gedacht.« Er wirkt etwas steif, als wäre er gegen seinen Willen hier.

»Oh?«

Er runzelt die Stirn und scheint wenig Lust zu haben, es zu erklären. »Der eigentliche Fotograf des Magazins ist immer noch krank, also hat Marilyn mich gebeten, noch einmal einzuspringen. Aber ich habe ihr klargemacht, dass es diesmal wirklich das letzte Mal sein wird. Normalerweise fotografiere ich so etwas nicht.« Den letzten Satz fügt er verächtlich hinzu, und ich frage mich, was genau er meint. Hochzeiten? Für Frauenzeitschriften? Sterbende Frauen in Hochzeitskleidern?

»Oh.« Und da hatte ich irgendwie gehofft, dass er mich wiedersehen will. Meine Mutter hört die Enttäuschung in meiner Stimme und wirft mir einen fragenden Blick zu. Amanda macht Stielaugen.

»James, kann ich kurz mit dir reden?«, ruft Nadia. »Ich möchte nur unsere Notizen vergleichen, damit wir uns einig sind, in welche Richtung der Artikel gehen soll.«

»O mein Gott, das ist ja wieder dieser heiße Fotograf«, zischelt Amanda, als James sich abwendet, um Nadia zu ihrem Auto zu begleiten. Im Gegensatz zu Nadia hat James sowohl Amanda als auch Kate beim letzten Mal schwer beeindruckt. Sie haben in seiner Gegenwart gekichert und herumgealbert wie sechzehnjährige Schulmädchen. Er hingegen verhielt sich wie ein Profi. Fast schon zu professionell. Er ließ sich in kein Gespräch verwickeln, und kaum glaubte er, das richtige Foto zu haben, packte er hastig seine Ausrüstung zusammen. Als ich mich umgezogen hatte, war er schon verschwunden. Ziemlich unhöflich von ihm, und das verwirrte mich. Normalerweise habe ich eine gute Menschenkenntnis, und mein erster Eindruck von ihm war ein ganz anderer gewesen.

»Ach, echt?«, sage ich zu Amanda und versuche dabei, locker zu wirken.

Sie stupst mich mit dem Ellbogen an. »Komm schon, Ava, tu doch nicht so. Du hat ihn letztes Mal die ganze Zeit angestarrt.«

Zum Glück kommen gerade die Besitzer der Farm, ein reizendes Paar um die fünfzig. Sie sind aus der Großstadt geflohen, um Ziegen zu züchten, Käse herzustellen und Hochzeiten in der Scheune zu veranstalten, die sie eigens für diesen Zweck umgebaut haben. Die beiden, Ruth und David, sind im wahren Leben ebenso herzlich und freundlich, wie sie wirkten, als sie mir die Scheune und ihre Dienstleistungen anboten. Ruth hat Tränen in den Augen, als sie nach meinen Händen greift, was dazu führt, dass meine Mutter auch fast wieder losheult.

»Gibt es einen Raum, in dem Ava die Kleider anprobieren kann?«, fragt Sophie. Sie hat fünf oder sechs Kleidersäcke über dem Arm. Diesmal sind die Kleider nicht in durchsichtige Folie verpackt wie beim letzten Mal. Diese Säcke sind cremefarben und robust, und die schiere Größe deutet darauf hin, was sich in ihnen befindet.

»Brautkleider?«, frage ich.

Sie bekommt runde Augen und nickt. »O mein Gott, warte, bis du sie gesehen hast. Sie sind wunderschön. Es war wirklich nicht leicht, aus der riesigen Auswahl ein paar wenige auszusuchen, aber du wirst in denen, die ich dabeihabe, einfach umwerfend aussehen. Natürlich entscheidest du darüber, welches du für die Fotos trägst.«

»*Ich* soll eines davon anziehen?« Ich zeige auf meine Brust.

Sie betrachtet mich, als wäre ich ein wenig beschränkt. »Nun ja. Du bist die mit der Hochzeit, schon vergessen?«

»Ich weiß das, aber warum?«

»Weil die Redaktion der Meinung ist, dass es für die Leserinnen interessanter ist als du in Jeans in einer Scheune. Nichts für ungut.«

»Schon klar.«

Nadia meldet sich zu Wort. »Ich weiß, dass es dir nur um den großen Tag selbst geht, aber unsere Leserinnen sollen das Gefühl haben, bei der ganzen Planung dabei zu sein. Der Artikel und die Fotos werden zeigen, wie viel dir das alles bedeutet.« Sie fuchtelt beim Sprechen theatralisch mit den Händen, um die Punkte zu betonen, die ihrer Meinung nach wichtig sind.

Natürlich redet sie völligen Schwachsinn, doch das ist mir egal, solange ich mich ein bisschen verkleiden kann.

»Zudem wirst du verwöhnt und darfst ein wirklich göttliches Kleid anziehen«, fügt Kelly hinzu.

Alle sehen mich erwartungsvoll an.

»Einverstanden?«, fragt Nadia.

Ich nicke.

»Ich verspreche, dass wir nichts tun, womit du dich unwohl fühlst«, sagt James.

»Wie schade.« Amanda lacht.

17. Kapitel

»O ja.« Mum schlägt die Hände so heftig an ihre Wangen, dass ich Angst habe, sie hinterlassen einen Abdruck. Dann nickt sie energisch. »*Definitiv* dieses.«

»Das hast du bei den letzten drei auch gesagt.«

»Sorry, ich kann nicht anders. Du siehst in allen fantastisch aus.« Sie wendet sich an Sophie. »Die Figur hat sie von mir, wissen Sie.«

Sophie lächelt diplomatisch.

»Welches gefällt dir am besten?«, fragt Kelly. »Es ist schließlich dein großer Tag und deine Entscheidung.«

Ich drehe mich wieder zum Spiegel, um das Kleid zu betrachten. Es besteht aus einem weichen Stoff, der sanft an meinem Körper hinabfällt, und obwohl ich dünner bin, als ich sein sollte, lässt es mich rätselhafterweise sehr weiblich aussehen. Kurven, wo keine sind. Lang genug, um darüber zu stolpern, wenn ich nicht aufpasse, mit Flügelärmeln und einem Oberteil aus Spitze. Ich kann nicht aufhören, mich im Spiegel anzusehen. Es ist schön, und ich *fühle* mich schön darin.

»Dieses hier«, sage ich.

Sophie macht sich daran, den Saum hochzustecken, um Unfälle zu vermeiden, während Kelly mein Haar in Wellen legt. Dann steckt sie eine Seidenblume hinein und trägt dezentes Make-up auf, sanfte Bronze- und Goldtöne, die im richtigen Licht leicht schimmern.

Als die beiden zurücktreten, um ihre Arbeit zu bewundern, warte ich mit angehaltenem Atem auf das Urteil. Zusammen mit Mum, Amanda und Ruth stellen sie sich um mich herum auf, Schulter an Schulter, wie beim Rugby, und betrachten mich von Kopf bis Fuß.

»Und?«

»Du siehst fantastisch aus. Wie eine dieser Bräute in Hochzeitszeitschriften«, sagt Amanda.

»Hast du jemals eine Hochzeitszeitschrift gelesen?«

»Zur Hölle, nein. Noch nie. Nun, jedenfalls nicht freiwillig. Aber du hast sie uns früher, als wir noch Kinder waren, ständig unter die Nase gehalten. Wann immer wir ins Milchgeschäft an der Ecke gegangen sind, um Lutscher zu kaufen, hast du sie durchgeblättert und die Kleider angeschaut, bis uns der alte Mann hinter der Theke angebrüllt hat, dass das keine Bibliothek ist und du die Zeitschrift zurücklegen sollst, wenn du verdammt noch mal nicht dafür zahlen willst.«

»Stimmt, das hatte ich ganz vergessen«, gestehe ich wehmütig. Jede Erinnerung an meine Kindheit lässt mich momentan nostalgisch werden. »Ich glaube nicht, dass er Kinder besonders mochte.«

»Würdest du auch nicht, wenn du ewig lang darauf warten müsstest, bis sie sich für einen Zehn-Cent-Lolly entscheiden.«

»Gut möglich.«

»Du siehst absolut atemberaubend aus.« Mum lächelt stolz.

Zu unser aller Überraschung beginnt Ruth lautlos zu weinen. Tränen laufen ihr über die Wangen wie Regentropfen auf einer Fensterscheibe.

»Tut mir leid.« Sie wischt die Tränen mit dem Ärmel weg. »Aber du erinnerst mich so sehr an sie.«

»An wen?«

»Meine Schwester. Connie. Sie ist vor fünf Jahren gestorben, doch mir kommt es vor wie gestern.«

»Tut mir leid, das zu hören«, sagt Mum.

Und schon weiß ich, was als Nächstes kommen wird. Ich höre die Worte wie Wellen an die Küste rauschen und immer lauter werden.

»Sie hatte auch Brustkrebs«, fährt Ruth fort. »Und ist einen furchtbaren Tod gestorben. Ich musste mit ansehen, wie sie immer weniger wurde und irgendwann ihr Körper einfach nicht mehr kämpfen konnte. Deshalb wollte ich unbedingt helfen, als wir von deiner Geschichte gehört haben.«

Ich blicke zu Boden, wo meine Füße unter dem Kleid versteckt sind. »Ja, danke. Ich weiß das zu schätzen.«

Warum kann ich dem nie entkommen? Warum muss ich ständig daran erinnert werden, egal wo ich hingehe? Meine Diagnose hat mir Eintritt in einen ganz speziellen Club verschafft, den Krebs-Club. Er ist weit größer als erwartet, wie einem klar wird, wenn man erst einmal Mitglied ist. Es ist kein cooler Club, wo man in schicken Räumen Champagner aus Kristallflöten schlürft – serviert von heißen jungen Männern im Frack –, während man sich unterhält und in der Exklusivität seiner Mitgliedschaft sonnt. Nein, es ist die Art von Club, wo man sich in einer zugigen Pfadfinderhalle trifft und die Teebeutel in riesigen Mengen gekauft werden, weshalb der Tee ebenso abscheulich schmeckt wie die trockenen Kekse, die von letzter Woche übriggeblieben sind. Jedenfalls ist das ein Club, zu dem niemand gehören will.

Eine unangenehme Stille entsteht, weil niemand weiß, was er als Nächstes sagen soll. Ruth wirkt, als würde sie unter ihren schlimmen Erinnerungen und der Trauer jeden Moment zusammenbrechen. Wahrscheinlich sollte ich mehr sagen, aber ich kann nicht. Und ich will auch nicht. Weil ich die Sache einfach einmal vergessen möchte, einen kurzen Augenblick lang. Mir bleibt nur noch eine begrenzte Anzahl von Augenblicken, und die will ich ausfüllen, wie es mir gefällt. Das mag vielleicht egoistisch und undankbar sein, wahrscheinlich ist es das. Aber so empfinde ich nun mal. Ich habe einfach nicht die Kraft, anderen mit ihrer Trauer zu helfen.

Ein Klopfen an der Tür und James' ungeduldige Stimme retten mich.

»Ist Ava fertig? Am Horizont sind Wolken, aber noch ist das Licht gut. Wir sollten anfangen.«

»Ja«, rufe ich dankbar. »Ich bin fertig.«

Um seinen Hals hängt eine Kamera, und er trägt eine kleine schwarze Tasche über der Schulter.

Mum und die anderen folgen uns nach draußen.

»Ihr müsst nicht mitkommen, oder?«, frage ich auf einmal etwas bang. Der Gedanke, vor den Augen der anderen zu posieren, gefällt mir gar nicht.

»Ich nicht«, erklärt Nadia. »Die Fotos sind James' Sache. Ich kümmere mich dann um die Worte.« Sie dreht sich zu Ruth um. »Ich würde bitte gern die …«, sie erschaudert leicht, »… Scheune sehen.«

»Natürlich. Ich führe Sie herum.« Ruth hat die Fassung wiedergewonnen. »Und danach werden wir für den Nachmittagstee hineingehen. Ich habe Scones gebacken und etwas Sahne aufgeschlagen, außerdem haben wir eine ganze Schublade voll mit Kräutertees. Manche davon machen wir selbst. Meine Echinacea-Zitronen-Mischung ist besonders köstlich. Und gesund.«

»Haben Sie auch Kaffee?«, fragt Amanda. »Ich trinke nichts, was ich nicht aussprechen kann.«

»Banausin«, erwidert Mum seufzend.

Amanda zuckt die Achseln. »Kann ich auch nicht aussprechen.«

»In der Scheune gibt es aber keine Ziegen, oder?«, fragt Sophie.

»Nein, natürlich nicht«, antwortet Ruth. »Unsere Hochzeitsgäste sollen doch nicht in Kacke treten, oder?«

»Und warum der Name ›Marmeladenfarm‹?«, fragt Kelly. »Machen Sie hier auch Ihre eigene Marmelade?«

»Nein, das nicht. Ich kann natürlich verstehen, warum Sie das denken, aber der Grund ist ein anderer.« Ruth steuert auf den Weg zu, der durch den Garten zur Scheune und zum Haus führt. Die anderen folgen ihr. »Ist eigentlich eine ziemlich lustige Geschichte.«

»Ist sie lang?«, murrt Amanda leise, dann sieht sie mich an und verdreht die Augen. »Ich habe Hunger.«

»Ich würde gern ein paar Fotos auf dem Feld machen, das ich vor der Auffahrt gesehen habe«, sagt James, sobald die anderen weg sind. »Wenn das in Ordnung ist?«

Ich nicke, obwohl ich mir komisch vorkomme, in voller Brautmontur vor ihm zu stehen.

Mum, die Ohren wie ein Luchs hat, dreht sich um und runzelt die Stirn.

»Ich halte das für keine gute Idee«, sagt sie. »Die Auffahrt ist bestimmt zwei Kilometer lang. So weit kann Ava nicht zu Fuß gehen.«

»Ich habe nicht vor, zu laufen. Wir nehmen mein Auto.«

»Ich denke, das könnte gehen. Ich komme mit.« Sie läuft den Weg zurück.

»Nein«, sage ich zu laut und zu schnell. Beide sehen mich überrascht an. »Tut mir leid. Ich finde einfach, du solltest bei den anderen bleiben, Mum. Du hast doch vorhin gesagt, dass du es kaum erwarten kannst, die Scheune zu sehen.«

»Die kann ich auch später noch sehen. Vielleicht brauchst du Hilfe.«

»Ich komme schon klar.«

»Ich will nicht, dass du dich übernimmst.«

»Das werde ich nicht. Außerdem, was willst du denn tun? Mich tragen?«

»Wenn es sein muss.« Sie hat ihre entschlossene Miene aufgesetzt.

Ich trete vor, um sie zu umarmen und ihr dabei ins Ohr zu flüstern. »Bitte behandle mich nicht wie eine Kranke, Mum. Noch bin ich nicht tot. Ich kenne meine Grenzen. Lass mir die Freude.«

Sie drückt mich so fest an sich, wie sie sich traut. Sie hat Angst, mir wehzutun. Ihre unermessliche Zärtlichkeit ist herzzerreißend.

»Es tut mir leid«, wispert sie zurück. »Ich will dich nur beschützen. Bescheuert, ich weiß.«

»Das ist nicht bescheuert. Sondern schön.«

Sie macht einen Schritt zurück, um mich auf Armlänge zu halten, die Augen voller Trauer. »Warte kurz.« Sie durchwühlt ihre Handtasche. »Ich muss deinem Vater ein Foto schicken. Wo ist mein verdammtes Handy?«

»Er wird doch das Foto in dem Magazin sehen, Mum.« Mir ist bewusst, dass James wartet und zusieht.

»Ja, das weiß ich, aber als dein Vater sollte er eine kurze Vorschau bekommen, oder? Ah, hier ist es.«

Sie holt ihr Handy aus der Tasche und, nicht ohne James einen düsteren Blick zuzuwerfen, ihre Brille. Nachdem sie sie aufgesetzt hat, starrt sie so lange auf ihr Telefon, bis sie das richtige Symbol gefunden hat. Darauf tippt sie ein paarmal, denn egal, wie oft ich ihr sage, dass man auf einem Handy keinen Doppelklick machen muss, kann sie es sich einfach nicht abgewöhnen.

»Stell dich neben den Baum da«, sagt sie.

»Nein. Beeil dich einfach und mach das Foto.«

James räuspert sich ungeduldig. »Soll ich vielleicht eines von euch beiden machen?«

Hastig nimmt Mum ihre Brille ab. »Das wäre nett, danke.« Sie übergibt ihm das Telefon. »Drücken Sie einfach auf dieses kleine Symbol unten, das wie eine Kamera aussieht. Und nicht wackeln, sonst ist das Foto verschwommen. Und nicht den Daumen vor diesen kleinen quadratischen Teil da halten. Sie können sich nicht vorstellen, wie oft mir das schon passiert ist.«

James unterdrückt ein Lächeln, während ich aufstöhne.

»Er ist Fotograf, Mum. Ich denke, er kann eine Handykamera bedienen.«

»Natürlich, ich Dummerchen.«

Sie stellt sich neben mich, wir legen uns gegenseitig die Arme um die Taille, die Köpfe zusammengesteckt, und lächeln, während James mehrere Fotos macht.

Wie viele Fotos wird es von mir noch geben? Mit meiner Mutter? Meinem Vater? Mit wem auch immer?

»Danke«, sagt Mum, nimmt ihm das Telefon ab und schickt eines der Fotos an meinen Vater. »Bist du sicher, dass ich nicht doch mitkommen soll?«

Ich nicke. »Geh zu den anderen. Ich wäre in deiner Anwesenheit gehemmt.«

»Okay.« Sie küsst mich auf die Wange. »Passen Sie auf sie auf«, befiehlt sie James streng.

»Natürlich.«

»Das eben tut mir leid«, sage ich, sobald wir im Auto sitzen und die Kiesauffahrt hinunterfahren. »Sie hat einfach Angst um mich.«

»Das ist verständlich.«

»Und unnötig.«

Er wirft mir einen Seitenblick zu. »Aber das kann man ihr nicht vorwerfen.«

»Nein, natürlich nicht. Ich habe nur das Gefühl, dass sie sich selbst zu sehr unter Druck setzt und sich schuldig fühlt.«

»Gehört Schuld nicht zur Jobbeschreibung einer Mutter?«

Ich lächle. »Gutes Argument. Ist deine Mutter auch überfürsorglich?«

»Wir sind da.« Er biegt auf ein Rasenstück ein und parkt das Auto im Schatten eines Kirschbaums. Ich bin nervös. Mit diesen Fotos wage ich mich meilenweit aus meiner Komfortzone heraus, aber genau das ist ja der Grund, warum ich es tun will. Meine Achtsamkeits-App hat mir neulich gesagt, dass man nur die Dinge bereut, die man nicht getan hat. Und ich habe nicht genug Dinge getan.

Also steige ich aus dem Auto und folge James zu einem alten Holztor. Er klettert mit der Beweglichkeit einer Katze darüber und streckt dann die Hand aus.

»Brauchst du Hilfe?«

Ich öffne das Tor dort, wo es auf den Zaun trifft, und gehe hindurch. »Nein danke.«

Einen Moment lang starrt er mich an, bevor er zu lachen anfängt. Vollkommen ungekünstelt und ungehemmt. Erfreut sehe ich ihm dabei zu. Wenn ich ihn beschreiben müsste, würde ich sagen, dass er ein Bild von einem Mann ist. Groß, aber nicht so augenfällig, sondern eher auf vibrierende und kühne Weise. Er strahlt Vitalität aus, und neben ihm fühle ich mich geradezu gespensterhaft. Als würde ich langsam aus dieser Welt verschwinden, und sosehr ich mich auch festhalte, rutschen meine Finger bereits ab.

Nutze den Tag.

Du bereust nur das, was du nicht getan hast.

»Tja, jetzt komme ich mir wie ein Idiot vor«, stößt er hervor, als er sich so weit beruhigt hat, dass er nur noch grinst.

»Wie alt bist du?«, platzt es aus mir heraus, bevor ich darüber nachgedacht habe.

Er sieht mich überrascht an, antwortet aber.

»Vierunddreißig. Du?«

»Achtundzwanzig. Gerade geworden. Bist du verheiratet?«

»Nein.«

»Liiert?«

»Ist das ein Bewerbungsgespräch für irgendwas?«

»Beantworte einfach die Frage.«

»Nein. Nicht mehr. Wir haben uns vor ein paar Monaten getrennt.«

»Tut mir leid zu hören.« Stimmt natürlich nicht.

»Möchtest du sonst noch etwas wissen?«, fragt er. »Weil wir jetzt nämlich wirklich mit dem Fotografieren anfangen sollten.«

»Noch eine Frage.«

»Gut.«

»Ist aber eine ziemlich große Frage«, warne ich ihn. »Und du musst versprechen, ehrlich zu sein.«

Er schaut mich neugierig an. »Okay.«

»Warst du schon mal richtig verliebt?«

Mir gefällt es, dass er nicht sofort antwortet. Dass er mich ernst genug nimmt, um der Frage seine ganze Aufmerksamkeit zu schenken.

»Ja, ein Mal.«

»Wie war das?«

Er schaut nach unten und beginnt, an seiner Kamera herumzufummeln, um irgendwelche Einstellungen zu überprüfen. Prompt befürchte ich, zu weit gegangen zu sein. Dass er gerade nach höflichen Worten sucht, um mir zu sagen, ich solle mich um meine eigenen Angelegenheiten kümmern.

»Es war herrlich und schrecklich«, sagt er schließlich.

»Wieso schrecklich?«

»Weil man, wenn es schiefläuft und es dann vorbei ist, glaubt, es niemals überstehen zu können.«

»Hast du aber.«

»Habe ich.«

»Also stimmt es, was man immer hört? Dass es besser ist, zu lieben und zu verlieren, als nie geliebt zu haben?«

»Ich bin mir nicht sicher. So, und das war ganz ehrlich.«

Ich seufze tief. »Danke.«

»Stellst du allen Typen solche Fragen?«

»Nur den niedlichen.«

»Gut. Und jetzt los.« Er schaut wieder nach unten, um sein Lächeln zu verbergen. Dann deutet er mit dem Kopf hinter sich. »Da drüben unter dem großen Baum gibt es ein paar alte Landmaschinen. Dort möchte ich einige Fotos machen. Und dann zwischen den Blumen.«

Ich bin mir seiner Gegenwart dermaßen bewusst, als ich neben ihm hergehe, dass ich nicht auf den Weg achte und über den leicht unebenen Boden stolpere. Schnell legt er eine Hand auf meinen Arm.

»Alles in Ordnung?«

»Ja.«

»Hier.« Er nimmt meine Hand und schiebt sie durch seinen Arm hindurch. »Halt dich an mir fest.«

»*Noch* bin ich in der Lage, allein zu gehen«, sage ich, auch wenn es anders aussieht.

»Trotzdem habe ich deiner Mutter versprochen, dich unbeschadet zurückzubringen, und ich will mich nicht mit ihr anlegen.«

Ich frage mich, ob er bemerkt, dass sich bei seiner Berührung mein Puls beschleunigt.

»Okay, geh vor.« Ich lächle ihn an. Er betrachtet mich etwas unschlüssig. Dann scheint er eine Entscheidung getroffen zu haben und bleibt so plötzlich stehen, dass unsere Hüften zusammenstoßen.

»Warte«, sagt er. »Da es hier heute offenbar um Ehrlichkeit geht, habe ich eine Frage an *dich*.«

»Klingt leicht bedrohlich. Aber leg los.«

»Warum tust du das hier?«

Ich gebe mich absichtlich begriffsstutzig. »Das hier? Was, ein Hochzeitkleid tragen? Für Fotos auf einem Feld posieren?«

»Nein.« Er weiß, dass ich ihn richtig verstanden habe, das kann ich an seinem Gesicht ablesen. »Diese ganze Hochzeitssache. Ist das nicht ein bisschen … morbide?«

Ich reiße die Augen auf, und hastig fährt er fort: »Vielleicht nicht gerade morbide. Aber du musst schon zugeben, dass es ungewöhnlich ist. Ich kann das Konzept von Löffellisten verstehen. Und ich habe über Leute gelesen, die auf dem Sterbebett heiraten. Aber was du hier tust, also allein eine Hochzeit zu feiern, findest du das nicht ein bisschen … *traurig*?«

»Natürlich ist es traurig. Glaub mir, ich hatte nie vor, allein zum Altar zu schreiten, wo niemand auf mich wartet. Und mir ist klar, dass ich wahrscheinlich wie eine totale Versagerin rüberkomme.«

»Also warum?«

Ich seufze.

»Tut mir leid.« Er hebt die Hände. »Du musst mir nichts erklären oder irgendjemandem. Ich will dich damit nicht ärgern, ich versuche nur, es zu verstehen. Ich fühle mich bei der ganzen Sache etwas unwohl, wenn ich ehrlich bin.«

»Hast du schon immer davon geträumt, Fotograf zu werden?«, frage ich leise.

Er runzelt über den Themenwechsel die Stirn, geht aber darauf ein. »Ja.«

»Wann warst du dir sicher, dass es das ist, was du tun willst?«

»Keine Ahnung.«

»Denk nach.«

Er atmet tief durch die Nase ein und langsam wieder aus, ohne mein Gesicht aus den Augen zu lassen. »Seit ich ein kleiner Junge war. An mein genaues Alter erinnere ich mich nicht. Meine Mutter war Hobbyfotografin, und sie hat mich an den Wochenenden immer mitgenommen. Dann haben wir zusammen die Wälder und Seen erkundet.«

»Sie ist bestimmt stolz auf dich.«

»Das ist sie sicher. Aber was hat das damit zu tun?«

Ich blicke zu Boden, um gegen die aufsteigenden Tränen anzukämpfen. »Ich hatte nie so einen Moment, so eine Erkenntnis. Ich habe als Mädchen nie davon geträumt, etwas Bestimmtes zu werden. Während die anderen Balletttänzerinnen, Lehrerinnen oder Olympia-Reiterinnen werden wollten, wusste ich nie, was ich mit meinem Leben anfangen soll. Nur eines war mir klar, dass ich heiraten will. Ich träume von meiner Hochzeit, so lange ich mich erinnern kann.«

Sein Gesicht wird weicher. »Ich verstehe.«

»Und manchmal frage ich mich, ob ich schon damals für mich keine Karriere oder Zukunft sehen konnte, weil ich schon tief in mir, auf irgendeiner Zellebene, wusste, dass ich keine Zukunft *habe*.«

Er wirkt skeptisch.

»Ich weiß. Es klingt verrückt. Aber glaub mir, wenn man gesagt bekommt, dass man bald stirbt, während man sich noch gesund fühlt und auch so aussieht, ist es schwer, nicht sein ganzes Leben infrage zu stellen. Und nach Hinweisen oder Anzeichen dafür zu suchen, die es schon früher gab. Wie auch immer, als ich erfuhr, dass der Krebs wieder da ist und diesmal unheilbar, dachte ich, warum nicht? Warum nicht das Einzige tun, was ich je wollte?«

»Verstehe.« Sein Gesichtsausdruck passt allerdings nicht ganz zu seinen Worten.

»Nein, das glaube ich nicht.« Meine Stimme wird eindringlicher. Keine Ahnung, warum es mir so wichtig ist, dass er mich versteht, aber so ist es. »Ich tue das nicht, weil ich total egozentrisch bin oder weil mich jeder in einem tollen weißen Kleid sehen soll. Ich tue das, weil es das Einzige ist, was ich je wollte, und weil es das Einzige ist, worüber ich noch die Kontrolle habe.«

Er nickt knapp. »In Ordnung. Ich kann mir nicht vorstellen, wie es wäre, an deiner Stelle zu sein. Ich hätte nicht fragen sollen.«

»Nein, ich bin froh, dass du gefragt hast.«

»Wirklich?«

»Ja.«

»Darf ich dann noch eine Frage stellen? Oder wäre das zu viel des Guten?«

»Natürlich darfst du.«

»Warum die Sache mit der Zeitschrift? Warum bleibt das Ganze nicht privat, eine Sache zwischen dir und deiner Familie?«

»Das war ich nicht. Meine Freundin Amanda hat meine Geschichte bei Facebook und so weiter gepostet.«

Er zuckt zusammen. »Ah ja, die sozialen Netzwerke. Segen und Fluch unserer Zeit.«

»Sie hat es nur gut gemeint und wollte helfen, vor allem finanziell. Aber aus irgendeinem Grund ist die Sache dann richtig groß geworden und die Zeitschrift hat sich bei mir gemeldet. Zuerst habe ich abgelehnt. Aber dann haben mich einige sehr kluge Frauen darauf hingewiesen, dass ich so die Möglichkeit hätte, eine Menge Leute zu erreichen und ihr Bewusstsein zu schärfen.«

»Das ist bewundernswert.«

»Eigentlich nicht. Es macht mich nervös, so in der Öffentlichkeit zu stehen, das kann ich nicht abstreiten. Aber wenn deswegen auch nur ein Mensch nicht dasselbe durchmachen muss wie ich, ist es das wert. Als ich mich das erste Mal untersuchen ließ, hat man mich nicht ernst genommen. Und ich war nicht hartnäckig, weil ich dachte, die Ärzte wüssten, was sie tun.«

»Wir setzen eine Menge Vertrauen in Ärzte. Manchmal leider unberechtigt.« Seine Stimme klingt bitter.

»Genau. Wenn ich also anderen Frauen helfen kann, vor allem jüngeren Frauen, indem ich meine Geschichte erzähle und sie dazu bringe, sich für ihre Gesundheit einzusetzen, warum nicht? Warum schaust du mich so an?«

»Ich muss mich bei dir entschuldigen.«

»Wieso?«

»Weil ich dich falsch eingeschätzt habe. Und deine Absichten.«

Ich zucke mit den Schultern. »Das ist schon in Ordnung. Da bist du wahrscheinlich nicht der Einzige.«

»Nein, es ist nicht in Ordnung. Ich fühle mich ziemlich mies.«

»Musst du nicht.« Ich lächle. »Es macht mir nichts aus.«

»Das liegt dann wohl daran, dass du anscheinend zu denen gehörst, die in allem etwas Positives sehen können.«

»Nun, es macht wenig Spaß, ständig auf dem Negativen herumzureiten, oder?«

»Allerdings.« Als er mich anblickt, kann ich sehen, dass er mich jetzt besser versteht. »Danke, dass du meine Fragen ehrlich beantwortet hast.«

»Das hast du auch, also war es das Mindeste, was ich tun konnte.«

Wieder lächelt er, diesmal ist es ein offeneres und aufrichtigeres Lächeln. »Dann machen wir jetzt mal diese Fotos, in Ordnung?«

Ich rümpfe die Nase. »Wenn es sein muss. Ich bin nicht besonders fotogen, tut mir leid. Ich habe ständig das Bedürfnis, Grimassen zu schneiden.«

Er lacht. »Keine Sorge. Ich weiß, was ich tue. Wenn ich mit dir fertig bin, ist aus dir ein Naturtalent geworden.«

18. Kapitel

Ihm bei der Arbeit zuzusehen, ist wundervoll. Wie er sich nach dem perfekten Hintergrund umsieht. Den optimalen Lichtwinkel sucht. Er scheint genau zu wissen, was funktioniert und was nicht, und gehorsam bewege ich mich so, wie er es verlangt – manchmal fast unmerklich –, bis er zufrieden ist. Zuerst bin ich gehemmt und steif, doch die Anweisungen gibt er mit ruhiger Stimme, und so entspanne ich mich schließlich, entschlossen, diese Erfahrung zu genießen.

»Heb dein Kinn ein wenig an«, sagt er mit der Kamera vor dem Auge. »Und neige den Kopf nach rechts. Perfekt.«

Ich lehne mich an den Stamm einer Weide. Die Rinde kratzt an meinem Rücken, aber das ist nicht schlimm, zumal ich inzwischen jeden Beweis dafür genieße, dass ich noch am Leben bin. Die herabhängenden Äste spenden zum Glück wohltuenden Schatten, denn immerhin trage ich ein langes Hochzeitskleid, das mehr wiegt, als man vermuten würde. Eine Fliege schwirrt um meinen Kopf herum, die ich wegzupusten versuche, ohne den Kopf zu bewegen.

»Halt still.«

»Das versuche ich ja.«

»Dann gib dir mehr Mühe.«

»Ja, *Chef*.«

»Setz deinen rechten Fuß leicht auf den Baum und beuge das Knie.«

»Warum? Das kann man unter dem Kleid doch sowieso nicht sehen.«

Er schnalzt mit der Zunge und fragt gespielt streng: »Willst du ernsthaft meine Anweisungen hinterfragen? Die Anweisungen eines professionellen Fotografen?«

»Sorry.« Ich tue, was er verlangt.

»Das will ich meinen.« Er macht ein Foto und blickt auf das Display hinten auf der Kamera. »Perfekt.« Dann kommt er zu mir, um mir die Fotos zu zeigen, also die, bevor er mich bat, meine Fußstellung zu verändern, und die danach.

»Ah«, murmle ich. »Verstehe.«

Durch die subtile Bewegung wird die Kontur des Kleids besser betont, außerdem sehe ich entspannter aus, wie eine echte Braut, die einfach nur auf einer Weide herumspaziert und nicht wie jemand, der für ein Kleid modelt.

»Vertraust du dem Meister jetzt?«, zieht er mich auf.

»O nein, ich vertraue niemandem, der sich als Meister bezeichnet. Viel zu *Fifty-Shades-artig*.«

»Fifty shades wovon?«

»Im Ernst?«

Er sieht mich ausdruckslos an.

»Du kannst es ja googeln,« murmle ich, leicht errötend bei der Vorstellung, ihm die Thematik erklären zu müssen.

»Okay.« Er geht auf seine Position zurück und schießt weitere Fotos.

»Also hast du so was schon mal gemacht?«, frage ich.

»Auf einem Feld fotografiert?« Ja. Niemanden in einem Brautkleid, das nicht. Aber ich habe mal einen nackten Feuerwehrmann mit einem Bein auf einem Heuballen und mit einer diskret platzierten Mistgabel fotografiert. Das war für einen Wohltätigkeitskalender.«

»Du machst Witze.«

»Nein.«

»Du hast nicht zufällig noch Abzüge von den Fotos, oder?«

Ich sehe, wie er über der Kamera die Augenbrauen in die Höhe zieht.

»Für meine Freundin Amanda«, füge ich hastig hinzu. »Wäre ein gutes Weihnachtsgeschenk.«

»Mal sehen, was ich tun kann«, sagt er, eindeutig amüsiert.

»Danke. Und gern auch alle, du weißt schon, Outtakes. Die kannst du einfach daruntermischen. Für Amanda.«

»Klar. Für Amanda.«

»Wirklich.« Ich muss lachen.

»Ich glaube dir. Obwohl viele andere dir nicht glauben würden. Okay.« Er überprüft die Bilder, um sicherzustellen, dass die perfekte Aufnahme dabei ist. »Jetzt möchte ich, dass du dich dort drüben bei den Wildblumen hinlegst. Du bist doch nicht allergisch, oder?«

»Nur gegen Paclitaxel. Und das ist auch eher eine Überempfindlichkeit.«

»Paclitaxel?«

»Ein Chemotherapeutikum«.

»Oh. Klar.« Er räuspert sich und schluckt dann hörbar.

Sofort bereue ich es. Ich habe ihn mit dem Thema Krebs in Verlegenheit gebracht. Und diesmal war ich ganz allein schuld daran. »Tut mir leid.«

»Was?«

»Dass ich die Stimmung verdorben habe.«

»Dir braucht gar nichts leidzutun. Ich bin es, der sich entschuldigen muss. Ich weiß einfach nicht, was ich sagen soll, und das ist frustrierend, denn ich sollte es eigentlich wissen.« Er fährt sich offensichtlich verärgert mit einer Hand durch die Haare.

»Ist schon gut.«

»Ist es nicht.«

»Doch, ganz ehrlich. Ich bin daran gewöhnt, und ich kann verstehen, dass man das Thema lieber meidet, so wie ich es früher auch getan habe.«

Er mustert mich mit einem so intensiven Blick, dass ich nervös von einem Bein aufs andere trete.

»Wie machst du das?«, fragt er leise.

»Wie mache ich was?«

»So positiv zu bleiben. Lächeln. Witze machen.«

»Was wäre denn die Alternative? Verbitterung würde auch nichts ändern. Aber ich würde die Zeit, die mir noch bleibt, unglücklich sein. Und das will ich nicht.«

»Ich weiß nicht, ob ich das könnte.«

»Sicher könntest du das. Allerdings hoffe ich, dass du es nie musst. Versteh mich nicht falsch, ich habe auch meine schlechten Tage. Tage, an denen ich weine oder Sachen an die Wand werfe. Manchmal lasse ich dann meine Wut an denen aus, die ich liebe, weil diese Ungerechtigkeit mich so fertigmacht, dass ich ihnen wehtun will. Aber im Allgemeinen versuche ich, es nicht zu tun, weil niemand was dafür kann.«

»Wie schafft man es auch nur ansatzweise, all das zu akzeptieren?«

»Keine Ahnung. Es bleibt einem nichts anderes übrig. Ich habe mir das Hirn zermartert auf der Suche nach einem Grund. Aber ich kann keinen finden. Weil ich nichts falsch gemacht habe. Es ist einfach scheiße. Aber ich kann nichts dagegen tun.«

Ich habe mich ziemlich in die Sache hineingesteigert, und gegen meinen Willen steigen mir Tränen in die Augen und drohen über meine Wangen zu laufen. Wütend beginne ich zu blinzeln. James macht zwei schnelle Schritte auf mich zu. Er zögert etwas unbeholfen.

»Ähm, sollte ich … Willst du, dass ich …?«

Dann folgt er seinem Instinkt und zieht mich in die Arme, worüber er genauso erstaunt zu sein scheint wie ich.

Ich schluchze laut an seiner Schulter.

»Es tut mir leid«, sagt er. »Hätte ich bloß nichts gesagt.«

»Das hast du ja nicht. Sondern ich.« Er riecht frisch und irgendwie ganz leicht nach Blumen; ich könnte mir vorstellen, dass sein Weichspüler »Sonnenschein in der Schachtel« genannt wird. Aber ich kann auch ihn selbst riechen, und das ist beruhigend. Er ist warm und er ist lebendig und das Gewicht seiner Arme um meine Schultern und meinen Hals ist tröstlich. Ich lasse mich noch weiter gegen ihn sinken und genieße dieses Gefühl von Sicherheit. Sein Kinn ruht auf meinem Kopf, und ich spüre seinen Atem warm in meinem Haar. Ich könnte den ganzen Tag so dastehen, aber dann bricht die Realität wieder über mich ein.

»Scheiße.« Ich weiche zurück.

»Was ist los?«

»Mein Make-up, habe ich es ruiniert?«

Lächelnd betrachtet er mich. Dann reibt er mit dem Daumen zart unter meinen Augen entlang. »Nein. Du siehst immer noch wunderschön aus.«

Ich spüre, wie ich rot werde. Hastig sehe ich zu Boden. Keine Ahnung, wann mich das letzte Mal jemand als »schön« bezeichnet hat – mal abgesehen von meiner Mutter.

»Ich wette, das sagst du zu allen Frauen.«

»Nur zu den niedlichen.« Er wiederholt das, was ich vorhin zu ihm gesagt habe.

»Du findest mich niedlich?«

»Genug Komplimente.«

Er lacht, als ich ihn entrüstet ansehe. »Komm schon. Ich brauche noch dieses letzte Foto, dann kann ich dich zu deiner Mutter zurückbringen, bevor sie einen Suchtrupp losschickt.«

»So gern ich das auch als Witz abtun möchte, traue ich ihr das durchaus zu.«

Ich folge ihm hin zu einer Stelle voller Blumen am anderen Ende des Felds. In der Nähe befindet sich ein Zaun, auf dessen anderer Seite ein kleiner Fluss fließt. Wenn ich kein Brautkleid anhätte, wäre ich verlockt hineinzusteigen. Genau genommen würde ich mich, wenn James nicht hier wäre, ausziehen und schwimmen gehen. Auf unserer Höhe scheint das Wasser nur bis zur Taille zu gehen, aber weiter vorn kann ich eine Biegung erkennen, wo der Fluss breiter und mit zunehmender Tiefe dunkler wird. Er sieht kalt aus, aber das macht mir keine Angst; seit meiner Kindheit habe ich eine Schwäche fürs Schwimmen. Mein Vater schwimmt überall und immer, sofern genug Wasser da ist, und diese Leidenschaft hat er an mich weitergegeben. Ich werfe einen sehnsüchtigen Blick auf das Wasser und überlege, ob es zu tief ist, um einfach das Kleid hochzuheben, doch dann unterbricht James meine Gedanken.

»Okay, ich denke, du solltest dich genau hier hinlegen«, sagt er und deutet auf eine Stelle in dem hohen Gras mit den Blumen.

»Hinlegen?«

»Ja.«

»Dort?«

»Ja.«

»Auf die Blumen?«

»Ja. Ist das ein Problem?«

»Nein, nein. Kein Problem.«

»Hier sind mehr Blumen. Mehr Farben.«

»Bis ich sie zerquetscht habe«, murmle ich, während ich mich behutsam hinlege.

»Ich bin sicher, dass Ruth den Verlust verschmerzen kann. Um der Kunst willen. Schließ die Augen.«

»Wie du befiehlst.«

»Mach ein geistesabwesendes Gesicht.«

»Ich bin mir nicht sicher, was das bedeutet.«

»Nachdenklich.«

»Oh, okay, das bekomme ich hin.«

Für etwas eine Minute herrscht Stille, in der er vermutlich die Kameraeinstellungen überprüft. Es gibt wohl keinen besseren Zeitpunkt als diesen, um etwas zu meditieren, also entspanne ich mich, lasse mich tiefer auf den Boden sinken und konzentriere mich auf meine Sinne, während ich versuche, nicht an Krabbeltiere in meinen Haaren oder auf dem Weg zu meinen Ohren zu denken. Das Gras kitzelt an meiner nackten Haut, was aber gar nicht so unangenehm ist. Ich kann die Blumen um mich herum riechen, einige kenne ich, Mohnblumen und Kornblumen, aber die meisten sind mir ganz und gar unbekannt. Es gibt so viele verschiedene, dass Ruth sie hier gepflanzt haben muss.

Ich höre den Fluss leise plätschern und Vögel auf dem Feld und den umgebenden Büschen, wie sie trällern und sich gegenseitig rufen. Es ist magisch, es ist einfach perfekt. Aber natürlich kann ich es nur so lange genießen, bis sich wieder negative Gedanken einschleichen: Es gäbe noch eine ganze Welt voller Natur zu entdecken. Skandinavische Wälder. Die Wildnis Alaskas. Mexikanische Strände. All das habe ich in Zeitschriften gesehen, doch ich will es berühren, riechen, erforschen können.

»Geht es dir gut?«

Ich öffne die Augen. James, der sich als Silhouette vor der Sonne abhebt, sieht zu mir herab. Er hält die Kamera vor dem Gesicht, und da wird mir klar, dass er die ganze Zeit Fotos gemacht hat.

»Ja.« Ich lächle. »Es geht mir gut.«

»Schön.« Er senkt die Kamera, um mich mit einem kritischen Blick zu mustern.

»Da fehlt etwas.«

Er greift nach unten, um ein paar Blumen zu pflücken, die er unbeholfen zu einem kleinen Blumenstrauß arrangiert. »Hier.« Er streckt sie mir hin. »Nimm sie in die Hand.«

Ich schließe die Augen wieder und rieche daran, Blütenpollen dringen in meine Nase, und ich fange heftig an zu niesen.

»Mein Gott, du hast hoffentlich keine Biene eingeatmet, oder?«, fragt er besorgt.

»Wenn, dann ist sie jetzt in meinem Gehirn.« Ich muss lachen. »Viel Glück dabei, das meiner Mutter zu erklären.«

»Gut, jetzt schließ die Augen wieder und drück die Blumen an deine Brust«, sagt er, als ich mich wieder gefasst habe.

Ich schaue ihn vielsagend an, tue dann aber, was er sagt. Ich liege da und lausche dem sanften Surren der Kamera, während er Fotos schießt.

»Sieht das nicht etwas seltsam aus?«, frage ich nach einer Weile.

»Psst, nicht reden.«

»Aber ich komme mir vor wie Ophelia«, murmle ich seitlich aus dem Mundwinkel.

Ich höre ihn seufzen. »Wie wer?«

»Ophelia, du weißt schon, auf diesem Gemälde.«

»Welches Gemälde?«

Ich öffne die Augen, setze mich auf und schüttle die Blumen leicht. »Das total berühmte von John Everett Millais. Jetzt komm, du bist doch auch ein Künstler, wie kannst du nicht wissen, wovon ich rede?«

Er lässt die Kamera sinken, und ich sehe, wie sich seine Augen vor Entsetzen weiten. »O Gott. Du hast recht. Das ist unter diesen Umständen wahrscheinlich nicht gerade die beste Pose. Es tut mir so leid. Ich hätte das selbst merken müssen.« Er schließt die Augen, wütend auf sich selbst.

»Hey, keine Panik, es macht mir nichts.«

»Sollte es aber.«

»Wie ich schon sagte, das Leben ist viel zu kurz. Aber ich möchte dich zumindest an deinen Kommentar von wegen Meister erinnern.«

»Du hast recht.« Er wirft mir einen Hundeblick zu. »Ich habe jeglichen Anspruch verloren, mich so zu nennen.«

»Wird nur vorübergehend ausgesetzt. Du hast den Titel nicht ganz verloren.«

»Zu freundlich. Okay. Lass das mit den Blumen«, sagt er. »Tu einfach das, was sich für dich natürlich anfühlt.«

Ich ziehe eine Blume aus dem Strauß, eine rote Mohnblume, und stecke sie mir hinters Ohr. Dann werfe ich die anderen in die Luft und sehe dabei zu, wie sie sich wie Konfetti verteilen. Schließlich lege ich mich mit den Händen hinter dem Kopf zurück, betrachte die Wolken am Himmel und lächle.

»Das ist perfekt«, sagt er leise und hebt die Kamera wieder vors Gesicht.

»Wie sieht diese Wolke für dich aus«, frage ich.

»Welche?« Er schaut noch immer durch seine Kamera.

Ich hebe einen Arm. »Die große da drüben.«

Er hält inne, um einen kurzen Blick darauf zu werfen. »Keine Ahnung. Wie ein riesiges Marshmallow?«

Ich verdrehe die Augen. »Wie originell. Schau noch einmal hin.«

»Wir verschwenden gerade das beste Tageslicht.«

»Dauert nur eine Sekunde. Mach schon, tu mir den Gefallen.«

Seufzend stellt er sich hin, um die Wolke richtig zu betrachten. »Ein Raumschiff. Für Außerirdische. Warum, was siehst du?«

»Ein Herz.«

»Ernsthaft?« Er neigt skeptisch den Kopf zur Seite.

»Nicht wie ein gemaltes Herz. Wie ein echtes. Wie es in uns drin aussieht.«

»Du hast viel Fantasie.«

»Danke.«

»Stört es dich, wenn ich jetzt weiter meinen Job mache?«

»Nur zu.«

Während er mich fotografiert, sehe ich der Wolke dabei zu, wie sie sanft vorbeigleitet – genau wie die Zeit es tut.

Avas Notizen

(Women's Weekly am 23. Oktober)

Macht die Tür auf. Geht hinaus. Steigt in euer Auto und fahrt aus der Stadt, raus aus dem Asphaltdschungel.

Riecht den Wald. Umarmt einen Baum. Füttert einen Vogel. Geht Pilze suchen. Tanzt im Regen. Baut einen Schneemann. Werft euch in einen großen Haufen bunter Herbstblätter. Schwimmt nackt im Meer; schwimmt, wo immer ihr könnt. Wenn ihr nicht schwimmen könnt, lernt es. Geht barfuß über eine Blumenwiese. Pflückt Obst. Setzt euch auf eine Schaukel. Klettert auf einen Berg. Paddelt über einen See. Macht einen Schneeengel. Radelt auf einem Feldweg. Segelt über den Pazifik. Pflanzt euer eigenes Gemüse. Baut eine Sandburg. Betrachtet den Nachthimmel, um danach unter den Sternen zu schlafen. Klettert auf einen Baum. Kocht über einem Lagerfeuer.

Beobachtet den Sonnenaufgang.

Und dann den Sonnenuntergang.

Atmet die Herrlichkeit der Natur ein und betrachtet sie nie, niemals als selbstverständlich. Genießt jeden Moment, tut es für diejenigen von uns, die es nicht mehr können.

19. Kapitel

Als James schließlich der Ansicht ist, das perfekte Bild zu haben, ändert der Himmel bereits seine Farbe, und diese traumartige Zeit zwischen Tag und Nacht beginnt. Die Zeit, wenn der Himmel verschwimmt, zufrieden darüber, dass wieder ein guter Tag zu Ende geht. Der exakte Moment, in dem die Abenddämmerung einsetzt, ist nicht leicht einzufangen. Das weiß ich, weil ich es versucht habe. Die Dämmerung stiehlt sich herbei wie Schlaf, in einem Moment ist sie noch nicht da, im nächsten ist sie überall um einen herum.

Selbst vor meiner Krankheit hätte ich auf die Frage nach dem schönsten Moment des Tages »Sonnenuntergang« geantwortet. Das ist der Augenblick, in dem die Welt wirklich lebendig wird, und alles, selbst Wunder, möglich scheinen.

»Wir sollten besser zurückgehen«, sagt James, der gerade gebückt die Ausrüstung in seine Tasche packt.

»Wahrscheinlich.«

Er wirft mir einen verblüfften Blick zu. »Das klingt nicht besonders begeistert. Dabei dachte ich, du würdest dir Sorgen machen, dass du den ganzen Spaß verpasst.«

»Nein, das stört mich nicht.« Ich hebe den Saum des Kleids und beginne, mich langsam im Kreis zu drehen. »Ich liebe diese Tageszeit, du nicht auch?«

Er zieht den Reißverschluss seiner Tasche zu, richtet sich auf und betrachtet mich ausdruckslos.

»Sonnenuntergang?«

Nickend bejahe ich.

»Ist auf jeden Fall was Besonderes.«

»Du hast auf deinen Reisen bestimmt ganz erstaunliche gesehen.«

»Ja.«

Sehnsüchtig lächle ich ihn an. »Ich bin neidisch.«

Da lächelt er traurig zurück, sagt aber nichts.

Ich gehe zum Zaun, umfasse die oberste Stange und beuge mich hinüber, um zum Fluss zu schauen. Die Wasseroberfläche reflektiert die Farbe des Himmels. »Es ist einfach so friedlich hier draußen.«

»So ist das auf dem Land.« Ich habe nicht gehört, wie er hinter mich getreten ist.

Inbrünstig wünsche ich mir, den Augenblick festhalten zu können. Alles. Die Farben, die Gerüche und die Geräusche. Ich möchte die Zeit anhalten, um alles länger genießen zu können, weil ich weiß, dass es nur allzu früh vorbei sein wird. Die Sonne wird untergehen, der Himmel wird schwarz werden, die Vögel werden verstummen. Ich werde wieder in meinem Zimmer sein, in meinem Bett, und all das wird nur noch eine Erinnerung sein. Und Erinnerungen werden dem wahren Augenblick leider nicht gerecht. Sie sind bloß blasse Wiederholungen in unseren Köpfen, dürftig wiedergegeben. Der Augenblick hat schillernde Farben, während Erinnerungen im Vergleich dazu fahl sind. Trotzdem hebe ich das Gesicht zum Himmel, schließe die Augen und versuche, mir diesen Moment einzuprägen, damit ich ihn zurückholen kann, wenn ich ihn am meisten brauche.

Aber dann denke ich …

… dass ich keine Zeit damit verschwenden will, diese Erinnerung festzuhalten. Ich bin *hier. Jetzt.*

Ich *erlebe* es.

Ich öffne die Augen.

»Dreh dich um«, fordere ich James auf.

»Wie bitte?«

»Dreh dich um und mach die Augen zu.«

»Warum?«

»Bitte!«, dränge ich.

Er runzelt die Stirn, nickt aber. »Okay. Aber nur solange du mich nicht irgendwie in Schwierigkeiten bringst.«

»Das würde ich niemals tun.«

Als er mir den Rücken zudreht, öffne ich vorsichtig den Reißverschluss hinten an meinem Kleid und lasse es zitternd hinabgleiten. Eine kühle Brise streicht über meine Haut, ich bekomme Gänsehaut und lache fröhlich auf.

Das ist es, was ich meine.

Nur mit Slip und trägerlosem BH bekleidet, lege ich das Kleid über einen Holzstamm neben uns, ohne James auch nur einen Moment aus den Augen zu lassen.

»Nicht gucken«, rufe ich, als er den Kopf ganz leicht in meine Richtung dreht.

»Das versuche ich ja, aber ich bin von Natur aus neugierig.« Ich kann hören, wie er im Gras von einem Fuß auf den anderen tritt. »Mir zu sagen, dass ich nicht gucken soll, ist, als würde man jemandem sagen, nicht auf den großen roten Knopf zu drücken«, beschwert er sich.

Ich kehre zurück zum Zaun und klettere so elegant wie möglich darüber, froh, dass niemand mich sehen kann.

»Lass mich raten«, sage ich leicht schnaufend, als ich mein Bein hinübergeschwungen habe und triumphierend auf der anderen Seite gelandet bin. »Du würdest den großen roten Knopf drücken.«

»Jedes Mal«, bestätigt er.

»Nun, du musst noch etwas länger geduldig sein.«

Ich studiere das Ufer, um den einfachsten Weg ins Wasser ausfindig zu machen. Es handelt sich nur um ein oder zwei Meter, allerdings geht es steil nach unten. Zum Glück ist das Ufer mit Schilf und hohen Gräsern bewachsen, an denen ich mich festhalten kann. »Keine Angst, ich werde dir keine Mistgabel in den Rücken rammen.«

»Das habe ich auch nicht vermutet.«

»Wirklich nicht? Dann habe ich wohl zu viele Horrorfilme gesehen. Denn darüber würde ich mir als Erstes Sorgen machen, wenn mich jemand, den ich kaum kenne, auf einem Feld auffordern würde, mich umzudrehen.«

»Du hast höchstwahrscheinlich keine Mistgabel in einer Tasche deines Brautkleids verstreckt, oder?«

»Da ist was dran.« Ich packe eine Handvoll Gras und rutsche auf meinem Hintern so weit ich kann, bis ich verlockend nah am Wasser bin.

»Okay«, sagt James streng. »Du hattest deinen Spaß, in drei Sekunden drehe ich mich um. Eins …«

»Nein«, kreische ich.

»Zwei.«

Ich atme tief durch, lasse das Gras los und rutsche den Rest des Weges, bis ich mit einem kleinen Platschen aufkomme. Das Wasser ist tiefer, als ich dachte. Ich gehe unter, tauche jedoch in Sekundenschnelle wieder auf, fluchend wie ein Matrose wegen der Kälte und gleichzeitig lachend vor Freude.

»Drei.« Ich kann James nicht mehr sehen, aber hören, wie er bestürzt ruft: »Ava? Wo bist du?«

»Hier unten.«

»Wo?«

»Im Wasser.«

Ich höre ihn fluchen und dann, wie er über den Zaun klettert. Gleich darauf schwebt sein Gesicht über mir.

»Was machst du da?«

»Wonach sieht es denn aus?«

»Ich weiß, wonach es aussieht, aber wieso?«

»Wieso nicht?« Ich mache einen kleinen Delfintauchgang, sorgfältig darauf bedacht, nicht zu viel nackte Haut zu zeigen. Als ich wieder auftauche, sehe ich, dass er mich verdutzt beobachtet.

»Warum kommst du nicht rein? Das Wasser ist herrlich.«

»Lügnerin. Es sieht eiskalt aus.«

»Oh, tut mir leid, ich habe dich für einen großen, mutigen Mann gehalten.«

»Hey, ich bin mutig. Ich war in Kriegs- und Katastrophengebieten, musst du wissen.«

»Aber mit einem kleinen alten Fluss kannst du es nicht aufnehmen, was?« Ich verdrehe die Augen und schwimme von ihm weg auf die Biegung zu, wo der Fluss breiter wird.

»Was hast du vor?«

»Mich umsehen.«

»Allein?«

Ich drehe mich wieder um, kippe den Kopf und trete Wasser. »Es sei denn, du hast Lust mitzukommen.«

Er ist hin- und hergerissen, das kann ich sehen. Schließlich zieht er kopfschüttelnd sein T-Shirt aus. »Ich muss verrückt sein«, murrt er.

»Wenn das verrückt ist, dann soll man mich einsperren und den Schlüssel wegwerfen.«

»Das muss ich nächstes Mal vielleicht – deine Mutter wird ausflippen.« Er legt die Hände an den Bund seiner Shorts und wirft mir einen vielsagenden Blick zu. »Dreh dich um.«

Dreißig Sekunden später höre ich ein Platschen und dann ein paar Kraftwörter.

»Frisch, nicht wahr?«, sage ich sanft.

»Frisch? Es ist gottverdammt arktisch.«

»Übertreib nicht. Du hast dich gleich daran gewöhnt.«

»Bevor oder nachdem meine … männlichen Teile … abgefroren sind?«

Sein verzweifelter Gesichtsausdruck bringt mich zum Lachen. »Komm schon.« Ich drehe mich um und schwimme langsam flussaufwärts, davon überzeugt, dass er mir folgen wird.

»Hast du keine Angst vor Aalen?«, ruft er mir zu.

»Eigentlich nicht. Die sind wie Haie. Sie haben mehr Angst vor uns als wir vor ihnen. Oder sind das da Spinnen?«

»Ich schwöre, da hat gerade etwas meinen Zeh berührt.«

»Macht nichts. Zehen sind für deinen Beruf nicht wichtig.«

Er schnaubt. »Ich hänge trotzdem ziemlich an ihnen.«

Ich drehe mich auf den Rücken, bewege Arme und Beine in weiten Kreisen und genieße das Gefühl, wie mein Körper sich leicht durch das Wasser bewegt. »Jetzt komm. Gefällt dir das nicht?«, frage ich. »Nicht einmal ein kleines bisschen?«

Er macht ein paar große Züge, bis er neben mir ist. Aus dieser Nähe kann ich die Wassertropfen auf seiner Haut sehen. Seine Augen leuchten lebhaft in dem verblassenden Licht. Er ist wirklich der bestaussehende Mann, mit dem ich je halb nackt das Vergnügen hatte.

»Vielleicht ein bisschen«, gibt er zu.

»Wann warst du das letzte Mal schwimmen?«

Darüber muss er nachdenken, und das heißt, dass es schon zu lange her ist.

»Ich kann mich nicht erinnern«, antwortet er schließlich. »Vielleicht vor ein paar Jahren? Ja, vor drei Jahren in Mexiko.«

»Arbeit?«

»Nein. Urlaub.«

Da er das Thema nicht weiter ausführt, nehme ich an, dass er mit seiner Ex-Freundin dort war.

»Wie war es?«

»Wie jedes Meer eigentlich. Nass. Voller Fische. Wellen.«

»Mexiko, du Idiot.«

»Hey, für dich immer noch Meisteridiot.« Er runzelt die Stirn. »Mexiko war schön. Meistens sehr heiß und bunt. Freundliche Menschen. Leckeres Essen. Kaltes Bier.«

»Also wie in den Filmen.«

»Ja. Und nein. Man sieht die Armut in den Filmen nicht. Die Verbrechen, die die Polizei manchmal sogar selbst begeht. Und dann dieser Rassismus. In manchen Ländern und bei manchen Leuten hat man den Eindruck, dass ein menschliches Leben nicht sehr viel wert ist.«

»Wie traurig.«

»Allerdings.«

Wir haben die Biegung im Fluss erreicht, und ganz wie vermutet ist das Wasser plötzlich so tief, dass ich den Boden nicht mehr erreichen kann. Die große Weide am Ufer, deren lange Äste das Wasser berühren, gibt vor dem leuchtenden Orange am Himmel einen atemberaubenden Anblick ab. Die Luft duftet nach Geißblatt, das auf dem Hügel auf der anderen Seite des Flusses wild wächst. Man hört nichts als das Rascheln der Weidenblätter und unseren Atem.

»Gut«, sagt James leise. »Ich gebe es zu. Das ist schön.«

»Also bist du froh, dass du mitgekommen bist.«

»Ja. Ich bin froh, dass ich mitgekommen bin.«

»Und ich bin nicht verrückt.«

Er zuckt mit den Schultern. »Darüber hat die Jury noch nicht entschieden.«

Ich spritze ihn mit Wasser voll, und er weicht lachend aus.

»Du hast das schönste Lächeln«, sagt er. »Hat dir das schon mal jemand gesagt?«

»Nicht dass ich wüsste.«

»Eine Schande. Man hätte dir das jeden Tag sagen müssen.« Er sieht mich so durchdringend an, dass ich schlucken muss.

Niemand hat mich jemals so angesehen, wie er es gerade tut, und das macht mich nervös.

»Die werden sich fragen, wo wir bleiben«, sage ich und schwimme auf das sandige Ufer zu, das sich sanft hinaufschwingt, anders als die Stelle, an der wir in den Fluss gestiegen sind.

»Da hast du wahrscheinlich recht.«

Er scheint enttäuscht, und mir ergeht es nicht anders.

»Mein Kleid ist irgendwo dort.« Ich zeige in die entsprechende Richtung.

»Stimmt.«

»Sei ein Gentleman und hol es für mich, ja?«

»Nein. Ich lass dich hier nicht allein. Aber ich verspreche, dass ich nicht hinschaue.«

»Ich schätze, mehr als bei einem Bikini sieht man sowieso nicht.« Ich stehe auf und höre, wie er zischend einatmet. Ich drücke die Augen einen Moment lang zu, in der verzweifelten Hoffnung, dass es nicht an meinen Narben liegt oder daran, dass ich zu dünn bin. Dann wird mir klar, dass ich mir über schlimmere Dinge Sorgen machen muss. Das Schwimmen hat mich erschöpft, und kaum an Land, beginnen meine Beine zu zittern, weil meine Muskeln geschwächt sind von allem, was ich durchgemacht habe. In Sekundenschnelle ist er an meiner Seite, um mich zu stützen.

»Alles klar?«, fragt er besorgt.

Ich nicke. »Ich bin nur müde. Tut mir leid.«

»Ich hätte dich nicht schwimmen lassen dürfen.«

»Du hättest mich nicht aufhalten können«, erwidere ich trotzig. »Und ich bereue es überhaupt nicht. Es war herrlich.«

»Machst du immer, was du willst?«

»Normalerweise schon.«

»Tja, ich auch.« Und bevor mir klar wird, was er vorhat,

hat er den rechten Arm unter meine Beine gelegt und mich hochgehoben. Unwillkürlich schlinge ich die Arme um seinen Hals und verschränke die Hände.

»Hey«, protestiere ich.

»Was?«

»Treibst du es mit diesem Braut-Fotoshooting nicht etwas zu weit?«

»Sei einfach still und entspann dich, ja?«, murmelt er. »Ich trage dich.«

»Habe ich eine Wahl?«

»Nein.«

Also tue ich, was er sagt, lege den Kopf an seine Schulter und schließe meine müden Augen, während er auf der Suche nach unseren Kleidern über das Feld geht. So wurde ich bisher noch nie von einem Mann getragen.

Und *das* ist eine Erinnerung, die niemals verblassen wird, da bin ich mir sicher.

20. Kapitel

Drei Tage später erhalte ich eine E-Mail von James mit einigen Fotos im Anhang.

> Ich dachte mir, du möchtest sie vielleicht vorab sehen. Die Fotos sind toll geworden, was mit dir als Model allerdings wenig überrascht. Viel Spaß. X

Ich klicke auf den ersten Anhang und lehne mich, als er sich geöffnet hat, sprachlos in meinem Stuhl zurück. Bin das wirklich ich?

Die Fotos sehen aus wie die, die ich immer in den Brautzeitschriften so bewundert habe, nur dass anstelle eines hauchdünnen Models, das heißblütig schmollend in die Linse blickt, ich zu sehen bin. Auf einem Bild stehe ich im Schatten der großen Weide, den Rücken halb zur Kamera gedreht sehe ich über die Schulter in die Ferne. Das Kleid flattert leicht in der Brise, genauso wie mein Haar.

Auf einem anderen liege ich auf der Blumenwiese, mein Gesicht in Sonnenlicht getaucht, mit geschlossenen Augen und einem kleinen wissenden Lächeln auf den Lippen. Mein Haar ist um mich herum ausgebreitet, einen Arm habe ich träge hinter den Kopf gelegt.

Ich kann kaum glauben, dass ich das sein soll. Ich sehe schöner aus als jemals zuvor.

Natürlich leite ich die E-Mail umgehend an alle Personen in meinem Adressbuch weiter und genieße für den Rest des Nachmittags all die Antworten meiner Freunde und Verwandten, die von den Fotos begeistert sind. Meine Mutter schreibt, dass sie eines davon vergrößern und auf Leinwand drucken lassen will, was zwar etwas übertrieben ist, mir aber trotzdem ein gutes Gefühl gibt. Ich kann nicht aufhören, die Fotos anzusehen. Das bin ich, aber in der besten Version von mir, die ich je gesehen habe. Der Gedanke, dass es diese Bilder noch geben wird, wenn ich nicht mehr hier bin, gefällt mir.

Ich habe nie eine Löffelliste geschrieben. Nicht einmal nach der Erstdiagnose habe ich darüber nachgedacht, weil ich sicher war, den Krebs zu überwinden. Etwas anderes erlaubte ich mir nicht zu denken. Positiv bleiben. Eine Löffelliste aufzustellen hätte bedeutet, dass es auch einen anderen Ausgang geben könnte, und das zu glauben, weigerte ich mich. Selbst als es mir am schlechtesten ging, weil die Chemo furchtbare Verwüstungen an meinem Körper anrichtete und mich, wie ich glaubte, an den Rand des Todes brachte, konnte ich es nicht tun. Tat ich es nicht.

Jetzt ist der Krebs zurück, das Ende unausweichlich, und ich kann es immer noch nicht. Natürlich gibt es Dinge, die ich gern tun würde. Wenn ich ein von Krebs unberührtes Leben hätte. Aber so simpel es auch klingen mag, ich will die Zeit, die mir noch bleibt, einfach nur mit den Menschen verbringen, die ich liebe. Ich möchte ihnen Erinnerungen an mich schenken, die sie niemals vergessen werden. Ich will nicht, dass sie mich vergessen. Das ist eine irrationale Angst, weil mir klar ist, dass sie das nicht tun werden, und doch fürchte ich mich genau davor am meisten. Vergessen zu werden.

21. Kapitel

In meiner ersten Selbsthilfegruppe gab es eine Frau, die ich besonders mochte. Ich bin mir nicht sicher, weshalb. Sie war in einer anderen Lebensphase, ein paar Jahre älter als ich, verheiratet mit kleinen Kindern.

Vielleicht war es ihre Einstellung, ihre Entschlossenheit, die Dinge nicht so ernst zu nehmen. Sie verdrehte in unangemessenen Momenten die Augen, etwa wenn jemand übermäßig weinerlich und voller Selbstmitleid war, und dann musste ich immer ein Lachen unterdrücken, was mir oft genug nicht gelang und mir den stillen Zorn der Gruppe einbrachte.

Die Frau, Lisa, sagte Dinge wie: »Gott, wenn uns der Krebs schon nicht umbringt, dann schaffen das bestimmt diese steinharten Muffins hier.« Um ihre Behauptung zu untermauern, klopfte sie mit einem davon auf die Tischkante, und sofort begann ich wieder zu lachen.

»Glaubst du, dass die jede Woche die gleichen Teebeutel noch mal nehmen?«, flüsterte sie mir ein anderes Mal zu. »Schmeckt nach schwacher Pisse.«

So setzte ich mich, von ihrer geradlinigen Art angezogen, jede Woche neben sie. Fragte man sie nach ihrem Krebs, leierte sie die Fakten herunter. Beide Brüste amputiert, aber auf die könne sie sowieso gut verzichten, die beiden Verräter. Rekonstruktion? Nein. Nicht nötig. Ihr Mann würde sie mit oder ohne Brüste lieben, und um sich wie eine Frau zu fühlen, brauche sie keinen BH auszufüllen. Stattdessen würde sie sich, sobald die Narben verheilt waren, die Brust tätowieren lassen. Mit dem Kopf einer großen Löwin – Symbol der weiblichen Kriegerin. Genüsslich beschrieb sie der Gruppe ihr Vorhaben genauer, und dabei war nicht zu übersehen, wie sehr sie die entsetzte Reaktion einiger der spießigeren Frauen genoss.

Sie war nur hier, weil ihr Arzt sich Sorgen machte, dass sie die Sache nicht ernst genug nahm.

»Aber warum sollte ich noch mehr Theater um den Krebs machen?« Sie wedelte verärgert mit einer Hand durch die Luft. »Der bekommt ohnehin schon zu viel Aufmerksamkeit. Ich weigere mich, ihm noch mehr zu geben.«

Sie war wie ein Hauch frischer Luft in einem Raum gefüllt mit dem schalen Geruch der Todesangst.

Dann kam sie eines Tages nicht. Auch nicht in der nächsten oder übernächsten Woche. Meine Hoffnung war damals, dass sie dem Krebs einen Tritt verpasst und ihn – und uns – ohne einen Blick zurück hinter sich gelassen hatte.

Aber eines Tages war sie wieder da, kauerte zusammengesunken auf einem Stuhl, den Blick auf den Boden gerichtet. Vermutlich habe ich mein Entsetzen bei ihrem Anblick nicht sehr gut verbergen können, und als sie zu mir aufschaute, war diese wilde Entschlossenheit verschwunden, an ihre Stelle waren Angst und Unglauben getreten.

»Der Scheißkerl ist zurückgekommen.« Sie schüttelte den Kopf. »Er ist verdammt noch mal zurückgekommen.«

Sie starb Mitte April, als sich die ersten Blätter an den Bäumen grün färbten. Bei ihrer Beerdigung setzte ich mich in der Kirche ganz nach hinten und weinte beim Anblick der kleinen Köpfe in der ersten Reihe, aufgereiht wie Entlein, neben ihrem Vater, den die Trauer beinahe zu Boden drückte.

Ich sah mir die Diashow über Lisas Leben an und dachte: Wenn dieses Ding fies genug ist, eine Mutter von ihren Kindern zu trennen, welche Hoffnung gibt es dann für den Rest von uns? Und es machte mich wütend.

Die Menschen sprechen immer von Schicksal, Fügung. Doch wie konnte es mein Schicksal sein, dass mein Leben letztlich darauf reduziert werden würde, auf die eine Tatsache, an die die Leute sich am ehesten erinnern werden: Sie starb an Krebs.

Sicher, sie werden auch sagen: *»Ach, Ava Green, ja, sie war nett, eine reizende Frau. Gut beim Pub-Quiz. Auch ziemlich hübsch, wenn sie sich die Haare anständig frisiert und sich ein bisschen geschminkt hat. Eine überwiegend glückliche Frau, das war sie.« Aber zum Schluss werden sie immer sagen: »Sie ist an Krebs gestorben. Sehr traurig. Und so ein verdammtes Pech.«*

Ich will nicht, dass das die einzige Erinnerung an mich ist, und es ist nicht einfach Pech, weil ich auf einen Riss im Bürgersteig getreten bin, Salz verschüttet habe oder einen Spiegel zerbrochen. Nein. Ich habe mir das nicht selbst zuzuschreiben, sondern es hat sich schon in mir zusammengebraut, seit ich als Zellhaufen in der Gebärmutter herumgeschwommen bin. Es war schon immer da, verborgen in meinem Inneren hat es darauf gelauert, die Führung zu übernehmen.

22. Kapitel

»Okay, hiermit erkläre ich dich offiziell zu meinem Stalker.«

Das sage ich mit einer Hand in die Hüfte gestemmt, während ich James scharf ansehe. Er steht an der Rezeption des kleinen Motels, in das ich etwa eine halbe Stunde zuvor eingecheckt habe.

Er dreht sich mit einem Zimmerschlüssel in der Hand um und sieht mich verlegen an. »Hi, Ava.«

»Sagtest du nicht letztes Mal, es wäre das letzte Mal gewesen?«

Er nickt. »Ich kann mich vage erinnern, so etwas gesagt zu haben, ja.«

»Und? Wieder ein Gefallen für Marilyn?«

Er hustet. »Diesmal nicht, nein. Genau genommen war ich noch hier, zwischen zwei Aufträgen, und als sie zufällig erwähnte, dass du für ein Fotoshooting auf dem Weg nach Lake Tarawera bist, habe ich mich gemeldet. Ich wollte diesen Teil des Landes schon immer mal sehen.«

»Wirklich.«

»Ja.«

»Du hast dich freiwillig gemeldet, weil du ›diesen Teil des Landes‹ sehen wolltest.«

»Genau.«

»Einen anderen Grund gibt es nicht?«

»Was soll ich sagen? Dass ich dich unbedingt wiedersehen wollte und sie so lange bequatscht habe, bis sie mir den Job gegeben hat?«

»Das wäre etwas schmeichelhafter, klar.«

Er lacht. »Du kannst glauben, was du willst.«

»Das werde ich. Aber egal, warum du hier bist – es ist schön, dich wiederzusehen, wenn ich das mal sagen darf.«

Er nickt. »Ich freue mich auch, dich wiederzusehen. Mein Zeh tut nebenbei bemerkt noch immer weh.«

»Dein Zeh?« Ich runzele die Stirn.

»Der Aalbiss? Als wir im Fluss geschwommen sind? Ich habe extremes Glück gehabt, keine Blutvergiftung zu bekommen.« Er hebt einen Fuß, kickt die Sandale weg und zeigt auf einen kleinen roten Fleck auf seinem großen Zeh. Dabei sieht er so bemitleidenswert aus, dass ich lachen muss.

»Was ist daran so lustig?«

»Nichts.« Ich versuche, ernst zu schauen. »Ich entschuldige mich vorbehaltlos für deine Wunde, wie auch immer du zu der gekommen bist.«

»Was meinst du mit ›wie auch immer ich zu der gekommen bin?‹ Das war ein Aal. Ein riesengroßer, ein Mutant oder so was.«

Ich schiele auf seinen Zeh. »Bist du sicher, dass du dich nicht einfach an einem Stein gestoßen hast? Oder einem Stock? Es sieht nicht wirklich nach einem Biss aus.«

Er schiebt den Fuß wieder in die Sandale. »Bist du auf einmal Ärztin oder was?«

»James, Liebling, was machst du denn hier?«

Nadia, die mit einer Flasche Sekt aus dem Restaurant kommt, unterbricht uns. Hier, in dieser luxuriösen Unterkunft, ist sie viel mehr in ihrem Element als auf der Farm. Wir alle haben eine Übernachtung gebucht – Sophie und Kelly,

Nadia und ich. Und James hat das – wie es aussieht – auch getan.

»Angeln«, antwortet er, ohne eine Miene zu verziehen. »Wie ich gehört habe, soll es im See ziemlich große Forellen geben. Die sind viel freundlicher als Aale.« Der letzte Satz gilt natürlich mir allein.

Sie blinzelt. »Oh, wirklich? Was für ein Zufall. Wir sind wegen eines Artikels über mögliche Hochzeitslocations für Ava hier. Du erinnerst dich an Ava?«

»Vage, ja.«

»Entschuldigung, wer sind Sie noch mal?«, frage ich ihn. »Vom Parkservice?«

Nadia schaut verwirrt zwischen James und mir hin und her. James hat Mitleid mit ihr.

»Ich mache die Fotos«, erklärt er. »Und natürlich erinnere ich mich an Ava.«

»Na wunderbar«, säuselt Nadia. »Du bist so viel besser als Steven, der normalerweise für uns fotografiert. Ich meine, versteh mich nicht falsch, er ist total nett, aber manchmal ist er ein bisschen zu avantgardistisch, wenn du weißt, was ich meine. Natürlich haben seine Fotos auch ihre Berechtigung, aber bei einer Hochzeit sollten sie wirklich etwas traditioneller sein.«

»Nun, ich bin einfach nur froh, dass du zufrieden bist«, sagt James.

Nadia blickt auf ihre Uhr. »Warum checkst du nicht ein und danach treffen wir uns alle im Garten auf einen Drink. Sagen wir um sechs?«

»Klingt toll.«

»Wunderbar.« Sie schaut mich an. »Bist du in der Stimmung für Alkohol, Ava? Ich würde es verstehen, wenn du dich lieber in deinem Zimmer ausruhen möchtest. Du hast morgen einen großen Tag vor dir.«

»Ich würde das um nichts in der Welt verpassen wollen.«

»Großartig.« Sie haucht Küsschen neben meine beiden Wangen und steuert aufs Treppenhaus zu.

»Brauchst du Hilfe mit deinem Gepäck?«, frage ich James.

»Selbst wenn, würde ich dich nicht fragen.«

»Ich bin stärker, als ich aussehe.«

Er lächelt. »Die Antwort lautet immer noch Nein.«

»Wie du willst.«

Er schaut sich im Foyer um. »Diesmal ohne Entourage?«

»Entou… Oh, du meinst meine Mutter und Amanda?«

Er nickt.

»Nein, die sind heute nicht dabei. Meine Mutter wollte zwar mitkommen, aber sie steckt gerade mitten in den Proben für ihr aktuelles Theaterstück, und ich wollte nicht, dass sie meinetwegen etwas verpasst.«

»Deine Mutter ist Schauspielerin?« Mit seinem Gepäck geht er hinüber zur Treppe.

Ich folge ihm und schneide eine Grimasse. »In gewisser Weise. Sie gehört einer Laienspielgruppe an, die hinter dem Supermarkt probt.«

»Verstehe.«

»Sie führen zwei- bis dreimal im Jahr ein Stück auf, je nachdem, wie viele Sponsoren sie finden. Im Moment proben sie die *Rocky Horror Picture Show*.«

»Das muss ich mir mal ansehen.«

»Das musst du wirklich nicht.«

»Warum nicht? Welche Rolle spielt deine Mutter? Die der jungen, naiven Janet Weiss?«

»Schön wär's. Nein, sie ist Dr. Frank N. Furter.«

»Wird der nicht normalerweise von einem Mann gespielt?«

»Normalerweise, ja. Aber es gibt in der Gruppe mehr Frauen als Männer, und da Fred Burrows sich bei der Gartenarbeit die Hüfte gebrochen hat, ist sie für ihn eingesprungen.«

»Also ist sie eine …« Er schielt fast, als er versucht, dahinterzukommen.

»Eine Frau, die die Rolle eines Mannes spielt, der vorgibt, eine Frau zu sein. Ja. Und das auch noch in Netzstrümpfen.«

Er bemüht sich, nicht zu grinsen. »Klingt … interessant.«

»Interessant kann man das auch nennen«, entgegne ich.

Als wir am Fuß der Treppe angekommen sind, drehen wir uns einander zu.

»Also.«

»Also.«

»Ich schätze, wir sehen uns um sechs im Garten?«

»Das werden wir.«

»Ausgezeichnet.«

Er geht die Treppe hinauf. Ich auch. Oben angekommen schaut er mich an und tut so, als würde er zusammenzucken.

»Wie schön, dich hier zu sehen.«

»Mein Zimmer ist dort.« Ich zeige über seine rechte Schulter.

Er betrachtet seinen Schlüssel und dann das Schild vor uns.

»Meins ist in der anderen Richtung.«

»Schade.«

»Wie bitte?«

»Nichts.«

Als ich kurz nach sechs den herrlich gepflegten Rasen betrete, kann ich James zunächst nirgends entdecken. Nadia und die anderen Frauen stehen an der Bar. Sophie winkt, als sie mich sieht. Sobald ich bei ihnen angekommen bin, wird mir ein blassgelber Cocktail in die Hand gedrückt.

»Prost«, sagen sie unisono, eindeutig auf dem besten Weg, sich die Kante zu geben.

Misstrauisch betrachte ich den Inhalt des Glases. »Was ist das?«

»Margarita.«

»Nein danke. Ich trinke eigentlich nicht.«

»Eine kannst du doch sicher vertragen«, meint Sophie. »Die sind so was von erfrischend.«

Ich probiere einen Schluck. Sie hat recht. Ich schmecke Limette und den unverwechselbaren Nachgeschmack von Alkohol, der mich sofort von innen wärmt. Ein Getränk, das man einfach so wegtrinken kann, also beschließe ich, langsam zu machen. Nadia ist in ein Gespräch mit einem grauhaarigen Mann im Anzug vertieft und begrüßt mich mit einem kurzen Nicken, bevor sie weiterredet.

»Kein James?«, frage ich so gleichgültig wie möglich und trinke noch einen Schluck.

»Er ist da drüben.« Kelly deutet, nachdem sie den Rest ihres Getränks in einem Schluck hinuntergeschüttet hat, mit dem leeren Glas schräg nach rechts. Sie und Sophie sind so aufgedreht, wie man es nur in einem Hotel mit Bar und einem Job, bei dem die Spesen übernommen werden, sein kann. Das macht mich wehmütig. Sie nimmt die Getränkekarte in die Hand. »Welchen sollen wir als Nächstes versuchen?« Ich lasse sie ihre Entscheidungen fällen und spaziere durch den Garten, der sich in sanftem Schwung bis hinunter zum See erstreckt. James steht etwa einen Meter entfernt und starrt hinaus aufs Wasser. Einen Moment lang bleibe ich stehen, nicht sicher, ob ich ihn stören oder ihn lieber seinen Gedanken überlassen soll, doch er spürt meine Anwesenheit und dreht sich um.

»Abend.« Er lächelt mich an.

»Möchtest du Gesellschaft haben? Oder wärst du lieber allein?«

»Ich bin viel zu oft allein. Über Gesellschaft würde ich mich also sehr freuen.«

Ich stelle mich neben ihn. Der See riecht erdig, ganz anders als das Meer, an das ich gewöhnt bin. Kleine Moskitos tanzen über der Oberfläche. Hinter dem See zeichnet sich der Vulkan Tarawera schroff gegen den blassen Himmel ab. Obwohl er seit geraumer Zeit inaktiv ist, hat der Tarawera nichts von seiner Bedrohlichkeit verloren, und ich beginne in seinem Schatten zu erschauern.

»Beeindruckend, nicht wahr?«, sagt James leise. »Natur. Sie lässt mich immer vor Ehrfurcht erstarren.«

»Ich finde es irgendwie unheimlich«, gebe ich zu.

»Unheimlich?«

»Ja, du weißt schon. Wenn man bedenkt, wie viel Tod und Zerstörung er angerichtet hat, als er ausbrach und alles in seiner Nähe auslöschte. Diese rosa und weißen Seeterrassen sahen einfach unglaublich schön aus. Welche Verschwendung, dass sie beim Ausbruch zerstört wurden.«

»Das ist also Natur für dich: unvorhersehbar. Wusstest du, dass einige sagen, die Terrassen wären noch immer da, begraben unter Schlamm und Geröll auf dem Seegrund?«

»Nein, das wusste ich nicht, aber ich hoffe, es stimmt. Das wäre immer noch besser als ihre komplette Zerstörung.«

»Es gibt einen fantastischen Wanderweg auf den Berg durch eine ziemlich atemberaubende Landschaft und mit kilometerweiter Aussicht. Oben angekommen, kann man in den Krater hinabsteigen. Das ist ein bisschen beängstigend, weil es sich um loses Vulkangestein handelt. Ein falscher Schritt, und man rollt den ganzen Weg nach unten und schürft sich die Haut auf. Aber genau das ist ja der halbe Spaß.«

Ich kneife die Augen zusammen. »Ich dachte, du hättest diesen Teil des Landes noch nie gesehen?«

Er erstarrt wie ein Reh im Scheinwerferlicht. »Wie bitte?«

»Abendessen, Leute«, rettet Sophies fröhliche Stimme James in letzter Sekunde.

»Oh, gut, ich bin am Verhungern.« Er räuspert sich und zeigt vor sich. »Ladies first.«

Das Essen, serviert in einem eleganten Speisesaal mit angenehmer Beleuchtung, ist nicht schlecht, aber für meinen Geschmack ein wenig übertrieben. Es gibt zwölf winzig kleine Gänge.

Irgendwann lehnt sich James über den Tisch, um mir zuzuraunen: »Das können die doch nicht ernst meinen. Wo ist der Rest? Das sind nur ein paar Happen, oder? Eine Kostprobe?«

Ich beiße mir auf die Unterlippe, um wegen seines empörten Gesichts nicht laut loszulachen.

»Hier, nimm von mir.« Ich schiebe den Teller über den Tisch zu ihm. Es handelt sich um pochierte Krebse mit eingelegter Melone, marinierten Kirschtomaten, griechischem Basilikum und Feta. Kunstvoll arrangiert und mit essbaren Blüten sieht das Ganze wirklich hübsch aus, aber ich bin kein großer Fan von Flusskrebsen.

»Das kann ich nicht annehmen«, sagt er, obwohl er sehnsüchtig auf meinen Teller starrt.

»Wie du willst.« Ich ziehe den Teller zurück. »Dann frage ich eben Nadia.«

Nadia hat bisher alles, was vor sie gestellt wurde, mit der Begeisterung eines Restauranttesters verschlungen.

»Nein, warte.« Seine Stimme ist laut und scharf, und die Leute an den Nebentischen drehen die Köpfe, um hinter den Grund für die Aufregung zu kommen. Er lächelt ihnen entschuldigend zu, und als sie das Interesse verlieren, deutet er auf meinen Teller. »Mach schon. Schieb ihn rüber.«

Trotz seiner Zweifel ist er am Ende der Mahlzeit satt geworden. Zumindest nehme ich das an, denn er lehnt sich zufrieden lächelnd zurück.

»Alles in Ordnung hier?«, fragt die Kellnerin, als sie seinen letzten Teller abräumt. Sie hat den ganzen Abend mit ihm geflirtet, ihn länger als nötig angesehen und sich an seine Schulter gedrückt, wenn sie sich vorlehnte, um nach einem Teller zu greifen. Ich möchte sie hassen, weil sie alles ist, was ich nicht bin. Sie ist jung und schön und *gesund*. Warum sollte sie nicht mit einem attraktiven Mann flirten?

»Das war …«, verkündet er, während er sich die Mundwinkel abtupft, »… superb. Mein Kompliment an den Koch.«

Kokett lächelt sie. »Das werde ich weitergeben.«

»Danke …«, er schaut auf ihr Namensschild, »… Kimberly.«

Dass er sie mit ihrem Namen anspricht, ermutigt sie dazu, sich herabzubeugen und ihm etwas ins Ohr zu flüstern. Ich sehe, wie er die Augenbrauen hebt und sich räuspert, seine Wangen röten sich leicht. Dann lächelt er sie an und murmelt etwas, was ich nicht verstehe. Ich bin sofort ernüchtert. Doch natürlich hat James das Recht, zu tun, was er will, mit wem er will. Und doch erinnert mich dieser Anblick schmerzhaft an etwas, das ich verloren habe: Möglichkeiten.

Die Möglichkeit, Liebe zu erleben. Dieses herrliche, schwindelerregende Gefühl, wenn man jemand Neues kennenlernt, zu dem man sich hingezogen fühlt. Der sich ebenfalls zu einem hingezogen fühlt, woraufhin dieser verführerische Tanz des Kennenlernens beginnt. Man füttert sich gegenseitig nach und nach mit Informationen, nicht zu wenig, aber wenig genug, um das Geheimnisvolle aufrechtzuerhalten. Vielleicht wird es nur einen Moment dauern, vielleicht wird es für immer sein. Dieses Gefühl hält ganze Geschäftszweige am Leben, und genau nach diesem Gefühl sehne ich mich, jetzt, wo ich es nicht mehr haben kann, umso mehr.

Auf einmal wird mir klar, dass ich mich in kleinen dummen Fantasien über James verstrickt habe, mir zu glauben erlaubt habe, es gäbe zwischen uns so etwas wie Magie. Jetzt, wo ich darüber nachdenke, komme ich mir bescheuert vor. Er war immer sehr nett und freundlich, aber das wäre unter den gegebenen Umständen jeder gewesen, und selbstverständlich ist er viel zu höflich, um sich anmerken zu lassen, wie unangemessen ich mich aufführe.

»Entschuldigung.« Ich schiebe meinen Stuhl zurück und stehe abrupt auf.

Nadia unterbricht ihre Unterhaltung mit dem Grauhaarigen, Bill, den sie eingeladen hat, sich uns anzuschließen. »Geht es dir gut, Ava? Ich dachte, wir gehen später vielleicht noch auf einen Schlummertrunk in die Bar.«

»Mir geht es gut, ich bin nur müde. Ich sollte wirklich etwas schlafen, damit ich morgen nicht völlig erschossen aussehe. Ich hoffe, ihr alle genießt noch den Rest des Abends.«

Ich kann nicht anders, als James bei meinen letzten Worten anzusehen, und er runzelt verdutzt über meinen barschen Ton die Stirn. Dann erhebt er sich ebenfalls.

»Ich bringe dich zu deinem Zimmer.«

»Nein danke. Das ist nicht nötig. Ich finde es bestimmt allein.«

Bevor er etwas entgegnen kann, verlasse ich bereits den Saal.

23. Kapitel

Im Foyer zögere ich. Zu meiner Linken befindet sich die Treppe, die nach oben zu meinem Zimmer führt, dem Ort, an dem ich meine Wunden lecken kann. Doch der Gedanke, jetzt dort allein zu sein, ist nicht besonders verlockend. Also steuere ich stattdessen auf die Eingangstür zu und trete hinaus in die Nacht, verstecke mich unter einem Mantel aus Dunkelheit, unter dem ich verbergen kann, wie idiotisch ich mir vorkomme.

Was habe ich mir nur gedacht? Gar nichts, um ehrlich zu sein. Und jetzt stehe ich da, tue mir leid und kann doch niemandem außer mir selbst dafür die Schuld geben.

Nach Sonnenuntergang ist die Temperatur, der Wind, der vom See kommt, frisch und belebend. Ein oder zwei Grad mehr hätten mich dazu verlockt, schwimmen zu gehen, um meine Dummheit wegzuwaschen und mich wieder zur Vernunft zu bringen. Doch das schwarze Wasser wirkt eher unheimlich als einladend, und unser Gespräch über den Vulkan sorgt dafür, dass ich mich nicht vom Ufer wegbewege.

Ich versuche immer, meinem Bauchgefühl zu vertrauen. Vor allem seit meiner Diagnose. Dieses Gefühl kommt aus einer Tiefe, die wir noch nicht verstehen, und ich glaube, dass die Menschen ihm mehr folgen sollten, als sie es tun. Aber es kann auch verwirrend sein. Dasselbe Bauchgefühl, das mir sagt, dass ich nicht ins Wasser gehen sollte, sagt, dass James zu den Guten gehört. Doch die Art und Weise, wie er gelächelt hat, als die Kellnerin ihm ins Ohr flüsterte, gerade so, hat mich überrascht. Es hat so … zustimmend gewirkt. Als würde er zu irgendetwas Ja sagen. Ich hoffe, dass ich falschliege, doch falls nicht, kann ich ihm natürlich keinen Vorwurf machen.

Auf der Wiese, ohne die Lichter aus dem Foyer oder dem Restaurant, stolpere ich über etwas und hüpfe in der tintenschwarzen Dunkelheit wüst fluchend auf einem Fuß herum. Als meine Augen sich an die Dunkelheit gewöhnt haben, erkenne ich, dass ein lebensgroßes Schachbrett in den Rasen eingelassen ist und ich mich an einer Fliese gestoßen habe. Auf dem Brett stehen Schachfiguren, die mir bis zu den Knien reichen. Eine Weile spiele ich mit ihnen herum, aber ich habe das Spiel nie kapiert und verliere schnell das Interesse. Also drehe ich mich um und beschließe, das zu tun, was ich vorhin gesagt habe, nämlich zu schlafen, um morgen gut vorbereitet zu sein. Doch dann entdecke ich einige weiße Holzliegen, genauer gesagt vier, mit verlockend aussehenden Auflagen. Ich lasse mich vorsichtig auf einer nieder und strecke mich aus. Es ist überraschend bequem. Über mir glitzern die Sterne am Himmel. Der Anblick erinnert an das Kunstprojekt eines Schulkinds: chaotisch und zufällig, und doch unmöglich zu ignorieren. Unwillkürlich denke ich an die Decke in meinem Kinderzimmer, und mir fällt ein, dass ich schon immer einmal unter den Sternen schlafen wollte. Nur habe ich es leider noch nie getan. Heute, beschließe ich, ist ein guter Zeitpunkt.

Es kommt mir so vor, als ob nur fünf Minuten vergangen wären, als ich von einer leisen Stimme und dem Licht einer Taschenlampe geweckt werde.

»Da bist du ja.«

Orientierungslos weiß ich erst nicht, wo ich bin, und als

ich mich umdrehen will, falle ich fast herunter. Eine Hand ergreift fest meinen Arm und hält mich. »Vorsicht.«

»James?«

»Ja.«

»Was machst du hier?«

»Dasselbe könnte ich dich fragen.«

»Du hast mich erschreckt.«

»Tut mir leid. Aber zu meiner Verteidigung möchte ich anmerken: Du hast mich auch erschreckt. Du bist vorhin so plötzlich verschwunden, dass ich dachte, es geht dir vielleicht nicht gut. Als ich dann an deine Tür geklopft habe, hast du nicht geantwortet.«

»Ich hätte ja auch einfach nur schlafen können, oder? Und kannst du bitte aufhören, mir mit der Taschenlampe in die Augen zu leuchten?«

»Natürlich. Entschuldige.« Er schaltet sie aus, und die Dunkelheit legt sich wieder über uns. Für einen Moment bin ich völlig blind, nicht in der Lage, irgendetwas zu erkennen. Da erst wird mir klar, dass alle Lichter im Hotel und außerhalb ausgeschaltet sind, nur im Empfangsbereich leuchtet schwach eine Lampe.

»Hättest du«, fährt er fort. »Aber ich habe mir Sorgen gemacht und den Nachtportier bestochen, damit er deine Tür öffnet.«

Ich blinzle in die Richtung, in der ich ihn zuletzt gesehen habe. »Du hast was?«

»Ich hatte wirklich keine Wahl.« Seine Stimme kommt jetzt von der anderen Seite, was mich zusammenfahren lässt. Er hat sich leise wie eine Katze bewegt. »Sonst hätte ich Nadia wecken und die Polizei verständigen müssen.«

»Du liebe Zeit. Reagierst du immer so übertrieben?«

»Schläfst du immer draußen, wenn du *drinnen* ein einwandfreies Hotelzimmer hast?«

Die Frage ist wahrscheinlich berechtigt. Trotzdem reagiere ich bockig. »Wieso hast du überhaupt nach mir gesehen?«

»Wie gesagt, du bist sehr schnell vom Tisch aufgestanden. Ich habe mir Sorgen gemacht.«

Ich lehne mich auf der Liege zurück und starre hinauf zu den Sternen. »Ach so? Ich dachte, du bist zu beschäftigt, um dir meinetwegen Sorgen zu machen.«

Ich höre, wie er sich auf die nächste Liege setzt. »Was meinst du denn damit?«

»Nichts.«

»Das klingt aber nicht so.«

»Ich dachte einfach, du weißt schon, dass du und Kimberly … dass ihr beschäftigt sein könntet.« Bei ihrem Namen bekommt meine Stimme einen albernen Klang. James antwortet nicht sofort, und ich schließe die Augen, weil mir klar ist, dass ich mich wie eine eifersüchtige Freundin anhöre. Als er spricht, klingt er amüsiert.

»Womit genau, dachtest du, wären Kimberly und ich beschäftigt?«

»Du weißt schon.«

»Nix. Keine Ahnung.«

»Himmel, muss ich es dir ausbuchstabieren? Sie ist eine umwerfende junge Frau. Du bist ein … ziemlich attraktiver, *halbwegs* junger Mann. Zähle zwei und zwei zusammen.«

Er lacht laut auf, wie an diesem Tag auf dem Feld.

»*Halbwegs* jung?«

»Genau.«

»Okay, nur dass ich dich richtig verstehe: Du dachtest, ich würde es irgendwo mit der heißen jungen Kellnerin treiben, die ich vor, ich weiß nicht, drei Stunden kennengelernt habe? Kling als hättest du zwei und zwei zusammengezählt, und dabei ist fünf herausgekommen.«

Wie unangenehm, dass er sie mit dem Wort »heiß« beschreibt; eine weitere Erinnerung an alles, was ich nicht bin. Vor dem Krebs hat man mich oft als »hübsch« bezeichnet, aber nie als »heiß«. Soweit ich weiß, jedenfalls. Und jetzt habe ich überhaupt keine Chance mehr. Neben ihr wirke ich wie ein blasser, verschrumpelter Wurm, der zu lange in der Sonne gelegen hat.

»Sie hat mit dir geflirtet, das habe ich doch gesehen.« Ich ziehe die Augenbrauen zusammen. »Und du bist auch nur ein Mann. Du kannst mir nicht vorwerfen, dass ich da so meine Schlüsse ziehe.«

»Doch, kann ich. Ja, sie hat angeboten, mir ihr Personalzimmer zu zeigen, was vielleicht, vielleicht auch nicht eine Umschreibung für etwas anderes gewesen sein mag. Und ehrlich gesagt scheint sie wirklich nett zu sein. Aber nur weil ich ein Mann bin, heißt das doch nicht, dass ich mit jeder Sex habe, die mir welchen anbietet. Ich habe eine *gewisse* Moral.«

Zwar lächle ich im Dunkeln, gebe aber ein missbilligendes Geräusch von mir. »Woher soll ich das wissen. Ich kenne dich ja kaum.«

»Ich weiß. Aber ich fände es schön, wenn sich das ändert.« Das sagt er mit so leiser und ernster Stimme, dass mich bei seinen Worten ein Schauer überläuft. Da ich nicht weiß, was ich sagen soll, bleibe ich einfach stumm sitzen. Leise ächzend rutscht er auf der Liege herum, streckt die Beine aus und legt den Kopf auf die verschränkten Hände.

»Was machst du da?«, frage ich.

»Wonach sieht es denn aus? Ich leiste dir Gesellschaft.«

»Das brauchst du nicht.«

»Ich weiß, ich möchte es aber.«

»Warum willst du draußen schlafen, wenn du drinnen ein einwandfreies Hotelzimmer hast?«, ziehe ich ihn auf.

»Keine Ahnung. Ich schätze, mir ist deine Gesellschaft wichtiger.«

Wir liegen so nah nebeneinander, dass ich ihn atmen hören kann, und ich sehe hinauf in den Nachthimmel.

»Da ist das Kreuz des Südens«, sage ich nach einer Weile.

»Stimmt.« Er lacht leise. »Das hätte ich mir fast einmal auf die Schulter tätowieren lassen. Um allen zu zeigen, dass ich ein stolzer Neuseeländer bin.«

»Im Ernst?«

»Ich war betrunken. Mir schien das damals eine gute Idee zu sein.«

»Und was hat dich davon abgehalten?«

»Das möchte ich lieber nicht sagen.«

»Warum nicht?«

»Weil es mir peinlich ist.«

»Also jetzt musst du es mir sagen, alles andere wäre unfair.«

»Wie kommst du denn darauf?«

»Weil ich mich heute Abend bereits mit meinen voreiligen Schlüssen blamiert habe. Wahrscheinlich werde ich mich besser fühlen, wenn du es mir erzählst.«

Er seufzt. »Ich saß auf dem Stuhl, der Typ hatte die Nadel schon in der Hand, aber dann habe ich ein Bild an der Wand gesehen, das ich in meinem betrunkenen Zustand noch viel cooler fand. Also habe ich mir das tätowieren lassen.«

Ich warte. Er schweigt.

»Und?«, frage ich. »Was ist es?«

»Das möchte ich nicht sagen.«

»Jetzt komm schon. Leute, die nur die halbe Geschichte erzählen, kann ich nicht leiden. Sag es mir.«

Er seufzt wieder übertrieben. »Na gut! Homer.«

»Wie bitte, Homer?«

»Simpson. Homer Simpson.«

Ich unterdrücke ein Lachen. »Du hast Homer Simpson auf der Schulter?«

»Ja. Und er hält eine Dose Duff-Bier in der Hand.«

»Warum? Ich meine, jetzt mal im Ernst.« Dann pruste ich laut los. »Wie kamst du bloß auf die Idee, dass Homer cooler ist als das Kreuz des Südens?«

»Wie bereits erwähnt, war ich betrunken. Und in diesem Zustand war ich eben der Ansicht, dass Homer ein gutes Symbol dafür wäre, wie ich das Leben betrachten soll.«

»Nämlich?«

»Furchtlos. Obwohl man es natürlich auch dumm nennen könnte. Ich weiß ja nicht, ob du jemals eine Episode gesehen hast, aber ich schon, als ich jünger war. Und zwar nicht gerade wenige. Er lässt sich einfach niemals davon abhalten, zu tun, was er will. Und ganz egal, welche Schrammen er dabei abbekommt, am Ende geht immer alles gut aus.« Er klingt sehr emotional, mitreißend geradezu, als ob er eine Motivationsrede halten würde.

»Tut mir leid, aber das ist das Albernste, was ich je gehört habe.«

»Nun, es war einen Versuch wert.«

»Er ist eine Cartoonfigur, die herumläuft, sich an den Eiern kratzt und ständig ›Doh!‹ sagt. Gut, er ist witzig, klar. Aber inspirierend?«

»Glaub mir, alles, was du sagst, habe ich mir auch schon gesagt. Ich plädiere auf jung und betrunken.«

»Ich kann nicht glauben, dass mir das beim Schwimmen nicht aufgefallen ist.«

»Nun«, er lacht leise, »das war Absicht. Wie gesagt ist die Tätowierung auf meiner rechten Schulter. Und die habe ich so gut wie möglich vor dir verborgen. Außerdem warst du dermaßen vom Sonnenuntergang hingerissen, dass du mich gar nicht richtig angesehen hast.«

»Ha«, sage ich nachdenklich.

»Was ist?«

»Nun, das beweist es mal wieder, oder?«

»Beweist was?«

»Dass man einfach nicht wissen kann, wie jemand ist. Du wirkst wie ein professioneller, ernsthafter Typ. Und dann muss ich herausfinden, dass du eine Vorliebe für das Gebräu des Teufels und Tinte hast. Du bist wie Popeye.«

»Ich mag keinen Spinat.«

»Okay, davon mal abgesehen. Schau mal, da ist ein Satellit.« Ich deute auf den östlichen Teil des Himmels, wo ein Licht langsam seine Runde zieht.

»Stimmt. Glaubst du wirklich, dass Alkohol das Gebräu des Teufels ist?«

»Nein. Ich bin ja selbst ein Fan. Und war es vor meiner Diagnose noch mehr.«

Ich zucke zusammen. Da ist es wieder.

»Und was ist mit dir?«, fragt er.

»Was soll mit mir sein?«

»Irgendwelche beschämenden Geheimnisse, die du gern mit mir teilen möchtest?«

»Nein.«

»Nein, du hast keine, oder nein, du willst sie nicht teilen?«

»Ersteres. Ich bin ziemlich brav. Und hatte auch keine nennenswert wilde Jugend.«

»Du bist ja noch jung«, neckt er mich und merkt dann, was er gesagt hat. »Verdammt. Es tut mir leid, Ava, das war gedankenlos.«

»Ist schon gut, ehrlich.«

»Weißt du, ich bewundere dich. Was du tust. Das ist mutig.«

Bei seinen Worten wird mir warm ums Herz. Er hat mich zwar nicht »heiß« genannt, aber das ist sogar noch besser. Damit kann ich gut leben.

24. Kapitel

Nach einigen arbeitsreichen Wochen und drei weiteren Artikeln hat sich die Zahl der Likes auf Amandas Seite fast verdoppelt, und ich bekomme so viele unterstützende Nachrichten und Hilfsangebote, dass ich sie leider nicht mehr alle selbst beantworten kann. Das möchte ich zwar, aber es würde zu viel wertvolle Zeit in Anspruch nehmen, was ich mir einfach nicht leisten kann. Deswegen postet Amanda einen Kommentar, um allen mitzuteilen, dass ich sehr dankbar bin für all die Nachrichten und Gedanken an mich.

Wir haben ein Datum festgelegt und uns für einen Veranstaltungsort entschieden.

Nach langen Überlegungen und dem Akzeptieren einer Tatsache, die ich nur schwer akzeptieren kann, habe ich mich für ein Datum Mitte Januar entschieden. Abgesehen von den Schmerzen, die aber noch auszuhalten sind, fühle ich mich ganz gut. Doch natürlich habe ich keine Ahnung, wie lange es so bleiben wird, und ich will nicht im Rollstuhl zum Altar geschoben werden oder – schlimmer noch – gar nicht selbst teilnehmen können. Januar heißt, dass uns zwei Monate für die Planung bleiben. Außerdem ist dann in Neuseeland Hochsommer. Meine Lieblingsjahreszeit mit besten Chancen auf gutes Wetter.

Neben der Scheune auf der Marmeladenfarm und dem luxuriösen Boutique-Hotel in Taupo haben wir uns auch einen Weinberg in der Hawkes Bay, einen umgebauten Wollschuppen in Wanaka und ein einsames Retreat auf der Coromandel-Halbinsel angeschaut. Jeder einzelne Ort war wundervoll, und jede Braut würde nichts lieber tun, als dort zu heiraten. Nadia versucht, mich zu überreden, das Luxusresort zu nehmen. Mum gefällt die Ruhe des Retreats, und Amanda gefällt die Vorstellung, dass auf dem Weingut für reichlich Alkohol gesorgt ist.

Aber nichts davon fühlt sich richtig an. Würde ich wirklich heiraten, wäre es vielleicht etwas anderes, aber das tue ich nicht, und diese Locations passen einfach nicht zu mir. Nadia hat noch weitere Besichtigungen geplant, um darüber Artikel schreiben zu können, doch ich lehne ab. Mich erschöpfen die Autofahrten und Hotelübernachtungen zu sehr. Und sosehr ich die Reisen ja genießen *möchte* – schließlich gibt es in diesem Land wirklich atemberaubende Landschaften –, tut mir alles weh, wenn ich zu lange in einer Position verharre. Zudem entwickle ich in fremden Zimmern jetzt eine gewisse Schlaflosigkeit. Zwar habe ich nicht das Gefühl, am Rande des Todes zu sein, andererseits weiß ich natürlich auch nicht, wie sich das anfühlt, und ich habe Angst davor, in einem Bett zu sterben, in dem nach mir Fremde schlafen werden.

Also breche ich Nadia das Herz, indem ich mich für den einzigen Ort entscheide, an den ich ständig denken muss und von dem ich träume, wenn ich unterwegs bin. Als sie mich besucht, um einen Artikel für die neueste Ausgabe zu schreiben, bringe ich ihr diese Tatsache so sanft wie möglich bei.

»Ich habe beschlossen, dass meine Hochzeit am Strand stattfindet«, verkünde ich.

»Am Strand.« Sie zieht ein Gesicht, als ob sie bereits über ein neues Outfit nachdenken würde.

»Genau.«

»Fidschi?«, fragt sie hoffnungsvoll.

»Was? Nein.«

»Rarotonga?«

»Nein.«

»Dann in so einer tropischen Idylle, wo es Cocktails mit diesen kleinen Schirmchen gibt? Am besten am Ende einer sehr kurzen Flugreise?«

»Nein. Genau hier.« Ich zeige auf Kates Terrasse.

Sie seufzt. »Ich habe befürchtet, dass du das sagen würdest.«

»Was genau ist damit nicht in Ordnung?«

»Nun, erstens ist nicht genug Platz.«

»Das ist vielleicht kein riesiger Strandabschnitt, das stimmt«, räume ich ein. »Aber für meine Familie und Freunde ist genug Platz.«

»Und was ist mit den anderen?«

»Welche anderen?«

»Nun, du machst diese ganze Sache schließlich öffentlich, oder nicht? Viele unserer Leser wollen kommen und ihre Unterstützung demonstrieren.«

»Halt mal.« Ich hebe beide Hände. »Moment. Das wird nichts Öffentliches, o nein. Dies ist ein sehr intimer Tag und nur für meine Freunde und Familie gedacht. Und für dich und wen du sonst noch brauchst, um deinen Artikel zu schreiben, aber das war's. Etwas anderem habe ich nie zugestimmt.«

»Ich bin einfach davon ausgegangen.«

»Du weißt ja, wie man sagt«, mischt sich Amanda ein, die sich in einem der Liegestühle sonnt. »Einfach von etwas auszugehen bedeutet lediglich, dass man ein Arsch ist.«

»Dieses Sprichwort kenne ich zwar nicht«, werfe ich schnell ein, als Nadia die Stirn runzelt. »Aber ist auch egal. Tut mir leid, Nadia. Das ist meine Entscheidung, und ich will es so.«

»Natürlich entscheidest du. Ist schließlich dein Tag. Ich fände es nur schade, wenn die Leute, die deiner Reise folgen, nicht dabei sein könnten.«

»Wenn Ava ihnen so wichtig ist, wie du behauptest, dann werden sie das schon verstehen«, sagt Amanda entschieden. »Und wie du gerade selbst gesagt hast: Das ist Avas Tag. Sie muss sich wohlfühlen, und das würde sie mit einem Haufen Fremder nicht, egal wie gut die es auch meinen würden.«

Ich sehe Amanda dankbar an. Sie kennt mich wirklich.

»Natürlich«, stimmt Nadia zu.

Sie meint es sicher nur gut. Auf ihrer Suche nach einer mitreißenden Geschichte vergisst sie allerdings, hin und wieder auch mal die Journalistenbrille abzusetzen.

An diesem Abend bekomme ich eine Nachricht von James. Seit wir am Taupo-See zusammen unter den Sternen geschlafen haben, habe ich zwar nichts von ihm gehört, doch war er immer in meinen Gedanken. Immer wieder erinnere ich mich an diesen Moment, als ich im Morgengrauen aufwachte und ihn schlafend auf der Liege neben mir entdeckte. Als ich sein Gesicht betrachtete, spürte ich, dass sich etwas zwischen uns verändert hatte, und den ganzen Morgen lang, während er Fotos von mir auf dem Steg und um den See herum machte, schien es, als stünden wir beide ganz kurz davor, etwas zu sagen. Doch das tat keiner von uns, und er verschwand, bevor ich aus dem Hotel auscheckte.

Als beim nächsten Termin auf dem Weinberg ein Fotograf namens Steven auftauchte, war ich enttäuscht.

»Kein James?«, fragte ich Sophie wie nebenbei, als sie die

Taille eines schönen elfenbeinfarbenen Kleides absteckte, das ich für diesen Artikel tragen sollte.

Selbst mit den Nadeln, die sie zwischen die Lippen gesteckt hatte, wirkte ihr Lächeln wissend. »Er ist für *National Geographic* in Übersee.«

»Wow. Beeindruckend.«

»Er ist ein sehr guter Fotograf. Sehr begehrt.«

»Jedenfalls viel zu gut, um Fotos von mir zu machen, so viel steht fest.«

»Ganz im Gegenteil, es hat ihm Spaß gemacht. Er sagte, du wärst sein Lieblingsmodel.«

»Wirklich?« Ihre Worte machten mich auf alberne Weise stolz, doch zugleich war ich traurig, weil ich ihn vielleicht nie wiedersehen würde.

Deswegen überrascht es mich auch, als mein Handy piept und sein Name auf dem Display erscheint. Ich sitze gerade auf der Terrasse und freue mich über das verspätete Geburtstagsgeschenk, das Kate mir überreicht hat, obwohl ich von ihr an meinem Geburtstag bereits eine Flasche Parfüm bekommen habe.

Als ich sie darauf angesprochen habe, hat sie mit den Schultern gezuckt. »Dann ist das eben ein frühes Geschenk für deinen nächsten Geburtstag.«

Es handelt sich um eine Hollywoodschaukel, groß genug, dass ich mich drauflegen und die Sterne betrachten oder einfach nur hin und her schwingen und die Wolken und das Meer ansehen kann. Beide Beschäftigungen empfinde ich als sehr beruhigend.

Seine Nachricht lautet:

James: Hi, Ava.

Ich schreibe umgehend zurück.

Ava: Hi! Wo in aller Welt steckst du? Wie ich hörte, befindest du dich irgendwo auf einer abenteuerlichen Fotoexpedition.

James: Nichts so Glamouröses, ich war in Myanmar, um über die Rohingya-Situation zu berichten. Bin aber wieder zu Hause.

Ava: Oh, entschuldige, ich hoffe, du ärgerst dich nicht über meinen leichtfertigen Ton. Bestimmt hast du ziemlich traurige Dinge gesehen.

James: Es war auf jeden Fall nicht lustig, aber ich bin nicht verärgert. Interessant, dass du das schreibst. Ich habe meine erste Nachricht an dich nämlich ungefähr sechsmal umformuliert. Weil ich nicht weiß, ob ich fragen kann, wie es dir geht, oder ob die Frage dumm klingt. Ich will dich nämlich auch nicht verärgern.

Ava: Sie klingt nicht dumm. Mir ist es lieber, du fragst mich. Das zeigt, dass du an mich denkst.

James: Eigentlich habe ich nicht eine Sekunde aufgehört, an dich zu denken.

Ich erstarre. Mein Herz nicht.

Ava: Warum?

James: Ehrlich gesagt, weiß ich das nicht.

Ava: Oh. Na ja, danke für deine Ehrlichkeit.

James: Das musste ich dir versprechen, weißt du noch? Okay. Also, warum ich dir schreibe ... wollen wir uns treffen? Vielleicht zum Abendessen?

Ava: Bittest du mich um ein Date?

Ich halte den Atem an, während ich die drei grauen Punkte beobachte, deren übermäßig langes Blinken darauf hindeutet, dass er etwas eingibt. Und während sie blinken, geht über mir der Mond auf; Sternschnuppen jagen über den Himmel; irgendwo in diesem Universum implodieren gerade ganze Sonnensysteme. Sie blinken, während sich in der Ferne die Flut sanft zurückzieht und die Erde sich um ihre Achse dreht.

James: Ich denke schon.

Ava: Du weißt, dass ich bald sterbe, richtig?

James: Ja.

Ava: Hat dich meine Mutter dazu angestiftet?

James: Nein, natürlich nicht.

Ava: Fragst du mich aus Mitleid?

James: Nein! Ich frage, weil ich gern mit dir zusammen bin.

Ava: In diesem Fall: Ja.

James: Wirklich?

Ava: Natürlich. Sag nur wo und wann. Ich habe jede Menge Zeit. Zumindest die nächsten paar Monate.

James: Ich hole dich ab. Morgen Abend. Achtzehn Uhr.

Ava: Ich werde auf dich warten.

James: Gute Nacht, Ava.

Ava: Gute Nacht, James.

25. Kapitel

»Nicht ganz das, was du erwartet hast, oder?«

»Stimmt.«

Er sieht geknickt aus. »Tut mir leid.«

»Es ist *besser*, als ich erwartet habe.«

Sein Gesicht hellt sich wieder auf. »Wirklich?«

»Seien wir ehrlich, wenn man in dieser Stadt essen gehen möchte, sind die Möglichkeiten recht begrenzt. Und ja, ich esse gern Indisch im *Maharaja* oder Thailändisch im *Lemongrass*, aber manchmal geht eben nichts über die guten alten Fish 'n'Chips.«

Wir schlendern über die grasbewachsene Strandpromenade, nachdem wir zuvor unser Abendessen bei *Erik's Takeaway* bestellt und abgeholt haben. James trägt das in Zeitungspapier eingeschlagene Päckchen, und es duftet so gut, dass mein Magen zu knurren beginnt.

»Du hast das *Pizza Palace* vergessen«, meint James.

»Huch. Lass das bloß nicht Leonardo hören. Er wird leicht wütend.«

»Emotionale Leute, die Italiener.«

»Wem sagst du das. Als Italien bei der Fußball-Weltmeisterschaft verloren hat, hat er das Restaurant eine Woche lang nicht geöffnet. Er saß in seinem Innenhof, hat Wein getrunken und geweint. Rose von der chemischen Reinigung nebenan konnte ihn hören.«

Er hebt die Augenbrauen. »Und hat es gleich allen erzählt?«

»Selbstverständlich. Du weißt doch, wie das in einer Kleinstadt läuft.«

»Das bekomme ich so langsam mit, ja.«

»Wo bist du aufgewachsen? Hier kann es kaum gewesen sein, sonst hätten wir uns auf jeden Fall irgendwann getroffen. Außerdem strahlst du so was ...« Ich fuchtle durch die Luft, während ich nach dem passenden Ausdruck suche; was mir nicht gelingt. »... Großstädtisches aus«, ende ich lahm.

»Großstädtisches?«

»Du weißt schon, höflich und kultiviert. Wie jemand, der in Museen und in Kunstgalerien geht und in Restaurants isst, in denen mehr als nur eine Gabel auf dem Tisch liegt.«

Er lacht. »In diesem Fall muss ich mich schuldig bekennen. Ich bin ein richtiger Cityboy, fürchte ich. Aber bevor du mich jetzt komplett abschreibst, lass dir sagen, dass ich eigentlich nicht gerne in der Großstadt lebe. Zu viel Rummel für meinen Geschmack. Ich ziehe die Geschwindigkeit hier eindeutig vor.«

»Damit hast du dich ein wenig rehabilitiert.«

»Deshalb habe ich hier vor vier Jahren eine kleine Wohnung gekauft, ursprünglich als Feriendomizil gedacht, um ab und zu dem Hamsterrad zu entkommen. Aber je mehr Zeit ich hier verbringe, desto öfter denke ich darüber nach, ganz herzuziehen.«

»Es geht einem unter die Haut, oder?«

»Was, das Kleinstadtleben?«

»Ja. Hier herrscht so ein Gemeinschaftsgefühl. Wir passen aufeinander auf.«

»Das ist mir schon aufgefallen.«

Die Sonne geht langsam unter, und die Welt nimmt andere Farben an: gedämpftere, weichere. Gelegentlich kommen Jogger an uns vorbei und grüßen lächelnd, weil wir ihnen Platz machen. Zwei alte Männer haben ihr Lager am Strand aufgeschlagen, sitzen auf Liegestühlen, die Angelruten im Wasser, Bierflaschen in der Hand. Ich kann ihr Lachen hören und das Kreischen von Kindern auf dem Spielplatz nahe dem Landungssteg etwa fünfzig Meter hinter uns. Die stille Luft trägt ihre Stimmen herüber und zaubert ein Lächeln auf mein Gesicht. Über allem liegt ein Gefühl von Ruhe und Gelassenheit. Sofort bedauere ich all die Abende, die ich genau um diese Zeit im Haus hockte, um Wiederholungen von *Friends* zu sehen, statt draußen zu sein und die Eleganz der Dämmerung zu genießen.

»Also«, fährt James fort. »Wie gut sind die Einheimischen darin, Neuankömmlinge zu akzeptieren? Habe ich eine Chance, was denkst du?«

»Hm.« Ich tue so, als würde ich darüber nachdenken. »Das kommt darauf an.«

»Worauf?«

»Ob es dich stört, wenn jeder über dich Bescheid weiß.«

Er zuckt mit den Schultern. »Ich habe nichts zu verbergen.«

»Dann klappt das schon. Biete einfach deine Hilfe an, wenn dich jemand darum bittet, lass dich ab und zu auf einen Drink einladen und halte dich aus der Fehde zwischen der Bürgermeisterin und meiner Mutter heraus.«

»Deine Mutter führt eine Fehde mit der Bürgermeisterin?«

»Seit zehn Jahren schon.«

»Klingt interessant.«

»Ist es definitiv nicht, aber wenn du es unbedingt wissen willst, kann ich es dir später mal erzählen. Im Moment interessiert mich eher, ob du vorhast, heute noch zu essen, oder ob wir das Essen nur spazieren führen.«

Er hält das in Papier eingewickelte Paket hoch. »Oh, entschuldige, hast du Hunger?«

»Ich bin am Verhungern. Und *so* kurz davor, dir das Päckchen aus den Händen zu reißen.«

»Aber diese Geschichte von deiner Mutter und der Bürgermeisterin interessiert mich wirklich. Ich meine, ich will nicht aus Unwissenheit irgendeinen Fehler machen und ihren Zorn auf mich ziehen.«

Ich seufze. »Hör zu. Versprich ihr einfach, dass du bei der kommenden Wahl für die Opposition stimmst, egal, ob du das wirklich vorhast oder nicht. Dann wird alles gut.«

»Okay.« Er lächelt. »Nachdem das geklärt ist, können wir jetzt essen. Wie wäre es hier?«

Er zeigt auf einen Picknicktisch im Schatten eines großen Pohutukawa-Baumes.

»Bestens.« Mein Magen knurrt hörbar. Lachend legt James das Päckchen auf den Tisch und wickelt es absichtlich langsam aus. Ich setze mich so, dass ich das Meer sehen kann, und rutsche zur Seite, als er sich neben mich setzt statt gegenüber. Gierig greife ich nach einem Stück golden frittiertem Fisch und jaule auf, als James mir leicht auf die Hand schlägt.

»Warte«, schimpft er. »Ich habe das Tischgebet noch nicht gesprochen.«

»Oh.« Züchtig falte ich die Hände, lege sie in meinen Schoß und schaue auf sie hinunter. Ich weiß nicht so recht, ob ich die Augen schließen soll oder nicht, weil ich nicht religiös erzogen wurde und mein Vater sich höchstens die Zeit nahm, vor dem Essen zu sagen: »Riecht gut, Liebes.«

Aus den Augenwinkeln riskiere ich einen Blick auf James, dessen Augen geschlossen sind, also schließe ich meine ebenfalls.

»Gott Vater, Sohn und Heiliger Geist«, sagt er feierlich. »Wer am schnellsten isst, bekommt am meisten ab.«

Es dauert eine Sekunde, bis ich kapiere, was er da gerade gesagt hat. Dann reiße ich die Augen auf. Er hat genau das Stück Fisch genommen, das ich mir ausgesucht hatte, das größte Stück, und steckt es sich in den Mund.

»Hey.« Jetzt schlage ich ihm auf den Arm. »Das war nicht fair.«

Er zuckt mit den Schultern. »Wer zu spät kommt, den bestraft das Leben.«

»Und ich habe dich für einen Gentleman gehalten.«

»Keine Ahnung, wie du darauf gekommen bist.«

Ich setze eine mitleiderregende Miene auf.

»Oh, schau mich nicht so an. Du machst mir ein schlechtes Gewissen.«

»Das will ich ja auch.« Ich schniefe und blinzle ein paar Mal.

Er seufzt. »Hier. Wenn es dir so viel bedeutet.« Er streckt mir sein angebissenes Fischteil entgegen.

Ich verziehe das Gesicht. »Ich will deine Reste nicht.«

»Wie du magst.« Er wirft sich den Rest in den Mund und kaut, seine Augen leuchten vor Vergnügen. »Isst du nichts?«

Zehn Minuten später sind nur noch die schrottigen, harten und kleinen Pommes übrig, die James an die Möwen verfüttert. Ich reibe mit den Fingern ein paar Mal über das fettige weiße Papier und lecke sie dann ab. Er wirft mir einen fragenden Blick zu.

»Ich mag das Salz.«

»Du weißt aber, dass Salz schlecht für dich ist, oder?«

Ich zucke mit den Schultern. »Alles in Maßen.«

»Was für Schwächen hast du sonst noch?« Er knüllt das Papier zu einem kleinen Ball zusammen und sieht sich nach einem Mülleimer um.

»Findest du es langweilig, wenn ich Schokolade und Wein sage?«

»Nicht, wenn es stimmt.«

Ich stehe vorsichtig auf. Mein Rücken schmerzt im unteren Bereich, aber noch will ich diesen Abend nicht beenden.

James knüllt die Zeitung noch etwas fester zusammen und zielt auf den Mülleimer. Doch er trifft nicht und das Papier landet auf dem Boden.

»Erbärmlich«, sage ich kopfschüttelnd.

»Warum bin ich wohl Fotograf und nicht NBA-Spieler geworden?«

»Damit du nackte Feuerwehrleute zu sehen bekommst?«

Er schnaubt und beugt sich hinunter, um das Papier aufzuheben und sorgsam in den Mülleimer zu legen. Dann sieht er mich vielsagend an. »Ich würde mir lieber ganz andere Dinge anschauen.«

Flirtet er mit mir? Ich bin so aus der Übung, dass ich es nicht weiß, aber es kommt mir so vor. Und so gut es sich auch anfühlt, verwirrt es mich zugleich. Eine Tatsache, die sich offenbar in meiner Miene zeigt, denn James kneift die Augen zusammen.

»Tut mir leid«, entschuldigt er sich. »Ich will nicht, dass du dich meinetwegen unwohl fühlst.«

Ich schüttele den Kopf. »Tue ich nicht.«

Wir sehen uns einen kurzen Moment lang an, bevor er zu Boden sieht und schwer schluckt. Er sieht schrecklich verletzlich aus, und am liebsten würde ich ihn in die Arme schließen, ihn ganz umfangen, obwohl er ungefähr doppelt so breit ist wie ich, und dafür sorgen, dass er sich besser fühlt.

»Soll ich ehrlich sein?«, fragt er leise und sieht mich wieder an.

Ich nicke. »Immer.«

»Ich weiß nicht genau, warum ich hier bin.« Er zuckt mit den Schultern. »Ich meine nicht *hier* hier«, versucht er zu erklären. »Immerhin habe ich dich ja eingeladen. Aber über meine Gründe für die Einladung bin ich mir nicht ganz im Klaren.«

»Gründe?«

»Ich rede Quatsch, oder?«

»Ein wenig.«

»Sollen wir spazieren gehen? Ein paar von den neunzig Millionen Kalorien verbrennen, die wir gerade vertilgt haben?«

»Die du vertilgt hast, meinst du wohl. Ich hatte ja schon Mühe, ein paar Pommes abzubekommen.«

Ich scherze, damit er sich wieder entspannt, aber seine Schultern wirken verkrampft, als wir nebeneinander gehen, was mir zeigt, dass er noch immer über unser kurzes Gespräch nachdenkt.

»Kalt?«, fragt er, als ich zittere.

»Nein.« Ich schüttele den Kopf. »Da ist nur jemand über mein Grab gegangen.«

Er lächelt nicht. »Diese Redewendung habe ich nie verstanden.«

»Ich auch nicht«, gebe ich zu. »Das sagt man einfach so, ohne darüber nachzudenken. Wie ›Gesundheit‹, wenn jemand niest.«

Er bleibt plötzlich stehen, was ich aber erst verspätet bemerke, weshalb ich ein paar Schritte weitergehe, bis ich stehenbleibe und mich verwirrt zu ihm umdrehe.

»Ich will dir nicht wehtun«, sagt er mit ernster Stimme. »Oder dich irgendwie aufregen.«

»Das tust du nicht.«

»Ich weiß. Ich meine in der Zukunft. Weißt du, falls es … Wenn es …«

»Okay.« Mir wird klar, dass ich ihm aus der Nase ziehen muss, was er eigentlich sagen will. »Tief einatmen.«

Er runzelt die Stirn. »Ich muss nicht …«

»*Tief einatmen.*«

Er atmet ein, seine Augen werden groß, als er auf meine Erlaubnis wartet, wieder auszuatmen.

»Und loslassen.«

Er atmet lautstark aus.

»Besser?«

»Nicht direkt.«

»Dann hast du es nicht richtig gemacht.« Ich stelle mich neben ihn, um eine Hand auf seine Brust legen zu können, dort, wo ich sein Zwerchfell vermute. Ich gebe vor, nicht zu bemerken, dass er scharf einatmet, als ich ihn berühre. »Schön, jetzt noch mal. Einen richtig tiefen Atemzug. Bis hier hinein.« Ich übe leichten Druck auf seine Brust aus. Er dreht den Kopf, um mich anzusehen, während er meinen Anweisungen folgt, und der Ausdruck in seinen Augen raubt mir jetzt selbst den Atem. Schnell blicke ich wieder auf seine Brust und fordere ihn streng auf, noch tiefer zu atmen.

»Du bist etwas Besonderes, Ava, weißt du das?«, fragt er leise, nachdem er ausgeatmet hat. »Jemanden wie dich habe ich noch nie getroffen.«

»Ein Globetrotter wie du?« Ich lache nervös. »Das kann ich mir kaum vorstellen.«

»Es stimmt aber«, beharrt er. »Sonst würde ich es nicht sagen.«

»Du bist auch ziemlich klasse. Du weißt schon, für einen Stadtmenschen.«

Ich versuche es mit Humor, weil ich nicht weiß, was ich sonst sagen oder tun soll. Die Gefühle, die er in mir auslöst, sind neu für mich.

»Ava«, sagt er. »Sieh mich an.«

Ich kann nicht. Ich habe Angst davor, in seinen Augen etwas zu entdecken, das meine eigenen Gefühle widerspiegelt. Mehr Angst habe ich allerdings davor, genau das nicht zu entdecken. Als mein Telefon piept, hole ich es erleichtert aus der hinteren Hosentasche und sehe auf das Display.

»Kate«, erkläre ich. »Sie will wissen, wo ich bin.«

»Du hast deinen Freundinnen nicht erzählt, dass du mit mir ausgehst?«

»Um vorher und hinterher Millionen von Fragen beantworten zu müssen? Nein. Ich habe es ihnen nicht gesagt.«

»Und wenn ich ein Axtmörder wäre?«

»Bist du einer?«

»Nein.«

»Dachte ich mir. Und selbst wenn, wäre die Rache meiner Mutter schlimmer als alles, was du mir je antun könntest.«

Er erschaudert lachend. »Daran zweifle ich keine Sekunde.«

Schnell antworte ich auf Kates Nachricht, dass ich mit einem Freund unterwegs und bald zu Hause bin. Ihre Antwort kommt – wie erwartet – mit Lichtgeschwindigkeit.

Freund? Welcher Freund?

Diesmal antworte ich nicht, stattdessen stelle ich das Telefon auf stumm und schiebe es zurück in meine Tasche. »Entschuldige.«

»Kein Problem. Ist doch gut, dass du Leute hast, die sich Sorgen um dich machen.«

Die Schmerzen in meinem Rücken werden immer heftiger. Ich will den Abend nicht beenden, aber ich weiß, dass ich später dafür bezahlen muss, wenn ich jetzt nicht nach Hause gehe und Schmerzmittel nehme. Die Sonne ist fast am Horizont verschwunden und hat ihre prachtvollen Farben mit einem letzten, triumphalen Hurra über den Himmel geschleudert. Wie aufs Stichwort flackern die Straßenlaternen um uns herum auf. Die Kinder sind nach Hause gegangen, ebenso wie die Angler. Bald werden die ersten Sterne am Himmel blinken.

»Ich bringe dich besser zurück«, sagt James, als hätte er meine Gedanken gelesen.

»Ja, tut mir leid.«

»Das muss es nicht. Nie. Dir muss überhaupt nichts leidtun. Komm.« Er nimmt meine Hand und steckt sie durch seinen Arm, wie damals auf dem Feld. Wir gehen über die Promenade zurück zu seinem Auto, unsere Hüften stoßen ab und zu aneinander. Sein Auto ist das einzige, das noch auf dem Parkplatz vor dem Surfclub steht.

»Ich fand es sehr schön«, sage ich, als wir im Auto sitzen und er dabei ist, den Schlüssel ins Zündschloss zu stecken.

Er hält inne, um mich anzusehen. »Wirklich?«

»Ja. Ich hatte viel Spaß.« Schüchtern blicke ich hinunter auf meine im Schoß gefalteten Hände. »Ich hoffe, du auch.«

»Es war ganz in Ordnung.«

Erschreckt schaue ich ihn an. Aber er lächelt, er zieht mich nur auf.

»War ein Witz.« Er lacht. »Tut mir leid. Ja, es war ein sehr schöner Abend.« Er fährt sich mit der Hand durch die Haare. »Ähm, also ich frage mich, was du am Wochenende machst.«

»Dieses Wochenende?« Ich überlege hastig. Wie immer soll ich bei meinen Eltern zu Abend essen, außerdem habe ich mich vage mit Kate zum Vorhängekaufen verabredet. »Nichts, was ich nicht absagen könnte.«

»Gut.« Er strahlt mich an. »Sehr gut. Ich hole dich Samstagmorgen ab. Pack eine Übernachtungstasche.«

»Übernachtung?« Meine Stimme klingt schriller, als ich beabsichtigt habe.

»Keine Sorge«, beruhigt er mich. »Denk dran, dass ich ein Gentleman bin. Ich werde zwei Zimmer reservieren, deine Tugend ist nicht in Gefahr.«

»Oh.« Ich versuche, nicht enttäuscht zu klingen. »Dann ist es ja gut.«

26. Kapitel

»Das kann nicht dein Ernst sein.«

»Wieso nicht?«

»Nun, zum einen kennst du den Kerl kaum. Er könnte auch ein Axtmörder sein.«

Ich bin gerade dabei, ein T-Shirt zusammenzufalten, um es in meinen kleinen Koffer zu packen, halte aber inne und starre Kate an. »*Sieht* er für dich wie ein Axtmörder aus?«

»Eher nicht«, räumt sie ein. »Andererseits, wie sieht ein Axtmörder denn aus? Hm?«

»Ich finde es toll«, meldet Amanda sich zu Wort. Sie fläzt in dem Korbstuhl in der Ecke meines Schlafzimmers herum. Hinter ihr scheint die Morgensonne durch die Jalousien und verpasst ihr einen Heiligenschein, den sie nicht verdient hat. »Er ist umwerfend.«

Wir halten alle drei inne, während wir uns James vor Augen rufen. Plötzlich blicken meine beiden Freundinnen ziemlich verträumt drein. Mist, sehe ich etwa auch so aus?

»So umwerfend er auch sein mag«, sagt Kate streng, nachdem sie sich geschüttelt hat, »wir wissen trotzdem nichts über ihn.«

»Kate.« Ich lege das letzte Kleidungsstück in den Koffer und ziehe vorsichtig den Reißverschluss zu. Dann gehe ich zu ihr. Sie sitzt auf der Bettkante. »Ich bin froh, dass du auf mich aufpasst. Wirklich. Und ich weiß, dass du dir nur Sorgen machst, weil ich dir wichtig bin.«

Sie lächelt.

»Aber ganz im Ernst«, fahre ich fort. »Solltest du mir das hier ruinieren, dann werde ich dich höchstpersönlich mit einer Axt erschlagen. Verstanden?«

Amanda schnaubt vor Lachen, während Kate mich anglotzt wie ein Fisch. Dann nickt sie langsam.

»Danke.« Ich lächle sie freundlich an.

»Wohin fahrt ihr?«, fragt Amanda.

»Keine Ahnung. Das hat er nicht gesagt.«

»Und du hast nicht gefragt?«

»Ich war viel zu glücklich über die Einladung, um überhaupt darüber nachzudenken.«

»Also ist es praktisch ein Date?«

»Nochmals, keine Ahnung.« Ich zucke mit den Schultern. »Meine Vernunft sagt Nein, auf keinen Fall. Warum sollte er sich für mich interessieren, wenn ich … du weißt schon.«

Amanda verzieht verständnisvoll das Gesicht. Ich setze mich auf das Bett und Kate dreht sich so, dass ich beide vor mir habe.

»Andererseits sieht er mich manchmal auf so eine spezielle Art an. So hat mich noch nie jemand angesehen.«

»Wie denn?«

»Als ob …« Ich überlege, wie ich es ihnen erklären soll. »Als ob ich für ihn der interessanteste Mensch im ganzen Universum wäre. Er wirkt vollkommen fasziniert von mir, als könnten wir uns mitten in der Playboy-Villa befinden und er hätte trotzdem nur Augen für mich.«

Kate und Amanda starren einander an.

»Wow«, meint Kate.

»Ich weiß, es ist schwer zu erklären. Und ich werde dem nicht so richtig gerecht.«

»Hör zu, Ava.« Kate rutscht zu mir, um meine Hände zu nehmen und mir ernsthaft in die Augen zu schauen. »Wenn es so ist, wenn er Gefühle für dich entwickelt, musst du einen Moment innehalten und darüber nachdenken, wohin das führt. Es wird auf jeden Fall schmerzhaft, für euch beide. Aber besonders für ihn. Ich weiß, dass du ihn magst, aber willst du wirklich etwas beginnen, wo du doch weißt, was dich erwartet?«

Ich lasse die Schultern hängen, weil sie natürlich recht hat.

»Außerdem hast du doch schon so viel, worauf du dich konzentrieren musst. Auf deine Gesundheit natürlich, und auf die Hochzeit.«

»Da bin ich anderer Meinung«, unterbricht Amanda sie laut. »Ich sag, scheiß auf die Zukunft. Mach einfach das Beste aus diesem Moment, und wenn du seine Gesellschaft so sehr genießt, wie du sagst, dann tu genau das, womit du dich gut und glücklich fühlst. Es ist zwar ein verdammtes Klischee, aber eines, das in deinem Fall nur allzu wahr ist: Das Leben ist kurz. Geh nicht auf Nummer sicher. Lebe wild und gefährlich.«

»So zu denken, ist weder Ava noch James gegenüber fair«, zischt Kate. »Es wird mit Schmerzen enden.« Sie drückt sanft meine Hand. »Du hast uns. Wir lieben dich. Brauchst du wirklich noch mehr?«

Ich lächle halb und drücke ihre Hand ebenfalls. »Du weißt, dass ich euch auch liebe. Und ich bin schrecklich dankbar, dass ich euch habe, denn gerade jetzt brauche ich euch mehr denn je. Aber das hier ist etwas anderes. Dieses … Gefühl, das James in mir auslöst, habe ich lange nicht mehr gehabt, wenn überhaupt jemals. Ich habe nicht damit gerechnet, dass so etwas passiert, aber mit ihm fühle ich mich lebendig. Und genau das brauche ich im Moment.«

Sie seufzt. »Das kann ich natürlich verstehen.«

»Aber ich will ihm nicht wehtun.«

»Er ist alt genug. Er kann auf sich selbst aufpassen«, spöttelt Amanda.

Wir zucken zusammen, als es laut an der Haustür klopft.

»Da ist er«, verkündet Kate das Offensichtliche. »Noch kannst du deine Meinung ändern.« Sie sieht mich lange an. »Um seinetwillen genauso wie um deinetwillen.«

Kurz werde ich von Panik erfasst. Was mache ich hier eigentlich? Wie konnte ich je denken, dass das eine gute Idee wäre?

»Ava«, meint Amanda sanft. Ich sehe in ihr tröstlich vertrautes Gesicht und die Panik lässt nach. »Du weißt nicht, was er wirklich will oder wohin ihr fahrt. Da kannst du dir genauso gut auch keine Sorgen machen. Denk nicht zu viel nach, hör einfach auf dein Bauchgefühl, so wie du es uns immer rätst.«

Ich nicke. »Okay.«

Dann stehe ich auf, atme einmal tief durch und gehe zur Haustür, um sie zu öffnen. Als ich ihn sehe, weiß ich, was zu tun ist.

»Hey.« Er lächelt. »Bist du so weit?«

Ich gehe nach draußen, weil Kate und Amanda sich zwar außer Sicht-, aber in Hörweite befinden.

Dann stelle ich mich vor ihn. »Tut mir leid, aber so geht das nicht.«

Er runzelt die Stirn. »Wie bitte?«

Ich lächle. »Ich habe meinen Koffer vergessen. Und ohne den kann ich schlecht losfahren, oder?«

27. Kapitel

Wir alle müssen sterben. Und jeden Tag ein bisschen mehr.

Vor vielen Jahren habe ich mit Kate und Amanda einen Film gesehen, in dem es um eine Gruppe von sechs Teenagern ging, die unter dem rauschhaften Einfluss von Bier und Marihuana beschlossen, um Mitternacht auf einem Jahrmarkt zu einer Wahrsagerin zu gehen. Sie sprach in ihrer gruseligen Kabine mit allen einzeln und stellte sie vor die Wahl, ob sie ihren genauen Todestag erfahren wollten oder nicht. Alle, bis auf ein Mädchen, entschieden sich dafür.

Am nächsten Tag wussten sie nicht mehr, ob das alles nur ein schlechter Traum gewesen war. Daher beschlossen sie, die alte Hexe erneut aufzusuchen, um ihr gründlich die Meinung zu sagen. Doch (und wie aufs Stichwort ertönte plötzlich gruselige Musik) der Jahrmarkt war VERSCHWUNDEN.

Also führten sie ihr Leben weiter, doch immer mit dieser Angst. Hatte die Frau recht? Konnte sie wirklich die Zukunft in einer Kristallkugel sehen? Oder war sie lediglich eine Scharlatanin, die schnelles Geld verdienen wollte, indem sie ein paar Teenager erschreckte? Ein paar Jahre später konnte einer der Jungen nicht länger mit diesem Irrsinn leben und beschloss zu beweisen, dass sie sich geirrt hatte. Er brachte sich um. Die Tatsache, dass er das *nicht* an dem Tag tat, den die Wahrsagerin vorausgesagt hatte, hätte die anderen beruhigen sollen. Aber nein, so ist es nicht. Denn wie wir da herausfinden, haben sie einander nie verraten, welches Datum ihnen genannt wurde. (Hinweis: leichte Hysterie.)

An viel mehr kann ich mich nicht erinnern. Es war ein ziemlich mieser Film, und die Schauspieler spielten schlecht genug, dass ich sie nie wieder in einem anderen Film gesehen habe.

Als wir nach dem Filmschauen im Dunkeln in unseren Schlafsäcken auf dem Wohnzimmerboden lagen, diskutierten wir darüber, was wir in einer solchen Situation tun würden. Kate und ich waren überzeugt davon, dass wir das Datum nicht hätten erfahren wollen. Amanda vertrat die gegenteilige Meinung. Sie sagte, sie hätte den Zeitpunkt wissen wollen, um alles Wichtige tun zu können, bevor ihr keine Zeit mehr dafür blieb. Sie wolle mit Pauken und Trompeten untergehen, sagte sie. Betrunken, verliebt und steinreich.

Als sie das sagte, fragte ich mich, ob die Kids in dem Film wegen der Weissagung ein anderes Leben führten, als sie es in glücklicher Unwissenheit getan hätten. Ob davon ihre Entscheidungen beeinflusst wurden und ihr Weg sich veränderte.

Manchmal quäle ich mich mit Gedanken herum, wie mein Leben sein könnte, wenn ich nie Krebs bekommen hätte. Wäre ich verheiratet? Mutter? Eine erfolgreiche Führungskraft? Vielleicht hätte mich das Reisefieber gepackt und ich würde genau in dieser Minute in einem irischen Pub mitten im Nirgendwo ein Bier schlürfen, einen schmutzigen, abgenutzten Rucksack zu meinen Füßen und *joie de vivre* in meinem Herzen, weil *das* in Wahrheit das echte Leben ist.

Was mich aber noch mehr quält, ist das Wissen, dass mein Leben mit großer Wahrscheinlichkeit nicht viel anders verlaufen wäre. Ich hätte wahrscheinlich dieselbe Wohnung, denselben Job, würde dieselben Fernsehsendungen ansehen und viel mehr Softdrinks zu mir nehmen, als von Gesundheitsbehörden derzeit empfohlen.

Ich weiß nicht, an welchem Tag ich sterben werde oder zu welcher Tageszeit. Ich kenne weder den Ort noch die genauen Umstände (ich hoffe nur, derart unter Medikamenteneinfluss zu stehen, dass ich mir des Endes nicht bewusst sein werde, denn alles andere macht mir Angst).

Aber eines weiß ich.

Nämlich, dass es höchstwahrscheinlich irgendwann im nächsten Jahr passieren wird, vielleicht hat sich der Arzt aber auch verschätzt und ich habe etwas mehr Zeit. Ich weiß jedenfalls, dass es nicht in fünfzig oder sechzig Jahren passieren wird, wie es das eigentlich *sollte*.

Und ich weiß, dass ich nicht nur herumsitzen und auf den Tod warten will, doch leider ist das genau das, was ich bisher getan habe. Keine Ahnung, warum James jetzt in mein Leben gekommen ist oder ob er dasselbe flatternde Gefühl im Bauch hat wie ich. Aber ich will es nicht hinterfragen. Ich will nicht zu viel darüber nachdenken, auch nicht darüber, »was hätte sein können«. Ich will es einfach nur *fühlen*, und nie damit *aufhören,* es zu fühlen, bis zu dem Moment, an dem ich den letzten Atemzug tue. Und dann, nun, dann kann ich nur hoffen, dass es irgendwo, irgendwie weitergeht.

28. Kapitel

»Was ist das?«

»Wonach sieht es denn aus?«

»Nach einem Hubschrauber.«

»Hundert Punkte für dich.« James knallt den Kofferraum seines Trucks zu und grinst mich an.

»Haha.« Ich ziehe ein Gesicht. »Sehr komisch. Aber im Ernst, was hat er hier zu suchen?«

»Ich glaube, der andere Parkplatz war voll.«

»James …«, sage ich warnend.

»Okay, okay, Ava.« Er tritt vor und macht eine übertriebene Verbeugung. »Ihr Wagen ist angespannt.«

»Ist das dein Ernst?«

Er nickt.

Auf den Hubschrauber deutend frage ich: »Wir steigen in dieses Ding ein?«

»Ja.«

Ich starre ihn an. Noch nie war ich so nah an einem Hubschrauber dran, und er ist wirklich *riesig*. »Heilige Scheiße«, murmle ich.

James, der bereits auf ihn zugegangen ist, bleibt abrupt stehen und dreht sich besorgt zu mir um.

»Was? Was heißt das? Ist das ein gutes ›Heilige Scheiße‹?

Oder eines von der ›Um nichts auf der Welt steige ich in dieses Ding-Sorte?«

»Ich bin mir nicht sicher.«

»Bist du schon mal in einem geflogen?«

Ich schüttele den Kopf.

»Nun, es gibt für alles ein erstes Mal«, erklärt er hoffnungsvoll. »Richtig?«

Ich schaue mir diese Flügeldinger über dem Hubschrauber an. Sie bewegen sich im Wind leicht auf und ab und sehen unglaublich dünn aus. Wie halten sie dieses Teil bloß in der Luft? Ein Mann mit Aviator-Sonnenbrille wie Tom Cruise in *Top Gun* läuft mit einem Clipboard in der Hand um den Hubschrauber herum, macht Haken und Notizen. Im Gegensatz zu Tom Cruise ist er so kahl wie ein gekochtes Ei, hat eine Wampe und trägt ein T-Shirt mit der Aufschrift: »Trust me! I'm a flyboy!« James kommt zurück und baut sich vor mir auf.

»Aber im Ernst, Ava. Wenn du das nicht willst, ist das kein Problem. Ich werde dich zu nichts drängen. Du musst es nur sagen, dann suchen wir uns etwas, wo man nicht hinfliegen muss. Nicht jeder fliegt gern, und ich würde es völlig verstehen, wenn du Angst hättest.«

Seine Worte rütteln mich wach. »Nein, ich habe keine Angst. Okay, vielleicht ein bisschen. Aber ich will das.«

Seine Miene entspannt sich wieder. »Bist du sicher?«

»Absolut.«

»Bereit für ein Abenteuer?«

»Immer.«

Er lächelt. »Okay. Ich gehe nur schnell ins Büro, um den Papierkram zu erledigen. Bin gleich zurück.«

Während er mit der Frau hinter der Theke spricht, stehe ich doch kurz davor zu kneifen. Den Gedanken, in so einem Metallungetüm hoch oben in der Luft zu fliegen, finde ich – vorsichtig ausgedrückt – erschreckend. Aber ich vertraue ihm. Und dass er von »Abenteuer« sprach, hat meine Fantasie beflügelt. Ich habe keine Ahnung, wohin wir fliegen, und ob ich den Ausflug genießen werde, bleibt ebenfalls abzuwarten. Aber ich bin wild entschlossen, das Beste aus dieser Situation zu machen.

James kommt strahlend zurück. »Wir sind startklar.«

»Wirklich? Bist du sicher, dass sie keinen Reisepass brauchen oder so was? Weil ich nämlich keinen dabeihabe.« Ich verziehe das Gesicht. »Ach, wir können nicht fliegen, wie schade.«

»Wir verlassen das Land nicht, Ava, du brauchst keinen Reisepass.«

»Oh.«

Er lächelt besänftigend. »Letzte Chance, deine Meinung noch zu ändern.«

Ich atme tief ein, halte für sechs Sekunden die Luft an und atme dann deutlich ruhiger wieder aus. Zwar bin ich nicht annähernd so ruhig wie nach einem Glas Whiskey, aber da während eines Hubschrauberflugs höchstwahrscheinlich keine Getränke ausgeschenkt werden, muss das reichen. »Nein. Los geht's.«

Er nimmt meine Hand und zieht mich zum Piloten, der die Tür aufhält.

»Hey, Toby«, begrüßt James ihn herzlich.

»James«, ruft Toby. »Schön dich wiederzusehen, Mann. Wie geht's dir?«

»Ich kann mich wirklich nicht beschweren.« Sie tauschen irgendeine Art Männer-Händedruck aus, indem sie ein paar Mal die Fäuste aneinanderstoßen, mit den Fingern wackeln und zum Schluss mit den Schultern zusammenstoßen. Ich versuche, ein Lachen zu unterdrücken, was mir aber nicht gelingt.

»Was?«, fragt James.

»Nichts.«

Er wendet sich wieder Toby zu. »Wie ist das Leben so?«

»Gut, danke. Meine Frau und ich bekommen in ein paar Wochen unser zweites Kind. Noch ein Mädchen, das Daddy um den kleinen Finger wickelt.«

James lacht. So langsam geht mir auf, dass er zu jedem so freundlich ist, dass er sich ehrlich für andere Menschen interessiert und ihnen wirklich zuhört, wenn sie etwas sagen. Mir wird warm ums Herz.

»Okay.« Toby blickt auf sein Clipboard. »Der Wind nimmt zu, also müssen wir starten. Bitte steigt ein, und schnallt euch schon mal an, während ich euer Gepäck einlade.«

Meine Nervosität nimmt wieder zu, als ich mich in dem Hubschrauber genauer umsehe.

»Nimm den Fensterplatz«, schlägt James vor. »Damit du die Aussicht nicht verpasst.«

Wir setzen uns in eine Reihe aus vier Sitzen hinter dem Pilotenplatz. James hilft mir, den Gurt umzulegen, und zieht ihn so lange fest, bis er zufrieden ist. Toby schließt die Tür, überprüft, ob sie sicher verriegelt ist, klettert dann auf seinen Platz und setzt Kopfhörer auf. Mit einem Handzeichen deutet er auf zwei weitere Kopfhörer, die über uns hängen.

»Aufsetzen«, meint James.

»Wozu?«

»Wegen des Lärms«, erklärt er. »Und damit wir alle miteinander sprechen können, wenn wir in der Luft sind.«

»Das ist nicht dein erstes Mal, wie ich annehme.« Ich tue, was er gesagt hat. Sofort sind die Geräusche um uns gedämpft. Toby streckt einen Daumen in die Höhe, und James antwortet mit derselben Geste. Kurz darauf startet der Hubschrauber, und es verblüfft mich, wie laut er trotz der Kopfhörer ist. James wirft mir einen fragenden Blick zu, und ich lächle, um ihm zu zeigen, dass es mir gut geht. Als er nach meiner Hand greift, blicke ich hinab auf seine langen Finger, und ein köstliches Gefühl breitet sich in meinem Inneren aus.

Ich kann nicht anders, ich schließe die Augen, als wir abheben. Ich will sie zwar offen lasse, doch mir wird mulmig, als ich sehe, wie die Erde unter uns wegströmt, also kneife ich sie zu und halte James' Hand fest. Er drückt meine ermutigend, was mich sofort beruhigt. Außerdem ist das Schicksal doch sicher nicht so fies, einer todgeweihten Frau vorzeitig bei einem Hubschrauberabsturz umkommen zu lassen.

Toby drückt auf einen Knopf vor sich, es klickt in meinem Kopfhörer, dann höre ich seine mechanisch klingende Stimme.

»Geht's euch gut da hinten?«

»Ja, alles gut, danke«, antwortet James und sieht mich fragend an. Ich nicke.

»Wohin fliegen wir?«, erkundige ich mich.

»Abwarten.«

»Nie davon gehört. Ist das weit weg?«

»Vielleicht noch zehn Minuten, dann kannst du es mit eigenen Augen sehen.« Tobys Stimme knistert.

James sitzt so nah neben mir, dass ich braune Flecken in seinen grünen Augen und die feinen Lachfältchen darum herum sehen kann. Er lächelt jedes Mal, wenn er mich ansieht. Das ist so ansteckend, dass ich zurücklächle, bevor ich aus dem Fenster sehe. Wir fliegen tief über einen Wald, der aussieht wie ein grüner Teppich und sich erstreckt, so weit das Auge reicht. Hügel und Gebirge prägen das Land, und wenn man ganz genau hinsieht, kann man in der Ferne etwas Blau erkennen, das Meer.

»Seid ihr schon lange zusammen?«, fragt Toby.

»Oh, wir sind kein Paar«, antworte ich stotternd, während James amüsiert wirkt.

Toby hebt überrascht die Augenbrauen. »Tut mir leid. Ich dachte bloß …«

Ich drehe den Kopf, um verlegen aus dem Fenster zu schauen. Ist es so offensichtlich? Dass ich James mag? Denn ich mag ihn. Ich mag ihn immer mehr, je länger wir zusammen sind. Durch ihn vergesse ich alles um mich herum und kann mich ganz und gar auf den Moment einlassen.

»Wir landen gleich«, sagt Toby. »Seid ihr noch angeschnallt?«

»Ja«, bestätigt James.

»Gut. Könnte ein wenig heikel werden, wenn wir über diesen Hügel fliegen«, warnt Toby und hat noch nicht zu Ende gesprochen, als der Hubschrauber ein paar Meter in die Tiefe sackt, genau wie mein Magen. Unwillkürlich drücke ich mich fest an James. Er legt einen Arm um mich, und obwohl ich Angst habe, fühlt es sich richtig an, so nah bei ihm zu sein. Es ist, als hätte ich mein Leben lang nach diesem Gefühl, zu jemandem zu gehören, gesucht. Und jetzt habe ich es gefunden. Dass das jetzt passiert, wo ich bald sterben werde, ist so grausam, dass ich es fast nicht ertrage.

James sieht die Träne, die über meine Wange läuft, und wischt sie mit dem Daumen weg. Seine Haut ist rau und kratzig. Dann klopft er auf meine Schulter und zeigt aus dem Fenster.

Ich keuche auf. Wir haben es über die Spitze des Hügels geschafft, und unter uns, eingebettet in kilometerlange Wälder, entdecke ich eine Reihe von Baumhäusern und eine große Rasenfläche mit Gärten, einem Pool und dem Hubschrauberlandeplatz. Es ist wie etwas, das man nur in Liebesfilmen sieht.

»Wo sind wir hier?«, frage ich verwundert. »Ich wusste nicht, dass es so etwas überhaupt gibt.«

»Das ist ja das Schöne daran«, antwortet James. »Kaum jemand weiß das.«

Toby landet sanft auf dem Hubschrauberlandeplatz, und wir warten, bis die Flügel nicht mehr rotieren. Einige Meter entfernt wartet eine mit weißer Bluse, schwarzer Weste und Rock bekleidete Frau. Ihr Haar ist ordentlich zu einem Knoten zusammengefasst, und ihr Make-up ist perfekt. Sie ist so makellos, dass ich mir neben ihr wie eine Landstreicherin vorkomme.

»Mr. Gable«, sagt sie herzlich. »Willkommen zurück, Sir, es ist mir ein Vergnügen, Sie wieder bei uns zu begrüßen.«

Sofort zieht sich mein Magen zusammen. Er war schon einmal hier? Mit wem? Zugleich weiß ich natürlich, dass es mir nicht zusteht, eifersüchtig zu sein. Daher zwinge ich mich zu einem Lächeln.

»Danke, Mary«, sagt er, dann schaut er mich an. »Ich habe hier Fotos für einen Artikel über die exklusivsten Hotels des Landes gemacht.«

Schon entspannt sich mein Lächeln. Er war also aus beruflichen Gründen hier. Während er und Mary sich unterhalten, sehe ich mich um. Über uns ist ein Gewölbe aus riesigen Bäumen, die sich hoch hinauf in den Himmel erstrecken und das Sonnenlicht filtern. Holzstufen führen hinauf in Baumhäuser, die auf Plattformen um die größeren Bäume herum gebaut wurden. Es gibt vier kleinere und zwei große, die kleineren sind durch Stege und Brücken mit den größeren verbunden.

»Der Artikel war wunderbar«, sagt Mary. »Sie sind diesem Ort wirklich gerecht geworden, und dafür sind wir sehr dankbar. Wenn Sie irgendetwas brauchen, lassen Sie es uns bitte wissen.« Sie gibt einem Mann in der Nähe ein Handzeichen, der daraufhin nickt und Toby unser Gepäck abnimmt.

»Danke«, sagt James. »Ich denke, im Moment wollen wir uns einfach etwas ausruhen.«

In Wahrheit meint er natürlich mich, ich bin es, die sich ausruhen muss, aber er will einfach höflich sein, und außerdem ist es mir egal, denn ich *bin* müde. Gestern Nacht war ich so nervös, dass ich kaum geschlafen habe. Außerdem ist mir vom Vibrieren des Hubschraubers ein wenig übel. Auch wenn ich nichts lieber täte, als die Gegend zu erkunden, sehne ich mich danach, mich auf einem Bett zusammenzurollen und eine Weile die Augen zu schließen. Ich muss neue Kraft tanken.

»Natürlich.« Sie lächelt. »Folgen Sie mir.«

Sie führt uns zu dem einzigen Gebäude auf dem Boden, eine Holzhütte. Im Inneren befindet sich der Empfangsbereich, und bei den Räumen dahinter handelt es sich wahrscheinlich um Büros. Mary führt uns zu einem Aufzug.

»Ein Aufzug?«, frage ich. »Im Wald?«

Sie nickt. »Es gibt sogar zwei. Das ist ein exklusives, abgelegenes Resort. Hauptsächlich kommen hier reiche und berühmte Leute unter, von denen einige allerdings schon älter sind oder Mobilitätsprobleme haben. Ihnen allen wollen wir den Aufenthalt so angenehm wie möglich gestalten.«

»Total irre«, flüstere ich James zu, während wir darauf warten, dass die Türen sich öffnen.

»Ist das jetzt gut oder schlecht?«

»Gut. Definitiv gut.«

»Warte, bis du erst mal siehst, was oben ist.«

Der Aufzug macht *pling* und die Türen öffnen sich. Mary geht einen Schritt zur Seite, um uns vorbeizulassen. Gerade will ich einsteigen, als mir ihre Worte wieder in den Sinn kommen.

»Moment«, sage ich, schärfer als beabsichtigt. Sowohl James als auch Mary sehen mich komisch an. »Sie sagten, die Aufzüge sind für die Alten und Schwachen.«

Mary nickt, doch der hastige Blick, den sie James zuwirft,

ist Beweis genug. Und deswegen nehme ich ihn an der Hand und ziehe ihn etwas weg, damit Mary uns nicht hören kann.

»Ich weiß, du meinst es nur gut, und als du das vereinbart hast, ging es dir um mich und meine Gesundheit. Aber ich möchte nicht wie eine Kranke behandelt werden. Zumindest nicht, bis ich eine bin. Ich will einfach normal sein.«

Sein Gesichtsausdruck wird weicher, doch seine Augen blicken traurig. Und obwohl ich diesen Blick schon eine Million Mal gesehen habe, wird es nie leichter. Zu sehen, wie jemandem das Herz bricht, weil ich bald sterben werde, bricht *mir* das Herz. Zugleich fühle ich mich schuldig, was natürlich Unsinn ist, denn nichts davon ist meine Schuld. Und doch hasse ich es, dass jemand meinetwegen traurig sein muss, vor allem, wenn derjenige mir viel bedeutet.

»Okay.« Er nickt. Dann sagt er laut zu Mary: »Mary, Planänderung. Wir nehmen die Treppe.«

»Sind Sie sicher?«

»Ja.«

Sie hebt die Augenbrauen, sagt aber nichts, obwohl sie sich ganz bestimmt wegen der Versicherung oder eines Gerichtsprozesses Sorgen macht, sollte ich stürzen und mir das Genick brechen. Sie geht uns voran die breiteste Treppe hinauf, die zu dem größten Baumhaus führt.

»Das ist das Restaurant.« Sie wedelt mit der Hand. »Jetzt hat es geschlossen, aber Sie werden es heute Abend ja sehen. Ihre Zimmer befinden sich hier entlang.«

Vor unseren Türen wartet der Mann mit dem Gepäck. Die Zimmer liegen nebeneinander und sind durch eine Plattform verbunden, aber es handelt sich um getrennte Räume. Wie James es versprochen hat. Er öffnet die eine Tür, und ich trete ein. Sofort klappt mir die Kinnlade herunter. Der Raum, der viel größer ist, als es von außen erscheint, ist aus verschiedenen Hölzern und um den Baumstamm herumgebaut. Zwei dicke Äste strecken sich durch den Boden nach oben und verschwinden durch die Decke, was den Eindruck erweckt, als ob der Baum durch das Haus gewachsen und nicht das Haus um ihn herum gebaut wäre. Auf einer Seite befinden sich deckenhohe Glastüren, die auf eine Terrasse mit Blick über den Wald und auf die Berge führen. Das Bett in der Mitte des Zimmers ist das größte, das ich jemals gesehen habe. Es hat vier Pfosten an den Ecken und ein luftiges, weißes Moskitonetz, was wohl bedeutet, dass ich bei geöffneten Türen schlafen kann, ohne aufgefressen zu werden. Die Bettwäsche ist gestärkt und weiß und luxuriös.

Ich starre James an. »Hier schlafe ich? Ist das dein Ernst?«

James grinst, erfreut über meine Reaktion. »Gehört dir ganz allein«, bestätigt er. »Aber das Beste hast du noch gar nicht gesehen.«

Er geht an dem Bett vorbei in einen abgeschirmten Bereich, und ich folge ihm. Dort gibt es weitere Glastüren, die er mühelos aufschiebt.

»Tada«, sagt er.

Hinter ihm auf der Terrasse befindet sich ein großer Whirlpool. Bei seinem Anblick lösen sich alle Gedanken an Schlaf im Handumdrehen auf, und ich drehe schon das Wasser auf, bevor der Mann mit dem Gepäck den Raum verlassen hat. James sieht mir wohlwollend zu, wie ich die Wanne volllaufen lasse.

»Du wirkst sehr zufrieden«, bemerke ich, während ich die Etiketten auf den kleinen Flaschen studiere, die auf einem Marmortoilettentisch aufgereiht stehen. Ich könnte mich irren, bin aber ziemlich sicher, dass diese Marke nur an exklusive Häuser verkauft wird.

»Ach ja?«

»Ja. Aber das ist schon in Ordnung, du hast dir das echt verdient. Ich kann es nicht fassen.« Behutsam schraube ich das Fläschchen mit Badezusatz auf und rieche daran. Es duftet nach Luxus und Genuss. Ich gieße alles hinein, und sofort beginnt das Wasser zu schäumen.

»Ich wusste, dass es dir hier gefallen wird«, sagt James. »Dabei hast du gerade mal die Hälfte gesehen.«

»Ehrlich gesagt könnte ich einfach nur hierbleiben und wäre absolut glücklich.« Ich seufze. »Dieses Bad, dieses Bett. Gibt es auch eine Minibar?«

Er lacht. »Ich glaube schon, ja.«

»Dann reicht mir das.«

»Nun, ich hoffe, dass du dein Zimmer irgendwann mal verlässt«, sagt er. »Ich würde gerne etwas Zeit mit dir verbringen, falls du ein wenig entbehren kannst.«

Ich tue so, als müsse ich überlegen. »Ich schätze, das sollte ich wohl«, antworte ich schließlich. »Nachdem du dir so viel Mühe gegeben hast und so.«

»Wie wäre es …«, er blickt auf seine Uhr, »… wenn ich dich um sieben Uhr zum Abendessen abhole? In vier Stunden. Genug Zeit, um das hier zu genießen?« Er deutet auf die Wanne, aus der der Schaum überzulaufen droht.

»Geht wohl nicht anders.«

»Wir können auch acht sagen, wenn dir das lieber ist.«

»Ich mache nur Spaß. Nach vier Stunden in der Wanne würdest du mit einer faltigen alten Pflaume essen gehen.«

»Dann bis um sieben.«

»Bis dann.«

»Genieß dein Bad.«

»Das werde ich ganz sicher.«

Er tritt in den Flur hinaus. Bevor die Tür hinter ihm zufällt, rufe ich seinen Namen, und er hält sie auf.

»Ja?«

»Danke.« Ich lächle. »Dafür, dass du mich hierhergebracht hast.«

»Das hast du verdient«, sagt er leise.

»Ich bin mir aber immer noch nicht sicher, warum genau wir hier sind.«

»Alles wird offenbart, Ava«, sagt er geheimnisvoll und zwinkert. Dann lacht er. »Nun, auf jeden Fall morgen. Jetzt entspann dich einfach. Genieße den Moment. Bis später.«

Er lässt die Tür los, die sich hinter ihm schließt. Ich starre sie eine Minute lang an und frage mich, was er mit »alles wird offenbart« meinte. Doch da mich das Grübeln darüber einer Antwort nicht näher bringt, kann ich genauso gut das tun, was er gesagt hat. Schnell ziehe ich mich aus, klettere in die Badewanne und strecke mich genüsslich aus.

29. *Kapitel*

Punkt sieben Uhr klopft es an meiner Tür. Ich bin fertig, und das schon seit einer halben Stunde. Eine Stunde in der Wanne und ein Nickerchen danach haben mich erfrischt, ich bin bereit für den Abend. Nachdem ich nervös mein Kleid glattgestrichen habe, atme ich tief durch und öffne dann die Tür.

»Hey.« Es raubt mir schier den Atem, als er mich anlächelt. »Du siehst fantastisch aus.«

Ich blicke plötzlich unsicher an mir herab. »Danke.«

»Wie war dein Bad?«

»Wunderbar.« Ich seufze verträumt. »Die Düsen massieren einfach *überall.* O mein Gott, ich habe es mit meinem ganzen Körper genossen.« Als mir klar wird, wie sehr man meine Worte missverstehen kann, werde ich rot. »Ich meine … nicht wie … nur meine … Wah. Du kannst jetzt aufhören zu grinsen.« Ich gebe auf, weil ich es nur immer schlimmer mache.

»Grinsen? Ich?« Ganz die Unschuld in Person sieht er mich an. »Ich habe keine Ahnung, wovon du redest.«

»Noch mal von vorn.« Ich schließe die Tür.

Er klopft.

Ich öffne.

»Abend«, sagt er. »Du siehst wunderschön aus. Hast du dein Bad genossen?«

»Ja, danke. Es war sehr entspannend.«

»Darauf würde ich wetten.«

Ich schaue ihn genau an, aber er starrt vollkommen arglos zurück. Dann hält er mir den Arm hin. »Wollen wir?«

»Wenn du damit essen meinst, dann ja. Bitte. Ich bin halb verhungert.«

»Gut. Ich habe den Koch gebeten, seine besten Gerichte zuzubereiten.«

»Du kennst den Koch persönlich?« Wir gehen über den Holzsteg, der die Gebäude miteinander verbindet. Seit unserer Ankunft ist es dunkel geworden und Lampen beleuchten den Weg.

Er nickt. »Ich kenne das gesamte Personal. Nicht gut, aber gut genug. Wenn ich arbeite, lerne ich gern die Menschen hinter den Kulissen kennen. Dadurch bekommt man ein besseres Gefühl für den Ort.«

»Du nimmst deine Arbeit sehr ernst, oder?«

»Ja, man muss mit Leidenschaft dabei sein, sonst bringt das nichts.«

»Wahrscheinlich. Du hast Glück, dass du etwas gefunden hast, was dich glücklich macht. Deine Eltern müssen stolz auf dich sein.«

Er versteift sich leicht, bleibt dann stehen. »Hier sind wir.« Er öffnet die Tür, die Mary uns zuvor gezeigt hat, und fordert mich mit einer Handbewegung auf hineinzugehen. Das tue ich, bleibe aber sofort wie angewurzelt stehen und stoße einen kleinen Schrei aus. Das schlichte Wort »Restaurant« wird diesem Anblick nicht gerecht. Nicht einmal annähernd. Mit einem kleinen Stupser in den Rücken schiebt James mich weiter, damit er eintreten und sich neben mich stellen kann.

»Und?« Er wirkt aufgeregt wie ein Vater, der seinem Kind den neuen Hundewelpen zeigt.

»Als ich vorhin mein Zimmer gesehen habe, war ich schon völlig hin und weg.«

»Richtig.«

»Aber das hier toppt es noch.«

Das Speisezimmer – denn mit nur einem Tisch in der Mitte des Raumes hat es eine intimere Bezeichnung als »Restaurant« verdient, wird durch unzählige kleine Lichterketten beleuchtet, die um einen großen Baumstamm geschlungen sind. Außerdem stehen Kerzen so im Raum verteilt, dass sie ein einladendes und romantisches Ambiente erzeugen. Der Tisch ist groß und aus demselben Holz wie die Stühle. In der Mitte steht ein großer Strauß mit Blumen, Blumen in allen möglichen Farben und Formen, was mir gefällt, denn ein ordentlich gebundener Strauß hätte nicht zu diesem Raum gepasst. Alles hier fügt sich ganz natürlich in die Umgebung ein, es ist einfach perfekt. Wie in meinem Zimmer gibt es deckenhohe Glastüren, die offen stehen, sodass eine sanfte Brise hereinweht. Draußen strecken sich die grünen Wipfel in einen aprikosenfarbenen Himmel. Ich komme mir wie auf einem Filmset vor.

»Mir fehlen ganz offiziell die Worte«, gestehe ich. »Jedes, das mir einfällt, ist viel zu armselig und vollkommen unzulänglich.«

»Das ist genau die Reaktion, die ich mir erhofft habe.«

Ich drehe mich zu ihm um. »Ich danke dir. Noch mal. Es ist perfekt. Alles hier ist perfekt.«

»Alles?« Ein Lächeln umspielt seine Mundwinkel. Ich weiß noch, wie mich sein Lächeln gleich beim ersten Mal für ihn eingenommen hat. Und obwohl es noch nicht lange her ist, habe ich das Gefühl, ihn schon viel länger zu kennen. Etwas in meinem Blick lässt ihn ernst werden. Er öffnet den Mund, um etwas zu sagen, aber wir werden unterbrochen.

»Willkommen im *Treetops.*« Der junge Mann, der zuvor

unser Gepäck getragen hat, steht in der Nähe des Tischs. Er hat den Raum unbemerkt betreten. »Möchten Sie jetzt zu Abend essen?«

James schließt den Mund, kurz huscht ein enttäuschter Ausdruck über sein Gesicht. Dann entspannt er sich und nickt.

»Ja. Danke, Craig, das möchten wir.«

Craig zieht meinen Stuhl hervor, und ich setze mich. Mir ist etwas unbehaglich zumute, weil ich so höflich behandelt werde, obwohl ich es zugleich genieße. James nimmt am anderen Ende des Tischs Platz. Der Tisch ist drei oder vier Meter lang, und ich würde am liebsten kichern und ein Lied aus *Die Schöne und das Biest* anstimmen, so sehr erinnert mich das an eine Szene aus dem Film. James wirft einen fachkundigen Blick in die Weinkarte und bestellt – nachdem er mich gefragt hat, ob ich einverstanden bin – eine Flasche Rotwein. Craig verschwindet durch eine diskret platzierte Tür, um sie zu holen.

»Ich hoffe, es macht dir nichts aus«, sagt James von seinem Tischende aus. »Aber hier gibt es keine Speisekarte, sie bringen einfach einen Gang nach dem anderen. Wenn dir etwas nicht schmeckt, musst du es nicht essen. Der Chefkoch gehört nicht zu denen, die sich dadurch beleidigt fühlen.«

»Pardon?«, rufe ich und halte eine Hand ans Ohr. »Tut mir leid, aber von hier hinten kann ich dich nicht verstehen.«

Er lacht. »Du hast recht. Das ist ein bisschen albern, oder?«

Er sammelt sein Besteck ein und legt es in eine Serviette. Die lässt er lautstark rechts von mir auf den Tisch fallen, dann geht er zurück, um seinen Stuhl zu holen.

»So«, keucht er, setzt sich und strahlt mich an. »Das ist schon besser. Hörst du mich jetzt?«

»Laut und deutlich.«

Falls Craig von der neuen Sitzordnung überrascht ist, zeigt

er es nicht. Er blinzelt nicht einmal, als er von hinten mit einer Flasche Wein auftaucht – einem, wie James erklärt, besonders »guten Jahrgang«.

Craig gießt etwas in ein Glas, und James spült nachdenklich einen Schluck im Mund herum, schluckt schließlich und nickt.

»Das ist ein erstklassiger Tropfen«, sagt er. »Die Kopfnote von Kirsche und Pflaume sticht sehr hervor, was aber von der rauchigen Eiche perfekt ausgeglichen wird.«

Als Craig geht, lehnt sich James zu mir.

»Wie klang das?«

»Beeindruckend.«

»Als ob ich wüsste, wovon ich spreche?«

»Auf jeden Fall.«

»Verrat es nicht weiter, aber ich verstehe nicht das Geringste von Wein. Ich habe in meinem Zimmer die Weinkarte durchgelesen und dann die verschiedenen Sorten gegoogelt. Alles, was ich gerade gesagt habe, habe ich direkt von einer Website.«

Ich unterdrücke ein Lachen. »Meinst du damit etwa, dass du kein echter Weinkenner bist?«

»Nun, ich kann den Unterschied zwischen Rot und Weiß erkennen, aber das ist auch schon alles.«

»Ich fühle mich betrogen.«

»Tut mir leid.« Er setzt diesen Welpenblick auf. »Ich wollte nur sachkundig erscheinen.«

»War ein Witz, ich finde es lustig. Und süß, dass du dich so bemühst, Craig zu beeindrucken.«

Er sieht mich lange an. »Craig wollte ich damit nicht beeindrucken.«

Nachdem ich einmal schwer geschluckt habe, probiere ich den Wein. Er schmeckt nicht anders als das billige Zeug, das Kate kauft.

»Gefällt er dir?«, fragt James.

»Es ist in Ordnung. Um ehrlich zu sein, schmecken für mich alle Weine ziemlich gleich.« Ich trinke noch einen Schluck.

»Bei 96 Dollar die Flasche habe ich erwartet, dass er nach Gold schmeckt.«

Fast spucke ich den Wein wieder aus, doch es gelingt mir, ihn stattdessen zu schlucken. Meine Augen beginnen zu tränen. »Wie bitte, wie viel?«

»96 Dollar die Flasche.«

»Ist das dein Ernst?« Ich starre mein Glas ungläubig an. »Ich hatte schon Autos, die weniger kosten.«

»Wirklich?«

»Nein, natürlich nicht. Aber das ist absurd teuer. Total verrückt.«

»Oh, da stimme ich dir hundertprozentig zu.«

Bis jetzt habe ich nicht darüber nachgedacht, wie viel er für dieses Wochenende bezahlt. Aber wenn eine Flasche Wein schon fast hundert Dollar kostet, will ich gar nicht daran denken, wie teuer das Essen oder unsere Zimmer sind.

»Nur damit wir uns richtig verstehen«, sage ich. »Ich möchte die Hälfte bezahlen. Von allem, der Unterkunft, dem Hubschrauberflug. Von allem.«

Er nimmt sein Glas, um einen Schluck zu trinken. »Nur damit wir uns richtig verstehen«, antwortet er, nachdem er geschluckt hat. »Nein.«

»Nein?«

»Nein.«

»Was meinst du mit Nein?«

»Nein, du bezahlst für nichts. Du bist mein Gast. Ich habe dich hierher eingeladen.«

»Aber das muss dich ein Vermögen kosten. Ich kann nicht zulassen, dass du so viel Geld für mich ausgibst.«

Er zuckt mit den Schultern. »Ich bekomme Sonderkonditionen wegen des Artikels.«

Ich kneife die Augen zusammen, nicht sicher, ob er die Wahrheit sagt oder nicht.

Er stellt sein Glas ab und lehnt sich nach vorn, um mich ernst anzusehen.

»Bitte mach dir keine Gedanken darüber. Ich möchte nicht, dass du auch nur eine Sekunde über Geld nachdenkst. Wobei ich daran ja selbst schuld bin. Ich hätte den Preis des Weins nicht erwähnen sollen.«

»Aber …«

»Nein«, unterbricht er mich. »Nichts aber, Ava, ich will es so. Bitte mach dir um nichts Gedanken. Ich möchte nur, dass du das hier genießt.«

Ich atme vorsichtig aus. Er wird seine Meinung ganz offensichtlich nicht ändern.

Als er spürt, dass ich nachgebe, lächelt er. »Danke.«

»Okay. Ich lasse das Thema Geld fallen. Unter einer Bedingung.«

»Unter welcher?«

»Dass ich stattdessen Bier trinken kann.«

»Magst du den Wein nicht?«

Ich zucke mit den Schultern. »Er passt einfach nicht zu mir.«

Sein Lächeln wird so breit, dass seine Zähne im Kerzenlicht schimmern. »Abgemacht.«

Als Craig einen Moment später wieder erscheint, um den ersten Gang zu servieren – Jakobsmuscheln in der Schale – reicht James ihm den restlichen Wein. Da Craig mit einer Beschwerde rechnet, fragt er besorgt: »Stimmt etwas nicht mit dem Wein, Sir?«

»Nein, überhaupt nicht. Wir haben bloß beschlossen, dass wir lieber Bier hätten, danke.«

»Bier, Sir?« Craig zögert verunsichert.

»Ja, was immer Sie haben, nehmen wir. Und keine Sorge, für den Wein bezahle ich natürlich.«

»Soll ich ihn einfach … wegschütten?« Bei dem Gedanken verzerrt sich sein Gesicht etwas.

»Himmel, nein. Für diesen Preis sollte ihn jemand genießen. Wie wäre es, wenn der Koch und Sie den Rest trinken?«

»O nein, wir dürfen während der Arbeitszeit nicht trinken.«

James zuckt die Achseln. »Dann nehmen Sie ihn mit auf Ihr Zimmer, wenn Sie fertig sind. Er gehört Ihnen, machen Sie damit, was Sie wollen. Ein Geschenk. Genießen Sie ihn.«

Craig lächelt halb und nickt. »In diesem Fall, danke, Sir. Und guten Appetit.« Er zeigt auf die Vorspeise, dann verlässt er mit der Flasche den Raum.

Ich lächle James an.

»Was ist?«

»Das war nett von dir.«

»Ich bin ein netter Kerl.«

»Ja. Das bist du.«

Ich sehe ihm dabei zu, wie er genüsslich die Jakobsmuscheln isst, Saft läuft ihm über das Kinn, den er mit seiner Serviette abtupft. Er ist einfach unglaublich. Nicht nur der bestaussehende Mann, den ich je getroffen habe, sondern auch freundlich, großzügig und rundherum ein guter Kerl.

Ich mag ihn. Mag ihn so *richtig*. Diese Erkenntnis trifft mich mit dem Gewicht einer Tonne Ziegel, mein ganzer Körper sackt darunter zusammen. Warum? Warum jetzt? James ist zum verdammt schlechtesten Zeitpunkt in mein Leben getreten, und jetzt sehne ich mich nach etwas, was ich niemals haben kann.

Ich schiebe meinen Stuhl zurück und stehe auf. »Entschuldige, ich brauche etwas Luft.«

»Geht es dir gut?«

Weil ich nicht antworten kann, nicke ich nur und gehe durch die offenen Türen auf die Terrasse. Dort umklammere ich das Geländer, drücke die Augen zu und versuche, nicht die Fassung zu verlieren. Auf keinen Fall will ich eine Szene machen, nicht nachdem er mit dieser Reise so etwas Nettes für mich getan hat.

»Ava? Was ist los?«

Er stellt sich neben mich, und am liebsten würde ich mich umdrehen und in seine Arme werfen. Ich weiß noch, wie es sich anfühlte, als er mich über das Feld getragen hat, und genau nach diesem Gefühl sehne ich mich zurück. Stattdessen zwinge ich mich zu einem Lächeln und lockere den Griff um das Geländer, indem ich mich leicht dagegenlehne.

»Nichts. Nichts ist los. Tut mir leid, mir ist nur etwas schwindlig. Vielleicht vom Wein.«

»Du hast nur zwei kleine Schlucke probiert.«

»Mich konnte man schon immer leicht betrunken machen.«

Er drückt sich auch gegen das Geländer, und wir beobachten, wie die Sonne hinter dem Hügel langsam untergeht, obwohl sie ihre Farben noch immer am Himmel verteilt.

»Du kannst mit mir über alles reden«, sagt er. »Natürlich werde ich nicht immer Antworten haben und auch nicht unbedingt das Richtige sagen. Aber ich bin da, wenn du reden willst.«

Ich muss schlucken. »Danke.«

Er blickt geradeaus, und seine nächsten Worte scheinen ihm nicht leichtzufallen. »Ich weiß vielleicht nicht, wie es ist, unheilbar krank zu sein …«

»Sei froh«, unterbreche ich ihn.

»Ja. Aber ich weiß, wie es ist, jemanden zu verlieren, den man liebt.«

Ich sehe ihn von der Seite an, aber er starrt weiter geradeaus.

»Wen?«

»Meine Mutter.«

»Wann?«

»Vor fast zwanzig Jahren. Ich war vierzehn.«

Vorsichtig lege ich eine Hand auf seinen Arm. »Es tut mir so leid.«

»Danke.«

»War es …?« Aus Angst vor der Antwort halte ich den Atem an.

»Krebs? Ja. Bauchspeicheldrüse. Sie ist lange nicht zum Arzt gegangen, obwohl es ihr nicht gut ging. Mir oder meinem Vater hat sie nie etwas gesagt, wir haben erst hinterher davon erfahren. Unsere Bedürfnisse waren für sie immer das Wichtigste. Anfangs wurde sie einfach nach Hause geschickt. Als die Diagnose dann irgendwann feststand, war sie schon voller Metastasen, und dann ging es ganz schnell. Knapp sechs Wochen später ist sie gestorben.«

»O mein Gott, James, das ist schrecklich.« Es ist furchtbar, den Schmerz und die Trauer in seinem Gesicht zu sehen. Ich werde von einem bis in die Knochen dringenden Kummer erfasst, weil er seine Mum in so jungen Jahren und auf solch schreckliche Weise verlieren musste. »Wie war sie?«, frage ich, füge dann aber hastig hinzu: »Natürlich nur, wenn du darüber reden willst. Wenn nicht, verstehe ich das.«

»Sie war großartig«, antwortet er leise. »Die beste Mutter, die man sich wünschen kann. Du hättest sie gemocht.« Er dreht sich zu mir um. »Sie hatte den gleichen Optimismus und die gleiche Lebensfreude, die ich bei dir sehe.«

»Ich hätte sie gern kennengelernt.«

Wir stehen so nah zusammen, dass ich ihn atmen hören kann. Sein Atem wird schneller, und ich frage mich, ob er genauso nervös ist wie ich. Er beugt sich nach vorn, und als er den Kopf senkt, weiß ich, dass er mich küssen will.

Doch da ertönt ein höfliches Husten hinter uns. »Entschuldigung, Sir, sind Sie bereit für den nächsten Gang?«

James drückt die Augen zu und schüttelt ungläubig den Kopf. »Dieser Typ hat ein wirklich mieses Timing«, flüstert er.

»Kann man wohl sagen.«

30. Kapitel

Am frühen Morgen werde ich von Sonnenstrahlen auf dem Gesicht geweckt. Gestern Abend bin ich bei weit geöffneten Türen eingeschlafen, mit der Milchstraße als mein Nachtlicht. Ich drehe mich um, strecke mich behutsam, öffne ein Auge und lächle. Es war also kein Traum. Ich bin wirklich hier, in diesem Baumhaus, und habe gestern den schönsten Tag meines Lebens verbracht.

Nachdem ich mir eine Tasse grünen Tee mit Zitrone gemacht habe, gehe ich auf die Terrasse, um den Sonnenaufgang zu beobachten. Es gibt einen *Egg*-Hängesessel und ein paar Liegestühle, und sosehr mich die Idee, mich in den Eierstuhl zu kuscheln, auch reizt, befürchte ich, danach nicht mehr so leicht herauszukommen. Also entscheide ich mich stattdessen für den Liegestuhl, wo ich mich auf den cremefarbenen Kissen zusammenrolle.

Sanft raschelt das Laub in der Morgenbrise, die Vögel singen und ein moschusartiger Geruch liegt in der Luft. Mit geschlossenen Augen denke ich an den letzten Abend und wie perfekt er war. Als wir nichts mehr essen konnten, setzten wir uns auf die Veranda vor dem Restaurant und unterhielten uns – unter dem atemberaubenden Himmel – über alles und nichts. Hier oben, abseits der Zivilisation, gibt es keine Lichtverschmutzung, die die Aussicht ruiniert oder das unfassbare Ausmaß der Sterne verdecken könnte. James erzählte noch mehr über seine Mutter, doch über sein Leben nach ihrem Tod sagte er nicht viel. Am liebsten hätte ich die ganze Nacht mit ihm dagesessen und geredet, doch kurz nach elf Uhr bestand er darauf, dass wir – getrennt – auf unsere Zimmer gingen. Er sagte, wir bräuchten unseren Schlaf für den kommenden Tag, wollte mir aber nicht verraten, wofür genau. Ich befürchtete, dass die Neugier mich wach halten würde, schlief aber schnell ein. So ist das eben, wenn man einen gut gefüllten Magen, ein bequemes Bett und frische Landluft hat.

Als ich hineingehe, um auf mein Handy zu sehen, habe ich den Tee schon längst getrunken und die Tasse ist kalt. Und da es erst kurz nach halb sieben ist, beschließe ich, aus meinem Aufenthalt hier das Beste zu machen und noch ein Bad zu nehmen. Eine halbe Stunde liege ich bereits mit einem der Bücher aus dem Regal darin – dem zerfledderten Zustand nach zu schließen von einem früheren Gast zurückgelassen –, als es an der Tür klopft. Sofort bin ich wie elektrisiert. *James.* So schnell ich kann, wickele ich mich in ein Badetuch und gehe zur Tür, wo ich kurz innehalte, um tief durchzuatmen und mich zu fassen. Dann öffne ich breit lächenlnd.

»Guten Mor... Oh.«

Er ist es nicht. Mein Lächeln verblasst.

»Guten Morgen.« Mary schmunzelt. »Haben Sie gut geschlafen?«

»Ja. Das habe ich, danke. Das Bett ist sehr bequem.«

»Gut. Mr. Gable bat mich, Ihnen eine Nachricht zu überbringen.«

Bei ihren Worten beginnt mein Herz zu rasen, diesmal allerdings aus Angst. »Eine Nachricht? Warum? Wo ist er?«

»Tut mir leid, ich weiß nur, dass ich Ihnen das hier geben soll.« Sie reicht mir einen Umschlag.

»Danke.« Ich will ihn am liebsten sofort öffnen, um herauszufinden, was los ist, warte aber – ungeduldig –, bis sie gegangen ist. Dann reiße ich den Umschlag auf, lasse ihn auf den Boden fallen und falte das Blatt auseinander. Die Handschrift kenne ich nicht, sie gehört aber höchstwahrscheinlich James. Die Buchstaben sind groß und forsch, direkt. Wie er.

Liebe Ava,
wahrscheinlich nerve ich dich ein bisschen mit all den Überraschungen, und bitte nimm's mir nicht übel, dass ich noch eine habe. Wenn du so weit bist, geh zur Rezeption. Dort erfährst du, was du tun sollst.
James xx

Eine Stunde später bin ich so bereit, wie man es nur sein kann, und ich sehe verdammt gut aus. Da ich nicht weiß, was er geplant hat, habe ich mich für ein Kleid entschieden, das sowohl lässig als auch elegant ist. Zartes Blaugrau, lang und in Lagen gerafft. Als ich mich vor dem Spiegel drehe, fühle ich mich sehr weiblich. Darüber ziehe ich eine Jeansjacke mit dreiviertellangen Ärmeln an. Mein Haar habe ich einfach an der Luft trocknen lassen. Seit es nach der Chemo so wild und dick nachgewachsen ist, kann ich damit sowieso nicht viel machen.

Was mein Make-up betrifft, habe ich den Bronzer großzügiger aufgetragen als sonst und sehe aus wie gerade von einer Karibikreise zurückgekehrt. Gebräunt. Gesund. Strahlend. Etwas Eyeliner, zwei Schichten Wimperntusche und das war's. Natürlich und dezent. Zwar nicht annähernd so glamourös, wie wenn Kelly Hand anlegt, aber so sehe ich wenigstens wie ich selbst aus, und das ist gut genug. Am Schluss knete ich noch ein Serum ins Haar, um die Locken etwas zu zähmen, und verlasse das Zimmer.

Als ich langsam die Stufen hinuntergehe, fühle ich mich wie Aschenputtel, das majestätisch die große Treppe hinunterschreitet. Unten angekommen, werde ich bereits von Craig erwartet, der bei meinem Anblick lächelt.

»Wow. Sie sehen absolut atemberaubend aus, Miss Green.«

»Danke, aber bitte nennen Sie mich Ava. Sonst fühle ich mich so alt.« Nachdem ich sichergestellt habe, dass Mary nicht in Hörweite ist, senke ich verschwörerisch die Stimme. »Wie war der Wein?«

»Köstlich, danke.«

»Nun, ich bin sehr froh, dass er nicht weggeschüttet wurde und Sie ihn genießen konnten.«

»Oh, das haben wir, sehr sogar.«

Ich höre eine knisternde, verzerrte Stimme und blicke mich verwirrt um. »Wer war das?«

Er löst ein Walkie-Talkie von seinem Gürtel. »Das war Heath, unser Hausmeister. Er erledigt auch Wartungsarbeiten und andere Jobs, wenn nötig.« Er hält das Walkie-Talkie an den Mund. »Hey, Heath, bist du schon bereit? Wir sind da.«

Gespannt warten wir beide ab, doch es kommt keine Antwort.

Craig drückt erneut auf den Knopf. »Heath, bist du da?«

Endlich hören wir eine knisternde Antwort. »Roger. Heath hier. Du hast nicht ›over and out‹ gesagt.«

Craig verdreht die Augen, dann drückt er den Knopf. »Wenn ich aufhöre zu reden, kannst du einfach davon ausgehen, dass ich fertig bin.«

Knistern. »Du musst ›over and out‹ sagen. So sind nun mal die Walkie-Talkie-Regeln.«

»Tut mir leid«, sagt Craig zu mir. »Er übertreibt manchmal etwas. Ist schon zu lange hier draußen in der Wildnis, vermute ich. Würden Sie mich kurz entschuldigen?« Er dreht mir den Rücken zu, drückt den Knopf und sagt mit gedämpfter, verärgerter Stimme. »Ja, vielleicht in einer *Polizeiserie*. Komm einfach her, ja?«

Stille.

Seufzend drückt Craig den Knopf erneut. »O mein Gott, Alter, du bist vielleicht eine Nervensäge. Beeil dich. Unser Gast wartet. OVER AND OUT.«

Knistern. Dann mit selbstgefälliger Stimme: »Roger. Bin in zwei Minuten da. Over and out.«

Craig dreht sich wieder um. »Er ist auf dem Weg.«

»Das habe ich gehört.«

»Keine Sorge, er ist ein guter Fahrer.«

»Fahrer?«

Hinter mir taucht ein Wagen mit Allradantrieb auf, dessen Räder Schmutz in die Luft schleudern. Der Fahrer steigt aus und rennt um den Wagen herum, um mir die Beifahrertür zu öffnen. Ich weiche ein wenig zurück, weil er wirklich riesig ist. Und kräftig, aber nicht dick. Mehr so wie »The Rock« Dwayne Johnson. »Willkommen an Bord, Miss Green.«

Ich blicke zwischen ihm und dem Fahrzeug hin und her. »Nennen Sie mich Ava, bitte«, entgegne ich automatisch. »Sie wollen, dass ich da einsteige?«

Er nickt.

»Wozu?«

Hilfesuchend sieht er Craig an, der vortritt. »Das alles hat Ja… Mr. Gable organisiert.«

»Und wo ist Mr. Gable?«

»Wenn Sie einsteigen, bringe ich Sie zu ihm.«

In einem schönen Kleid, das möglichst nicht schmutzig werden soll, in ein Fahrzeug für Wartungs- und Bodenarbeiten zu steigen, ist keine leichte Aufgabe. Ich brauche gut drei Minuten, um zu entscheiden, wie ich meine Hände und Füße platzieren soll, damit ich so wenig wie möglich mit dem Fahrzeug in Berührung komme. Am Ende ist mir Craig behilflich, indem er mein Kleid hochhält und dabei aus reinem Anstand den Blick abwendet. Ich setze mich auf den Platz, den Heath mit einem Handtuch bedeckt hat.

»Ich nehme an, Ihre prominenten Gäste werden nicht auf diese Weise gefahren?«, frage ich, die Augenbrauen erhoben.

»O nein. Damit tun wir Ja… Mr. Gable einen ganz speziellen Gefallen. Viel Spaß.« Craig schlägt grinsend die Tür zu und macht einen großen Schritt zurück.

»Schnallen Sie sich an«, sagt Heath vom Fahrersitz aus. »Es könnte etwas holprig werden.«

Und da liegt er nicht falsch. Die Fahrt dauert fünfundvierzig lange Minuten, von denen wir dreißig theoretisch auf sogenannten Schotterstraßen fahren, die aber voller Schlaglöcher und kopfgroßer Steine sind, denen es auszuweichen gilt. Die letzten fünfzehn Minuten holpern wir über Wiesen. Heath muss alle paar Minuten anhalten und Tore öffnen, um nach dem Durchfahren wieder auszusteigen und sie zu schließen. Einmal erschrecken wir eine Herde von Tieren, die uns durch langes, zottiges braunes Fell anblinzeln.

»Was sind das?«, frage ich Heath. »Ich meine, ich nehme an, es handelt sich um eine Art … Rinder?« Das letzte Wort spreche ich unsicher aus, denn solche Tiere habe ich nie zuvor gesehen.

»Hochlandrinder. Schottische Rasse.«

»Sie sind so flauschig.«

»Das sind sie.«

»Oh, da ist ein Baby, oh, wie süß.« Ich klatsche vor Freude in die Hände. Heath hebt eine Augenbraue, als ob für ihn damit alles klar wäre. Da kommt mir ein Gedanke und ich erbleiche.

»Ich habe gestern Abend doch keinen von denen gegessen, oder?«

»Nein«, beruhigt er mich. »Dieses Land gehört nicht zum Resort. Die Rinder werden vom Besitzer dieser Farm gehalten, aber solange wir vorsichtig sind, dürfen wir durchfahren.«

Ich schaue ihn von der Seite an. »Wozu?«

Er deutet mit dem Kinn nach vorn. »Hierzu, Ihrem Ziel.«

Ich drehe den Kopf in die Richtung, in die er zeigt, während wir einen letzten kleinen Hügel hinauffahren. Dann schlage ich die Hände vor den Mund. »Oh!«

Direkt unter uns, durch Zeit und Natur in das Land geschlagen, befindet sich ein Tal, hinter dem sich ein steiler Felsen erhebt und an dessen Boden ein runder kleiner See liegt. Sein Wasser hat das satte grüne Leuchten eines Waldes. Am liebsten würde ich sofort hineinspringen, um dieses Wasser auf meiner Haut zu spüren. Der See, die farnbewachsenen Klippen, der Kiesstrand, an den kleine Wellen schwappen; das alles ist prächtig und doch blass im Vergleich zu dem Star dieser Show, der meine ganze Aufmerksamkeit fordert.

»Nicht schlecht, was?«, meint Heath. »Ein verstecktes Juwel.«

Von den Felsen stürzt ein Wasserfall dreißig Meter in die Tiefe in den kleinen See. Wo das Wasser aufkommt, spritzt es weiß in die Höhe und erzeugt knallbunte Regenbögen, die schnell wieder verblassen.

Ich bin so gefesselt, dass ich gar nicht bemerke, wie James auf das Auto zukommt, deswegen zucke ich mit einem leisen Aufschrei zusammen und fasse mir an die Brust, als er die Tür öffnet.

»Entschuldige, ich bin's nur«, sagt er besänftigend. »Ich wollte dich nicht erschrecken.«

»James, was ist das … Wie hast du das gefunden … Wo sind wir …?«

»Gefällt es dir?«

»Was denkst du denn?«

»Ich wusste, dass du es magst.«

Ich ringe um die richtigen Worte. »Es ist … atemberaubend. Woher kennst du diesen Ort?«

Er streckt die Hand aus, um mir aus dem Wagen zu helfen. Als ich ausgestiegen bin und mich aufrichte, betrachtet er mich von Kopf bis Fuß, und sein Griff um meine Hand wird fester.

»Heath hat ihn mir beim letzten Mal gezeigt«, erklärt er, »und ich konnte ihn nie vergessen. Die Mitarbeiter kommen im Sommer her, um sich zu entspannen und abzukühlen.«

»Was für ein Glück sie haben. Es ist wunderschön.«

»Das ist es«, stimmt er mir zu. »Aber du bist schöner. Um genau zu sein, bist du sogar noch schöner, als ich dich in Erinnerung hatte.«

»Du hast mich erst gestern Abend gesehen«, sage ich lachend, erröte aber zugleich unter seinem durchdringenden Blick.

Er lacht nicht, sondern starrt mich unverwandt an. Nach einiger Zeit dreht er sich um und deutet mit einer Handbewegung auf die Aussicht. »Seit ich hier war, wollte ich mit meiner Kamera zurückkommen und versuchen, die Schönheit einzufangen. Und ich habe mir überlegt, auch dich hier zu fotografieren.«

Mir wird schwer ums Herz, mein Lächeln erstarrt.

»Was ist?«, fragt er. »Gefällt dir die Idee nicht?«

Ich schüttle den Kopf, zucke enttäuscht mit den Schultern und schaue zu Boden. »Doch, doch. Ich bin einfach … Mir war nur nicht klar, dass all das, also dieses ganze Wochenende, für die Zeitschrift ist.«

Er legt eine Hand auf meine Schulter und hebt mit der anderen sanft mein Kinn an, bis ich ihm ins Gesicht sehe. »Nein«, sagt er mit Nachdruck. »Du verstehst mich falsch, das hier hat nichts mit der Zeitschrift zu tun. Es ist für dich. Alles. Seit wir zusammen im Bach geschwommen sind, will ich dir diesen Ort zeigen. Ich kann nicht erklären warum, aber es ist mir einfach wichtig.«

»Nun«, sage ich, »danke. Dafür, dass du ihn mir zeigst.«

Er holt tief Luft. »Ava, ich möchte dich hier fotografieren, an diesem Ort, für deine Familie. Damit sie diese Fotos haben, wenn du …« Seine Stimme klingt erstickt, er beendet den Satz nicht. Wieder atmet er tief ein. »Und ich. Aber nur, wenn du das auch willst. Nur, wenn du mich lässt.«

Ich kann nicht sprechen, also nicke ich. Er atmet erleichtert auf und beginnt endlich wieder zu lächeln.

31. Kapitel

Ohne Jacke stehe ich auf einem Felsvorsprung, der über den kleinen See hinausragt. Aus dieser Nähe rauscht das Wasser auf seinem Weg über den Felsen laut in einem beinahe musikalischen Rhythmus. Heath ist, nachdem er versprochen hat, in ein paar Stunden zurückzukommen, weggefahren. Zuvor hat er einen Picknickkorb und eine Decke aus dem Auto geholt und im Schatten eines großen Baumes deponiert. James kontrolliert seine Ausrüstung, die er schon vor meiner Ankunft aufgestellt hat. Anscheinend war ich nicht der erste Gast, den Heath heute hierhergefahren hat.

»Entschuldige«, ruft James. »Es dauert nicht mehr lange, versprochen. Ich wollte eigentlich alles fertig haben, bevor du ankommst, aber dann habe ich mich umgesehen und total die Zeit vergessen.«

»Kann ich gut verstehen.«

Er hat diesmal eine noch größere Kameraausrüstung. Ein Stativ ist bereits aufgestellt, daneben steht ein tragbarer kleiner Tisch mit einem aufgeklappten Laptop darauf. Kabel verbinden den Laptop mit der Kamera. Er schießt ein paar Fotos und betrachtet sie dann auf dem Bildschirm. »Okay, wir sind startklar. Warte, kannst du ein wenig nach rechts gehen?«

Ich schaue nach unten. »Nur wenn du mich in diesem Kleid beim Schwimmen fotografieren willst.«

»So künstlerisch vielversprechend das auch klingt, möchte ich dich erst ins Wasser lassen, *nachdem* ich meine Fotos gemacht habe. Ich weiß ja, wie gern du schwimmst. Glaubst du, du kannst so lange warten, bis ich das perfekte Foto geschossen habe?«

»Ich werde mich bemühen, kann aber nichts versprechen. Ich mache keine Versprechungen, die ich vielleicht nicht halten kann. Und perfekt gibt es sowieso nicht.«

Er richtet sich auf. »Okay. Tu so, als wäre ich gar nicht da, und beweg dich dabei, so viel du kannst. Was immer sich für dich natürlich anfühlt, aber langsam bitte. Ich möchte so viele authentische Momente wie möglich festhalten.«

Ich blicke auf das Wasser hinunter. Aus der Nähe wirkt es noch grüner als von der Spitze des Hügels aus. Es strudelt und plätschert träge, was auf verborgene Tiefen hinweist. Ein neuer Moment, eine weitere Erinnerung. Was geschieht, wenn ich nicht mehr bin? Hören meine Erinnerungen mit mir auf zu existieren? Wenn ja, wird dieser Moment also aus dem Gedächtnis der Welt gelöscht? Es muss eine riesige, universelle Speicherbank von Momenten geben. Es kann nicht anders sein. Denn sonst sind wir alle nur ein flüchtiges Aufflackern, in Sekundenschnelle verschwunden, vergessen, ohne eine Spur zu hinterlassen. Wer wird in hundert Jahren wissen, dass ich hier gestanden habe, an dieser Stelle? Das Leben ist viel zu kurz, die Jahre vergehen zu schnell. Wir belügen uns selbst, wenn wir glauben, wichtig zu sein. Und wir legen zu viel Wert auf die falschen Dinge. Was für eine grausame Ironie. Erst wenn einem nur noch wenig Zeit bleibt, beginnt man, die Dinge und Menschen zu schätzen, die es auch wirklich verdienen.

Und am Ende ist nichts davon von Bedeutung. Uns alle

ereilt irgendwann das gleiche Schicksal, dem wir uns lediglich mit verschiedenen Mitteln und in unterschiedlichem Tempo nähern.

Ich drücke die Augen zu, doch die Tränen beginnen trotzdem zu laufen. Ich würde alles, *alles* dafür geben, mehr Zeit zu haben. Mehr Zeit mit dem Wissen, das ich jetzt habe. Oh, was für ein Leben ich führen würde. Sicher würde ich keine fünfzig Jahre in einem Büro vergeuden, umgeben von vier Wänden, oder fünfzig Jahre lang Nächte in einer schäbigen kleinen Wohnung verbringen, umgeben von weiteren Wänden. Nein. Ich würde eine Million Sonnenaufgänge an Million Orten erleben wollen.

Dass James zu mir gekommen ist, bemerke ich erst, als er schon hinter mir steht. »Ava?«

Ich atme langsam aus, zitternd versuche ich meinen großen Schmerz zu verbergen. »Hast du dein perfektes Foto?«

»Nein. Da fehlt noch etwas.«

Ich wische mir über die Augen. »Oh. Und was?«

»Ich.«

Ich drehe mich zu ihm um. In seinen Augen kann ich denselben Schmerz sehen, den ich fühle. Er atmet schwer, sein Gesicht wirkt gequält. Als er meinen Namen ausspricht, klingt es eher wie eine Frage. »Ava?«

Unsere Körper prallen zusammen wie kollidierende Sterne. Er vergräbt die Hände in meinem Haar, während ich die Arme um seine Hüften schlinge. Das Gesicht nur Zentimeter von meinem entfernt, schaut er mich fragend an. Dann, als er die Antwort in meinen Augen findet, ändert sich sein Gesichtsausdruck, er zieht mich leidenschaftlich an sich und küsst mich, wie ich noch nie geküsst wurde. Leise stöhnend pressen wir die Lippen aufeinander und versuchen verzweifelt, einander so nah wie möglich zu kommen. Und doch ist es nicht genug. Es kann niemals genug sein. Hinter uns donnert der Wasserfall in die Tiefe, ich öffne James' Jacke und versuche, sie ihm abzustreifen. Kaum hat er sie abgeschüttelt, hantiere ich bereits fiebrig an seinen Hemdknöpfen herum, ohne auch nur eine Sekunde lang meine Lippen von seinen zu nehmen.

Nie zuvor in meinem Leben habe ich jemanden mehr begehrt als ihn. Ich wusste nicht einmal, dass so ein Gefühl existiert, so ursprünglich und animalisch, dass ich aus Frustration am liebsten knurren möchte. Wie kann es sein, dass ich fast gestorben wäre, ohne so etwas jemals zu erleben? Wie sich Liebe und Lust verbinden und daraus etwas so unfassbar Blendendes entsteht, dass alles andere daneben verblasst. Zwei Menschen, die zusammenkommen, um im Hier und Jetzt hell zu brennen.

Mit einer Wildheit, von der ich nicht wusste, dass ich sie besitze, reiße ich sein Hemd auf, weil das Aufknöpfen zu lange dauert. Aber dann … kalte Luft und Verwirrung, als er sich von mir löst. Ich blinzle ihn an, unsicher und verstört.

»James?«

»Willst du das wirklich?«, fragt er, die Stimme heiser vor Sehnsucht.

»Ich war mir noch nie in meinem Leben sicherer.«

»Ich will dir nicht wehtun.«

Ich greife nach seiner Hand und lege sie auf meine Brust, über mein Herz. »Lieber möchte ich das hier empfinden und dabei verletzt werden, als zu sterben, ohne irgendwas zu spüren. Bitte. Ich will dich …«

Das letzte Wort erstickt er mit seinen Lippen, und nie hat sich etwas so richtig angefühlt. Ich schreie leise auf, da er mich ohne Mühe hochhebt, dann schlinge ich die Beine um seine Taille und umfasse sein Gesicht mit beiden Händen, um es mit Küssen zu übersäen. Er stöhnt auf und trägt mich zu der Stelle, wo die Picknickdecke ausgebreitet ist. Dort lässt er mich vorsichtig herunter und beginnt, leise fluchend herumzuhüpfen, während er versucht, Schuhe und Jeans loszuwerden. Währenddessen bemühe ich mich, den Reißverschluss hinten an meinem Kleid aufzuziehen, bin jedoch viel zu ungeduldig dafür.

»Dreh dich um.«

Ich gehorche und beginne zu zittern, als seine Finger über meine Haut streichen. Während er meinen Nacken küsst, schiebt er langsam den Reißverschluss herunter.

»Gott, du riechst so gut«, sagt er heiser. Er legt die Arme von hinten um mich, und ich biege den Kopf zurück, um ihn zu küssen. Ich spüre, wie er meinen BH aufhakt, danach dreht er mich mühelos um, bis wir Haut an Haut sind.

»Warte.« Ich schiebe ihn etwas von mir, um mich schützend mit den Armen zu bedecken.

Er weicht zurück. »Stimmt was nicht?«

»Ich war mit niemandem zusammen. Nicht seit … du weißt schon.« Mich stört es selbst, wie verletzlich ich klinge, ich kann diese Tatsache aber weder ändern noch verbergen. Was, wenn James sich von mir abgestoßen fühlt?

»Vertraust du mir?«, fragt er leise.

Ich nicke.

Zärtlich drückt er meine Arme hinunter. Am liebsten möchte ich die Augen schließen, um sein Gesicht nicht sehen zu müssen, wenn er die Verheerungen an meinem Körper bemerkt. Doch tief im Herzen weiß ich, dass ich das nicht tun darf. Wenn ich ihm wirklich vertraue, dann wird es schon in Ordnung sein. Er schaut mir so lange in die Augen, bis er sicher ist, dass ich bereit bin, dann senkt er langsam den Blick bis zu meinem Schlüsselbein und der zerklüfteten Narbe, wo man den Chemotherapie-Port unter meine Haut gelegt hat, um die Medikamente in meine Venen zu pumpen. Mit einem Finger berührt er sie leicht.

»Tut es weh?«

Ich schüttele den Kopf. »Nicht mehr.«

»Ist das in Ordnung für dich?«

Ich atme etwas flach, nicke aber.

Mit dem Blick streicht er über die Konturen meines Körpers. Ich bin zu dünn, meine Knochen ragen weiter heraus, als sie sollten, und sanft tastet er mit einem Finger darüber. Dann, nachdem er sich mit einem letzten Blick versichert hat, dass es mir noch immer gut geht, sieht er auf meine Brüste. Ich halte den Atem an.

Ich konnte mich selbst lange nicht anschauen, weder während noch nach der Therapie. Tatsächlich habe ich es sogar aktiv vermieden, habe den Kopf weggedreht, wenn die Krankenschwestern die Verbände wechselten. Als ich wieder zu Hause war, habe ich den Spiegel aus meinem Schlafzimmer verbannt, um beim Anziehen nicht versehentlich einen Blick hineinzuwerfen. Ich wollte mir nicht anschauen oder wissen, wie mein neues »normal« aussah. Denn für mich würde nichts jemals wieder normal sein. Als ich endlich doch den Mut aufbrachte, weinte ich zwei Tage lang und hörte nur damit auf, wenn ich vor Erschöpfung einschlief. Wenn ich aufwachte und es mir wieder einfiel, weinte ich weiter. Auch vor dem Krebs hätte man mit meinen Brüsten sicher kein Zeitschriftencover schmücken können, und sie hätten auch höchstwahrscheinlich keine antiken Bildhauer inspiriert, ihnen zu Ehren eine Statue zu meißeln. Aber sie gehörten mir. Und meine Ex-Freunde fanden sie ziemlich schön. Durchschnittliche Größe, C-Körbchen. Die rechte etwas größer als die linke. Nach der Operation hat sich das geändert, auf einmal ist die linke die ansehnlichere. Die rechte hingegen ist unförmig und etwas schlaff. Es gibt zwei Narben, eine große, die direkt unter meiner Achselhöhle beginnt und seitlich nach unten verläuft, und eine weitere um meine Brustwarze herum, die seitdem etwas nach links zeigt. Die Haut ist runzlig und trocken wie ein luftleerer Partyballon und von der Strahlenbehandlung hellrot. Manchmal wünschte ich mir, sie hätten eine Mastektomie durchgeführt, weil ich dann eine Brustrekonstruktion und eventuell auch gleich noch eine Vergrößerung bekommen hätte. Doch das geschah nicht, und jetzt ist sowieso alles egal, weil der Krebs nicht aufgegeben, sondern beschlossen hat, auch noch andere Teile meines Körpers zu befallen.

Es ist also nur allzu verständlich, dass ich nervös bin, aber in James' Blick entdecke ich weder Mitleid noch Abscheu. Ich kann sehen, wie sich seine Augen weiten. Kann hören, wie sein Atem schneller wird. Und dann sind seine Hände auf meinen Brüsten, sanft, mit aller Zärtlichkeit der Welt. In diesem Moment fühle ich mich endlich wieder als Frau.

»Du bist so schön, Ava«, sagt er, und ich nehme nichts als Ehrlichkeit in seinen Worten wahr.

All meine Angst verschwindet, ich strecke meine Hände nach ihm aus. Es ist zu lange her, und ich kann keine Sekunde länger warten. Er drückt mich auf die Decke, und dann sind wir zusammen, bewegen uns gleichzeitig, unser Atem vermischt sich, während unsere Herzen aneinander schlagen.

An diesem Tag finde ich die Liebe. Hier, neben diesem Wasserfall, der mit seiner Kraft die Form der Landschaft verändert hat, werde ich machtvoll daran erinnert, was es bedeutet, am Leben zu sein.

32. Kapitel

»Also …« Ich stütze mich auf einen Ellbogen. James liegt auf dem Rücken, die Hände hinter dem Kopf verschränkt, die Augen geschlossen, und ein kleines Lächeln umspielt seine Lippen.

»Also.«

»Das war …«

»Beeindruckend? Unfassbar? Welterschütternd?«

»O ja, auf jeden Fall. Alles drei.«

Er öffnet die Augen, um mir mit einer Hand eine Haarsträhne hinter das Ohr zu streichen. »Du bist so schön, Ava.«

»Das sagst du ständig.«

»Weil es wahr ist. Ich weiß noch, wie ich dich das erste Mal am Strand sah. Du hast das Kleid hochgehalten, während du durch das Wasser gewatet bist. Ich musste dich die ganze Zeit ansehen. Irgendetwas an dir hat mich wahnsinnig fasziniert.«

»Das ging mir bei dir genauso.«

»Wirklich?«

Ich nicke. Dann senke ich den Kopf, um ihn zärtlich auf die Lippen zu küssen, mein ganzer Körper spannt sich bei der Berührung an.

»Deine Lippen sind mir als Erstes aufgefallen«, murmle ich. »Und natürlich, wie irrsinnig gut du aussiehst.«

»Natürlich.« Er zieht meinen Kopf nach unten und küsst mich mit einem Hunger, der nie gestillt werden kann. Abrupt schiebe ich ihn weg und richte mich auf. Kaum auf den Füßen, stolpere ich, weil mir schwindelig wird. Zum Glück bemerkt er es nicht.

»Wohin gehst du?«

Als ich das Gleichgewicht wiedergefunden habe, gehe ich zum Wasser, dann drehe ich den Kopf, um ihm über die Schulter zuzurufen: »Mich umsehen. Kommst du?«

»Nicht das schon wieder«, beschwert er sich scherzhaft.

Er muss mir ganz leise gefolgt sein, denn plötzlich steht er hinter mir und hebt mich lachend hoch.

»Lass mich runter«, rufe ich. Schließlich will ich vermeiden, dass irgendein unschuldiger Wasserfall-Besucher gerade mehr zu sehen bekommt, als ihm vielleicht lieb ist. Wobei ich mir fast sicher bin, dass wir hier die Einzigen sind. Meilenweit ist hier kein Mensch außer uns. Mit schnellen Schritten und mir auf dem Arm läuft James zum Wasser. Er watet direkt hinein. Die Kälte lässt uns aufkreischen, und ich umklammere seinen Nacken fester.

»Wenn du darauf bestehst«, sagt er und lässt mich fallen.

Prustend tauche ich wieder auf. »O mein Gott, ist das kalt.« Doch so kalt es auch sein mag, fühlt es sich einfach sensationell an; gleichzeitig erfrischend und reinigend.

»Ich hätte eine Idee, wie wir uns gegenseitig wärmen könnten.«

»Aber mein Herr«, ziehe ich ihn auf, während ich mit großen Zügen von ihm wegschwimme. »Sie haben da so ein teuflisches Funkeln in Ihren Augen.«

»Tatsächlich? Könnte daran liegen, dass ich einige sehr teuflische Gedanken habe. Jetzt komm zurück.«

»Fang mich doch, wenn du kannst.« Lachend schwimme ich auf den Wasserfall zu. Aber da James größer als ich ist, mit längeren Armen und Beinen, hat er mich schnell eingeholt und drückt mich an sich.

»Gewonnen«, ruft er triumphierend.

»Okay.« Ich schlinge die Arme um seinen Nacken und die Beine um seine Taille. Dann bewege ich mich, bis er in mir ist, bis wir wieder miteinander verbunden sind, und staune über die durchdringenden Wellen der Lust, die meinen ganzen Körper erfassen. »Hier ist dein Preis.«

Danach, vom Liebesspiel erschöpft, aber noch nicht bereit, den Augenblick enden zu lassen, treiben wir auf dem Rücken, die Gischt des Wasserfalls tanzt um uns herum wie verrückt gewordene Geister. Ich versuche, mich zu entspannen und es einfach zu genießen, aber meine Gedanken richten sich gleich wieder auf den Tod, wie sie es jetzt immer tun. Wie kurz davor ich war zu sterben, ohne diesen Ort gesehen oder mit James geschlafen zu haben. Ich wäre natürlich gestorben, ohne zu wissen, was ich verpasst hatte. Aber jetzt, da es passiert ist, und obwohl ich es um nichts auf der Welt rückgängig machen wollen würde, *weiß* ich, was ich verpassen werde. Ein Leben voller Momente wie diesem. Jeden Morgen neben ihm aufwachen, jede Nacht in seinen Armen liegen. Eine Million Tage lang auf Millionen verschiedene Arten und an Millionen verschiedenen Orten mit ihm zu schlafen, nie seiner überdrüssig zu werden, nie aufzuhören, ihn zu begehren. Ich habe einen kurzen Blick in die Zukunft erhascht, aber es wird nicht meine sein. James und ich, wir waren einander so nah, wie es körperlich nur möglich ist, doch das ist nicht genug. Ich will mehr. Ich möchte mich so eng mit ihm verbinden, dass ich zu einem Teil von ihm werde, fest verankert in dieser Welt. Dann könnte ich bleiben, denn um mich zu holen, müssten sie ihn auch holen, und noch ist es nicht seine Zeit.

Leben ist Leiden. Es ist auch Freude, aber mit dem Guten muss auch das Schlechte kommen. Nicht, dass ich wüsste warum. Ich kann nicht einmal sagen, dass ich es verstehe. Wenn es einen Gott gibt – und wenn es ihn gibt, dann macht er seinen Job, was mich betrifft, ziemlich lausig –, muss es auch das Gegenteil geben. Yin und Yang. Schwarz und Weiß. Und vielleicht ist es ja *dieser* Typ, der mit spitzem Finger auf das Brettspiel zeigt und sagt: »Die Frau hier ist zu glücklich. Das kann ich nicht zulassen, schnell, verpassen wir ihr eine Krankheit.« Er drückt auf einen Knopf und trollt sich, um Seelen zum Mittagessen zu verspeisen.

Im Spiel des Lebens bin ich lediglich eine Schachfigur. Entbehrlich.

Aber hier, jetzt, in James' Armen und in seinen Augen, bin ich für ihn zu einer ganzen Welt geworden. Und ich muss einen Weg finden, um das genug sein zu lassen.

33. Kapitel

»Du warst auf dem Rückflug sehr still. Geht es dir wirklich gut?«

James hält meine Hand, als ich aus dem Hubschrauber aussteige und mich unwillkürlich ducke, obwohl die Flügel weit über meinem Kopf rotieren.

»Es geht mir gut.« Ich lächle ihn beruhigend an, während wir an der Sicherheitslinie entlang zu den Büros gehen. Der Himmel ist grau und bewölkt, es hat angefangen zu nieseln. »Ich bin nur etwas melancholisch.«

»Bereust du es?«

»Nein. Nun, vielleicht ein bisschen.«

Sofort wirkt er besorgt. »Wirklich?«

»Ja.« Ich schmiege mich an seine Brust, fühle mich warm und sicher und geborgen, als er fest die Arme um mich schlingt. Ich lehne den Kopf nach hinten, um zu ihm aufzusehen. »Ich wünschte, das Wochenende wäre nicht so schnell zu Ende gegangen. Dass wir dort länger geblieben wären.«

Er entspannt sich, atmet aus. »Gott, du hast mir vielleicht einen Schreck eingejagt.«

»Keine Sorge. Ich werde nie auch nur eine einzige Sekunde bereuen, die ich mit dir verbringe.«

»Ich auch nicht.« Er küsst mich zärtlich.

Hinter uns räuspert sich jemand, und als wir uns umdrehen, fällt mein Blick auf Toby, der uns beobachtet. »Ich dachte, ihr seid kein Paar?«

»Oh, richtig.« James lächelt verlegen. »Ja, also die Situation hat sich irgendwie geändert.«

»Ja, das ist unübersehbar.« Toby grinst.

Ich weiß, dass James immer noch besorgt ist, das kann ich spüren. Und doch werde ich die Schwere, die auf mein Herz drückt, einfach nicht los. Am See habe ich zu ihm gesagt, dass ich lieber etwas empfinden und dabei verletzt werden will, als zu sterben, ohne irgendwas zu spüren. Aber es ist so viel schwieriger, als ich dachte. Jetzt weiß ich, was ich zurücklassen werde. Zum ersten Mal habe ich eine klare Vorstellung davon, wie meine Zukunft hätte aussehen können. Und es ist einfach nicht fair. Tränen laufen mir über die Wangen, während ich hinter dem Autofenster die regennasse Landschaft vorbeifliegen sehe.

»Rede mit mir, Ava«, meint James leise. »Ich will dir helfen, wenn ich irgendwie kann.«

Ich schniefe lautstark, wische die Tränen mit meinem Ärmel ab und blicke ihn an. »Das kannst du nicht. Niemand kann das. Das ist ja das Problem.«

Er umklammert das Lenkrad so fest, dass seine Fingerknöchel weiß werden. »Wünschst du dir, dass du mich nie getroffen hättest?«

»O Gott, nein, James, nein, so etwas darfst du nicht mal denken. Noch wie war ich so glücklich wie mit dir. In den letzten Tagen habe ich mich lebendiger gefühlt als je zuvor in meinem Leben. Ich wünschte nur, ich hätte dich früher getroffen und es wäre anders, als es ist.«

Er blinkt und fährt auf den Seitenstreifen. Dann schaltet er den Motor aus, und um uns breitet sich Stille aus.

»Falls das hilft«, sagt er schließlich, »ich weiß auch nicht, was ich da tue.«

»Wünschst du dir, mich nie getroffen zu haben?«, wiederhole ich seine Frage, voller Angst vor seiner Antwort.

Er schüttelt nachdrücklich den Kopf. »Nein. Natürlich nicht. Niemals. Ich weiß nur nicht, wie es mir geht. Auf der einen Seite sind da all diese wunderbaren, unglaublichen Gefühle, die ich am liebsten laut von den Dächern schreien möchte, weißt du?«

Ich nicke.

»Aber gleichzeitig habe ich das Gefühl, dass ich das hier, was auch immer *es* ist, nicht feiern kann. Als ob es falsch wäre, jetzt glücklich zu sein. Dabei fühlt es sich so richtig an.« Er vergräbt das Gesicht in seinen Händen. »Es tut mir leid, ich kann es nicht besser erklären.«

Ich lege eine Hand an seinen Nacken. »Das kann ich vollkommen verstehen.«

»Bevor ich an diesem Abend die Nachricht an dich geschrieben habe, war ich hin- und hergerissen. Und jetzt bin ich es noch mehr. Ich weiß einfach nicht, ob ich das noch einmal durchstehen kann, diesen Schmerz, jemanden zu verlieren, der mir so wichtig ist. Aber das ist nichts im Vergleich zu dem, was du durchmachst, und ich schäme mich, dass ich dabei überhaupt an mich selbst denke.«

Ich bin so reglos wie ein Stein, völlig konzentriert auf seine Worte.

»Sag etwas«, bittet er.

»Ich bin dir wichtig?«

»Was?«

»Du hast gemeint, du weißt nicht, ob du den Schmerz noch einmal durchmachen kannst, jemanden zu verlieren, der dir wichtig ist. Bedeutet das …«, ich atme tief durch, damit meine Stimme zu zittern aufhört, »… dass ich dir wichtig bin?«

Verwirrt blinzelt er. »Ist das nicht offensichtlich?«

Ich zucke mit den Schultern.

Er steigt aus und ich sehe, wie er vorn ums Auto geht, durch das Licht der Scheinwerfer hindurch, die in den unheilvoll dunklen Tag hineinstrahlen. Der Regen fällt stärker, ein Gewitter scheint sich zusammenzubrauen. Er öffnet meine Tür, kalte Luft und Regen schlagen mir ins Gesicht.

»Rutsch rüber«, sagt er.

»Was?«

»Bewegung.«

Ich rutsche so weit ich kann zur Seite, damit er ins Auto springen kann, und da sitzen wir nebeneinander auf einen Sitz gequetscht.

»Okay, das hatte ich mir ein bisschen anders vorgestellt«, gibt er zu. »Komm her.« Halb zieht er mich, halb klettere ich auf seinen Schoß. Er nimmt mein Gesicht in seine Hände, legt die Stirn an meine und sieht mir tief in die Augen.

»Ava Green, obwohl ich vermute, dass du absichtlich schwer von Begriff bist, damit ich meine Gefühle laut ausspreche ...«, er kneift zwar die Augen zusammen, aber ich kann ihm ansehen, dass er mich nur aufzieht, »... spiele ich ausnahmsweise mal mit. Weil, ja, du bist mir wichtig. Du bist mir sehr wichtig. Wenn ich bei dir bin, fühle ich Dinge, die ich nie zuvor gefühlt habe, und obwohl ich zögere, dem Ganzen – oder uns – gleich ein Etikett zu verpassen, musst du unbedingt Folgendes wissen: Ich finde dich erstaunlich, unglaublich, fantastisch. Ich will jetzt nicht aufhören. Ich will mehr. Mehr von dir. Ich will alles wissen, was es über dich zu wissen gibt.«

Ich unterdrücke ein Schluchzen, das irgendwo zwischen Tränen der Verzweiflung und schwindelerregenden Höhen des Glücks angesiedelt ist.

Als er lächelt, spüre ich die Wärme seiner Lippen ganz nah an meinen. »Ist deine Frage damit beantwortet?«

Ich beantworte seine mit einem Kuss, presse die Lippen auf seine, von der Wucht der Empfindungen überwältigt, die seine Erklärung hervorgerufen hat. Dann schiebe ich sein T-Shirt hoch, höre nur auf, ihn zu küssen, um es ihm über den Kopf zu ziehen, und er legt die Hände auf meine Hüften, um mich fest an sich zu drücken.

»O Ava«, stöhnt er. »Du machst mich verrückt, weißt du das?«

Ich küsse seinen Hals, seine Ohren, die Spitze seiner Nase, reibe mich fieberhaft an ihm. »Das Gefühl ...«, *Kuss*, »... beruht auf Gegenseitigkeit.«

Eine Stunde später fahre ich erschrocken in die Höhe, weil jemand an die Fensterscheibe des Fahrersitzes klopft. »James«, flüstere ich und schüttele ihn. »Da draußen ist jemand.«

»Mm?«, murmelt er schläfrig.

Wieder ein Klopfen.

»James«, sage mit größerer Dringlichkeit. Wir liegen nackt auf dem Rücksitz ausgestreckt, nur mit James' Jacke zugedeckt. Glücklicherweise sind die Fenster beschlagen, doch der Regen, der vorhin laut und beruhigend auf das Dach trommelte, hat nachgelassen, während wir schliefen, obwohl sich der Himmel verdunkelt hat.

»Alles in Ordnung?«, hören wir eine männliche Stimme rufen. »Brauchen Sie Hilfe?«

Beim Klang der Stimme wacht James endlich richtig auf. Er reibt sich die Augen. »Wer ist das da draußen?«, fragt er mich.

»Woher soll ich das wissen?« Ich setze mich auch auf und strecke einen Arm aus, um nach einem meiner abgelegten Kleidungsstücke zu tasten. Meine Finger stoßen auf etwas Weiches, das ich triumphierend aufhebe, aber es handelt sich nur um James' T-Shirt.

»Danke«, sagt er und zieht es sich über den Kopf.

»Du solltest ihm besser schnell antworten, bevor er noch die Polizei ruft oder die Pannenhilfe oder so«, murmle ich, als der Mann erneut klopft.

James grinst, da er meinen panischen Gesichtsausdruck bemerkt.

»Einen Moment«, ruft er laut.

»Du genießt das, nicht wahr?« Ich blicke ihn finster an.

»Dich nackt auf dem Rücksitz meines Autos zu sehen? Teufel, ja, das genieße ich.«

»Finde ich überhaupt nicht lustig.« Ich schlage ihm leicht auf den Arm. »Ich bin hier gerade ein bisschen verwundbar, falls du das nicht bemerkt hast.«

»In Ordnung. Warte.«

James klettert zwischen den Vordersitzen hindurch und reicht mir meine Kleider. Nachdem ich angezogen bin, drückt er den Knopf, um sein Fenster zu öffnen, was allerdings nicht funktioniert. Einen Moment lang wirkt er verwirrt, bevor er schimpfend den Schlüssel in der Zündung dreht. Doch nichts passiert.

»Ich glaube, ich habe das Licht angelassen«, gesteht er kleinlaut.

»Glaubst du?«

»Okay, ja, ich habe das Licht angelassen.« Seufzend öffnet er die Tür.

»Was ist los, Kumpel?«, fragt der Mann von draußen. »Haben Sie eine Panne oder so?« Es handelt sich um einen älteren Mann, der die inoffizielle Uniform der Landwirte im ganzen Land trägt: kurze ausgebeulte Shorts – trotz des Wetters –, schwarze Gummistiefel und schwarzes Thermo-T-Shirt.

»Sozusagen«, räumt James ein. »Ich glaube, die Batterie ist leer.«

»Wie ist das denn passiert?«

»Nun, wir haben angehalten, um, ähm, um auf meinem Handy nach der Wegbeschreibung zu sehen. Weil wir dachten, wir hätten uns vielleicht verfahren.«

»Kein Netz hier, Kumpel.«

»Nein, nein, genau, das haben wir dann auch gemerkt. Also, ähm, dachten wir, machen wir einfach ein Nickerchen und warten, bis jemand vorbeikommt, den wir fragen können. Aber ich habe vergessen, das Licht auszumachen, und nun, tja. Also, wenn Sie uns Starthilfe geben könnten, sind wir gleich wieder auf dem ...«

»Ein Nickerchen.«

»Genau.«

»Sie beide.«

»Richtig.«

»Bei eingeschaltetem Licht.«

»Ähm, ja.«

»Ich bin ja vielleicht alt, Kumpel, aber ich bin nicht von gestern.« Er geht leise in sich hineinlachend zurück zu seinem Truck. »Ein Nickerchen.«

James beginnt zu schielen, so scharf denkt er nach. »Wollen wir ihm verraten, dass das, was er gerade gesagt hat, eigentlich gar keinen Sinn ergibt?«

»Nein, wollen wir nicht.« Ich schnipse ihn mit dem Finger an. »Du steigst jetzt aus und hilfst ihm, das Auto wieder in Gang zu bringen, damit wir hier wegkommen, bevor du etwas noch Peinlicheres sagst. Verstanden?«

»Laut und deutlich.«

Der Farmer kommt mit den Überbrückungskabeln zurück, und er und James beginnen, unter der Motorhaube zu arbeiten. Währenddessen drücke ich mich tief in meinen Sitz, verlegen, weil er weiß, was wir getan haben, und starre auf mein Telefon, obwohl ich hier tatsächlich keinen Empfang habe. Kurz darauf steigt James wieder ein und die beiden starten jeweils ihren Motor.

»Gott sei Dank«, sage ich, als unser Auto zum Leben erwacht. »Können wir jetzt verschwinden? Bitte?«

»Wozu die Eile?«

»Ich kann ihm nicht in die Augen sehen, weil er weiß, was wir getan haben«, murmle ich beschämt.

»Entspann dich, er ist Farmer. Höchstwahrscheinlich hat er schon alles gesehen.«

»Ja, aber ich hoffe bei Gott, dass er von mir nicht alles gesehen hat.«

Als James zu grinsen beginnt, schlage ich ihm leicht auf die Brust.

»Okay, okay, okay.« Er lacht. »Ich helfe ihm jetzt schnell, die Kabel abzunehmen, bedanke mich und dann können wir schon los.«

»Danke.«

Den Rest der Strecke sind wir stumm, in uns gekehrt. Ich weiß nicht, wie es ihm ergeht, aber ich würde nicht die richtigen Worte finden, selbst wenn ich es wollte. Die letzten Tage waren wie ein Traum; wie in einem Film oder Roman. Würde James nicht direkt neben mir sitzen, könnte ich mir das sogar einreden.

Schließlich hält er in der Auffahrt. »Licht aus.« Mit einer übertriebenen Bewegung legt er den Schalter um, und irgendwie bringe ich ein Lächeln zustande.

»So.«

»So.«

»Was jetzt?«, fragt er.

»Was meinst du damit?«

Als er sich die Augen reibt, wird mir klar, dass auch er müde ist.

»Ich weiß nicht, wie es jetzt weitergehen soll«, gesteht er. »Ich weiß nur, dass deine Zeit … begrenzt ist. Und ich will deinen Freunden und deiner Familie nichts wegnehmen. Gleichzeitig kann ich den Gedanken nicht ertragen, auch nur eine Sekunde der Zeit zu verpassen, die wir mit etwas Glück noch haben.«

Ich schnaube leise. »Glück? Das hier hat nichts mit Glück zu tun. Mit Glück müssten wir so ein Gespräch nämlich erst in fünfzig Jahren führen. Aber so ist es nicht.«

Er betrachtet seine Hände. »Nein. Tut mir leid. Schlechte Wortwahl.«

Seufzend lege ich meine Hand auf seine. »Nein, mir tut es leid. Manchmal lasse ich mich einfach von meiner Wut überwältigen.«

»Das ist nur verständlich.«

»Aber sinnlos. James, das ist ein schwieriges Gespräch, und ich bin wirklich müde. Wir beide haben nach dem Wochenende viel zu verarbeiten. Bist du damit einverstanden, wenn ich dich morgen anrufe?«

»Natürlich. Das klingt gut. Nein, warte, verdammt.« Er schlägt mit der Hand gegen das Lenkrad. »Ich habe so in unserer kleinen Blase gelebt, dass ich den Überblick über meine Termine verloren habe. Ich muss morgen weg, beruflich. Aber in einer Woche bin ich zurück.«

»In einer Woche?« Bei dem Gedanken, ihn so lange nicht zu sehen, fühle ich mich völlig leer.

»Ich weiß. Soll ich absagen?«

»Nein.« Energisch schüttele ich den Kopf. »Natürlich nicht. Deine Arbeit ist wichtig.«

»Das bist du auch.«

»Und ich werde hier sein und auf dich warten, wenn du zurückkommst.«

Die Haustür öffnet sich und Kate winkt mir zu. Ich winke zurück.

»Versprochen?«, fragt er leise.

Ich nicke, weil ich meiner Stimme nicht traue. Und weil ich keine Versprechungen mache, die ich vielleicht nicht halten kann.

Avas Notizen

(Women's Weekly am 4. Dezember)

Als ich acht war, schenkte mir Brian Thompson eine Blume. Es handelte sich um eines von diesen weiß-gelben Gänseblümchen, die an Zäunen und Straßenrändern wachsen. Bis dahin war Brian nie besonders nett zu mir gewesen, also nahm ich die Blume nicht an, weil ich vermutete, dass es sich um eine Falle handelte. Er wurde wütend und warf mir das Gänseblümchen vor die Füße, dann stürmte er quer über den Spielplatz davon, um sich unter der Rutsche zu verstecken. Man kann mir mein Misstrauen nicht verübeln; bis zu diesem Moment war Brian für mich nur ein verschwitzter Körper auf der Klassenzimmermatte gewesen, der mich gelegentlich an den Zöpfen zog und mich aufgrund eines Sturzes von der Schaukel, bei dem unglücklicherweise meine Unterhose sichtbar wurde, »Rosaslip« nannte.

Am nächsten Tag schickte er seinen besten Freund Nick vor, der mir erklärte, dass Brian wirklich sehr verliebt in mich wäre, und fragte, ob ich mit ihm gehen wolle. (In diesem Fall bitte JA ankreuzen.) Völlig aus dem Häuschen, weil ich als erstes Mädchen in unserer Klasse gebeten worden war, mit jemandem zu »gehen«, und völlig ahnungslos, was genau das eigentlich bedeutete, kreuzte ich Ja an. Und wartete gespannt darauf, was nun passieren würde.

Nichts passierte. Im Großen und Ganzen ignorierte Brian mich weiterhin und nannte mich Rosaslip, aber immerhin durfte ich neben ihm auf der Matte sitzen, wo sonst nur Jungs saßen.

Eine Woche später überbrachte Nick eine neue Nachricht von Brian. Dass es mit uns nicht klappen würde. Er gab mir den Laufpass, und zwar mit sofortiger Wirkung. Natürlich waren das nicht seine genauen Worte, aber den Inhalt trifft es ziemlich genau. Jede Spur von geheimnisvoller Aura und Coolness, die mich umgeben hatte, löste sich in Nullkommanichts wieder auf. Lisa Ryan war nun Brians neue Freundin. Und ich war wieder allein.

Ich weinte. Meine Mutter drohte, ihm die Kniescheiben zu zertrümmern, aber mein Vater fragte, was für ein Vorbild sie wohl für mich abgeben würde, wenn sie gegen einen Achtjährigen handgreiflich wurde.

»Du musst den Schmerz eben aushalten, Schatz«, sagte er traurig. »Aber ich verspreche dir, dass du eines Tages darüber hinwegkommst.«

Und natürlich kam ich darüber hinweg, schließlich war ich acht Jahre alt. Ich erholte mich ziemlich schnell, schwor mir aber, nie wieder einem anderen Jungen mein Herz zu schenken. Ach, die süße Unschuld der Jugend.

Liebe tut weh. Das ist einfach so. Ist sie weg, kann sie einen als ein zusammengekauertes Häuflein Elend auf dem Boden zurücklassen, nach Luft ringend und davon überzeugt, dass das Herz jeden Moment aus schierer Trauer und Qual aufhören wird zu schlagen. Man glaubt, nie wieder derselbe Mensch sein zu können, dass die Narben auf ewig bleiben werden. Man trinkt zu viel, weint und bettelt vergeblich um eine einzige ... weitere ... Chance.

Aber mit der Zeit lässt der Schmerz nach. Er geht nie ganz weg, weil der Liebeskummer *tatsächlich* Narben hinterlassen hat. Ein Lied, ein Geruch, ein vertrautes Gesicht auf der Straße; all das hat die Macht, dieses erdrückende Gefühl zurückzurufen. Und doch setzt man immer wieder einen Fuß vor den anderen, nimmt den nächsten Atemzug und merkt irgendwann, dass man einen Tag lang nicht geweint hat, dann eine Woche. Einen Monat. Man fängt wieder an zu lächeln. Achtet auf die schönen Dinge im

Leben. Und eines Tages öffnet man sich zaghaft für neue Menschen und für die Möglichkeit einer neuen Liebe.

Man wird eine verlorene Liebe nie vergessen, dazu ist die Liebe, dieses unerklärliche Gefühl, zu machtvoll. Aber man darf auch nicht zulassen, zu verbittern und diesen Teil von sich für immer zu verschließen. Denn auf diese Weise kann man vielleicht sein Herz schützen, aber wird man wirklich lebendig sein?

Liebe kennt keine Vergangenheit und keine Zukunft. Liebe ist einfach.

Ich verspreche euch, dass diese schmerzhaften Zeiten auf eurem Sterbebett nicht mehr die Macht haben werden, euch zu verletzen. Ihr werdet euch dann nur an das Gute, das Schöne, das Spektakuläre erinnern. Ihr werdet euch nur daran erinnern, wie es sich anfühlt, geliebt zu werden und einen anderen zu lieben.

Ja, Liebe tut weh.

Aber Liebe heilt auch.

xxx

34. Kapitel

Nach meinem Wochenende mit James verschlafe ich die ganze Nacht und den größten Teil des nächsten Tages, ich stehe nur auf, wenn meine Blase darauf besteht. Da ich sogar auf Wasser keine Lust habe, kommt das allerdings nicht allzu oft vor. Dieser Grad an Müdigkeit ist neu für mich. Es ist, als hätte ich mit James all meine Energie verbraucht, jetzt bin ich erschöpft und ausgelaugt. Die Batterien sind vollkommen leer.

Gelegentlich tauche ich weit genug an die Oberfläche, um vor meiner Tür gedämpfte, besorgte Stimmen zu hören.

»Meinst du, es geht ihr gut? Sollen wir ihren Arzt anrufen?«

»Ich habe seine Nummer nicht, du?«

»Nein.«

»Oh. Warte, ich weiß, was wir tun.«

»Was?«

»Wir rufen ihre Mum an.«

»Gute Idee. Dann haben wir nicht länger die Verantwortung.«

»Wohin hat James sie wohl gebracht, dass sie so verdammt müde ist?«

»Ich denke mal, es geht eher darum, *was* James mit ihr gemacht hat. Vor allem, wenn man bedenkt, wie sie ihn zum

Abschied geküsst hat. Sie hat sich praktisch an seinem Gesicht festgesaugt wie ein Tintenfisch. Ich dachte schon, wir müssten Salz holen, um sie von ihm zu lösen. Oder funktioniert das nur bei Blutegeln?«

»Du hättest nicht zusehen dürfen«, schimpft Kate.

»Ich weiß, aber ich glaube nicht, dass sie was gemerkt haben.«

Ihre Stimmen werden leiser, als sie den Flur hinunter in Richtung Küche gehen.

Ich will auf keinen Fall, dass sie meine Mutter anrufen und sie beunruhigen, aber ich bin zu müde, um laut zu protestieren. Und als ich das nächste Mal aufwache, ist sie schon da, sitzt auf dem Stuhl in der Zimmerecke und liest ein Buch. Als ich mich umdrehe, schiebt sie ein Lesezeichen zwischen die Seiten und legt das Buch auf meine Kommode.

»Hey, Schlafmütze.« Ihre Stimme klingt bemüht fröhlich. Sie durchquert den Raum, um sich vorsichtig auf meine Bettkante zu setzen. »Wie fühlst du dich?«

»Müde.«

»Irgendwelche Schmerzen?«

»Nein«, lüge ich. Mein ganzer Körper schmerzt, aber da ist ein besonders auffälliger Schmerz in meiner Schulter und meinem unteren Rücken, der mir Angst macht. Ich wusste, dass es so kommen würde; und immer schlimmer werden wird. Was, wenn ich nicht stark genug bin, damit fertigzuwerden?

»Du lügst«, sagt sie. »Sag mir, wenn es schlimmer ist als sonst. Du musst die Schmerzen nicht aushalten, es gibt Möglichkeiten, sie in den Griff zu bekommen.«

Ich schließe die Augen. »Gute Nacht, Mum.«

»Wenn du aufwachst, reden wir darüber«, warnt sie mich vor. »Die Mädels haben mir ein Bett auf dem Sofa gemacht. Ich bleibe hier.«

Ich wache auf, würgend und desorientiert. Etwas steckt in meiner Kehle fest. Ich bin nass, mein Haar, mein Gesicht, das Bett um mich herum, alles ist nass. Ich versuche zu rufen, es kommt aber nur ein Gurgeln heraus. Ich sterbe. Ich dachte immer, ich wüsste, wann meine Zeit gekommen ist. Aber ich wusste es nicht, und ich bin noch nicht bereit. Gerade erst habe ich James gefunden, und meine Hochzeit steht bevor. Ich will nicht sterben, nicht hier, nicht jetzt. Mit großer Mühe drehe ich mich um und schiebe mich mit den Beinen Richtung Bettkante. Ich bekomme keine Luft. Um mich herum wird alles schwarz. Ich falle.

Blinzeln.

Da ist ein helles Licht über mir. Es ist wohl das Licht, von dem die Leute immer sprechen und auf das ich zugehen soll. Jedoch hat mir niemand gesagt, wie genau das geht.

»Scheiße, was zum Teufel. Ava! Ava, wach auf.«

Jemand, Kate, dreht meinen Kopf herum und schlägt mir auf die Wange.

»Was ist los?« Amanda klingt verschlafen.

»Keine Ahnung. Ich habe einen Schlag gehört und bin in ihr Zimmer gerannt. Als ich das Licht angemacht habe, habe ich sie auf dem Boden gefunden. Sie ist aus dem Bett gefallen, glaube ich, und irgendwas stimmt nicht, sie macht so ein schreckliches Geräusch.«

Blinzeln.

»Was ist das? Was ist los? O nein, oh, Ava.« Ich spüre einen Luftzug, als meine Mutter neben mir auf die Knie fällt. »Sie erstickt. Dreh sie um, in die stabile Seitenlage. Nein, so, nimm ihr Bein, *ihr linkes Bein*. Streck es aus und halte sie so fest. Ich rufe den Krankenwagen.« Die Stimme meiner Mutter zittert vor Angst. »Wage es ja nicht, Mädchen, noch nicht.«

Blinzeln.

»Verdammt, sie hat sich *überall* übergeben.«

»Hallo? Einen Krankenwagen bitte, es geht um meine Tochter, etwas stimmt nicht. Sie müssen sich beeilen.«

»Ich bin da gerade verdammt noch mal reingetreten, o Gott, mir wird schlecht.«

»Halt die Klappe, Amanda!«

»Es tut mir leid! Sorry. Ich habe einfach Angst, okay. Ist sie … Stirbt sie?«

»Ich weiß es nicht. Woher soll ich das wissen?«

»Hausnummer 1156, mit dem blauen Briefkasten davor. Es gibt eine Auffahrt zum Haus. *Beeilen Sie sich*.«

»Sie sieht nicht gut aus.«

»Was du nicht sagst.«

»Ava?«

Hände streichen mir das Haar aus dem Gesicht. »Gut so, atme ganz ruhig weiter. Hilfe ist unterwegs.«

»Bleib bei uns, Ava. Bitte.«

Blinzeln.

Ich kenne dieses Geräusch. Dieses stetige Zischen und Klicken. Ich habe es schon oft genug gehört … Sauerstoff. Luft. Leben. Ich öffne die Augen, sehe aber alles verschwommen. Da ist ein quietschendes Geräusch, als würde ein Stuhl zurückgeschoben.

»Sie ist aufgewacht. Hol ihre Mutter, schnell. Sie ist nur mal kurz raus, um sich im Flur die Beine zu vertreten. Ava?«

Verschwommen erkenne ich die Gestalt meines Vaters, die über mir aufragt. Ich kann mich nicht auf ihn konzentrieren; es ist wie bei diesen Kaleidoskop-Spielzeugen – ständig wechselnde Farben und Formen. Wechselnde Gesichter.

»Du bist im Krankenhaus, Liebes. Versuch nicht zu reden, du bist an die Maschine angeschlossen.«

Ich schließe die Augen.

Das klatschende Geräusch der Schuhe meiner Mutter auf dem Linoleum, ihr Keuchen.

»Ist sie bei Bewusstsein?«

»Das war sie. Sie hat mich einen Moment lang direkt angesehen.«

»Oh.«

»Es tut mir leid, Liebes.«

»Es ist in Ordnung. Sie braucht ihren Schlaf. Sie wird bald wieder aufwachen.«

Blinzeln.

Zischen, Klicken. Ich mag das Gefühl nicht, wie der Sauerstoff in meine Nase gedrückt wird, also fasse ich nach oben, um den Schlauch herauszuziehen.

»O nein, das wirst du nicht tun, Miss.« Die energische Stimme meiner Mutter. »Der bleibt drin, bis der Arzt etwas anderes sagt, verstanden?« Die Bänder sind wieder hinter meinen Ohren, die Plastikschläuche werden wieder in meine Nasenlöcher gesteckt.

»Ich bin mir ziemlich sicher, dass du hier nicht arbeitest«, murmle ich schwach.

»Ist mir egal«, sagt meine Mutter. »Du hast mich schon genug erschreckt. Wir folgen den Anweisungen des Arztes.«

»Es tut mir leid.«

»Nein, es tut mir leid«, erwidert sie seufzend. »Ich wusste, dass etwas nicht stimmt. Ich hätte den Arzt rufen sollen.«

»Was ist mit mir los? Abgesehen vom Offensichtlichen.«

Sie schaut Dad an. »Wie hieß das noch mal?«

»Hyperkalzämie. Du hast zu viel Kalzium im Blut.« Er räuspert sich. »Weil sich der Krebs auf deine Knochen ausgebreitet hat, brechen sie langsam auseinander und geben Kalzium an dein Blut ab.«

»Großartig. Diese Krebs-Sache hält ein Geschenk nach dem anderen für einen bereit, was?« Ich kann nichts gegen die

Bitterkeit tun, die aus meiner Stimme klingt. Manchmal kann man es einfach nicht mehr positiv betrachten.

Mum lächelt etwas und streicht mir sanft die Haare aus der Stirn.

»Also, was machen wir jetzt?«, frage ich und sehe, wie die beiden einen Blick wechseln. Ich kenne diesen Blick. Es ist der Blick von Leuten, die schlechte Nachrichten haben. »Sagt es mir.«

»Man kann da nichts machen«, meint mein Vater resigniert. »Sie können nur die Symptome behandeln.«

Ich reibe mir die Augen und wünschte, ich könnte einschlafen und aufwachen, und dann wäre alles nur ein schlechter Traum gewesen. Habe ich nicht schon genug durchgemacht?

Wenn man mit seiner eigenen Sterblichkeit konfrontiert wird, ist es natürlich, sich nach dem Warum zu fragen. Warum ich? Warum? Ein harmloses Wort, fünf Buchstaben.

Ich wurde nicht religiös erzogen. Nach meiner Diagnose bin ich einmal in eine Kirche gegangen, um herauszufinden, wie es dort aussieht. Es war nicht besonders beeindruckend. Ich hatte mit Steinmetzarbeiten und Glasmalerei gerechnet, doch stattdessen entdeckte ich Holzbänke und eine Tafel, auf der mit Hand geschrieben stand, dass Wellensittich Terry vermisst wurde und ob ihn jemand gesehen hätte. Irgendwelche spirituellen Einsichten, auf die ich gehofft hatte, gab es nicht. Zwar war ich enttäuscht, sah mich aber zugleich darin bestätigt, dass das, was mit mir geschah, nichts mit meinem Mangel an Glauben zu tun hatte.

Trotzdem fragte ich mich weiter, warum. Was habe ich getan, um das zu verdienen? Warum ich und nicht die Frau, die neben mir wohnte. Sie war sehr freundlich; wir winkten uns in der Einfahrt zu, und einmal fütterte ich ihre Katze, als sie für eine Woche auf Fidschi war. Warum nicht sie? Nicht, dass ich es jemand anderem wünsche, nicht mal meinem ärgsten Feind.

Aber wer wählt hier aus? Oder ist das einfach nur eine riesige, allumfassende Lottoziehung?

Ich drehe mich im Bett um und ziehe mir das raue Krankenhauslaken über den Kopf, so wie ich es als Kind tat, wenn ich Angst vor der Dunkelheit hatte. Ich habe immer noch Angst vor der Dunkelheit. Ständig. Nur ist es jetzt ein endlos dunkler Tunnel, der vor mir liegt. Unendliche Dunkelheit.

»Ich bin müde«, murmle ich.

»Gut, Liebes.« Mums Stimme klingt angespannt. Es ist schwer für sie, für sie beide. »Schlaf etwas. Wir gehen nach Hause und duschen und sind später wieder da. Brauchst du etwas?«

»Nein.«

Blinzeln.

Ich wache schreiend auf. Ich habe geträumt, dass ich im Meer schwimme. Anfangs war es angenehm, aber dann bemerkte ich, dass sich das Ufer immer weiter entfernte, während ich davontrieb. Egal wie sehr ich mich anstrengte, ich konnte nicht mehr zurück, das Land war bald nur noch ein winziger grüner Fleck in der Ferne. Ich konnte die unfassbare Tiefe des Wassers unter mir spüren, den weiten, offenen Raum um mich herum. Ich war nichts, ein Fleck, unbedeutend, ging unter.

»Nein!« Ich schlage im Bett um mich, das Laken ist immer noch über meinem Kopf, und ich bekomme keine Luft.

»Hey, es ist alles in Ordnung, ich bin hier.« Jemand reißt das Laken von mir, schiebt einen Arm um mich und zieht mich an sich. Leise, beruhigende Geräusche an meinem Ohr, beruhigend wie der Klang des Regens, und langsam beginne ich, mich zu entspannen.

»James?«

»Ja. Ich bin's. Es tut mir leid, dass ich so lange gebraucht habe. Ich bin so schnell es ging gekommen.«

»Wer hat dich angerufen?«

»Amanda.«

»Das hätte sie nicht tun sollen.«

»Ich bin froh darüber.«

»Du musst arbeiten, das ist alles nur viel Lärm um nichts. Es geht mir gut.«

Das sage ich genauso zu meiner Beruhigung wie zu seiner.

»Natürlich, ich weiß.« Allerdings liegt wenig Überzeugung in seiner Stimme. »Trotzdem bin ich froh, dass sie angerufen hat.«

Ich schmiege mein Gesicht an seine Brust und atme seinen vertrauten Geruch ein. »Ich auch. Aber verrat ihr das bloß nicht.«

»Mann, Ava. Ich habe mich so hilflos gefühlt, weit weg von dir zu erfahren, dass es dir schlecht geht.«

»Das tut mir leid.«

Er zieht die Arme noch fester um mich. »Es muss dir nicht leidtun. Es ist nicht deine Schuld. Ich habe aber Angst, dass es meine sein könnte, weil ich dich über das Wochenende mitgenommen habe. Das war zu anstrengend, oder?«

»Nein, nein. Es ist nicht deine Schuld. Das gehört einfach zu den beschissenen Dingen, wenn man Krebs hat. Es hätte überall und jederzeit passieren können.«

Er atmet erleichtert aus, und mir wird klar, dass er sich tatsächlich Vorwürfe gemacht hat.

»Du hast mich so erschreckt«, sagt er.

»Ich habe mich selbst erschreckt«, gebe ich zu. »Sag meiner Mutter nichts, aber ich dachte schon, das war es. Das Ende. Ich habe ein helles Licht gesehen und alles. Wobei das natürlich nur Kate war, die ins Zimmer kam und das Licht eingeschaltet hat.« Ich fange leise zu weinen an, als er mich in seinen Armen wiegt.

»Es tut mir leid. Ich hätte nicht gehen dürfen. Und das werde ich auch nicht noch einmal tun.«

Ich weiche etwas zurück, um ihn anzusehen. Obwohl er müde wirkt und seine Haut diese merkwürdige graue Farbe aufweist, die durch einen langen Flug in einem Metallrohr mit recycelter Luft entsteht, sieht er immer noch umwerfend aus.

»Wie meinst du das?«

Er hebt die Augenbrauen und neigt den Kopf. »Was hältst du von einem neuen Mitbewohner?«

»Ist das dein Ernst?«

Er nickt. »Absolut. Ich habe bereits mit Amanda und Kate darüber gesprochen, und sie sind einverstanden, dass ich einziehe, falls du das möchtest.« Er verwechselt mein Schweigen mit Zögern und spricht hastig weiter. »Also ich will natürlich nicht alle meine Möbel mitbringen, nichts dergleichen. Ich behalte meine Wohnung. Ich will nur vorübergehend einziehen, weißt du. Und ich kann in einem anderen Zimmer schlafen, wenn es dir zu schnell geht. Das würde ich völlig verstehen, ich wäre nicht gekränkt, versprochen. Ich will mich nicht aufdrängen, und bitte sag Nein, wenn du das nicht möchtest. Ich dachte nur, wir könnten vielleicht, weißt du …«

Ich bringe ihn mit einem Kuss zum Schweigen, drücke meine Lippen ganz fest auf seine.

Als ich mich wieder aufrichte, blinzelt er. »Ist das ein …?«

»Ja.« Ich lache mit Tränen in den Augen. »Natürlich ist das ein Ja.«

Langsam breitet sich ein Lächeln auf seinem Gesicht aus. »Bist du sicher?«

»Ganz sicher. Ich kann mir nichts vorstellen, was ich lieber hätte.« Ich lächle. »Nun, abgesehen von einem Heilmittel gegen Krebs natürlich.«

»Natürlich.« Er schneidet eine Grimasse. »Also, wir ziehen wirklich zusammen?«

»Sieht so aus.«

»Und du bist dir ganz sicher? Ich könnte es wirklich verstehen, wenn es dir zu schnell geht, wir kennen uns noch nicht so lange.«

»Ja, ich bin mir sicher. Und du?«

»Natürlich.«

»James.« Ich rutsche etwas zur Seite, damit er sich auf die Kante setzen und an das Rückenteil des Betts lehnen kann. Dann lege ich den Kopf auf seine Schulter, und er schlingt einen Arm um mich. »Ich muss erst wissen, dass du richtig darüber nachgedacht hast«, sage ich. »Denn was auf dich zukommt, wird nicht einfach sein.«

Ich höre ihn schlucken. »Ich weiß.«

»Du musst dir hundertprozentig sicher sein. Du wirst Dinge zu sehen bekommen, die du lieber nicht sehen würdest, und ich habe Angst, dass das zu viele schmerzhafte Erinnerungen bei dir auslösen könnte.«

Er verstärkt seinen Griff um meine Schulter. »Ich habe Angst, da will ich dich nicht anlügen. Aber ich lasse nicht zu, dass die Angst mich davon abhält, mir dir zusammen zu sein. Alles, was ich im Auto gesagt habe, habe ich auch so gemeint.«

Ich atme aus, erleichtert. »Schön. Dann machen wir das also wirklich.«

Als Antwort gibt er mir einen Kuss.

Zweifellos geht das alles sehr schnell. Zu einer anderen Zeit und unter normalen Umständen hätte ich das Weite gesucht, wenn ein Typ nach so kurzer Zeit vorgeschlagen hätte, zusammenzuziehen. Aber das sind keine normalen Umstände, ganz und gar nicht. Und es fühlt sich richtig an.

»Allerdings gibt es eine Sache, die du wissen solltest, bevor du deine endgültige Entscheidung triffst«, sage ich feierlich.

»Ach ja? Und zwar?«

»Ich muss auf der linken Seite des Betts schlafen. Und ich bin dafür bekannt, dass ich die ganze Bettdecke beanspruche.«

Er lacht. »Ich denke, damit kann ich leben. Ich schnarche übrigens.«

Ich sauge Luft durch die Zähne und schüttele den Kopf. »Damit muss ich dann wohl leben. Und bei drei Frauen im Haus musst du auf jeden Fall immer darauf achten, den Toilettensitz runterzuklappen.«

»Zur Kenntnis genommen. Oh, und hoffentlich macht es dir nichts aus, dass ich eine Eidechse als Haustier habe. Nun, eigentlich ist es ein Komodowaran. Der sitzt nachts gern an meinem Bett und sieht mir beim Schlafen zu. Er heißt Rocky. Keine Sorge, er ist ganz harmlos. Na ja, er hat mich einmal gebissen, aber das wurde mit nur drei Stichen genäht. Und ich war selbst schuld, weil ich vergessen hatte, ihn zu füttern.«

Ich starre ihn mit großen Augen an. »Ist das dein Ernst?«

Er sieht mich etwa zwei Sekunden lang ausdruckslos an und bricht dann in Gelächter aus. »Nein. Ich mache nur Spaß. Du solltest dein Gesicht sehen, ich wünschte, ich hätte meine Kamera dabei.«

Ich schlage ihn leicht auf den Arm. »O mein Gott, du hast mir echt Angst gemacht.«

»Entschuldige.«

Er zieht mich an sich, um mich zu küssen, und der Kuss wird schnell leidenschaftlicher, doch dann fällt mir wieder ein, wo wir sind, und ich ziehe mich atemlos zurück. »Ich will so schnell wie möglich hier raus.«

»Haben sie gesagt, wie lange du bleiben musst?«

»Nicht zu mir. Aber ich war auch ziemlich ausgeknockt.«

»Soll ich versuchen, einen Arzt aufzutreiben? Herausfinden, was los ist?«

»Ja, bitte.«

Er steht auf, aber bevor er einen Schritt machen kann, packe ich ihn an seinem Pullover, und er dreht sich um.

Ich atme tief durch, weil ich all meinen Mut zusammennehmen muss, um zu sagen, was ich zu sagen habe. Ich zeige mich nicht gern verletzlich, aber er war ehrlich zu mir, und jetzt bin ich an der Reihe. »Als du im Auto gesagt hast, dass ich dir wichtig bin, habe ich nicht geantwortet. Doch du sollst wissen, dass du mir auch wichtig bist. So sehr, dass es mir manchmal den Atem raubt. Und mir ist klar, dass der Zeitpunkt oder die Umstände nicht schlechter sein könnten, weil ich nicht weiß, wie lange ich noch habe, und ich kann dir nicht die Zukunft versprechen, die du verdienst.« Tränen laufen mir über die Wangen, er öffnet den Mund, um etwas zu sagen, aber ich hebe eine Hand. »Warte. Ich muss das beenden. Ich kann dir nicht versprechen, dass ich eine großartige Freundin sein werde, denn das werde ich wahrscheinlich nicht. Alles wird nur immer schlimmer und ich werde immer kränker werden. Damit meine ich: wirklich krank. Es wird kein bisschen glamourös sein, und du wirst dich bestimmt irgendwann einmal ekeln. Wenn du es irgendwann beenden willst, werde ich es verstehen. Wirklich. Und ich werde es dir nicht übelnehmen. Du kannst jederzeit aussteigen, wann immer du willst, okay? Ich möchte, dass du das weißt.«

Er beugt sich nach unten, um die Lippen fest auf meine Stirn zu drücken, und erst als ich eine Träne auf meiner Haut spüre, wird mir klar, dass auch er weint. Seine nächsten Worte an mich sind so leise wie der Atem eines neugeborenen Kindes: »Ich gehe nirgendwohin.«

35. Kapitel

Etwas über eine Woche später, als meine Symptome unter Kontrolle gebracht und meine Medikamente neu eingestellt sind, kann ich nach Hause gehen. Ohne großes Tamtam gehe ich leise durch die Krankenhaustüren, James auf der einen und meine Mutter auf der anderen Seite. Das Schlusslicht bildet mein Vater mit meiner Tasche und mehreren Blumensträußen von Freunden und Bekannten. Obwohl ich die Bemühungen zu schätzen weiß, wünschte ich, ich hätte keine Blumen bekommen. Zu sehen, wie sie verwelken und sterben, ist wie eine ständige Ermahnung, die ich nun wirklich nicht brauche. Das scheint mein Vater zu spüren, denn irgendwo auf dem Weg zwischen Krankenhaus, Apotheke und Lebensmittelgeschäft lässt er sie verschwinden.

Meine Eltern haben die letzte Woche damit verbracht, James kennenzulernen. Das bei einem neuen Freund übliche Verhör haben sie aber auf ein Minimum reduziert. Das hier ist schließlich keine normale Beziehung, und letztendlich kommt es nur auf eines an:

Macht er dich glücklich?

Ja. Wie verrückt.

Willkommen in der Familie, James.

Ich freue mich so über James' Einzug, dass mich die Erinnerung an jene Nacht erst überfallt, als ich die Schlafzimmertür öffne und mir der Geruch von Desinfektions- und Bleichmittel in die Nase dringt. Diese schreckliche Angst, die ich hatte, packt mich erneut, und ich rolle mich auf dem Bett mit den brandneuen Laken zusammen und weine heiße Tränen, weil ich weiß, dass ich wirklich geliefert bin. Dass das einfach nicht fair ist und mein sogenanntes Leben zu Ende geht. Das Ende meiner Tage nähert sich rasend schnell. Und es gibt nichts, was ich dagegen tun kann.

James schmiegt den Körper um meinen herum, und so verharren wir stundenlang, während die anderen im Haus diskret Abstand halten und so tun, als könnten sie mein herzzerreißendes Schluchzen durch die Wände nicht hören. Irgendwann, erschöpft, schlafe ich ein. Als ich aufwache, ist James weg, und der Platz, an dem er gelegen hat, ist ausgekühlt. Sofort mache ich mich auf die Suche nach ihm, ich brauche ihn mit einer Heftigkeit, die ihm gegenüber nicht fair ist. Er ist meine Rettungsinsel, an der ich mich festklammern kann, mein Anker im Sturm. So unvernünftig es ist, ich will nicht einen Moment ohne ihn sein.

Sie sitzen alle bei weit geöffneten Terrassentüren im Wohnzimmer. Kaum habe ich den Raum betreten, kann ich die Wärme spüren. Der Sommer steht vor der Tür. Ich gehe zu James, der in einem La-Z-Boy-Sessel sitzt, und drapiere mich über ihn, trotz der Wärme. Die Aussicht auf den Tod macht mich bedürftig.

»Wie fühlst du dich?« Mum steht auf. »Ich hole dir ein Glas Wasser.«

»Es ist alles gut.« Ich zucke mit den Schultern, weil ich keine Worte habe, um zu beschreiben, wie ich mich fühle. Außerdem brauchen sie es auch nicht zu wissen. »Und ich habe keinen Durst.«

»Dein Pech, denn du wirst trinken.« Sie reicht mir ein Glas

Wasser und sieht mich vielsagend an. »Es sei denn, du willst wieder wegen Dehydrierung im Krankenhaus landen?«

Gehorsam zwinge ich mich, das Wasser zu trinken.

»Braves Mädchen.«

Erst jetzt fällt mir auf, dass die Couch anders steht, sie ist weiter von der Wand entfernt als zuvor.

»Warum habt ihr die Couch verschoben?«, frage ich.

Kate und Amanda wechseln einen Blick.

»Sollen wir es ihr zeigen?«, fragt Kate.

Amanda zuckt mit den Schultern. »Warum nicht. Der Zeitpunkt ist so gut wie jeder andere.«

»Mir was zeigen?«

»Als du im Krankenhaus warst, haben wir eine Lieferung bekommen.«

»Was für eine Lieferung?«

Zusammen schieben sie die Couch vor, hinter der sich ein riesiger Stapel Pakete befindet. Einige sind in normales Papier gewickelt, andere sind bunt oder sogar in Weihnachtspapier eingepackt.

»Wow«, sage ich. »Für wen sind die?«

»Für dich.«

»Im Ernst?«

»Nun, zumindest steht auf allen dein Name drauf«, erklärt Amanda. »Mehr aber auch nicht. Der Typ, der das alles geliefert hat, sagte, dass sie eine Zeit lang Pakete mit der Aufschrift ›Ava von Women's Weekly‹ bekommen haben. Daraufhin haben sie die Zeitschrift überreden können, deine Anschrift weiterzugeben, und tja, hier ist das alles.«

Staunend starre ich auf den kleinen Geschenkeberg. »Von wem sind die?«

»Mach auf, dann erfährst du es«, schlägt Dad vor.

»Das kann ich nicht.«

»Warum nicht?«

»Weil es nicht richtig wäre, oder?«

Mum seufzt. »Ava, ich liebe dich. Aber manchmal ergibt das, was du sagst, so viel Sinn wie eine Fliegengittertür auf einem U-Boot.«

»Danke, Mum.«

»Warum sollte es falsch sein, diese Geschenke zu öffnen? Sie sind alle für dich.«

»Aber ich kenne die Leute, die sie geschickt haben, nicht. Ich habe keinen Geburtstag. Und ich habe nichts getan, wofür ich Geschenke verdient hätte.«

»Das ist sicher nicht leicht zu verstehen, aber die Leute haben das Gefühl, dich durch die Artikel und deine Kolumne zu kennen. Anscheinend ist die Auflage der Zeitschrift so hoch wie seit Jahren nicht mehr.«

»Ich bin froh, dass wenigstens irgendjemand von meinem Tod profitiert.«

Der Witz als solcher kommt nicht gut an. »Sorry. Wie auch immer, was hat es mit dem Weihnachtspapier auf sich?«

»Nun, es sind nur noch etwas mehr als drei Wochen bis Weihnachten«, antwortet James.

Ich starre ihn an. »Wirklich?«

Er nickt.

»Wow. Das ging schnell.«

»Der Dezember vergeht immer besonders schnell«, meint Mum. »Es ist jedes Jahr dasselbe. Man denkt, man hat alle Zeit der Welt, um in Festlaune zu kommen und den Kuchen zu backen und alle Vorbereitungen zu treffen, und bevor man sich versieht, ist der Tag schon da.«

Dieses Jahr ist es jedoch etwas anders, und das wissen wir alle. Es wird mein letztes Weihnachten sein. Dröhnendes Schweigen breitet sich im Raum aus, als wir alle dasselbe denken. Wie erwartet, bricht Amanda dieses Schweigen. Glücklicherweise.

Sie räuspert sich. »Wenn du sie nicht aufmachen willst, übernehme ich das gern.«

»Amanda«, sagt Kate mahnend.

»Was denn? Ich meine ja nur. Es wäre doch eine Schande, die Geschenke wegzuwerfen. Die Leute wollen, dass Ava sie bekommt, was auch immer drin ist.«

Ich weiß, dass sie recht hat. Ich muss ab und zu aufhören, an mich selbst zu denken, und mich auf die gute Absicht konzentrieren, die hinter den Handlungen anderer steckt.

»Wie wäre es, wenn jeder ein paar Päckchen öffnet?«, schlage ich vor. »Das wäre eine nette Nachmittagsbeschäftigung.«

Und genau das tun wir dann auch, setzen uns im Kreis um die Geschenke herum und öffnen sie. Kate besteht darauf, aufzuschreiben, welches Geschenk von wem ist, vorausgesetzt, es steht ein Absender darauf. Einige sind anonym. Es sind Geschenke für die Hochzeit. Manche brandneu, manche gebraucht, andere handgefertigt; wie beispielsweise ein zarter Spitzenschleier, der eindeutig sehr alt ist, aber liebevoll gehegt und gepflegt.

»Er ist wunderschön«, sagt Mum hauchend, als sie ihn herausnimmt. Dann liest sie die Karte laut vor.

Liebe Ava,

mein Name ist Lois Pearl, und dies war vor fünfundsechzig Jahren, als ich meinen Mann Jack heiratete, mein Hochzeitsschleier. Meine Mutter und meine Großmutter haben ihn von Hand genäht, und ich kann mich noch gut erinnern, wie stolz ich war, ihn zu tragen, und dass ich mich wie eine Prinzessin fühlte. Jack ist vor vierzig Jahren gestorben. Von den Verletzungen, die er sich im Zweiten Weltkrieg zugezogen hatte, erholte er sich nie

mehr ganz. Wir führten eine gute Ehe, wir waren glücklich. Wir haben sechs Kinder großgezogen, und inzwischen bin ich stolze Großmutter von neunzehn Enkeln und Urgroßmutter von vier Urenkeln. Das Leben war nicht immer einfach, und ich habe mich im Laufe der Jahre ziemlich oft beschwert. Doch deine Geschichte zu lesen, hat mich wieder daran erinnert, wie glücklich ich bin und wie dankbar ich sein sollte. Dafür möchte ich dir danken und dir meinen Schleier schenken. Er soll nicht länger ganz hinten im Schrank in einer Schachtel liegen, aber ich würde es natürlich verstehen, wenn du ihn nicht tragen willst, denn mir ist klar, dass er nicht besonders modern ist! So oder so, bitte schenke ihn danach weiter.
Alles Liebe, Lois.

»Oh, ist er nicht schön.« Mum schnieft mit Tränen in den Augen.

»Er riecht nach Mottenkugeln«, meint Amanda.

Wir trinken Wein – auch ich, obwohl ich es nicht sollte.

»Du hast doch gesagt, dass ich mehr trinken soll«, entgegne ich, als Mum protestiert.

»So habe ich das nicht gemeint, und das weißt du auch. Aber trink ruhig. Ein bisschen Wein wird dir schon nicht schaden.«

In den Päckchen sind auch Bücher. Romane, Selbsthilfe-Bücher über Spiritualität und Achtsamkeit und sogar ein paar Bibeln. Wie die Sache mit den Blumen ist das alles natürlich gut gemeint, erinnert mich aber lediglich daran, dass ich nicht die Zeit haben werde, sie zu lesen. Nicht alle. Wahrscheinlich werde ich nicht einmal eines lesen, wenn ich ehrlich bin. Obwohl ich mein Leben lang eine begeisterte Leserin war, will ich meine knapp bemessene Zeit lieber damit verbringen, eigene Erinnerungen zu erschaffen, als damit, über die Erinnerungen und wichtigen Momente anderer Menschen zu lesen.

Es ist auch eine Menge kitschiges Zeugs dabei, wie man es in jedem guten Geschenkeladen kaufen kann. Dinge, die einen zu größeren Taten anregen oder zumindest daran erinnern wollen, den Tag mit einem Lächeln zu beginnen. Kühlschrankmagneten, Kaffeetassen, Kissen. Kerzen, die nach tropischen Inseln riechen. Schürzen mit inspirierenden Zitaten drauf.

Außerdem zwei Hochzeitskleider, beide sind mir zu groß. Vier Paar Schuhe, ein Diadem, sechs Halsketten, drei Armreifen und vierzehn Strumpfbänder aus Spitze. Und sogar, ziemlich unangemessen, eine Garnitur scharlachrote Dessous.

»Sind das …?« Amanda reißt sie mir aus der Hand, um sie genauer zu inspizieren, dann kreischt sie vor Lachen. »Im Schritt offenes Höschen«, brüllt sie los. »O mein Gott.«

Ich schnappe sie mir wieder. »Halt die Klappe.«

James grinst so lange, bis mein Vater ihn mit gerunzelter Stirn ansieht, woraufhin er beschließt, doch lieber aus dem Fenster in die Ferne zu starren.

Als wir fertig sind, liegt ein Haufen absolut wunderbarer Geschenke vor mir, aber ich kann kein einziges davon brauchen.

»Spenden wir sie«, erkläre ich mit Nachdruck, als Kate zaghaft fragt, wo wir all das aufbewahren sollen.

»Wem?«

»Keine Ahnung. Dem Frauenhaus? Wenn jemand etwas Schönes zu Weihnachten brauchen kann, dann diese Frauen.«

»Ja, das ist eine gute Idee.« Mum lächelt. »Bist du dir ganz sicher, dass du nichts davon behalten willst?«

Ich betrachte den Haufen und ziehe dann den Schleier heraus. Natürlich werde ich ihn nicht tragen, er passt nicht zu meiner Idee, wie ich an diesem Tag aussehen will. Aber ich möchte auch nicht, dass ihn einfach irgendjemand bekommt. »Nur den. Ich werde ihm ein neues Zuhause suchen.«

»Mehr nicht? Bist du sicher?«

Ich nicke. »Bin ich. Ich bin für jedes einzelne Geschenk dankbar. Und dass all die Leute an mich gedacht haben. Aber ich brauche nichts, und mir wäre es lieber, wenn alles an Menschen geht, die etwas davon haben.«

»Ava Green, du hast ein Herz aus Gold«, sagt Mum. »Das hast du von mir.«

Avas Notizen

(Women's Weekly am 18. Dezember)

Gebt weniger für Besitz aus. Klar, das habt ihr schon häufiger gehört. Unzählige Male. Aber bevor ihr die Augen verdreht und weiterblättert, hört es euch noch einmal von mir an, der sterbenden Frau.

Ich habe mein letztes Weihnachten hier auf Erden vor mir. Den letzten Heiligabend, den letzten Weihnachtsmorgen. Also habe ich angefangen, über all die Weihnachtsfeste nachzudenken, die hinter mir liegen, was zugegebenermaßen nicht allzu viele sind. Nicht annähernd genug. Und wisst ihr was? Es gibt nur ein Geschenk, an das ich mich erinnern kann, und das war die Puppe, die ich mit etwa vier Jahren bekam. Das war's. Und selbst bei der weiß ich nicht mehr genau, wie sie aussah – nur noch, wie sie roch. Ich kann mich ja nicht einmal daran erinnern, was ich letzte Weihnachten geschenkt bekommen habe. Ist das nicht furchtbar?

Wir investieren jede Menge Zeit und Geld in die »perfekten« Geschenke für unsere Lieben, und die meisten werden noch vor dem Jahreswechsel weggeworfen oder vergessen. Diese »perfekten«, lebensverändernden Geschenke – sie liegen irgendwo in Schränken oder Schubladen. Ihr werdet wieder darauf stoßen, in ein paar Monaten oder in einem Jahr, und ihr werdet euch verwundert den Kopf kratzen und euch fragen, wer euch diese Dinge eigentlich geschenkt hat.

Geschenke sind bedeutungslos. Zumindest die meisten. Natürlich gibt es Ausnahmen.

Woran ich mich allerdings *gut* erinnern kann, ist, wie viel Spaß wir hatten. An meine Familie. Wie wir an Heiligabend dem Weihnachtsmann Kekse und den Rentieren Karotten rauslegten. Wie wir versuchten, wach zu bleiben, und auf das Trappeln der Hufe auf dem Dach lauschten. Am Weihnachtstag selbst dann diese Fröhlichkeit und Ausgelassenheit, wie wir spielten und aßen und tranken und die Ansprache der Queen im Fernsehen sahen und versuchten, ihren formellen und korrekten Tonfall nachzuahmen, und uns vor Lachen auf dem Boden kugelten, wenn mein Vater ihn am besten traf. Knallbonbons knallen lassen, unter dem Rasensprinkler durchlaufen, sich nach zu viel Essen auf dem Sofa den Bauch reiben und schon eine Stunde später wieder aufstehen, um nach etwas Essbarem zu suchen.

Es sind Erfahrungen, die uns reich machen. Die Zeit, die wir mit unserer Familie und unseren Freunden verbringen, das ist das perfekte Geschenk, und es ist alles, was wir brauchen. Lasst euch nicht von Werbung manipulieren, die euch ständig anschreit: BOXING-DAY-AUSVERKAUF, SONDERANGEBOTE, NUR FÜR KURZE ZEIT. Nein. Ruft lieber eure Freunde an. Ladet sie auf ein Bier ein, fragt sie, wie es ihnen geht, und hört euch ihre Antwort auch wirklich an.

Ihr könnt nichts mitnehmen, wenn ihr geht, und solange ihr hier seid, wird Besitz euch nur belasten. Wenn ihr ausmistet, werdet ihr euch leichter und freier fühlen, nicht mehr so gefangen. Ich werde diese Erde mit nur einem Hemd auf dem Leib verlassen, und das finde ich schon ganz in Ordnung, soweit ich es überhaupt in Ordnung finden kann. Ich bin reich, weil ich geliebt werde. Zeigt euren Liebsten, wie sehr ihr sie liebt, indem ihr ihnen eure Zeit schenkt, statt Geld auszugeben. Daran werden sie sich erinnern, das verspreche ich.

36. Kapitel

Mein letztes Weihnachten auf dieser Erde verläuft ziemlich ruhig. Da seit dem Krankenhausaufenthalt Müdigkeit mein ständiger Begleiter ist und meine Bewegungen immer schwerfälliger werden, habe ich nicht viel Energie. Doch selbst wenn ich nicht müde wäre, gäbe es nichts, was ich lieber tun würde, als eingehüllt in die Liebe meiner Eltern und Freundinnen zu Hause zu sein. Und in die von James natürlich. Immerzu James. Er weicht nicht von meiner Seite. Auf seine Arbeit spreche ich ihn nicht an, weil ich instinktiv weiß, dass er Angebote ablehnt, um bei mir sein zu können, was mich auf egoistische Weise glücklich macht.

Wir haben beschlossen, uns dieses Jahr nichts zu schenken, denn mal ehrlich, wozu denn. Mich erreichen immer noch fast täglich Päckchen von Menschen aus dem ganzen Land. Es ist ja gut gemeint, und ich weiß es auch zu schätzen, deswegen öffne ich sie alle, verschenke aber sämtliche Geschenke weiter.

Ich habe das dringende Bedürfnis, Erinnerungen zu schaffen, nicht nur für mich, und ich frage mich, was aus meinen Erinnerungen wird, wenn ich nicht mehr da bin. Auf jeden Fall bin ich fest entschlossen, denen, die ich zurücklasse, genügend Erinnerungen zu schenken, um sie durch die schwierigen Zeiten zu bringen. Meine Mutter kommt mit der Vorstellung, dass dies mein letztes Weihnachten ist, nicht gut zurecht. Also übernachten James und ich während der Feiertage meistens bei meinen Eltern und schenken ihnen auf diese Weise Zeit mit ihrer Tochter. Wenn wir mal eine Pause brauchen, gehen wir zurück zu Kate, wo wir miteinander schlafen können, ohne befürchten zu müssen, von meinen Eltern durch die Wände gehört zu werden. Mein Zimmer liegt am anderen Ende des Hauses, weit genug von Kates und Amandas Räumen entfernt, um so geräuschvoll zu sein, wie es der Anlass erfordert.

Da ich also meinen Eltern und James ein unvergessliches Weihnachtsfest bescheren will, unternehmen wir alle weihnachtlichen Sachen, die mir einfallen – sogar einen dreistündigen Ausflug zu einer Weihnachtsbaumfarm, um dort den perfekten Baum zu finden. Der ist allerdings so groß, dass mein Vater ihn ein gutes Stück kürzen muss, während meine Mutter hastig in die Stadt fährt, um mehr Lametta und Lichterketten zu kaufen. Der Weihnachtsschmuck, mit dem wir die letzten Jahre einen kleinen Plastikbaum behängt haben, reicht nicht annähernd für diese Monstrosität in unserem Wohnzimmer aus. Doch der Aufwand lohnt sich, weil danach einfach alles perfekt aussieht. Der Anblick des hell leuchtenden Baums und der Kieferduft erinnern mich so sehr an glücklichere Zeiten, dass ich beschließe, wenn schon, dann in einem Kiefernsarg beerdigt zu werden. Was ich allerdings, um die Stimmung nicht zu drücken, niemandem erzähle, noch nicht, sondern lediglich aufschreibe.

In einem seltenen nächtlichen Einkaufsrausch bestelle ich online für alle die gleichen Weihnachtspullover, obwohl es dreißig Grad heiß ist und der Asphalt auf der Straße zu schmelzen beginnt, und gemeinsam posieren wir für eine Fotoreihe vor dem Weihnachtsbaum und effektvoll brennendem

Kamin. Danach ist das Gesicht meiner Mutter dunkelrot, und sie verbringt den Rest des Tages überwiegend damit, den Kopf in den Kühlschrank zu stecken, wobei sie allerdings vorgibt, das Menü für den Weihnachtstag zu planen. Mir geht auf, dass ich höchstwahrscheinlich keinen Winter mehr erleben werde, also zünden wir den Kamin erneut an, und da sitze ich und betrachte das Feuer, bis nichts mehr als Asche übrig ist.

An einem Freitagabend gehen wir zum Weihnachtsliedersingen in den Park, und als bei Kerzenschein tausend Menschen »Stille Nacht« in den frühen Abendhimmel schmettern, beginne ich, wie ein Schlosshund zu heulen. Das wiederum bringt meine Mutter und Kate zum Weinen. Die Leute um uns herum sehen uns zunächst seltsam an, bis ihnen klar wird, wer ich bin. Ab da sind ihre Blicke mitfühlend. Ich verliere den Überblick, wie viele Menschen zu uns kommen, um uns »alles Gute« zu wünschen und mir mitzuteilen, dass sie mich »in ihre Gebete einschließen«. Ich danke ihnen lächelnd, sage aber nichts weiter dazu. Die Wut auf ihren Gott habe ich inzwischen überwunden, und ich verspüre nicht länger das Bedürfnis, eine Diskussion heraufzubeschwören. Das würde nur dazu führen, dass sie etwas zu verteidigen versuchen, was sie nicht beweisen können. Und mich werden sie bestimmt nicht umstimmen. Nichts kann meine Meinung jetzt noch ändern, und wenn ich deswegen verdammt bin, dann soll es eben so sein. Ich kann nicht vorgeben, an jemanden zu glauben, der zulässt, dass Menschen so etwas widerfährt – sogar kleinen Kindern.

An Heiligabend machen wir etwas, was ich schon immer tun wollte. Die Entscheidung fällt mir nicht leicht, denn dazu muss ich eine Kirche betreten, und ich befürchte, dass jemand etwas sagen könnte, das mich so wütend macht, dass ich einen ätzenden Kommentar nicht länger zurückhalten kann. Doch *wenn* ich eine Löffelliste aufgestellt hätte, würde darauf höchstwahrscheinlich dieser Punkt stehen. Also werfen wir uns in Schale, um die Mitternachtsmesse zu besuchen. Amanda geht nicht mit. Wegen all der Obszönitäten und blasphemischen Worte in ihren Songtexten hat sie Angst vor spontaner Selbstentzündung, sobald sie die Schwelle einer Kirche übertritt, deswegen geht sie lieber mit ihrer Band aus, um sich zu betrinken und ihr übliches Chaos in der Stadt anzurichten.

Wir gehen den Gang hinunter, Mum und Kate vor mir, Dad hinter mir und ich an James' Arm geklammert. Dabei vermeide ich jeglichen Blickkontakt, bis wir auf unseren Plätzen sitzen. *Diese* Kirche ähnelt den Kirchen in meiner Fantasie schon viel mehr. Wir sind mit dem Auto in die Stadt gefahren, somit konnte ich zum Glück auf der Fahrt ein kleines Nickerchen machen. Ein Priester in weiß-goldenen Gewändern leitet den Gottesdienst. Während seiner Predigt schalte ich ab und nutze die Zeit, um die Menschen um mich herum und die schöne Architektur des Gebäudes zu studieren. Aber dann die Weihnachtslieder zu hören, die in dem Gebäude nachhallen, ist etwas Besonderes. Der Klang des Chors kann nur als engelhaft beschrieben werden, was ja ziemlich passend ist, die lieblichen Stimmen springen von den Dachsparren zurück und gleiten die Wände hinab. Ich bekomme Gänsehaut. James hält meine Hand die ganze Zeit fest. Alles in allem bin ich über diese einmalige Erfahrung froh.

Es ist Tradition, den Weihnachtstag bei meinen Eltern zu verbringen. Wie immer kommen deren Freunde vorbei – etwa der halbe Ort –, um »frohe Weihnachten« zu wünschen und bei ein oder zwei Gläschen in Feiertagslaune zu kommen. Meist handelt es sich um pensionierte Paare wie Mum und Dad, deren Kinder zu weit weg wohnen, um an Weihnachten nach Hause zu kommen. Sie erzählen, wie »gut es für Susan in ihrer hoch bezahlten, wichtigen Führungsposition läuft« und dass »die Kinder die neue Nanny wirklich sehr mögen«. Sie glauben, dass sie Deutsche ist. Oder vielleicht Schweizerin.

Es macht mich traurig, darüber nachzudenken. Aber natürlich kann ich nicht behaupten, dass ich ohne Krebs und mit einem Job nicht auch den Großstadttraum leben würde. Genauso wenig weiß ich, ob ich mir die Mühe machen würde, an Weihnachten nach Hause zu fahren. Da kann man alle Selbsthilfe-Bücher der Welt lesen, aber man kapiert es erst dann *wirklich*, wenn einem nicht mehr genug Zeit bleibt, um es auch umzusetzen. Leider neigt der Tod dazu, genau das zu tun; einem die Zeit zu rauben.

Wir verbringen einen herrlichen Tag, einen faulen, einfachen, sorgenfreien Tag. Meine wichtigsten Menschen sind um mich herum, von Amanda abgesehen, die anscheinend so betrunken war, dass sie an Heiligabend auf einem Kreisverkehr in der Stadt eingeschlafen ist. Sie verbringt den Weihnachtstag komatös auf der Couch ihrer Eltern und schreibt mir Dinge wie:

> O Gott, ich glaube, ich habe diesen Kerl Nate geküsst, mit dem wir zur Schule gegangen sind. Den, der immer Würmer gegessen hat. Erinnerst du dich an ihn? Mit dem komisch exakten Seitenscheitel? *Fuck my Life.*

Dieser Tag ist gleichermaßen unspektakulär wie unvergesslich, und das aus den allerbesten Gründen.

Die Woche zwischen Weihnachten und Neujahr verbringen wir wie immer damit, den geradezu lächerlich überdimensionalen Braten aufzuessen, den meine Mutter gekauft hat, und mit den Füßen im Planschbecken im Garten zu sitzen und über die Hitze zu stöhnen. Also, die anderen zumindest. Ich nicht, weil ich den Sommer liebe. Alles scheint einfacher zu sein, wenn es wärmer ist. Die Menschen sind insgesamt weniger unglücklich.

Ich schreibe zwei weitere Artikel für die Zeitschrift. Nadia ist dazu übergegangen, mich telefonisch statt persönlich zu interviewen, und James liefert ihr gern die passenden Fotos. Gemeinerweise schickt er ihr auch eines der schrecklichen Weihnachtspullover-Fotos, was wir erst erfahren, als es schon gedruckt ist. Ich finde das irgendwie lustig, aber Kate ist entsetzt. Denn, sagt sie, *wir* wissen zwar, dass das Ganze ironisch gemeint ist, aber der Rest des Landes eben nicht.

Wenn wir bei Kate sind, gehe ich immer sofort zum Strand. Der kleine Abschnitt ist meist menschenleer, dort kann ich in Gedanken versunken dasitzen und mich von den Wellen hypnotisieren lassen, die ans Ufer schwappen. Manchmal weine ich. Manchmal lache ich. An einem Nachmittag, an dem der Himmel vom blauesten Blau aller Zeiten ist und die Sonne unerträglich heiß herabbrennt, baue ich eine Sandburg. Alle anderen weigern sich, die Kühle des Hauses zu verlassen, also baue ich sie allein und dekoriere die Sandmauern mit sonnengebleichten Muscheln und kleinen Treibholzstäbchen. Sie macht mich auf alberne Weise stolz, und es betrübt mich, als die Flut einsetzt und sie allmählich wegspült. Nichts ist von Dauer. Weder Gefühle noch Menschen noch Sandburgen. Später ziehe ich mich bis auf die Unterwäsche aus und lasse mich auf dem Rücken im Meer treiben, wobei ich das Ufer wachsam im Auge behalte, um nicht zu weit hinausgetrieben zu werden. Den Traum habe ich noch immer nicht vergessen.

Irgendwann zwischen Weihnachten und Neujahr verliere ich meinen Appetit und auf diese Weise vier Kilo. Ich kann spüren, wie mein Körper immer mehr verfällt, aber ich sage nichts. Ich will niemanden beunruhigen, bevor es nicht unvermeidlich ist.

Silvester fahren James und ich an die Spitze der Klippe, von der aus man die Stadt überblicken kann, und sehen zu, wie das Feuerwerk glitzernd vor dem schwarzen Himmel explodiert. Es ist schwer, sich von meinem letzten vollständigen

Jahr auf dieser Erde zu verabschieden, obwohl es das Jahr war, das mir die schlimmste aller Nachrichten brachte. Trotzdem und trotz der Behandlungen, die mir nicht mehr Zeit verschafften, hasse ich dieses Jahr nicht so sehr, wie ich gedacht hätte. Weil es auch das Jahr war, das mir James brachte, und damit das große Glück.

Es ist beängstigend, daran zu denken, dass nun das Jahr meines Todes beginnt. Diese Zahl, die irgendwo in einem Computer neben meinem Namen und auf einem Grabstein stehen wird: Sie ist gekommen. Wie eine schwarze Gewitterwolke, die am Horizont drohte, ist sie nun hier.

Avas Notizen

(Women's Weekly am 14. Januar)

Nehmt euch die Zeit für die einfachen Dinge im Leben.

Ich weiß, wie leicht es ist, sich in das vermeintlich Wichtige zu stürzen, hart zu arbeiten, um Geld für ein neues Haus, ein neues Auto, einen teuren Urlaub zu sparen. Und so vergessen wir oft, die kleinen Dinge zu genießen.

Und ich weiß auch, dass vieles, was magisch klingt, es in Wahrheit gar nicht ist. Wie zum Beispiel im Regen zu tanzen oder ein Hundebaby zu kaufen. Regen neigt dazu, eine eher kalte und nasse Angelegenheit zu sein, und Welpen bedeuten viel harte Arbeit, da die gern auf Teppiche pinkeln oder Schuhe zerkauen.

Das eigene Brot zu backen *klingt* vielleicht toll, aber nur bis man die Hefe vergisst und dann eine Stunde mit Warten vergeudet, nur um festzustellen, dass der Teig nicht aufgegangen ist. Aber man backt das Brot trotzdem und fragt sich hinterher, wozu die Mühe gut gewesen sein soll, wenn es härter als eine Badezimmerfliese ist, aber nicht halb so schön. Nicht einmal die Vögel rühren es an, oder der Hund – was etwas heißen will, nachdem er sogar Fellkugeln von Katzen frisst. Was den Anbau des eigenen Gemüses anbelangt, da kümmert man sich wochenlang mühsam darum, nur damit es einem von irgendeinem blöden Kaninchen direkt unter der Nase weggefressen wird. Das ist einfach nur ärgerlich. Dabei wäre es so viel einfacher gewesen, den Salat in einer Tüte und die Karotten bereits geschält zu kaufen.

Familienspaziergänge an einem Sonntagnachmittag rufen Bilder von rotwangigen Kindern hervor, die fröhlich vorwärts stürmen, um hinter Büschen zu toben und die Natur zu bestaunen, während Mum und Dad selig händchenhaltend hinterherschlendern, voller Dankbarkeit dafür, wie wunderbar das Leben ist. Doch in Wahrheit beginnt der Kampf schon, bevor man überhaupt das Haus verlässt, weil man seine Engelchen erst einmal vom Fernseher wegzerren muss. Bevor man dann auch nur fünfhundert Meter gegangen ist, hockt sich ein Kind mitten auf den Weg und heult, weil ihm die Beine schon wehtun, während das andere unbedingt gebadet und höchstwahrscheinlich entkeimt werden muss, nachdem es mit einem Stock in einem toten Opossum herumgestochert hat, um zu sehen, »was passiert«, und der Ehemann überlegt, ob er vielleicht doch noch die zweite Hälfte des Spiels sehen kann, »wenn wir jetzt umdrehen«. Und so klettert man schließlich auf einen Hügel, um ein Handysignal zu bekommen und nach dem nächstgelegenen Pub googeln zu können.

Es ist anstrengend und vollkommen anders, als man es sich vorgestellt hat.

Aber die Sache ist die: Diese Momente, diese »Erfahrungen« drohen einen in dem Moment fast um den Verstand zu bringen, doch genau das wird nicht passieren. Eines Tages WIRD man auf sie zurückblicken, ohne in Tränen auszubrechen oder zu erschaudern, man begreift vielmehr, wie charakterbildend sie waren und wie viele Erinnerungen sie geschaffen haben.

Auf dem Sterbebett erinnert man sich nicht mehr detailliert an die acht oder mehr Stunden, die man jeden Tag im Büro verbracht hat, auch nicht an das anderthalbstündige Pendeln mit dem Auto jeden Tag. Natürlich müssen Rechnungen bezahlt werden, und ich sage nicht, dass man seinen Job kündigen und sich einem Zirkus anschließen oder alles verkaufen und ein Jahr lang um die Welt segeln sollte. Was für manche funktioniert, ist für andere ein Albtraum. Was ich sagen will, ist Folgendes: Wenn man im Sterben liegt, erinnert man sich nicht daran, wie schrecklich dieses Picknick war, wegen der Ameisen und dem viel zu harten Boden und weil man in Vogelkacke gegriffen und es erst bemerkt hat, nachdem man schon vom Sandwich abgebissen hatte. Stattdessen denkt man daran, wie blau der Himmel an diesem Tag war, wie warm sich die Sonne anfühlte und wie sehr man mit seinen Freunden (oder seiner Familie) gelacht hat. Wie gut es war, im Freien zu sein, gerade so, als würde man wieder eins mit der Natur werden, ohne irgendetwas Besonderes tun zu müssen.

Also macht den Spaziergang, backt den Kuchen mit den vom Nachbarn stibitzten Pflaumen. Schlaft unter Sternen, füttert die Vögel, lest die Zeitung von der ersten bis zur letzten Seite; die Hausarbeit kann warten.

Drosselt das Tempo.

Werdet ruhig.

Keep it simple.

37. Kapitel

Mit dem Januar kommt neue Entschlossenheit. In letzter Zeit befand ich mich zu sehr in einer Abwärtsspirale und konzentrierte mich auf die Ungerechtigkeit meiner Krankheit und die bevorstehenden schweren Tage. Und natürlich ist mir klar, warum. *James.* Er ist alles, was ich je wollte. Zuverlässig, leidenschaftlich, witzig. Wenn wir nicht schlafen oder uns lieben, dann reden wir, über alles und jeden. Er erzählt mir von den Orten, an denen er gewesen ist, und den Dingen, die er gesehen hat, und mit geschlossenen Augen stelle ich mir vor, bei ihm gewesen zu sein, an seiner Seite, die ganze Zeit. Was natürlich nur ein schlechter Ersatz dafür ist, es wirklich erlebt zu haben, doch es muss reichen.

Nach dem Krankenhausaufenthalt wird mir klar, dass ich mich zu sehr aufs Sterben konzentriert habe statt auf das Leben. Es ist aber auch nicht leicht, nachdem ich die meiste Zeit so müde bin, dass ich auf der Couch zusammengerollt nur dabei zusehen kann, wie das Leben um mich herum weitergeht.

Kate und meine Mutter sind jetzt so richtig in die Hochzeitsplanung eingestiegen. Es gibt To-do-Listen, die überall im Haus an Schranktüren und Wänden kleben, und Kate ist dazu übergegangen, mit einem Stift hinter dem Ohr herumzulaufen, damit sie immer einen zur Hand hat und sich in dem kleinen petrolfarbenen Buch Notizen machen kann, das sie unter dem Arm trägt. Was wiederum besonders nützlich für die vielen Telefonate ist, die sie führt.

»Wer war das?«, frage ich eines Tages, nachdem ihr Telefon zum fünften Mal in einer Stunde geklingelt hat. James ist nach Hause gefahren, um zu lüften und den Rasen zu mähen, und Amanda ist mit ihrer Band für ein paar Tage in der Stadt. Kate hat sich freigenommen, um die »Dinge zu Ende zu bringen«. Die Hochzeit ist nur noch zwei Wochen entfernt.

»Hm? Ach, niemand, über den du dir Gedanken machen musst.«

»Ihr übertreibt doch hoffentlich nicht mit dieser ganzen Hochzeitssache?«

»Ausgerechnet wir.«

»Gut. Also liegen wir immer noch im Budget?«

Sie gibt einen Ton von sich, der vermutlich Zustimmung bedeuten soll, doch gleichzeitig zucken ihre Augen ein bisschen.

»Kate.«

»Was?«

»Was hast du getan?«

»Genau das, worum du mich gebeten hast. Ich organisiere dir einen unvergesslichen Hochzeitstag. Oder den Feier-deines-Lebens-Tag, wie auch immer wir es jetzt nennen.«

»Warum habe ich das Gefühl, dass du mir etwas verschweigst?«

»Keine Ahnung. Ich verheimliche dir nichts.«

»Wirklich? Dann macht es dir sicher nichts aus, wenn ich mir das hier mal ansehe.«

Ich greife nach ihrem Notizbuch, aber sie ist schneller und taucht hinter der Couch ab, wo ich sie nicht erreichen kann.

»Aha. Also verheimlichst du mir doch etwas«, sage ich.

»Ach, um Himmels willen, Ava. Hör auf zu fragen und warte einfach ab. Du verdirbst noch die Überraschung.«

»Es gibt also eine Überraschung.«

»Du kannst einem furchtbar auf die Nerven gehen, hat dir das schon mal jemand gesagt?«

»Du. Und zwar ständig, als wir noch Kinder waren.«

Bei der Erwähnung unserer gemeinsamen Kindheit werden ihre Augen glasig und ihre Unterlippe beginnt zu zittern. »Wenn, dann habe ich es nicht so gemeint.«

»Bitte weine nicht.« Ich seufze. »Nicht heute. Noch nicht.«

»Ich kann nicht anders.« Sie schaut auf ihre Füße. »Ich versuche, mich zu beschäftigen, damit ich nicht darüber nachdenken muss, aber es ist immer da. Jedes Mal, wenn ich dich ansehe, die Vorstellung, dein Gesicht nie wieder zu sehen …« Sie schluchzt auf, dann schlägt sie eine Hand vor den Mund. Als sie sich wieder etwas gefasst hat, lässt sie sie sinken und flüstert: »Es tut mir leid. Das kannst du jetzt wirklich nicht brauchen.«

Ich klopfe auf den Platz neben mir auf der Couch. »Setz dich.«

Sie macht einen Schritt, hält dann aber inne. »Ist das eine Falle, um an mein Notizbuch zu kommen?«

Ich verdrehe die Augen. »Nein, auf den Gedanken wäre ich gar nicht gekommen. Aber jetzt, wo du es erwähnst …«

Sie umklammert das Notizbuch fester.

»Um Himmels willen… komm schon. Setz dich. Ich verspreche dir, dass ich es nicht nehmen werde.« Sie schaut mich immer noch skeptisch an, dann setzt sie sich und schiebt das Notizbuch unter den Oberschenkel, der weiter von mir entfernt ist. Ich betrachte ihr Gesicht, erstaunt darüber, wie vertraut es mir ist. Ich könnte die Augen schließen und sofort tausend magische Erinnerungen an diese Frau wachrufen. Sie war für mich da. Immer. Und ich kann nur hoffen, dass ich sie genauso unterstützt habe.

»Du weißt, dass du meine älteste Freundin bist«, sage ich.

Sie bricht in Tränen aus.

»Wow, das eskaliert ja ziemlich schnell.« Ich muss blinzeln. »Mensch, Kate, du bist so ein Softie. Komm her.« Ich ziehe sie in die Arme.

»Tut mir leid«, erwidert sie schniefend.

»Hör auf, das zu sagen.«

»Aber es ist so. Du bist so tapfer. Und ich mache hier auf totale Heulsuse und lasse mich von dir trösten, obwohl es umgekehrt sein sollte.«

»Du kannst nichts dafür, wie du dich fühlst.«

»Ich fühle mich beschissen.«

Ich klopfe ihr auf den Rücken. »Das ist gut, lass alles raus.«

»Es ist einfach nicht fair, weißt du?«, sagt sie an meiner Schulter. »Warum du?«

»Keine Ahnung.«

»Wie soll ich den Rest meines Lebens ohne dich leben?«

»Auch das weiß ich nicht. Aber das wirst du. Du wirst das hier durchstehen, und es wird alles gut werden, versprochen.«

»Ich denke, du machst keine Versprechungen, die du nicht halten kannst?«

»Genau. Aber das hier ist einfach. Es wird alles gut, Kate. Es wird sogar besser als gut. Du wirst ein schönes Leben haben, ein wunderbares Leben. Du wirst glücklich sein, eine Familie haben und all das tun, was du immer tun wolltest. Und weißt du, woher ich das weiß?«

Schniefend schüttelt sie den Kopf, den sie noch immer an meiner Schulter vergraben hat.

»Ich hoffe mal, dass du mich nicht gerade mit Rotz verschmierst.«

Das bringt sie zum Lachen. Eine Art Schlucklachen, und sie richtet sich wieder auf und schaut mich an, das Gesicht geschwollen und verweint.

»Ich weiß, dass es dir gut gehen wird, Kate, wegen …« Ich falte die Hände auf meiner Brust und lächle sie traurig an. »… wegen mir. Wenn du irgendwann nicht weiterweißt oder dich in einer Situation befindest, die dich unglücklich macht, versprich mir, dass du an mich denken wirst. Und daran, dass einige von uns nicht die Wahl haben, du aber schon. Wenn in deinem Leben etwas nicht funktioniert, dann musst du es ändern. Ich weiß, das sagt sich so leicht. Aber du musst es mir versprechen, Kate. Lebe dein Leben wirklich. Für mich.«

Sie schluckt schwer und nickt.

»Sag es.«

»Ich verspreche es.«

»Du wirst dein Leben wirklich leben.«

»Das werde ich.«

»Gut.« Ich lehne mich zufrieden zurück. »Denn wenn nicht, komme ich zurück und versohle dir den Hintern.«

Sie schnaubt vor Lachen. »Ja, das klingt wie etwas, das du tun würdest.«

»Allerdings.«

Sie nimmt meine Hand und lächelt mich von der Seite an. »Danke.«

»Wofür?«

»Dass du mich getröstet hast.«

»Wozu hat man Freunde?«

»Ich hab dich lieb.«

»Mhm.«

Sie hält eine Hand ans Ohr. »Wie bitte? Ich habe das nicht verstanden.«

»Oh, komm schon. Du weißt doch, dass ich keine großen Zuneigungserklärungen abgebe.«

»Ich denke, du könntest jetzt mal eine Ausnahme machen.«

»Ist der Zeitpunkt gekommen?« Ich tue so, als würde ich auf eine Uhr schauen, die ich nicht trage.

Sie stürzt sich auf mich, drückt mich herunter und beginnt, mich zu kitzeln. »Sag es.«

»Stopp.« Ich lache atemlos. Auf diese Weise hat Kate mich früher auch immer zu irgendwelchen Dingen gezwungen, und obwohl das schon eine ganze Weile her ist, funktioniert die Methode leider noch immer.

»Ich höre erst auf, wenn du es sagst.«

»Das ist grausam«, keuche ich.

Erschrocken hört sie auf. »Ich tue dir doch nicht weh, oder?«

»Nein.« Zu spät wird mir klar, welche Gelegenheit ich da gerade verschenkt habe.

»Gut.« Sie kitzelt mich erneut, stößt mir die Finger in die Seiten, und ich winde mich keuchend und gebe schließlich klein bei.

»Okay, gut. Ich hab dich auch lieb«, kreische ich.

Sie hört auf, mich zu kitzeln, und steigt selbstgefällig grinsend von mir hinunter.

»Das war doch gar nicht so schwer, oder?«

»Für dich vielleicht«, schimpfe ich und versuche gleichzeitig, wieder Luft zu bekommen. »Du hast eine bösartige Ader, weißt du.«

»Das habe ich vermisst.« Sie lächelt sehnsüchtig.

»Mich zu kitzeln?«

»Nein, Doofi. Das hier, wir. Dass wir Spaß haben. Nur wir beide. Obwohl es natürlich auch mit Amanda zusammen toll ist«, fügt sie hastig hinzu.

»Ich weiß, was du meinst. Ich habe das auch vermisst. Es tut mir leid, wenn ich in letzter Zeit zu viel mit James zusammen war.«

Sie blickt zu Boden. »Ist schon gut, ich verstehe das.«

»Ja, das hoffe ich. Denn das bedeutet nicht, dass ich euch beide weniger liebe. Ihr seid die besten Freundinnen, die man sich wünschen kann.«

»Am Anfang war ich ein bisschen eifersüchtig auf ihn«, gibt sie zu. »Was natürlich total egoistisch ist.«

»Ist es nicht. Du kannst nichts für deine Gefühle.«

»Es ist nur … Ich habe es vermisst, *wir* zu sein, weißt du?« Sie seufzt tief. »Aber andererseits will ich, dass du glücklich bist. Das ist das Wichtigste. Und jeder kann sehen, dass er dich glücklich macht.«

»Das macht er. Und du auch.«

»Außerdem hatte ich dich fast mein ganzes Leben lang«, fährt sie fort. »Und obwohl es mir schwerfällt, jetzt, wo unsere gemeinsame Zeit so begrenzt ist, zu teilen, muss ich genau das tun.« Sie schnieft vornehm.

»Du konntest noch nie gut teilen«, ziehe ich sie auf.

»Hey«, protestiert sie. »Okay, vielleicht, aber du hast mich trotzdem lieb.«

Ich werfe ihr einen herausfordernden Blick zu.

Sie hebt beide Hände und krümmt drohend die Finger. »Oder etwa nicht?«

»Ja, ja, das stimmt«, rufe ich schnell, bevor sie wieder anfängt, mich zu kitzeln.

Ihr Gesicht wird ernst. »O Gott, Ava. Wie soll ich mich nur jemals von dir verabschieden?«

Ich atme ein und langsam wieder aus, doch der Schmerz, den ihre Worte auslösen, bleibt. »Das wirst du nicht. Kein Abschied. Wir sehen uns wieder. Irgendwann, irgendwo.«

»Glaubst du das wirklich?«

»Ich muss. Sonst tut es zu weh.«

Avas Notizen

(Women's Weekly am 28. Januar)

Sagt, was ihr zu sagen habt, bevor es zu spät ist. Wir haben aus gutem Grund gelernt zu sprechen. Also sollten wir es auch tun. Allerdings nicht, wenn wir wütend sind. Dann schweigen wir besser. Was im Zorn gesagt wird, kann nie wieder zurückgenommen werden, deswegen sollten wir niemals andere angreifen, nur weil wir einen beschissenen Tag hatten. Stopp. Atmen. Erst nachdenken. Weggehen, wenn es sein muss.

Doch vergesst nie, euren wichtigen Menschen zu sagen, dass ihr sie liebt. Sagt es ihnen jedes Mal, wenn ihr sie wiederseht oder verlasst. Vor allem euren Kindern. Streut Worte auf sie wie Glitzerstaub. Das wirkt immer, vertraut mir, weil es ihnen das Gefühl gibt, etwas Besonderes zu sein und geliebt zu werden, was ja auch so ist.

Wenn ihr einen Menschen liebt, dann sagt es ihm. Denn wenn nicht, wird es eines Tages zu spät sein. Nicht vielleicht, sondern AUF JEDEN FALL. Wir sind alle nur ein winziges Rädchen in einem gigantischen Universum, und das auch nur für eine kurze Weile. Ist die Zeit erst einmal abgelaufen, dann ist sie abgelaufen. Das Leben ist keine Probe. Wir dürfen es nicht noch einmal versuchen. Es gibt keine Wiederholung, sondern nur diese eine Chance, so zu leben, wie wir wirklich leben wollen. Egal, ob man nach Größerem strebt oder mit einem Leben zufrieden ist, das andere für durchschnittlich halten.

Klischees gibt es aus einem guten Grund.

Tut das, was ihr tun wollt.

Tut nichts, was ihr nicht tun wollt.

Esst, was ihr essen wollt.

Seid mit dem Menschen zusammen, der das Beste aus euch herausholt.

Lebt so wahrhaftig, wie es nur geht.

Bleibt tatsächlich stehen, um an den Rosen zu schnuppern, um Kaffee zu riechen und frisch gemähtes Gras. Diese Momente sind es, die uns zum Lächeln bringen.

Seht jeden Morgen in den Spiegel und sagt laut: »Ich schaffe das.« Weil es stimmt.

Lebt *euer* Leben wirklich. Es ist das einzige, das ihr habt.

38. Kapitel

Mit James stimmt etwas nicht. Nichts Offensichtliches, aber irgendetwas ist nicht in Ordnung. Das spüre ich. Er ist distanziert, abgelenkt, und wenn ich ihn frage, was los ist, wiegelt er ab und behauptet, es ginge ihm gut, es wäre nichts. Doch auch wenn er so aufmerksam und liebevoll wie immer ist, kann ich das unangenehme Gefühl nicht abschütteln, dass er sich von mir entfernt. Je näher die Hochzeit rückt, desto angespannter wird er.

Die Anzahl der Briefe und Pakete, die ich bekomme, hat sich verdoppelt. Es scheint, als ob die Begeisterung der Leser für die Hochzeit ihren Höhepunkt erreicht hat. Als ich im Krankenhaus lag, veröffentlichte das Magazin einen Artikel, der suggerierte, dass ich an Maschinen angeschlossen und kaum noch am Leben wäre. Sensationsgier vom Feinsten. Ich verstehe natürlich, dass die Redaktion kein anderes Ziel hat, als die Verkaufszahlen zu steigern, aber es ist mir trotzdem zuwider. Menschen im ganzen Land haben sich versammelt, um Schweigeminuten mit Kerzen abzuhalten; Amanda hat mir Fotos gezeigt, die auf der Facebook-Seite hochgeladen wurden. Von dieser Anteilnahme bin ich berührt und gleichzeitig tief verstört. Obwohl sie mich noch nie getroffen haben, bin ich diesen Leuten wichtig, was ich irgendwie gar nicht verdiene.

Eine Woche vor der Hochzeit erscheint Nadia dann doch mal höchstpersönlich, um schnell in Erfahrung zu bringen, wie es mir geht und wie die Hochzeitsvorbereitungen laufen. Ich bin mürrisch und gebe einsilbige, unverbindliche Antworten, um auf diese Weise gegen ihre laxe Moral zu protestieren. Falls es ihr auffällt, lässt sie sich nichts anmerken. Zum Glück sind Kate und Mum bereit, bis in die kleinsten Details über die Hochzeit zu sprechen, somit kann ich Nadia ihren fähigen Händen überlassen und nach draußen fliehen.

Am Strand gehe ich in südliche Richtung immer am Meer entlang. Die Flut hat eingesetzt, und das Wasser steigt langsam an. Genau wie meine Krankheit schreitet sie kaum wahrnehmbar, aber dennoch unerbittlich fort.

Für mich fühlt es sich so an, als wäre diese ganze Sache außer Kontrolle geraten. Schließlich bin ich nicht die einzige Person in diesem Land, die gerade an Krebs stirbt, wirklich nicht. Laut Statistik werden allein in diesem Jahr über sechshundert weitere Menschen an Brustkrebs sterben. Ich bin nur eine Nummer. Ein Name auf einer Liste, ein Balken auf einem Diagramm, ein Stück in einem Kuchen. Ich weiß nicht, warum sich die Leute gerade für mich interessieren, aber so ist es. Und sosehr ich Nadia auch bitten möchte, nun aufzuhören: Wenn diese Artikel über mich nur eine einzige Frau dazu bringen, ihre Brüste abzutasten oder auf weitere Tests, eine zweite Meinung, eine richtige Diagnose zu bestehen, dann ist es das alles wert.

Ich bin nicht sonderlich weit gegangen, als mich Erschöpfung überfällt, also setze ich mich hin, umarme meine Knie und starre aufs Meer hinaus. Bei körperlicher Anstrengung fällt mir das Atmen immer schwerer. Meine Lungen fühlen sich an wie mit Watte ausgestopft, durch die nur eine kleine Menge Sauerstoff dringen kann. Ich bin geschwächt, blass und atemlos.

Ich habe Angst.

Seit meiner ersten Diagnose bin ich schon ein paar Mal gestorben und zurückgekehrt. Oder zumindest kam es mir so vor. Gesagt zu bekommen, dass man sterben wird, während man noch gesund genug ist, um grundlegende Aufgaben des Lebens zu erledigen und sogar Abenteuer zu erleben, ist unfassbar. Man kann unmöglich glauben, dass der Tod schon so nah ist, dass er schon mit voll aufgeblendeten Scheinwerfern auf der falschen Straßenseite auf einen zurast. Du, gleich bist du tot.

Aber jetzt, da ich das Ende spüren kann, habe ich noch immer keine Antworten gefunden. Falls ich dachte, der Tod würde Klarheit bringen, lag ich falsch. Er bringt lediglich noch mehr Verwirrung.

»Ava.«

Ich drehe mich um. Es ist mein Vater. Er läuft den Strand entlang, bis er an meiner Seite ist, dann lässt er sich mit einem »Uffz« schwer neben mich plumpsen.

»Du solltest versuchen, etwas Bauchfett zu verlieren, Dad«, sage ich träge. »Ist schlecht für dein Herz.«

»Fang bloß nicht an, dir Sorgen um mein Herz zu machen. Das ist vollkommen in Ordnung.«

»Du lässt es zu schwer arbeiten. Nimm etwas ab. Geh ab und zu joggen.«

Er schnaubt. »Joggen? Hast du mich schon mal beim Joggen gesehen?«

»Nur wenn du dem Eiswagen hinterhergelaufen bist«, ziehe ich ihn auf, damit er weiß, dass ich es nicht böse meine. »Versprich es mir. Jetzt. Hier. Dass du dich mehr um deine Gesundheit kümmerst.«

»Was hat dich denn auf diese Idee gebracht?«

»Nichts. Alles. Ich werde nicht hier sein, um mich um dich und Mum zu kümmern, wenn ihr alt seid. Ihr habt nur einander. Sie braucht dich.«

»Ach Liebling.« Er legt einen Arm um meine Schultern und zieht mich zu sich, bis unsere Köpfe sich berühren. »Mach dir keine Sorgen um uns.«

»Ich kann nicht anders.«

»Ich weiß.« Er seufzt. »Hör mal, deine Mutter hat mich geschickt, damit ich dich hole. Nadia ist weg. Du sollst zu der letzten Anprobe kommen.«

»Das kann warten.«

»Du bringst mich ganz schön in Schwierigkeiten, wenn du mich allein zurückgehen lässt.«

»Ich habe noch mal zwei Kilo abgenommen«, platze ich heraus. Ich spüre, wie er sich versteift. »Ohne es zu wollen. Ich glaube, das Ende rückt näher, Dad.«

»O Liebes.«

Er hält mich fest, als ich zu weinen beginne. Das Schluchzen, das meinen Körper durchschüttelt, ist so heftig, dass ich befürchte, meine Knochen könnten jeden Moment brechen.

»Ich habe Angst.«

»Ich auch. Schreckliche Angst. Aber du musst das nicht allein durchstehen. Ich bin hier, wir sind alle hier.«

»Ich weiß.« Ich starre aufs Meer hinaus, wo sich ein Segelschiff langsam am Horizont bewegt, die weißen Segel flattern vor dem strahlend blauen Himmel. Ich würde alles dafür geben, jetzt auf diesem Schiff zu sein und zu unbekannten Zielen aufzubrechen. »Aber irgendwann werde ich es allein tun müssen, nicht wahr«, sage ich leise, als wären meine Lippen erschöpft. »Ich. Ich werde den Schritt ins Unbekannte machen. Und euch alle zurücklassen.«

Er verstärkt den Griff um meine Schulter, antwortet aber nicht.

»Woher soll ich wissen, wann ich loslassen soll, Dad?«

Das ist eine unfaire Frage, und es kommt auch keine Antwort. Nur die Flut.

Unerbittlich.

Zurück im Haus ist mir das Kleid wie erwartet zu groß. Meine Mutter runzelt die Stirn, Stecknadeln zwischen den Zähnen, und betrachtet den zu weiten Schnitt. Im Spiegel kann ich sehen, wann genau sie es begreift. Für einen Moment schließt sie fest die Augen, sammelt all ihre Kraft, öffnet sie wieder und lächelt mich strahlend an. »Keine Panik, ist nur ein kleines Problem«, zwitschert sie. »Ich habe beim letzten Mal falsch abgemessen. Ist einzig und allein meine Schuld. Hab bitte noch einen Moment Geduld, ich stecke es schnell richtig ab, dann ist alles wieder in Ordnung.«

»Du lügst.«

»Ava Green, wage es nicht, mich eine Lügnerin zu nennen. Ich bin deine Mutter.«

»Sorry. Außerdem finde ich es nett von dir. Danke.«

»Keine Ahnung, wovon du sprichst. Aber gern geschehen.«

»Wir müssen das nicht tun, wenn es zu schwer für dich ist, Mum.«

Sie hört einen Moment mit dem Abstecken auf, um mein Spiegelbild fragend zu betrachten. »Was tun? Das Kleid abändern? Das ist wirklich kein Problem. Na ja, jedenfalls für Sharon Hornsby nicht. Du weißt, dass ich nicht besonders gut nähen kann, aber sie macht gerne die Änderungen, die wir brauchen. Dafür wird sie sogar die ganze Nacht durcharbeiten, wenn nötig.« Wegen der Stecknadeln klingen ihre Worte ziemlich seltsam, doch ich verstehe sie trotzdem.

»Die Hochzeit, Mum. Wir müssen sie nicht feiern, wenn es für dich und Dad zu schwer ist.«

Seufzend setzt sie sich auf die Bettkante und spuckt die Nadeln in ihre Hand. »Ich werde dich nicht anlügen«, sagt sie. »Als du das erste Mal davon gesprochen hast, fand ich die Idee lächerlich. Aber jetzt bin ich der Meinung, dass du den

Tag erleben sollst, von dem du immer geträumt hast. Abgesehen davon hast du recht, Beerdigungen sind schrecklich morbide Angelegenheiten. Ich mochte sie noch nie.«

»Die mag wahrscheinlich niemand.«

»Natürlich nicht. Und unterbrich mich nicht.«

»Entschuldige.«

»Mir gefällt die Idee, dein Leben mit deiner Familie und deinen Freunden zu feiern, solange du noch bei uns bist. Es ist sogar eine großartige Idee. Dein Vater denkt genauso.«

»Aber ich bin mir nicht mehr so sicher.«

Sie neigt den Kopf und seufzt. »Okay. Was ist geschehen? Sprich mit mir. Sag mir, was dich bedrückt.«

»Es geht um James.«

»Wo ist er überhaupt? Ich habe ihn heute noch gar nicht gesehen.«

»Das ist es ja gerade. Heute Morgen, als er praktisch aus der Tür rannte, sagte er, er würde sich mit einem alten Freund treffen, und seitdem habe ich nichts mehr von ihm gehört. Die ganze letzte Woche ist er kaum hier gewesen. Ich weiß überhaupt nicht, was los ist. Alles lief so unfassbar gut, und auf einmal scheint er auf die Bremse zu treten. Ich habe das Gefühl, dass er es beenden will, aber einfach nicht weiß, wie er es mir sagen soll.«

»O Liebling, das ist ganz bestimmt nicht der Fall. Er vergöttert dich. Das kann jeder sehen.«

»Warum erfindet er dann immer wieder Ausreden, um das Haus zu verlassen?«

»Das sind doch keine Ausreden. Er hat auch noch ein eigenes Leben, vergiss das nicht. Eine Wohnung, einen Job.« Sie sagt das so taktvoll wie möglich und ohne mir das Gefühl zu geben, dass ich übertrieben egoistisch bin.

»Nein.« Ich schüttele den Kopf. »Irgendwas stimmt nicht. Ich werde heute Abend mit ihm reden.«

»Gut. Aber sei behutsam. Das ist alles bestimmt auch für ihn nicht einfach. Ihr beide seid so schnell zusammengekommen, wahrscheinlich hatte er keine Ahnung, worauf er sich einlässt.«

»Das ist es ja gerade, er wusste es.« Ich zucke traurig mit den Schultern. »Er hat so etwas nämlich schon einmal durchgemacht.«

»Wie meinst du das?«

Ich erzähle ihr vom Tod seiner Mutter und wie schlimm es für ihn war.

»Oh.« Sie drückt eine Hand auf die Brust. »O nein, der arme Mann.«

»Es war ziemlich hart für ihn. Deswegen hat er auch versucht, sich nicht in mich zu verlieben, denn er wusste ja, was mir bevorsteht, und konnte den Gedanken nicht ertragen. Und dann konnte er doch nicht anders. Er hat geglaubt, damit umgehen zu können, aber vielleicht ist ihm jetzt klar geworden, dass er es doch nicht kann.«

»Ach Liebes. Das ist einfach schrecklich. Aber andererseits kann ich es ihm auch nicht übelnehmen. Es ist einfach schwer, mit ansehen zu müssen, wie du leidest.« Das letzte Wort klingt erstickt, sie schluckt schwer. »Ihr beide müsst ein offenes Gespräch führen. Finde heraus, was er denkt.«

»Ja. Du und Dad, ihr wolltet heute Abend zum Essen hierbleiben, aber vielleicht könntet ihr euch doch verziehen? Und Kate und Amanda mitnehmen?«

»Natürlich.«

»Danke, Mum.«

Sie steht auf, legt die Hände auf meine Hüften und dreht mich sanft, bis ich wieder dem Spiegel zugewandt stehe, ihr Gesicht über meiner Schulter.

»Du bist so schön. Dein Vater und ich sind unglaublich stolz auf dich. Das weißt du doch, oder?«

Ich nicke.

»Schatz, wenn James entscheiden sollte, dass es zu schwer ist und er nicht für dich da sein kann, dann versuche, ihn zu verstehen. Es aus seiner Sicht zu betrachten.«

»Das werde ich.«

»Und du hast uns. Wir gehen nirgendwohin.«

Dasselbe hat mein Vater gesagt, aber ich quäle sie nicht mit der gleichen Antwort. »Ich weiß.«

»Gut, dann kümmern wir uns jetzt um das Kleid.«

39. Kapitel

Als James gegen sieben Uhr zurückkommt, warte ich bereits auf ihn. Die anderen sind weg, wir haben das Haus ganz für uns allein. Ich habe draußen den Tisch gedeckt und mit Kerzen dekoriert. Da es noch hell ist, geht der Effekt verloren, aber später wird es romantisch und stimmungsvoll sein.

»Hey.« Lächelnd kommt er ins Wohnzimmer. Als ich sein Auto gehört habe, bin ich in die Küche gegangen, um ihm ein kaltes Bier einzuschenken. »Wo sind die anderen?«

»Weg.« Ich reiche ihm das Bier, und er schüttet es durstig hinunter.

Er wischt sich den Schaum von der Oberlippe.

»Alle?«

»Jeder Einzelne. Wir haben das Haus ganz für uns allein.«

»Nun, in diesem Fall sollten wir das Beste daraus machen.« Er zieht mich für einen Kuss an sich, und einen Moment lang denke ich, dass ich mich vielleicht geirrt habe, dass er immer noch derselbe James ist, den ich beim Wasserfall geküsst habe. Doch dann zögert er und weicht zurück, und ich sehe etwas über sein Gesicht huschen.

»Was ist los?« Ich bemühe mich, meine Stimme ruhig klingen zu lassen.

»Nichts.« Er küsst meine Stirn. »Ich bin nur hungrig. Sollen wir was kochen oder bestellen?«

»Ich habe bereits bestellt. Thai. Wird um acht Uhr geliefert.«

»Du bist ziemlich perfekt, weißt du das?«

Was natürlich gelogen ist. Ich bin so fehlerbehaftet, wie es nur geht. Aber ich lächle lieb und sage nichts.

»Kann ich nur noch schnell duschen?«

»Natürlich.«

Als er feucht und nach würzigem Aftershave riechend zurückkommt, erfüllt mich eine Art selbstgefälliger Stolz bei seinem Anblick, und nicht zum ersten Mal frage ich mich, wie ich so viel Glück haben konnte.

»Fühlst du dich besser?«

»Viel besser.«

»Wie geht es deinem Freund?«

Sofort sieht er verlegen aus. Nur einen flüchtigen Moment lang, aber ich weiß, dass ich es mir nicht eingebildet habe. »Ihm geht es gut. Es war wirklich schön, ihn zu sehen.«

»Ist er ein alter Kollege?«

»So was in der Art.«

Offensichtlich will er nicht darüber reden, was meinen Verdacht nur bestätigt, dass etwas nicht stimmt. Doch in diesem Moment merke ich, dass ich Angst vor der Wahrheit habe. Wenn James wirklich Zweifel hegt, möchte ich es vielleicht gar nicht wissen. Denn wie nur soll ich ohne ihn zurechtkommen? Die Türklingel rettet uns. James sieht mich fragend an.

»Abendessen«, sage ich leise.

»Ach so, natürlich.« Er nimmt seine Brieftasche von der Sitzbank und geht zur Tür. Ich setze mich und atme ein paar Mal tief durch. Ich darf ihn nicht verlieren. Das ertrage ich nicht.

Als er die Tüte mit dem Essen in die Küche bringt, habe ich mich wieder unter Kontrolle und stehe mit zwei Gläsern Wein und einem aufgesetzten Lächeln vor ihm.

»Ich dachte mir, wir essen draußen«, sage ich.

»Gute Idee. Teller?«

»Schon auf dem Tisch.«

Ich folge ihm nach draußen. Der Himmel ist jetzt dunkel, die Sonne hat sich auf den Weg gemacht, friedlich schlummernde Menschen auf der anderen Seite der Welt zu wecken. Wir essen, oder besser gesagt, er isst. Ich bringe ein paar wenige Bissen hinunter, habe aber keinen Appetit. Das Essen ist lecker, und früher hätte ich gegessen, bis ich fast geplatzt wäre. Aber ich bin nervös. Ich habe dieses unbehagliche Gefühl wie kurz vor einem aufziehenden Sturm; wenn man die ganzen Wetterberichte hört, die den Untergang prophezeien, und man nicht weiß, ob man Sachen bunkern oder lieber sein letztes Geld ausgeben soll. James bemerkt, dass mein Teller noch voll ist, und hält zwischen zwei Bissen inne.

»Keinen Hunger?«

Ich schüttele den Kopf.

»Geht es dir gut?« Seine Stimme ist voller Sorge, aber zum ersten Mal bemerke ich auch einen ängstlichen Unterton, den man in seiner tiefen Stimme fast überhören könnte. Das bestätigt meinen Verdacht, dass er sich vor dem, was kommt, fürchtet.

»Ja. Gut.«

Er schaut mich seltsam an, isst aber weiter.

»Und dir?«, frage ich.

Er schluckt. »Mir?«

»Ja. Dir. Geht es dir gut?«

Er runzelt die Stirn. »Du meinst gesundheitlich?«

»Ich meine in jeder Hinsicht. Hast du etwas auf dem Herzen?«

»Nein.«

Da ist er wieder. Dieser flüchtige unehrliche Ausdruck. Er verheimlicht mir etwas.

»Erzähl mir mehr von deinem Freund.«

Er legt das Besteck ab und schiebt den Teller weg. »Was willst du wissen?«

Ich zucke mit den Schultern. »Beginnen wir mit dem Wesentlichen. Sein Name. Woher kennst du ihn? Ist er aus dieser Gegend?«

»Sein Name ist Henry. Ich kenne ihn schon lange, zehn Jahre oder länger. Nein, er ist nicht von hier.«

»Gibt es einen Grund, warum du dich absichtlich vage ausdrückst?«

»Ich habe keine Affäre, falls es das ist, worüber du dir Sorgen machst.«

»Natürlich nicht. Das habe ich keine Sekunde lang gedacht.«

»Was dann? Ich verstehe nicht, was du mir vorwirfst.«

»Ich werfe dir gar nichts vor. Aber du bist sehr verschlossen, und ich weiß einfach, dass etwas nicht stimmt.« Meine Stimme zittert. »Ich habe das Gefühl, dich zu verlieren.«

»Das ist albern.«

»Nenn mich bloß nicht albern.«

»Natürlich nicht. Das wollte ich nicht. Ich meinte nicht dich. Ich meinte nur …« Er seufzt. »Hast du Lust auf einen Spaziergang am Strand?«

Habe ich eigentlich nicht, aber das sage ich nicht. »Ja.«

Er steht auf und streckt mir die Hand hin. Ich zögere.

»Vertrau mir«, sagt er leise, beinahe flehentlich.

Ich nehme seine Hand und sehe ihm fest in die Augen, als wollte ich ihn zwingen, stark genug für mich zu sein. »Immer.«

Der Mond, tief über dem Wasser, weist uns den Weg. Zuerst habe ich den Eindruck, dass Vollmond ist, aber bei genauerer Betrachtung entdecke ich, dass an der rechten unteren Seite ein kleines Stückchen fehlt. Dieser winzige Teil des Monds ist noch immer im Schatten versteckt. Nur noch kurz, und seine ganze Herrlichkeit wird enthüllt werden. Vollmond habe ich schon immer geliebt. Für eine Nacht pro Monat erstrahlt er in einer mystischen Schönheit, die das Verrückte und Poetische in uns allen freisetzt; ein Freifahrtschein, um die wilden Seiten auszuleben. Einmal habe ich einen Fremden bei Vollmond geküsst, etwas, das ich mich zuvor und danach nie getraut habe. Aus einer Laune heraus, auf einer Teenagerparty vor vielen Jahren, was ich bisher vollkommen vergessen hatte, aber jetzt muss ich bei der Erinnerung daran lächeln. Ich frage mich, ob er sich auch daran erinnern kann.

»Ist dir kalt?«

James' Stimme reißt mich aus meinen Gedanken. »Nein.«

»Komm trotzdem her.«

Er zieht mich an sich, einen Arm um meine Schultern gelegt. Nicht zum ersten Mal wundere ich mich, wie gut unsere Körper zusammenpassen, als ob man uns genau für diesen Zweck designt hätte. Er küsst mich auf den Kopf, und dann spazieren wir langsam los, unsere nackten Füße im Sand. Die Oberfläche des Meeres ist glatt wie ein Spiegel und glitzert im Licht des Monds. Der Anblick ist so schön und macht mich so melancholisch, dass ich zu weinen beginne. James bleibt stehen, drückt mein Kinn sanft nach oben und sieht mich an.

»Hey, was ist denn los?«

»Nichts. Alles. Das Übliche.«

»Dumme Frage, wirklich.«

Ich zucke mit den Schultern. »Trotzdem besser zu fragen, als nicht zu fragen.«

»Irgendwie bist du heute Abend einfach anders als sonst.«

»Das könnte ich auch von dir behaupten«, entgegne ich. »Du warst in letzter Zeit so geheimnistuerisch. Wenn du dir nicht mehr sicher bist, James, brauchst du es nur zu sagen. Ich will nicht, dass du aus Mitleid bei mir bleibst, oder weil du dich irgendwie verpflichtet fühlst.«

»Dieses Gefühl habe ich in keiner Weise.« Er runzelt ehrlich überrascht die Stirn. »Ist es das, was du denkst? Dass ich dich nicht mehr liebe?«

»Ich weiß nicht, was ich denken soll.« Mit dem Handrücken wische ich mir die Tränen ab.

Er seufzt. »Setz dich.«

»Nein. Wenn du etwas Schlimmes zu sagen hast, würde ich es lieber im Stehen hören.«

»Bitte.« Er setzt sich hin und zieht an meiner Hand. Ich lasse mich vorsichtig zu Boden sinken, zwischen seinen Beinen, den Rücken an seine Brust geschmiegt. Sanft reibt er seinen Kopf an meinem, drückt zärtlich die Lippen in mein Haar, und als er spricht, sind seine Worte klar und unmissverständlich.

»Ich liebe dich, Ava. Daran hat sich nichts geändert, und daran wird sich auch nie etwas ändern.«

»Aber du hast etwas auf dem Herzen, oder nicht?«

»Ja. Doch nicht das, was du denkst.«

»Dann sag es mir.«

»Gut, aber es muss unter uns bleiben. Im Moment ist alles noch streng geheim. Mein Freund Henry. Er ist ein preisgekrönter Journalist, aber nicht einfach nur ein Journalist, er ist auch eine Art moderner Cook oder Columbus. Immer auf der Suche nach dem Unbekannten, dem noch Unentdeckten. Vor etwa sechs Monaten hat er eine bisher unbekannte Zivilisation tief im südamerikanischen Dschungel gefunden. Das Volk ist so primitiv, wie es nur geht, er wurde fast getötet und zum Abendessen verspeist. Aber irgendwie – diese Wirkung hat er auf die meisten Menschen – konnte er sie davon überzeugen, eine Zeit lang bei ihnen leben und sie beobachten zu dürfen.«

»Wow, das ist … ziemlich erstaunlich.«

»Und ob. Sie verbringen ihr ganzes Leben Hunderte von Metern über der Erde, in Hütten, die sie in Baumkronen gebaut haben. Sie sind alle miteinander verbunden und ziemlich gut getarnt, es gibt ein eigenes System, um Regenwasser aufzufangen, und sie gehen nur auf den Boden, um nach Nahrung zu suchen.«

Seine Stimme ist immer lebendiger geworden, und ich weiß, was als Nächstes kommen wird.

»Er will, dass du mit ihm zurückkehrst«, unterbreche ich seine Erzählung.

Einen Moment lang schweigt er, dann sagt er leise: »Das stimmt.«

»Und du willst mitgehen.«

»Nein.«

»Doch.«

»Nein.« Seine Stimme wird barsch. »Nicht jetzt. Nicht, solange du noch …«

Ich rutsche wütend nach vorn. »Das ist unfair. Ich will dich nicht davon abhalten, dein Leben zu leben.«

»Ava. Sieh mich an.«

Widerwillig drehe ich den Kopf, um über die Schulter zu schauen. »Du bist mein Leben.« Seine Stimme ist heiser. »Ich werde nicht mitgehen, das habe ich ihm schon gesagt. Er sucht sich jemand anderen.«

Ich schüttele den Kopf, heiße Tränen in den Augen. »Das ist nicht fair. Nichts davon ist fair. Das alles hier wolltest du gar nicht.«

»Doch, allerdings. Ich wusste von Anfang an, worauf ich mich einlasse.«

»Etwas zu wissen und dann wirklich damit leben zu müssen, sind unterschiedliche Dinge.«

»Ava …«

Ich drücke mich von ihm weg und stehe auf, am liebsten möchte ich mir die Haut vom Leib reißen. Ich verkralle die Finger in meinem Fleisch und verspüre einen Hass wie noch nie in meinem Leben. Hass auf mich selbst, auf meinen Körper, der versagt hat und völlig nutzlos und außerhalb meiner Kontrolle ist. Schlimm genug, dass ich so leiden muss, aber den Gedanken, wie James sich quält, kann ich nicht ertragen. Schluchzend zerre ich an meinen Kleidern, meinen Haaren, meiner Haut.

»Ava, hör auf.« Seine Stimme klingt verängstigt, als er versucht, mich festzuhalten, aber wie ein wildes Tier winde ich mich aus seinem Griff, keuchend, und laufe auf das Wasser zu. Ich will mich reinigen und diese Hülle loswerden, die so armselig und defekt ist. Die nicht das tut, was ich von ihr brauche; die mir nicht die Zukunft gibt, nach der ich mich sehne und die ich verdiene.

Das Wasser ist so kühl, dass mir der Atem stockt, und ich gehe weiter, bis es mir an die Hüften reicht. Dann tauche ich unter und schwimme los. Unter der Oberfläche verschwinden alle Geräusche der Welt. Ich dringe in eine Stille und Dunkelheit ein, die so vollständig ist, dass sie meine Wut stillt. Mit geschlossenen Augen halte ich den Atem an, entspanne, gleite, mein Haar um mich ausgebreitet. So muss es sich wohl anfühlen. Ich brauche einfach nur auszuatmen.

Dann spüre ich Arme um mich herum und werde an die Oberfläche gezerrt.

Die Stille ist verschwunden.

»Ava, was zum Teufel hast du vor?« Er ist wütend, verstört.

»Nichts«, murmle ich, ohne die Augen zu öffnen. Er hebt

mich hoch und ich schmiege mich an seine Brust, schwerelos in der sanften Umarmung des Wassers. Ich bin erschöpfter, als ich es je für möglich gehalten hätte.

»Ich bringe dich nach Hause.«

»Da bin ich schon«, flüstere ich.

40. Kapitel

Ich wache auf, als wäre ich noch immer unter Wasser. Orientierungslos, unsicher, wo oben und unten ist. Das Licht ist so grell, dass ich blinzeln muss, und ich frage mich, warum es so hell ist und seine Form geändert hat, jetzt ist es eher länglich statt kreisförmig.

»Sie ist wach.«

Das Gesicht meiner Mutter gerät in mein Blickfeld. Zu nah. Ich kann die Reste ihres einen Tag alten Make-ups in den Falten sehen, der Eyeliner unter ihren übernächtigt wirkenden Augen ist verschmiert.

»Du hast uns vielleicht erschreckt, Liebes.«

»Habe ich das? Wo sind wir?«

Bevor sie antwortet, legt sie mir eine Hand auf die Schulter, ob zum Trost oder um mich festzuhalten, weiß ich nicht. »Im Krankenhaus.«

Ich runzle die Stirn, während ich versuche, mich an meinen letzten bewussten Gedanken zu erinnern, aber ich habe das Gefühl, als ob ich die Hälfte eines Gesprächs verpasst hätte. »Seit wann? Warum?«

»Erst seit gestern Abend. Du warst mit James zu Hause, erinnerst du dich? Er sagte, du wärst irgendwie komisch gewesen und dann hättest du aufgehört, auf ihn zu reagieren.

Also hat er den Krankenwagen gerufen. Sie machen einige Tests, und wir haben noch keine Ergebnisse, aber der Arzt ist ziemlich sicher, dass du einen Anfall hattest.«

»Einen Anfall?«

»Du weißt schon, so was wie einen Krampf«, erklärt Dad und versucht damit offenbar, hilfreich zu sein.

»Verstehe ich nicht.« Angestrengt stütze ich mich auf die Ellbogen. »Wo ist James?«

Meine Eltern wechseln einen Blick, und danach gibt meine Mutter ein Geräusch von sich, das sie wohl für beruhigend hält. Wenn ich vier Jahre alt gewesen wäre, hätte das womöglich sogar funktioniert, doch jetzt beruhigt es mich in keiner Weise. Die Tür geht auf, und Dr. Harrison streckt den Kopf herein.

»Komme ich ungelegen?«, fragt er.

»Nein«, antwortet meine Mutter.

»Ja«, sage ich. »Gehen Sie weg.«

»Ava.« Mum wirft mir einen strengen Blick zu. Das soll mich daran erinnern, dass ich, Krankheit hin oder her, dazu erzogen wurde, höflich zu Autoritätspersonen zu sein. Aus reiner Gewohnheit blicke ich entschuldigend zu Boden.

Dr. Harrison betritt den Raum und schließt die Tür hinter sich. Geschlossene Türen bedeuten nach meiner Erfahrung immer schlechte Nachrichten.

»Wie fühlen Sie sich, Ava?«, fragt er.

»Verwirrt.«

»Das ist verständlich.«

»Ich weiß nicht, warum ich hier bin. Ich kann mich nicht erinnern …« Ich versuche es noch einmal. Die letzte Erinnerung ist James. Der Strand. Der Mond, der fast ein Vollmond war. Sein Freund, das Jobangebot.

»Verwirrung und Gedächtnisverlust sind normal nach einem Anfall.«

»Hier ist überhaupt nichts normal«, erkläre ich hilflos. »Warum hatte ich einen Anfall?«

Er atmet tief ein und dann langsam aus, um sich etwas Zeit zu verschaffen. Wahrscheinlich wäre er jetzt lieber auf einem Golfplatz oder sonst wo, Hauptsache, nicht hier. Warum nur entscheidet sich jemand für einen Beruf, in dem er guten Menschen schreckliche Nachrichten überbringen muss?

»Wir werden es nach einem Scan und einigen weiteren Tests ganz sicher wissen, aber den Symptomen und vorläufigen Ergebnissen nach zu urteilen, ist es sehr wahrscheinlich, dass der Krebs Metastasen in Ihrem Gehirn gebildet hat.«

Meine Mutter fängt an zu weinen. Mein Vater legt einen Arm um sie und macht sich bereit, heute der Starke sein zu müssen. Ich fühle, wie sich der Boden unter mir auftut.

Ich sehe Dr. Harrison in die Augen. »Was bedeutet das?«

Er zuckt kurz die Achseln. »Es bedeutet, dass die Krankheit fortschreitet. Es gibt ein paar Behandlungsmöglichkeiten.«

»Eine Operation?«

»Nein.«

»Werde ich verrückt werden? Bevor ich sterbe?«

»Nein, nicht verrückt, nein. Aber es wird … gewisse Effekte geben.«

Ich lege mich zurück in die Kissen. »Ich möchte jetzt eine Weile allein sein.«

»Natürlich.« Er geht ein paar Schritte zurück. »Wir können alles besprechen, wenn wir genauer wissen, womit wir es zu tun haben. In der Zwischenzeit müssen Sie sich ausruhen.«

Er ist fast aus der Tür, als ich seinen Namen rufe. Er dreht sich wieder um.

»Ja?«

»Wann kann ich hier raus?«

»Ich fürchte, das kann ich Ihnen nicht beantworten, Ava. Wir müssen noch ein paar weitere Untersuchungen machen, wie gesagt, und ein Auge auf diese Anfälle habe. Keine Sorge, hier sind Sie im Moment am besten aufgehoben, und wir werden uns gut um Sie kümmern.«

»Ich habe am Samstag einen wichtigen Termin.«

»Diesen Samstag?«

Ich nicke.

»Leider kann ich Ihnen nichts versprechen. Im Augenblick müssen wir einen Tag nach dem anderen angehen.«

Er verlässt den Raum, und Mum kommt zurück an meine Seite.

»Wir können es ja verschieben«, sagt sie. »Wenn nötig.«

»Auf wann?«, stoße ich wütend hervor, und die Tränen strömen schneller, als ich sie wegblinzeln kann. »Es ist ja nicht so, dass ich mich jemals besser fühlen werde, richtig? Es wird nur noch schlimmer.«

Sie nimmt meine Hand und will sie drücken, aber ich mache mich von ihr los. »Er hat aber doch recht, Ava. Hier bist du am besten aufgehoben. Deine Gesundheit muss an erster Stelle stehen.«

»Meine Gesundheit.« Ich lache bitter auf. »Das ist ein bisschen weit hergeholt, findest du nicht?«

»Ich verstehe, dass du enttäuscht bist. Wir wissen ja, wie sehr du dir das wünschst.« Mein Vater hat sich neben meine Mum gestellt. »Aber deine Mutter hat recht. Wir können es verschieben.«

»Ich will schlafen. Ihr solltet eine Weile nach Hause gehen.«

»Ich bleibe hier«, sagt Mum fest.

»Nein.« Ich werfe ihr einen flehenden Blick zu. »Bitte, Mum. Ich habe das vorhin ernst gemeint. Ich brauche etwas Zeit für mich.«

Sie schluckt, nickt aber, und dann drückt sie mir eine ganze Minute lang die Lippen auf die Stirn.

»Ich liebe dich«, sagt sie. »So sehr.«

»Ich liebe dich auch. Euch beide. Wir sehen uns später.«

Ich liege da, weine und denke nach, während die Schatten an den Wänden länger werden. Ich denke an alles Mögliche. Aber vor allem an James. Als ich das nächste Mal aufwache, ist es dunkler im Raum. Jemand hat das Licht gedimmt, wer, weiß ich nicht, höchstwahrscheinlich eine Krankenschwester. Es dauert einen Moment, bis sich meine Augen daran gewöhnt haben, und dann fahre ich erschrocken zusammen. Auf dem Stuhl in der Ecke sitzt jemand, das Gesicht zum Fenster gedreht. Bei meinem leisen Schreckensruf dreht sich der Kopf, die Gestalt erhebt sich und eilt an mein Bett.

»Ava? Ava, ich bin's. James. Ich wollte dich nicht erschrecken.«

»Ich habe dich nicht reinkommen hören.«

»Nein. Du hast ziemlich tief geschlafen. Ich wollte dich nicht wecken.« Er lächelt liebevoll, aber unter seinen Augen entdecke ich neue Schatten.

»Ich muss dich auch ziemlich erschreckt haben«, sage ich, und er sieht mich verwirrt an. »Gestern Abend.«

»Oh. Ja. Das war … ziemlich heftig.«

»Was tun wir hier eigentlich?«, frage ich leise.

»Was meinst du damit?«

»Das hier. Wir. Zusammen. Es funktioniert nicht, oder?«

Er runzelt die Stirn. »Ich verstehe nicht.«

Ich atme tief ein, damit mich der Sauerstoff mit genügend Kraft versorgt für das, was ich tun muss. »Das ging viel zu schnell, James. Und der Zeitpunkt ist – offensichtlich – völlig falsch.«

»Man hat es nicht in der Hand, wann man sich verliebt. Das weiß niemand besser als wir beide, Ava.«

»Ja, ich weiß. Und ich wünsche mir mehr als alles andere auf dieser Welt …« Ich lächle halb. »… sogar mehr, als ich mir den Weltfrieden wünsche, dass die Dinge anders wären. Aber das sind sie nicht. Und ich denke, das sollten wir beide akzeptieren. Du musst dein Leben leben, James, und ich muss mich auf mich und meine … Gesundheit konzentrieren. Etwas, was ich in letzter Zeit nicht getan habe.«

Er bricht nicht in wütenden Protest aus, wie ich es halb erwartet und halb gehofft habe. Darauf wäre ich vorbereitet gewesen. Darauf, dass er aufsteht und zum Fenster geht, den Rücken mir zugewandt, allerdings nicht. Lange Zeit sagt er nichts, und ich warte, wachsam, auf seine Einwände. Aber er hat keine.

»Gestern Abend«, sagt er schließlich, »dachte ich, ich hätte dich verloren. Als dein Blick leer wurde und du einfach aufgehört hast zu antworten, da dachte ich, dass du direkt vor meinen Augen stirbst. Ich hatte Angst. Mehr Angst als je zuvor in meinem Leben. Noch mehr als damals bei meiner Mutter …« Er bricht ab, dann fährt er mit zitternder Stimme fort: »Ich wusste nicht, dass man solch ein Leid überhaupt empfinden kann, und seitdem werde ich dieses Gefühl nicht mehr los. Es hat sich festgesetzt.«

»Es tut mir leid.«

»Nein. Mir tut es leid.« Er dreht sich um. Seine Augen sind voller Schmerz, und das zu sehen, bricht mir schier das Herz. »Ich weiß nicht, ob ich stark genug bin. Ich dachte, ich wäre es, aber vielleicht bin ich es nicht. Ich glaube einfach nicht, dass ich das noch einmal durchstehen kann.«

Ich lächle durch Tränen hindurch, die schneller fließen, als ich sie wegwischen kann. »James, du hast diese letzten Monate zu den glücklichsten in meinem Leben gemacht. Unsere gemeinsamen Erinnerungen werden mich hier drin warm halten …«, ich berühre meine Brust, »… bis ich meinen letzten Atemzug mache. Aber ich bin deiner Meinung: Ich will nicht, dass du für das, was kommt, hierbleibst. Ich habe vielleicht nur noch ein paar Wochen, und es wird nicht schön werden. Ich will nicht, dass du mich so siehst. Ich möchte, dass du mich in Erinnerung behältst, wie ich wirklich bin.«

»Ich werde nicht eine einzige Sekunde mit dir vergessen, das schwöre ich dir.« Seine Stimme ist rau.

»Und ich werde nicht der Grund sein, warum du die größte Chance deines Lebens verpasst.«

»Chance?«

»Der Job im Dschungel. Nimm ihn an, James. Er wird dein ganzes Leben verändern.«

»Nein. Ich weiß nicht.« Er schüttelt den Kopf.

»Nimm ihn an. Das ist kein Rat, James, das ist ein Befehl. Nimm ihn an. Ich will dich nicht mehr hier haben. Ich möchte, dass du gehst und Großes für uns beide tust, denn ich werde so eine Chance nie bekommen. Ich möchte, dass du gehst und das beste Leben führst, das du haben kannst. Für mich.«

»Wie könnte ich dich einfach verlassen?«

Ich denke an die Frage, die ich meinem Vater am Strand gestellt habe, Kates Frage an mich. Wir alle haben vor derselben Sache Angst.

»Du kannst und du musst. Schau einfach nicht zurück.«

Er kommt zu meinem Bett, und wütend aufheulend drückt er seine Stirn gegen meine, sein Atem ist heiß auf meinem Gesicht, unsere Tränen vermischen sich. Er küsst mich, und ich spüre, wie eine Million Leben in nur diesem einzigen Kuss gelebt werden. Eine Million gemeinsame Zukünfte, eine Million verschiedene Wege. Dann richtet er sich auf und verlässt den Raum, ohne zurückzublicken.

41. Kapitel

Ich kann nicht essen. Oder reden. Ich atme kaum noch. Wenn ich mich bewege, tut es weh. Nicht körperlich, dafür sorgt das Schmerzmittel. Doch jede Bewegung erinnert mich daran, dass ich noch am Leben bin und er gegangen ist.

Meine Familie und Freunde machen sich Sorgen. Sie versammeln sich um mein Krankenhausbett und betteln, flehen und schmeicheln mir, damit ich »nur einen Löffel« zu mir nehme. Aber Nahrung ist dazu da, einen am Leben zu halten. Ich will nicht länger am Leben bleiben. Und selbst wenn ich es wollte, der Krebs hat mir diese Entscheidung sowieso abgenommen. Inzwischen habe ich über nichts mehr Kontrolle außer darüber. Also esse ich nicht.

Der Doktor erklärt mit strenger Stimme, dass man mich künstlich ernähren müsse, wenn ich nicht das esse, was eine Dame in blauem Kittel auf mein Tablett knallt, als er am zweiten Tag während des Abendessens bei mir ist.

»Ich weiß, es ist nicht gerade das leckerste Essen der Welt.« Er stochert in dem braunen Eintopf aus undefinierbarem Fleisch und Tütenkartoffelbrei herum, der an den Rändern hart geworden ist. »Aber es ist trotzdem Essen.«

»Das ist die größte Untertreibung und Übertreibung, die ich je gehört habe«, murrt Amanda. »Das kann man doch nicht Essen nennen. Ich würde das nicht mal an einen Hund verfüttern.«

Ich esse so viel, dass sie zufrieden sind und den Schlauch vergessen. Sie versuchen, mich mit bestelltem Essen zu verführen. Pommes frites, Torten, Pizza. Eines Abends bringt Kate Thai mit und sitzt dann verblüfft da, als ich zu weinen und jammern beginne und Reis sowie Curry auf den Boden fege.

»Seit wann mag sie denn kein Thai mehr?«, fragt sie meine Mutter leise, als sie zusammen das Essen mit Papiertüchern vom Boden wischen.

»Das … war … unser … letztes … gemeinsames … Essen«, schreie ich.

All die Entschlossenheit, die ich gespürt habe, als ich James aufforderte zu gehen, war am nächsten Morgen wie weggeblasen. Ich habe mich geirrt, ich brauche ihn. Ich wollte ihn vor dem Schmerz bewahren, mich sterben zu sehen, aber ich vermisse ihn zu sehr, ich habe Angst und bin egoistisch. Ich rufe ihn an. Ich rufe ihn immer und immer wieder an, aber jedes Mal erreiche ich nur die Mailbox. Nachrichten hinterlasse ich nicht, weil ich nicht weiß, was ich sagen soll. Ich weiß nur, dass ich ihn brauche.

Da er nicht zurückruft und auch nicht ins Krankenhaus kommt, wird mir irgendwann klar, dass er im Gegensatz zu mir seine Meinung nicht geändert hat. Ich bin wie betäubt. Meine Eltern, Kate und Amanda wundern sich zu recht darüber, dass James verschwunden ist. Ich bringe es nicht über mich, ihnen die Sache zu erklären, und behaupte, er hätte die Stadt verlassen, um zu arbeiten. Sie wissen, dass ich lüge. Das kann ich nur schwer verbergen.

Mir bleibt nichts anderes übrig, als in meinem Bett zu liegen und aus dem Fenster sehen. Da James weg ist und die Hochzeit abgesagt wurde, habe ich nun nichts mehr, worauf ich mich freuen kann.

Gelegentlich werde ich zum Röntgen aus dem Raum gerollt. Ich sehe keinen Sinn darin, habe aber nicht genug Kraft zu protestieren. Die Aufnahmen werden an den Tatsachen nichts ändern. Ich höre kaum hin, wenn sie die Ergebnisse und Behandlungspläne herunterrattern. Nichts davon ist mehr wichtig. Ich habe gekämpft, lange und hart, doch jetzt bin ich müde.

Wie immer ist es meine Mutter, die schließlich einschreitet. Am Donnerstagmorgen, vier Tage nachdem James gegangen ist, zwei Tage bevor ich die Hochzeit meiner Träume feiern sollte, schiebt sie einen Rollstuhl ins Zimmer.

»Setz dich rein«, sagt sie.

»Was? Nein.«

»Ich werde dich reinheben, wenn es sein muss.«

Das glaube ich ihr aufs Wort. Aber trotzdem rühre ich mich nicht. Ich bin schwach und müde. Sobald ich zu schlafen versuche, sehe ich sein Gesicht vor mir, also zwinge ich mich, wach zu bleiben, bis ich erschöpft in einen traumlosen Schlaf falle, der meine Müdigkeit allerdings nicht lindert.

»Ich meine es ernst.« Die Arme vor der Brust verschränkt, sieht sie mich streng an. »Steh auf.«

»Warum?«

»Weil du deine Beine noch immer benutzen kannst, auch wenn du dich nicht so verhältst.«

»Warum hast du dann einen Rollstuhl mitgebracht?«

»Weil du, Schlaumeierchen, kaum etwas gegessen hast. Es würde mich also wundern, wenn du weit gehen könntest, ohne ohnmächtig zu werden. Jetzt komm schon, beeil dich. Du wirst dich noch wundliegen, wenn du dich nicht bald bewegst.«

»Ist mir egal.«

»Wird es aber nicht mehr sein, wenn du diese scheußlichen, stinkenden Dinger bekommst.«

»Hör auf, mich zu erschrecken, damit ich tue, was du willst, Mum.«

»Funktioniert es?«

»Nein.«

Sie seufzt. »Ava, ich weiß nicht, was wirklich mit dir und James los ist, aber jeder Idiot kann sehen, wie sehr du leidest. Und ich habe zugelassen, dass du dich in deinem Leid suhlst, das habe ich. Aber inzwischen sind vier Tage vergangen, und du hörst nicht damit auf. Wenn überhaupt, wird es nur noch schlimmer. Normalerweise würde ich dir all die Zeit geben, die du zum Verarbeiten brauchst. Aber Zeit ist ein Luxus, den wir nicht haben. Also raus aus dem verdammten Bett und rein *in den verfluchten Stuhl.*«

Ich weiß, wie unerbittlich sie sein kann, also tue ich widerstrebend, was sie verlangt, und hieve mich mühsam vom Bett in den Stuhl, den sie triumphierend zu mir geschoben hat.

»Wohin gehen wir?«

»Abwarten.«

Tief in den Rollstuhl versunken, starre ich auf meine bestrumpften Füße, während sie mich durch Korridore und durch Türen und schließlich in einen Aufzug rollt.

»Ich kann nach Hause?«, frage ich hoffnungsvoll, als sie den Knopf für das Erdgeschoss drückt.

Sie schneidet eine Grimasse. »Nein. Tut mir leid. Ich hätte wissen müssen, dass du dir vielleicht Hoffnungen machst.«

»Spielt keine Rolle.«

Als sich die Aufzugstüren öffnen, schiebt sie mich durch den Empfangsbereich auf die großen automatischen Glastüren zu. Verwirrt blicke ich zu ihr auf.

»Ich dachte, ich darf nicht …?«

»Du kannst nicht nach Hause. Noch nicht.«

Die frische Luft trifft mich wie ein Schlag. Ich rieche den süßen, natürlichen Geruch. Diese Luft ist ganz anders, viel weicher, als die harte, recycelte Luft im Krankenhaus, die Mund und Haut austrocknet und einen schuppig wie eine Eidechse zurücklässt. Draußen ist es auch wärmer. Mum nimmt den Weg, der zu der Stelle führt, an der ich vor all den Monaten die alte Dame getroffen habe. Hier sieht es jetzt anders aus, sommerlich üppig und grün. Mein Vater, Kate und Amanda sind da. Sie sitzen um eine im Gras ausgebreitete Decke herum.

»Überraschung«, ruft Dad und kommt auf die Beine, um mich auf die Wange zu küssen. »Wir dachten, du freust dich vielleicht über ein Picknick.«

»Danke. Das ist eine nette Idee, aber ich bin nicht wirklich hungrig.«

»Wie du willst«, sagt Amanda. »Das bedeutet mehr Essen für uns.«

Allerdings liegt ein Unterton in ihrer Stimme, der kein bisschen freundlich klingt. Ich sehe, wie Kate ihr einen scharfen Blick zuwirft.

»Komm schon, Ava«, sagt sie schmeichelnd. »Du kannst doch sicher ein Sandwich essen? Wir haben deinen Lieblingskäse besorgt …«

»Den könnt ihr haben.«

»Oh, um Himmels willen«, zischt Mum, woraufhin alle sie überrascht ansehen. »Ja, genau. Es ist jetzt einfach mal an der Zeit, mütterlich hart zu sein.«

»Hältst du das wirklich für die richtige Herangehens…?«, fragt Dad behutsam, wird aber unterbrochen.

Mum kippt den Rollstuhl so nach vorn, dass ich die Füße auf den Boden stellen muss, um nicht zu fallen.

»Hey«, protestiere ich.

»Nix hey. Du bist durchaus noch in der Lage, allein zu stehen, zu sitzen und zu gehen, Ava. Und ich werde nicht danebenstehen und zusehen, wie du einfach aufgibst. Nicht, solange du noch Kraft in dir hast.«

»Ich habe nicht aufgegeben.«

»Ach nein? Uns kommt es nämlich so vor. Wir haben miterlebt, wie du dich diese Woche immer mehr in dich selbst zurückgezogen hast, nichts isst und kaum redest. Es ist, als wolltest du dich von uns entfernen, von den Menschen, die dich lieben.«

»Du hast gehört, was der Arzt gesagt hat, Mum. Er ist jetzt in meinem Gehirn. Wie lange wird es wohl dauern, bis ich dich nicht mehr erkenne?«

»So darfst du nicht denken.«

»Natürlich darf ich«, brülle ich los, es ist mir egal, wer mich hören kann. Ich habe der Angst, die ich seit meiner Aufnahme im Krankenhaus empfinde, bisher keine Stimme gegeben, doch jetzt ist sie entfesselt, und ich lasse alles heraus. »Wie könnte ich nicht so denken? Wie soll ich mir nicht das Schlimmste vorstellen?«

»Das weiß ich nicht«, schreit sie zurück, und da wird mir klar, dass sie sich um genau die gleichen Dinge sorgt. »Ich weiß es nicht.« Sie sieht mich so hilflos an, dass jegliche Aggression verschwindet.

»Ich hasse diese Unwissenheit einfach«, sage ich ruhiger, keuchend. »Ich habe keine Ahnung, was mich erwartet, und ich habe schreckliche Angst. Und nichts für ungut, denn ihr wisst, wie sehr ich euch alle liebe, aber der einzige Mensch, der mir wirklich helfen könnte, ist weg. Und ich weiß nicht, ob ich ihn jemals wiedersehen werde.«

»Rede mit uns«, drängt Kate und zieht mich in ihre Arme. »Dafür sind wir hier. Wo ist James?«

Also erzähle ich es ihnen. Wie ich ihn aufgefordert habe zu gehen, weil es das Beste für ihn ist. Dass ich gedacht habe, ich würde das Richtige, Edelmütige tun. Dass er sich nicht dagegen gewehrt hat. Dass er genauso verwirrt und verängstigt war wie ich und dass ich ihm das nicht verübeln kann.

Als ich fertig bin, schüttelt Dad den Kopf und kneift den Mund zu einer schmalen Linie zusammen. »Dieser Feigling«, sagt er.

»Er ist kein Feigling, Dad.«

»Doch, das ist er. Er hat dich verlassen, als du ihn am meisten gebraucht hast.«

Ich blicke zu Mum. Sie sieht traurig aus. »Ich hatte gehofft, er wäre stärker«, sagt sie. »Um deinetwillen.«

»Bitte gebt ihm nicht die Schuld«, flehe ich. »Es ist genauso mein Fehler. Ich habe gesagt, dass er gehen soll.«

»Ja, aber er hätte wissen müssen, dass du ihn nur schützen wolltest«, entgegnet Dad. »Er hätte ja nicht gehen müssen. Das war allein seine Entscheidung.«

»Versetzt euch doch mal in seine Lage«, rufe ich. »Er hat seine Mutter sterben sehen, seine eigene Mutter. Damals war er noch ein Kind, kaum ein Teenager. Stellt euch vor, wie schwer das gewesen sein muss. Und dann entwickelt er ausgerechnet für mich Gefühle, nur um zusehen zu müssen, wie ich ihn auf die gleiche Weise verlasse?«

Dads Gesichtsausdruck wird weicher. »Das ist irgendwie nicht fair, oder?«

»Nein, ist es nicht. Wirklich nicht.«

»Ich schätze, ich kann verstehen, warum er Angst hat«, gibt Dad zu. »Aber ich bin immer noch wütend auf ihn. Ich will nicht, dass du verletzt wirst.«

»O Ava«, stößt Mum seufzend hervor. »Was für ein Chaos, was? Hast du ihn angerufen?«

»Oft. Er geht nicht ran. Ich glaube, er ist im Ausland.« Von dem Jobangebot erzähle ich ihnen nichts, weil ich ihm versprochen habe, dass es unter uns bleibt.

»Abschiede tun immer weh«, murmelt Kate. »Selbst wenn sie notwendig sind.«

»Ich dachte nur nicht, dass ich ihn da zum letzten Mal

sehen würde«, sage ich unter Tränen. »Und ich kann den Gedanken daran nicht ertragen.«

»So hart es auch klingt«, meint Amanda vorsichtig, »vielleicht hattest du recht. Vielleicht ist es so besser. Jetzt wird er sich immer an dich erinnern, wie du wirklich warst.«

»Vielleicht.«

Mit geschlossenen Augen hebe ich das Gesicht zum Himmel und lasse die Wärme der Sonne die Tränen auf meinen Wangen trocknen. Seltsamerweise fühle ich mich, nachdem ich darüber gesprochen habe, wie erlöst. Dass Mum mich niemals in Selbstmitleid versinken lassen würde, hätte ich mir eigentlich denken können.

»Du hast uns«, sagt Mum. »Immer. Egal, was kommt. Wir sind bis zum Ende hier.«

»Ich liebe euch, Leute.«

»Wir lieben dich auch.«

Ich schniefe und lächle dann tapfer. »Also, hat hier jemand was von Käse gesagt?«

Später, als sie mich in mein Zimmer zurückgebracht haben und gegangen sind, schlafe ich zum ersten Mal, seit James weg ist, etwas besser. Natürlich vermisse ich ihn noch immer, aber jetzt weiß ich wieder, dass es Menschen gibt, die mich lieben. Und diesen Menschen schulde ich es, auf dem letzten Teil meines Wegs alles zu geben, was ich habe. Ich kann mich entweder auf diese Ungerechtigkeit und die Unsicherheit konzentrieren oder aber darauf, was gut in meinem Leben ist. Zudem muss ich an dem Glauben festhalten, die richtige Entscheidung getroffen zu haben, weil James jetzt irgendwo da draußen ist und tut, was er liebt, und das Beste aus seinem Leben macht.

42. Kapitel

»Wach auf, wach auf, heute ist dein Hochzeitstag.« Amanda wirft sich quietschend auf mein Bett.

»Hau ab.« Ich trete nach dir. »Über so was macht man keine Witze.«

»Ich mache auch keine Witze.«

Ich hebe den Kopf vom Krankenhauskissen und starre sie an. »Was?«

»Überraschung!« Kate wedelt wie verrückt mit den Händen herum.

»Wir holen dich hier raus.«

»Im Ernst?«

»Im Ernst.«

»Wissen die Ärzte davon?«

»Ja. Und sie sind alle einverstanden. Sie wollten dich morgen sowieso nach Hause gehen lassen, und als wir ihnen erklärt haben, wie wichtig der heutige Tag ist, waren sie der Ansicht, dass es in Ordnung ist. Du musst nur versprechen, es ruhig anzugehen und dich auszuruhen, sobald es nötig ist.«

»Ich würde ihnen sogar deinen Erstgeborenen versprechen, wenn das bedeutet, dass ich hier rauskomme. Wo ist Mum?«

»Sie erledigt noch ein paar Dinge.«

»Wofür?«

»Die Hochzeit, das hab ich doch gesagt.« Amanda verdreht die Augen, als wäre ich schwer von Begriff.

»Warte, ich dachte, wir hätten alles abgeblasen. Oder es verschoben oder was auch immer.«

Kate schüttelt den Kopf. »Das haben wir nicht getan, nur für den Fall. Und damit haben wir, wie sich jetzt zeigt, die richtige Entscheidung getroffen. Das heißt, falls du es heute noch durchziehen willst. Du sollst dich nicht unter Druck gesetzt fühlen.«

»Nun ...« Ich atme langsam aus. Bis jetzt bin ich davon ausgegangen, dass sich die ganze Sache erledigt hat. Kann ich das heute wirklich tun? Ohne James? Ich betrachte Kates und Amandas erwartungsvolle Gesichter und denke darüber nach, wie viel Arbeit sie in diese Sache gesteckt haben. Zudem ist mir klar, dass ich vielleicht keine weitere Chance mehr bekommen werde. Ich nicke. »Tun wir's. Ich habe zwar nicht viel Lust auf Party, aber ich könnte etwas Ablenkung gebrauchen. Außerdem ist mir klar, dass Verwandte und Freunde extra dafür angereist sind. Ich will niemanden enttäuschen.«

»Wir würden es verstehen, wenn du nicht mehr willst.«

Ich drehe mich um und stelle die Füße fest auf den Boden. »Nein. Ich lasse nicht zu, dass mir diese verdammte Krankheit noch etwas wegnimmt. Lasst uns hier verschwinden, aber erst muss ich noch kurz jemanden anrufen.«

Einige der Ärzte und Krankenschwestern versammeln sich, um mich zu verabschieden, manche davon mit Tränen in den Augen. Sie überreichen mir eine Karte mit den besten Wünschen für meinen großen Tag. Ich bin ihnen allen dankbar, hoffe aber, dass ich nie wieder einen von ihnen sehen muss. Die Heimfahrt vom Krankenhaus ist bittersüß. Die Landschaft erscheint mir schöner, die Farben strahlender, doch mein Herz ist definitiv dunkler. Mein Vater hat sich selbst übertroffen und das volle Frühstücksprogramm aufgefahren. Eier – sowohl Rühreier als auch Spiegeleier –, knuspriger Speck, goldene, knackige Kartoffelpuffer, gebratene Pilze, Toast, Avocado in Scheiben, Lachs mit Sauce Hollandaise. Ich probiere, so viel ich kann. Zwar habe ich noch immer keinen Appetit, weiß aber, dass ich heute viel Kraft brauchen werde.

Sophie und Kelly kommen um zehn Uhr an, ganz aufgedreht vor Aufregung. Ich verspüre eine gewisse Zuneigung zu den beiden, es sind nette Frauen, die mich einfach nur glücklich sehen wollen. Wie so viele andere auch. Amanda zeigt mir die Facebook-Seite. Es gibt Tausende Posts, die mir alles Gute für den Tag wünschen. Ich fühle einen Anflug von Traurigkeit, dass ich nicht alle Hilfsangebote annehmen konnte, hoffe aber, dass sie das verstehen werden. Irgendwie glaube ich es auch.

Als Sophie und Kelly ihren Zauber vollbracht haben, sehe ich zwar nicht gesund aus, dafür bin ich zu dünn, aber trotzdem schön. Ich gehe allein ins Schlafzimmer, um mich anzuziehen. Jemand hat zwei Taschen auf das Bett gelegt. Ich öffne die größere und lächle traurig, als das erste Stückchen Stoff zum Vorschein kommt. Obwohl ein wunderschönes Kleid in meinem Schrank hängt, das direkt auf mich zugeschneidert wurde, habe ich es mir anders überlegt, als ich von der Hochzeit erfuhr. In Wahrheit will ich nur ein einziges Kleid tragen, nämlich das von dem Tag, als James und ich im Fluss schwimmen waren. Also habe ich Sophie noch vom Krankenhaus aus angerufen. Zu meinem Glück hatte ich es an diesem Tag so beschädigt, dass sie es dem Designer nicht zurückgeben konnte, es befand sich noch in ihrem Büro. Offenbar muss es in der Zwischenzeit gereinigt worden sein, denn als ich es Sophie damals schuldbewusst zurückgab, hatte es ein paar

Grasflecken und einen kleinen Riss, weil ich es über einen Ast gelegt hatte. Von dem Riss ist jetzt nichts mehr zu sehen; wer immer ihn repariert hat, war so geschickt, dass ich nicht einmal mehr erkennen kann, wo der Riss einmal war. Ich drücke es an mein Gesicht und atme tief ein, in der Hoffnung, etwas von ihm zu riechen, aber da ist natürlich nichts. Nachdem ich es behutsam auf dem Bett ausgebreitet habe, richte ich meine Aufmerksamkeit auf die andere Tasche. Darin entdecke ich ein schönes Paar Schuhe, cremefarben, passend zum Kleid. Ballerinas mit einem komplizierten Spitzenmuster. Sie sind sehr hübsch und passen auf jeden Fall besser zu mir als hochhackige Schuhe.

Meine Mutter beginnt bei meinem Anblick wie erwartet zu weinen. Ich muss sie wegschicken, um nicht auch noch anzufangen und Sophies Bemühungen zu ruinieren. Also geht sie schon vor den Brautjungfern und mir hinunter zum Strand, wo ich die Zeremonie abhalten will. Der Plan ist, dass ich einen Gang hinuntergehe, wie bei einer richtigen Hochzeit, nur wird am Ende anstelle eines Pfarrers und des Bräutigams ein Podium auf mich warten, von wo aus ich ein paar Worte sagen kann. Hochzeitszeremonien sind normalerweise sehr kurz. Das hier ist alles andere als normal, aber trotzdem will ich mich ebenfalls so kurz wie möglich halten. Danach wird gefeiert. Zwar habe ich wenig Lust, ohne James zu feiern, aber diese Stimmung muss ich irgendwie hinter mir lassen, wenn auch nur für heute.

Als Kate und Amanda, meine Brautjungfern, aus Kates Zimmer kommen, keuche ich hörbar auf. »Oh, ihr seht einfach unglaublich aus.« Ich beginne mit den Händen vor meinen Augen herumzuwedeln, um die plötzlich aufsteigenden Tränen zu vertreiben.

»Gar nicht schlecht, oder?« Amanda wirft sich in Pose.

Sie tragen schöne drapierte Kleider in einem zarten Goldton. Mit ihren locker über eine Schulter geflochtenen Haaren, gebräunter Haut und professionell geschminkt sehen sie wie griechische Göttinnen aus.

Wir legen uns gegenseitig die Arme um die Schultern und stecken die Köpfe zusammen.

»Ich wusste immer, dass dieser Tag einmal kommen würde«, sagt Kate leise. »Dass wir füreinander die Brautjungfern sind. Und obwohl man die Umstände nicht als normal oder ideal bezeichnen kann, ist das trotzdem dein großer Tag, Ava. Und wir sind für dich da, egal, was du brauchst.«

»Ja.« Amanda schnieft lautstark. »Ganz ihrer Meinung.«

»Und ich habe euch beide auch lieb. Danke, dass ihr die tollsten Freundinnen der Welt seid. Ohne euch beide wäre mein Leben nicht halb so gut gewesen.«

Wir lächeln uns an, ein wenig sentimental, bevor Kate den Kreis auflöst.

»Genau«, erklärt sie nun wieder ganz geschäftsmäßig, öffnet eine Kühlbox und nimmt drei große weiße Sträuße heraus.

»Hortensien«, kreische ich.

»Dachtest du vielleicht, wir hätten das vergessen?«, fragt Amanda. »Glaub mir, du hast dermaßen oft über deine Hochzeit gesprochen, dass uns jedes Detail für immer ins Gehirn eingebrannt ist.«

Kate blickt auf die Uhr. »Okay, Mädels, seid ihr bereit?«

Wir sehen uns an und lächeln.

»Bereit.«

»Bereit.«

Sie reicht uns die Sträuße. »Gut, los geht's.«

Es klopft an der Tür, und Kate sieht mich verwirrt an.

»Erwartest du jemanden?«

»Das ist wahrscheinlich nur ein Gast, der sich hierher verirrt hat, statt auf dem reservierten Platz zu parken«, meint

Amanda ungeduldig. »Macht nicht auf, der wird schon von allein dahinterkommen.«

»Das ist aber nicht sehr nett«, weist Kate sie zurecht und öffnet die Tür.

»Hallo, ich bin der Fotograf. Die Zeitschrift schickt mich.«

Und obwohl es nicht seine Stimme ist, beginnt mein Herz zu rasen. Dann kommt er herein, groß und dünn, mit schwarzem, zurückgegelten Haar. Er hat eine Tasche dabei und sein Lächeln wirkt ungekünstelt, im Gegensatz zu seinem kultivierten Look.

»Ava?«, fragt er. »Ich bin Steven Gunning, Ihr Fotograf für heute.«

»Trägt er ... *Eyeliner*?«, flüstert Amanda mir zu.

»Ich glaube schon.«

»Heiß.« Sie wirft ihren Zopf zurück und lächelt ihn schüchtern an, während er sie von Kopf bis Fuß mustert. So wie sich sein Mundwinkel hebt, scheint ihm zu gefallen, was er sieht.

Er ist das absolute Gegenteil von meinem süßen James, und ihn zu sehen, tut meinen Augen weh.

Kate wirft mir einen besorgten Blick zu. »Bist du damit einverstanden? Falls nicht, dann schicke ich ihn wieder weg.«

Ich atme ein und aus, um wieder ruhig zu werden. »Nein, ist schon in Ordnung. Ich war einverstanden, dass das Magazin darüber berichtet, und ich werde jetzt nicht plötzlich aussteigen.«

»Großartig.« Steven schlendert herein.

»Wir sind eigentlich gerade auf dem Weg nach draußen, zu der Zeremonie«, erklärt Amanda. Sie hat auf Flirtmodus geschaltet. Kate verdreht die Augen.

»Ich werde euch nicht lange aufhalten.« Er legt seine Tasche auf den Tisch und öffnet den Reißverschluss, dann zieht er eine Kamera mit einem langen Objektiv heraus. Kate flüstert mir ins Ohr, dass er damit sicherlich etwas kompensieren müsse. »Lasst mich zuerst schnell ein paar Fotos von euch dreien machen, von der Braut mit ihren Brautjungfern.«

Wir haken uns unter und posieren nach seinen Anweisungen auf der Terrasse. Er fotografiert uns vor den Bäumen und einem Streifen Meer; zusammen mit dem klaren blauen Himmel ist das die perfekte Kulisse. Jedes Klicken des Auslösers weckt Erinnerungen, schmerzhaft und süß zugleich, und ich muss mich wirklich zusammenreißen, um nicht zu weinen. So habe ich mir diesen Tag nicht vorgestellt, andererseits war von Anfang an klar, dass dieser Tag alles andere als normal verlaufen würde.

Irgendwann ist er endlich fertig. Als wir über den Rasen in Richtung der Bäume gehen, bin ich schrecklich nervös. Mum und Dad warten schon auf mich. Ich habe beschlossen, dass sie mich gemeinsam zum Altar führen sollen.

Als mein Vater mich sieht, holt er tief Luft und drückt eine Hand auf seine Brust. »O … Ava. Mein kleines Mädchen … ganz erwachsen.« Er schnieft laut und kneift sich dann in die Nase.

»Fang jetzt nicht an zu weinen«, warnt Mum ihn scharf. »Sonst fange ich auch an.«

»Ich kann nicht anders. Sie ist so wunderschön.«

»Ja, das ist sie«, stimmt Mum ihm zu.

Beide betrachten mich nun möglichst ausdruckslos von Kopf bis Fuß. Schwer zu sagen, was ihnen durch den Kopf geht, aber ich habe da so meine Vermutungen. Dass so ein Tag irgendwann kommen würde, haben sie sich nicht vorgestellt, als sie mich zum ersten Mal in ihren Armen hielten. Zwar habe ich keine eigenen Kinder, aber ich kann mir die wilde Liebe vorstellen, die Eltern empfinden, und das quälende Wissen, dass man in Wahrheit keine Kontrolle über dieses Leben besitzt, das man erschaffen hat. Einige Dinge hat man in der Hand, andere jedoch nicht. Welche, kann man sich leider nicht aussuchen.

»Sollen wir?«, fragt Dad. »Ich werde der stolzeste Vater auf der ganzen Welt sein, wenn ich dich zum Altar führe.«

Er sieht so verletzlich aus. Ich denke an alles, was er verpassen wird. Enkelkinder. Er wäre ein toller Großvater geworden mit seinen etwas banalen Zaubertricks, mit denen er sie dennoch begeistert hätte. Doch zumindest ermögliche ich es ihm, mich zum Altar zu führen. Das ist das Mindeste, was ich tun kann. Und später wird der Vater-Tochter-Tanz folgen. Meine Eltern sind gezwungen, das Unerträgliche zu ertragen. Es ist ihnen gegenüber nicht fair, so wie es auch mir gegenüber nicht fair ist.

»Gut.« Kate dreht sich zu mir. »Warte hier. Wir zuerst, und dann, wenn die Musik beginnt, gehst du los. Bist du dir auch ganz sicher?«

Ich nicke.

Sie küsst mich auf die Wange, Tränen glitzern in ihren Augen. »Du siehst fantastisch aus. Ich hab dich lieb.«

»Ich dich auch.«

Sie und Amanda verschwinden hinter den Bäumen, gehen hinunter zum Strand. Steven folgt ihnen, um sich einen Platz zu suchen, von dem aus er meinen Auftritt am besten fotografieren kann. Jetzt kann ich meine Maske fallen lassen, doch ich erlaube mir nicht, zu weinen. Ohne James in meinem Leben kommt mir das alles so sinnlos vor. Aber ich muss seine Entscheidung respektieren. Er ist kein schlechter Mensch, das ist mir klar. Und er hat mich geliebt, das weiß ich genauso sicher, wie ich weiß, dass das Gras unter meinen Füßen grün ist und der Himmel über mir blau. Er hat mich geliebt. Es war keine leichte Entscheidung für ihn. Dieses Wissen sollte mir Trost spenden. Tut es zwar nicht, sollte es aber.

Ich atme tief durch. Dieser Tag ist vielleicht nicht gerade

der Tag, von dem ich seit meiner Kindheit geträumt habe. Aber es ist der Tag, von dem ich geträumt habe, seit mir gesagt wurde, dass ich bald sterben werde. Es wurde viel Arbeit und Zeit darauf verwendet, und deswegen werde ich diesen Tag genießen, so gut ich kann. Morgen kann ich zusammenbrechen, aber heute werde ich stark sein.

Musik tönt zu mir hinauf. Ich habe Amanda die Songauswahl überlassen, weil ich ihrem Geschmack bedingungslos vertraue, und als ich das Lied erkenne, muss ich lächeln. Ed Sheerans *Photograph*, eines meiner Lieblingslieder und so passend wie schmerzhaft. Ich schließe die Augen und atme langsam ein und aus. Als der Gesang beginnt, reiße ich die Augen wieder auf. Das ist Amanda. Sie singt, und sie singt herzergreifend schön. Sie hat Großes vor sich, da bin ich mir sicherer denn je. Vorsichtig gehe ich den Weg hinunter, wo eine Welle der Liebe mich erwartet, wie ich weiß.

Als ich hinter den Bäumen hervortrete, fällt mein Blick auf ein Meer aus Menschen. Meine engsten Verwandten und Freunde sitzen auf den Stühlen, darüber hinaus stehen aber noch viele andere Menschen darum herum, unglaublich viele Gesichter, die mich alle anlächeln. Ich stolpere, als ich das Gewicht ihrer Blicke auf mir spüre.

»Wer sind diese Leute?«, frage ich Mum.

»Hauptsächlich Leser der Zeitschrift.«

»Aber warum sind sie hier?«

»So viele Menschen finden dich toll, Ava, und sie wollen dich glücklich sehen. Wir wollten niemanden wegschicken, aber wenn es dir zu viel ist, kann ich sie bitten, weiter zurückzugehen und uns etwas Raum zu geben.«

Ich schaue in die Menge und erkenne einige Gesichter. Ruth von der Marmeladenfarm. Kelly und Sophie. Die Bürgermeisterin. Mein Geographielehrer in der siebten Klasse. Mein Ex-Freund, seine Frau und die Kinder. Menschen, mit denen ich mich in der Vergangenheit und in jüngster Zeit getroffen habe. Sie alle sind hier, um mich zu sehen. Alte Damen mit gezückten Taschentüchern strahlen mich kurzsichtig an. Es müssen hundert oder mehr Menschen sein. Das sollte mich eigentlich einschüchtern, und normalerweise wäre es auch so. Doch die Liebe, die von diesen Menschen ausgeht, ist geradezu spürbar, und sie erfüllt mich mit Kraft.

»Nein. Ist schon in Ordnung.« Ich nicke. »Sie sollten ein Teil davon sein.«

»Bist du sicher? Es sind ziemlich viele.«

»Ich bin mir sicher. Sie sollen hören, was ich zu sagen habe.«

»Du hast ein wunderschönes Herz, Ava Green.« Meine Mutter lächelt.

»Womöglich bist du da etwas voreingenommen.«

»Vielleicht. Aber das glaube ich nicht.«

Ich halte einen Moment inne, um die Augen zu schließen und die salzige Luft einzuatmen, den Moment ganz zu erfassen und das letzte bisschen an Leben aus ihm herauszupressen. Es gibt nur eine einzige Sache, die das alles noch perfekter gemacht hätte. Nun, ein Mensch. Aber er ist nicht hier.

43. Kapitel

Die Musik wird lauter. Jetzt. Das ist mein Moment. Ich hebe das Kinn, und als ich einen Schritt nach vorn mache, fühle ich mich wie die Prinzessin, die ich früher immer sein wollte. Ich bin fest entschlossen, jeden einzelnen Schritt zu genießen. Deswegen lasse ich mir Zeit und lächle jeden an, an dem ich vorbeikomme. Es gibt mir das Gefühl, etwas Besonderes zu sein und geliebt zu werden. Am Ende des Gangs wartet Kate auf mich. Meine Mutter und mein Vater küssen mich mit Tränen in den Augen auf beide Wangen und nehmen Platz. Ohne sie an meiner Seite werde ich wieder nervös und hätte beinahe einen Rückzieher gemacht. Doch als ich Kate meinen Strauß gereicht und mich umgedreht habe, sodass ich all die Gesichter vor mir sehe, überkommt mich ein Gefühl der Ruhe. Meine Mutter hatte recht. Diese Menschen sind keine Fremden. Sie repräsentieren ein Leben, mein Leben. Meine Reise, um zu diesem Punkt zu gelangen. Natürlich sind sie alle auf ihrer eigenen Reise, aber unsere Wege haben sich an irgendeinem Punkt gekreuzt, und in diesem Moment haben wir unsere eigenen Absätze und Seiten in das Buch des jeweils anderen eingefügt. Manches war nur kurz wichtig und blieb eine Fußnote. Und doch hat alles eine Bedeutung. Alles macht das Leben reicher. Alles hat aus mir die Frau geformt, die ich bin, die heute hier steht. Dieser Tag ist genauso *ihr* Fest wie meines, denn ohne sie wäre meine Reise nicht halb so fantastisch gewesen. Kate reicht mir ein Mikrofon, das an ein Lautsprechersystem angeschlossen ist, dann zieht sie sich diskret zurück.

»Danke.« Meine Stimme schallt über die Lautsprecher zu mir zurück, und ich räuspere mich. »Danke, dass ihr heute gekommen seid. Ich weiß das zu schätzen. Wie die meisten von euch wissen, bin ich keine große Rednerin. Also werde ich mich einigermaßen kurzfassen. Ich habe viel darüber nachgedacht, was ich heute sagen soll. Anfangs dachte ich mir prägnante kleine Reden aus, die ich für sehr klug und weise hielt.«

Ich setze ein ernstes, gelehrtes Gesicht auf und runzle dabei die Stirn. Dass ich dafür ein leises Lachen ernte, ermutigt mich, lauter zu sprechen.

»Worte, die ich euch mitgeben könnte, damit ihr danach loszieht, um euer Leben wirklich zu leben, indem ihr meinem Rat folgt und euch an mich erinnert, immer. Weil das meine größte Angst ist. Dass ihr mich vergessen werdet. Ich wollte, dass ihr immer an mich denkt und traurig seid; denn das wäre der Beweis dafür, dass ich euch noch immer wichtig bin. Doch dann wurde mir gestern Abend klar, dass das vollkommen falsch ist. Ich weiß, dass ihr mich nicht vergesst, auch wenn ihr wahrscheinlich im Laufe der Jahre immer weniger an mich denken werdet, und ich bin zu dem Schluss gekommen, dass es gut so ist. Ganz ehrlich. Ihr sollt nicht ständig an mich denken. Sondern weitermachen. Wenn es etwas gibt, was ich besser weiß als die meisten, dann, dass sich das Leben von einer Sekunde auf die andere ändern kann. Wir *alle* sterben irgendwann – sorry, das zu sagen ist morbide, und natürlich ist mir aufgefallen, dass einige von euch bei dem Wort zusammenzucken –, aber die Sache ist die: Wir sollten den Tod nicht derart tabuisieren. Wir reden heutzutage über alles, über unser Sexleben und Schönheits-OPs, selbst über die absolut lächerlichsten, die man sich überhaupt vorstellen kann. Ich habe neulich eine Sendung über die Verschönerung von Schamlippen gesehen, Herrgott noch mal. Tut mir leid, Dad, vermutlich hast du nicht damit gerechnet, dass deine Tochter auf ihrer Hochzeit dieses Wort in den Mund nimmt.«

Einige Leute lachen leise.

»Der Tod ist eine natürliche Folge des Lebens. Man kann das eine nicht ohne das andere haben. Das ist, von der Geburt abgesehen, das Einzige, was wir alle gemeinsam haben. Egal, wie wir leben, oder wo, oder wie viel Geld wir verdienen, wir alle verlassen diese Welt auf die gleiche Weise. Also verschwendet keine Zeit damit, traurig zu sein oder um mich zu weinen. Wünsche ich mir, dass es anders wäre? Verdammt, ja. Keine Frage. Ich will nicht sterben. Ich bin noch nicht bereit, und ich habe Angst. Aber ich werde sterben, und zwar bald. Trauert eine kurze Zeit um mich und seid dann für jeden Tag dankbar, den ihr noch hier seid. Über einige Dinge haben wir keine Kontrolle, über viele andere allerdings schon. *Entscheidet* euch, glücklich zu sein. *Entscheidet* euch, dankbar zu sein, sowohl für das Leben insgesamt wie auch für die kleinen Momente, aus denen es besteht. *Entscheidet* euch für Freundlichkeit und Liebe und gegen Hass. Entscheidet euch immer für die Liebe. Selbst wenn ihr unvorstellbare Angst habt, entscheidet euch für die Liebe. Denn wenn ihr dann mit eurer eigenen Sterblichkeit konfrontiert werdet, müsst ihr nicht denken: Wäre ich doch bloß mutiger gewesen. Seid *jetzt* mutig. Geht Risiken ein. Was habt ihr zu verlieren?«

Ich halte inne, und jemand beginnt, zaghaft zu klatschen. Das bringt mich zum Lächeln, es ist allerdings nicht das, was ich erreichen wollte. Ich hebe eine Hand.

»Wartet«, fahre ich fort. »Ich bin noch nicht fertig. Ich weiß, dass ihr das alles schon mal gehört habt. Ich werde nicht hier stehen und so tun, als wäre ich die erste Todgeweihte, die sich diese Lebensweisheiten ausgedacht hat. Bin ich nicht. Und ich werde auch nicht die letzte sein. Aber es ist so: Ich habe vorher nicht verstanden, wie wichtig diese Worte, diese Ratschläge sind. Das ist mir erst klargeworden, seit ich weiß, dass ich selbst bald sterbe. Und es würde mir schon reichen, wenn das das Einzige ist, was ich euch heute mitgeben kann. Wartet *nicht* darauf zu sterben, bevor ihr zu leben beginnt. Denkt über meine Worte nach, ich meine, denkt wirklich darüber nach. Ich weiß, dass das Leben stressig und anstrengend sein kann und man jeden Tag eine Million kleiner Dinge erledigen muss, nur um zu überleben. Aber Überleben ist nicht genug. Man muss leben, *wirklich* leben. Denn schneller als ihr denkt, wird auch eure Zeit vorüber sein, und dann ist es besser, wenn man voller Zufriedenheit zurückblicken kann, weil man sein Bestes gegeben und das Leben wirklich gelebt hat.«

Keine Ahnung, ob ich meine Zuhörer erreiche, doch einige Leute weinen, und ich sehe Paare, die sich umarmen, die Köpfe aneinandergelehnt. Ich hoffe es wirklich. Denn mehr kann ich nicht tun.

»Okay.« Ich lächle. »Das reicht jetzt. Ich liebe euch alle. Ich werde unsere gemeinsamen Erinnerungen in mir tragen bis zu meinem letzten Atemzug, doch heute soll das Leben gefeiert werden. Und deshalb: Auch wenn ihr es bestimmt nur gut meint, wünsche ich mir, dass sich heute niemand von mir verabschiedet. Noch bin ich nicht tot, und noch bin ich auch nicht bereit. Also lasst uns alle etwas trinken und genießen, was diese schöne Stadt zu bieten hat. Ich möchte, dass ihr euch amüsiert, bitte, das ist ein Befehl. Ich würde das sonst wirklich persönlich nehmen.«

Ich strecke ihnen die Zunge raus, und die Gäste lachen.

Trotz meines leichten Tonfalls hat mich die Rede ausgelaugt. Gerade will ich das Podium verlassen, da höre ich eine Stimme.

»Warte!«

Mein Herz beginnt zu rasen, während ich mich suchend umsehe, als bräuchte ich einen Beweis, obwohl ich genau weiß, wem diese Stimme gehört. Ich würde sie überall erkennen. Nur möchte ich mir keine falschen Hoffnungen machen, falls ich mich doch irre.

Ich irre mich nicht.

Da steht James, am Ende des Gangs. Er trägt einen schwarzen Anzug und atmet schwer, als wäre er gerannt. Ich starre ihn an, jede Faser in mir brennt vor Liebe beim Anblick dieses Mannes. Ich bekomme keine Luft, als würden meine Rippen zu wenig Platz lassen. Stumm drehen die Leute ihre Köpfe hin und her, um sowohl James als auch mich anzusehen. Doch was mich betrifft, gibt es jetzt niemanden außer uns, alle anderen sind in den Hintergrund getreten.

»Du bist gekommen«, sage ich.

»Ich konnte nicht anders.«

Er beginnt, auf mich zuzugehen. Ich hebe mein Kleid mit beiden Händen an und steige schnell vom Podium. Wir treffen uns in der Mitte des Gangs und halten dort für einen endlos langen Herzschlag inne, um uns in die Augen zu sehen. Er sieht müde und zerknittert aus und einfach perfekt. In seinen Augen kann ich mich selbst sehen. Und ich kann seine Liebe sehen, sein Verlangen. Dann bin ich auch schon zu Hause, in seinen Armen, und alles im Universum ist perfekt aufeinander ausgerichtet.

»Die letzten Tage ohne dich waren die schlimmsten meines Lebens«, sagt er mit rauer und schmerzerfüllter Stimme. »Schon in der Sekunde, in der mein Flugzeug abhob, habe ich bereut, überhaupt eingestiegen zu sein. Ich bin gerade mal bis nach Los Angeles gekommen und dann zwei Tage lang über alle möglichen Umwege nach Hause zu dir geflogen.«

»Ich habe dich so vermisst. Ich dachte, ich würde dich nie wieder sehen …« Meine Stimme bricht.

Mit einem Kuss, einem verzweifelten, glühenden Kuss, bringt er mich zum Schweigen. Als wir uns wieder voneinander lösen, sind wir atemlos, unsere Leidenschaft ist ungestillt. Mir wird klar, dass ich von diesem Mann nie genug bekommen werde. Doch jetzt, da ich wieder in seinen Armen liege, werde ich es zumindest verdammt noch mal versuchen.

»Erinnerst du dich an diesen Tag auf der Farm?«, fragt er. »Als wir auf der Weide waren und du mir all diese Fragen gestellt hast?«

»Ja.«

»Du hast mich gefragt, ob ich jemals verliebt war. Und ich sagte, ein Mal. Erinnerst du dich?«

Ich nicke, unsicher, worauf er hinauswill.

»Ich habe mich geirrt. Das war nichts im Vergleich zu dem, was ich für dich empfinde, Ava. Ich will dich so sehr, ich brauche dich so sehr, nichts anderes zählt.« Er hebt mich hoch und hält mich fest, unsere Gesichter aneinandergedrückt. »Du bist alles für mich, meine Welt. Zum Teufel, für dich würde ich den Mond mit einem Lasso einfangen. Ich will dir alles geben, was du verdienst, alles, was du willst. Alles, was du brauchst.«

»Das hast du bereits. Dich. Etwas anderes brauche ich nicht.«

»Ich liebe dich, Ava Green. Unendlich. Ich werde dich für immer lieben.«

»O James, ich liebe dich auch.«

Er setzt mich sanft ab, sinkt auf dem blumenübersäten Sand auf ein Knie und durchwühlt seine Jackentasche. Mir ist natürlich sofort klar, was hier gerade geschieht, und ich schlage beide Hände vor den Mund.

»Ava Green«, sagt er feierlich, zieht eine kleine schwarze Schachtel hervor und hält sie hoch, »erweist du mir die unendliche Ehre, meine Frau zu werden und mich zum glücklichsten Mann der Welt zu machen?«

Ich muss mich schwer zusammenreißen, um die Antwort nicht hinauszuschreien. »Bist du ganz sicher?«, frage ich leise. »Du weißt, was vor mir liegt. Ich kann dir nicht versprechen, dass es einfach werden wird.«

»Ich war mir noch nie in meinem Leben sicherer. Ich will es nicht leicht haben. Ich will dich. Und ich werde bei jedem Schritt auf dem Weg für dich da sein, in guten und in schlechten Zeiten. Mich wirst du nicht noch einmal los.«

»Ich wollte dich gar nicht loswerden.«

»Also ist das ein Ja?«

»Ich bin mir nicht sicher.«

Sein Lächeln erstirbt, er sieht mich besorgt an. »Warum nicht?«

»Na ja, ich habe den Ring noch nicht gesehen.«

Er schließt für einen Moment die Augen, während sich wieder ein Lächeln auf seinem Gesicht ausbreitet. Dann beginnt er zu lachen. »Himmel, Ava, du hast mir wirklich Angst eingejagt.«

»Tut mir leid.« Ich lächle halb, halb weine ich, Freudentränen. »Das war natürlich nur ein Witz. Es ist mir egal, wie der Ring aussieht, ich sage definitiv Ja. Ja, ja, ja!«

Hinter uns ertönt lauter Jubel, und erst da fällt mir wieder ein, dass wir Publikum haben. Ich lache unter Tränen, während James aufsteht und mich hochhebt, um mich herumzuwirbeln. Als ich lachend rufe, dass mir schwindelig wird, setzt er mich ab und steckt mir einen Ring an den Finger, einen wunderschönen Smaragd in der Farbe des Sees am Fuße des Wasserfalls. Dann schlägt ihm mein Vater auf den Rücken, und James dreht sich um, um mit ihm zu reden. Kate tippt mir auf die Schulter.

»Ich wurde gerade informiert, dass die Bürgermeisterin zufällig ordinierte Priesterin ist«, flüstert sie. »Soll ich sie holen?«

»Ja.« Ich lächle sie an. »Und zwar schnell. Ich will keine Sekunde länger *nicht* mit diesem Mann verheiratet sein.«

Als James das hört, dreht er sich um und zieht mich seufzend wieder in seine Arme. »Das sind die schönsten Worte, die ich je von dir gehört habe.«

Ich küsse sein Kinn. »Ich wette, das sagst du zu allen Frauen.«

»Nur zu den niedlichen.« Er zwinkert mir zu.

44. Kapitel

Um 16.49 Uhr an meinem Hochzeitstag werde ich offiziell James' Frau. Es ist der glücklichste Moment in meinem Leben und mit Abstand der emotionalste. Danach lassen wir einander nicht mehr los, nicht für eine Sekunde. Nun, abgesehen von den Toilettenpausen. Nach der Zeremonie am Strand gehen wir in den Surfclub, der so wunderschön dekoriert ist, dass sogar meine Mutter nichts dagegen einwenden kann. Dort essen wir frische Meeresfrüchte und feiern dieses neue Kapitel mit den Menschen, die mir dabei geholfen haben, das Buch meines Lebens zu schreiben.

Von Liebe erfüllt, tanzen wir auf dem Balkon unter den Sternen, bis wir zu müde sind, um noch einen einzigen Schritt zu machen. Wir werden zu einem Hotel chauffiert, wo wir uns auf das Bett fallen lassen und zärtlich die Ehe vollziehen.

Es fühlt sich wie ein Traum an und ist zugleich das Wahrhafteste, was ich je getan habe.

Die Flitterwochen verbringen wir auf Stewart Island, wo wir uns in einem gläsernen Iglu unter der lodernden Pracht der Aurora Australis, dem Polarlicht, lieben. Es ist so schön, dass ich weinen muss, erstaunt über die Herrlichkeit des Planeten, auf dem wir leben.

Wir machen uns etwas vor, James und ich. Eingehüllt in

unseren Liebeskokon tun wir so, als ginge es mir gut und als hätte einzig James einen Anspruch auf meinen Körper und nicht der Krebs, der in meinem Innern wütet. Aber das funktioniert nur eine Weile, und zwei Monate nach unserer Hochzeit, zwei herrliche, wunderbare Monate, in denen unsere Liebe nur noch stärker wird, bekomme ich eine Lungenentzündung, und danach geht es schnell bergab. Wie über Nacht verrät mich mein Körper vollends, und dann beginnt der Anfang vom Ende.

Wie versprochen steht James mir bei allem zur Seite. Bei den allerletzten medizinischen Maßnahmen, die mir keine Zeit schenken, und den Gesprächen, die niemand jemals führen will. Ich werde ins Krankenhaus eingeliefert, wo die Ärzte versuchen, meine Schmerzen zu lindern. Im Krankenhaus wird mir klar, dass ich wegen der vielen Medikamente irgendwann das Bewusstsein verlieren und vermutlich kurz darauf sterben werde.

Sie legen mir die Verlegung in ein Hospiz nahe, doch das lehne ich ab. Ich möchte nicht in einem fremden Zimmer sterben. Als klar ist, dass ich mich in der Endphase befinde und nichts mehr zu tun ist, bitte ich, nach Hause gehen zu dürfen. In Kates Wohnzimmer wird in der Nähe des Fensters ein Krankenhausbett aufgestellt. James schläft entweder auf dem Stuhl neben mir, während er meine Hand hält, oder auf der Couch. Meine Eltern ziehen in unser altes Zimmer. Wenn das Wetter schön ist, bitte ich darum, die Balkontüren zu öffnen. Ich möchte mit der Erinnerung an den Geruch des Meers sterben. Die Zeit vergeht. Ich weiß nicht mehr, ob es Tage, Stunden oder Wochen sind.

Ein Palliativ-Betreuungsteam kommt täglich vorbei. Das Morphium hilft für eine Weile, doch der Schmerz ist konstant und schlimmer als alles, was ich mir je hätte vorstellen können. Ich bin noch nicht bereit, und ich habe Angst. Ich gebe nicht vor, tapfer zu sein, nur um die Gefühle der anderen zu schonen. Ich weine, wenn nötig, was oft der Fall ist.

Blinzeln.

In meinen Träumen leben James und ich für immer in einem Baumhaus neben einem Wasserfall. Unsere fünf schönen Kinder haben die Augen ihres Vaters und die Zähigkeit ihrer Mutter geerbt.

Krebs existiert nicht mehr, weil ein Heilmittel gefunden wurde. Niemand leidet. Zumindest nicht wegen Krebs.

Ich höre sie. Die Stimmen. Gedämpft, tränenerstickt, erschöpft. Schrecklich, was sie alles meinetwegen durchmachen mussten. Und noch immer durchmachen müssen. Ist es meine Schuld? Dass ich noch hier bin? Klammere ich mich ans Leben, obwohl ich längst hätte loslassen sollen? Bekomme ich ausgerechnet das nicht hin, was wir alle irgendwann tun müssen?

Blinzeln.

Ich träume von ihm. Wasser auf seiner Haut und das Abendlicht in seinen Augen. Es war der falsche Zeitpunkt. Und zugleich war es der perfekte Zeitpunkt. Ich frage mich, wo er ist und was er macht. Dann fällt es mir wieder ein. Er ist hier, an meiner Seite, immer, wie er es versprochen hat. Ich kann es nicht mehr ertragen, dass er mich berührt. Meine Haut ist so dünn, dass es wehtut. Meine Knochen sind so brüchig, dass sie brechen könnten. Ich vermisse ihn mit einer Sehnsucht, die nie endet.

Blinzeln.

Auf Zehenspitzen gehe ich zwischen den Sternen umher, die Milchstraße entlang. Fahre per Anhalter mit einem Kometen, tanze mit dem Mann im Mond.

Ich bin Sternenstaub; pustet man mich zu fest an, löse ich mich auf.

Blinzeln.

Epilog

(Geschrieben von James – gedruckt in Women's Weekly)

Als ich kurz nach Avas Tod gebeten wurde, ein paar Worte zu schreiben, habe ich abgelehnt. Der Schmerz war zu frisch, meine Trauer unerbittlich. Das ist noch immer so und scheint nicht besser zu werden. Aber dann musste ich daran denken, wie viel Trost Ava in ihren letzten Monaten von euch, den Lesern dieses Magazins, bekommen hat. Sie freute sich über jeden einzelnen Brief und war dankbar, in euren Gedanken und Gebeten zu sein. Also tue ich das für euch und für Ava.

Nach unserer Hochzeit dachten Ava und ich, uns bliebe noch etwas Zeit. Das stellte sich aber als reines Wunschdenken heraus. Der Krebs war zu aggressiv und hatte bereits zu weit gestreut. Ihr ging es sehr schnell sehr schlecht, und sie wurde ins Krankenhaus eingeliefert. Als klar war, dass nichts mehr für sie getan werden konnte, brachten wir sie auf ihren Wunsch nach Hause.

Eines Nachts bat sie um einen Schluck Wasser, und in dem kurzen Moment, in dem ich mich umdrehte, um nach dem Glas mit dem Strohhalm zu greifen, fiel sie in eine Bewusstlosigkeit, aus der sie nie wieder erwachen sollte. Ihre Familie, ihre engsten Freunde und ich verbrachten die nächsten acht Stunden an ihrem Bett, um ihr zu sagen, wie sehr wir sie lieben und immer lieben werden. Wir sagten ihr auch, dass sie jetzt loslassen kann, dass es in Ordnung ist, das Ende ihrer Schmerzen und Leiden zu suchen, und dass es kein Abschied ist, weil wir sie eines Tages wiedersehen werden.

Ava starb kurz nach fünf Uhr morgens an einem Samstag im März. Als die Sonne über dem Meer aufging, tat sie ihren letzten Atemzug. Das Ende, als es kam, war friedlich. Dafür werde ich immer dankbar sein.

Wir haben sie in einem Kiefernsarg auf dem Friedhof außerhalb der Stadt begraben. Sie ruht auf einem von Wind und salzigem Sprühnebel umwehten Hügel, von dem aus man das Meer überblickt. Ich denke, dass ihr das gefallen hätte. Ava schöpfte immer Trost aus den Momenten, wenn sie sich besonders lebendig fühlte, und das funktioniert am besten in freier Natur. Ich besuche sie oft, obwohl ich zu meinem Leidwesen ihre Anwesenheit dort nicht spüren kann. Sie ist weg, tanzt irgendwo zwischen den Sternen, ohne Schmerzen und für immer jung. Ihr Grab ist nur ein Ort, an dem man Blumen ablegen und sich etwas ausruhen kann, und ich bin dort öfter eingeschlafen, als ich zugeben möchte.

Das Leben geht weiter. Ich will ehrlich sein und gestehen, dass ich sehr zu kämpfen habe. Ich hatte das Glück, von der erstaunlichsten Frau der Welt geliebt zu werden, und dafür bin ich dankbar. Aber ich bin auch egoistisch. Es hat nicht lange genug gedauert. Bei Weitem nicht. Ich weiß noch, wie ich Ava ein paar Wochen vor ihrem Tod sagte, dass ich keine Ahnung habe, wie ich ohne sie weiterleben soll.

Du wirst einen Weg finden, antwortete sie. *Menschen leben weiter, selbst wenn sie einen Körperteil verloren haben.*

Sie war aber mehr als nur irgendein Körperteil. Sie war mein ganzes Herz.

Ich werde alles tun, um mein Leben wirklich zu leben. Das habe ich ihr versprochen, und sie hat mir beigebracht, nichts zu versprechen, was man nicht halten kann. Aber mein Herz wird ihr gehören. In alle Ewigkeit.

Danksagung

Dieser Roman wäre nie entstanden ohne den festen Glauben meiner wunderbaren Agentin Vicki Marsdon, die immer wieder behauptet, dass ich Talent habe, und mich wieder und wieder ermutigt. Vielen Dank an Emma und Anna bei Piatkus, die allein aufgrund einiger weniger Seiten an diese Geschichte geglaubt haben. Ihr habt das Potenzial erkannt, und dafür bin ich sehr dankbar. Vielen Dank auch an die wunderbaren Teams von Hachette Neuseeland und Hachette Australien für die tolle Unterstützung und den Einsatz, insbesondere an die kluge und sehr freundliche Sacha.

Amanda Shapleski, Andrea Sheffield, Jo Edwards, Michelle Barbridge, Richard Lloyd-James, Cara Randall-Hunt, Tara Lyons, Kelly Thompson, Micaela Bretton, Yvette Hurst, Gail Shaw, Robyn Jan Geiger, Gilda Galluzzo Seager, Emily Ciravolo, Emma Green, Rebecca Raisin, Fiona Wilson, Shelly Feetham, Mark Paxton, Tracy Bain, Casey-Lee Vautier, Rachael Albert, Bonnie Whittaker, Janelle Harris, Michelle Vernal, Donna Moran und Donna Young – ihr seid alle etwas Besonderes für mich, und eure Unterstützung bleibt nicht unbemerkt.

Jennifer Allen, Caroline McCormack, Brenna Nicholson und Corina Douglas, vielen Dank, dass ihr auf mich zugegangen seid, so habe ich mich in meinem neuen Zuhause weniger allein gefühlt. Lasst uns bald wieder einen Mädchenabend machen!

Danke an meine Familie, besonders Tony Ryan, Patrice Ryan, Rob Ryan, Kerrie Ryan, Ange Ward, Jacqui Morrissey, Catelyn McCarty und Jack Morrissey. Ich liebe euch alle so sehr. Meine neue Familie, Christine und Ian Robinson, Rachel und Mark Barker, Wayne und Nikki Robinson.

Ebenso danke ich meinen sehr, sehr lieben Freunden, die mir wie Familie *vorkommen*, Kevin, Lothringen und Rachel Tipene. Wir werden euch eines Tages in Frankreich besuchen, versprochen!

Und last but not least danke ich meinem fleißigen, überaus hilfsbereiten Ehemann Karl und unseren kostbaren Engeln Holly, Willow und Leo. Durch euch ist jeder Tag chaotisch und laut, aber auch lustig und wunderbar. Ich finde es fantastisch, dass ihr, jedes Mal, wenn ich euch in einen Buchladen schleppe, immer noch »Mums Buch« sagt, und zwar mit derselben Begeisterung wie beim ersten Mal. Möge das noch lange so bleiben.

Julie Larsen
Winterglück am Meer
€ 10,99, Taschenbuch
ISBN 978-3-7457-0065-7

Mit Leib und Seele kümmert sich Olivia Adamsen um das Familienunternehmen. Ob sie leckeren Cider aus der eigenen Kelterei ausschenkt oder die Gäste des kleinen Bed and Breakfast »Hotel Hygge« auf der dänischen Insel Mandø umsorgt, Olivia hat ihre Berufung gefunden. Darum trifft es sie völlig unvorbereitet, als sie erfährt, dass der Betrieb vor dem Aus steht. Doch der nächste Schock folgt sogleich, denn der attraktive Jesper, in dessen Nähe sie zum ersten Mal seit Langem wieder Schmetterlinge im Bauch hat, ist nach Dänemark gekommen, um den Kauf des Geschäfts voranzutreiben. Olivia ist bereit, für ihren Traum zu kämpfen. Doch bleibt die Liebe dabei auf der Strecke?

Tania Schlie
Die Spur des Medaillons
€ 10,00, Taschenbuch
ISBN 978-3-7457-0047-3

Als in Ninas Geschäft der attraktive Amerikaner Benjamin auftaucht und sie bittet, ein antikes Medaillon zu restaurieren, traut die junge Goldschmiedin ihren Augen kaum: Das Gegenstück gehört ihrer russischen Großmutter Natascha. In ihrem Schmuckstück befindet sich das Bild eines unbekannten Mannes, in Benjamins Medaillon entdeckt Nina nun tatsächlich ein Foto der blutjungen Natascha. Sowohl das Medaillon als auch Benjamins charmant blitzende Augen lassen Nina nicht mehr los. Sie fragt ihre Großmutter, und diese enthüllt schließlich eine unglaubliche Liebesgeschichte, die in den Wirren der Russischen Revolution ihren Anfang und im Paris der dreißiger Jahre eine dramatische Wendung nahm. Je mehr Nina über die Vergangenheit herausfindet, desto stärker wird in ihr der Wunsch, die Liebe festzuhalten, sobald sie ihr begegnet. Komme, was wolle.

www.mira-taschenbuch.de

SUSAN
MALLERY
HarperCollins
Wer flüstert,
der liebt
ROMAN